何常在 著

朝堂

大结局

中国友谊出版公司

目录

第一章

试探

司马史不慌不忙淡然一笑：“老夫的话，句句属实，若有半句虚假，天打雷劈。欧阳乐，你敢说不是你主动找到老夫，以周东全军覆没和三座城池为代价换取魏军退兵？你敢说不是你再三阻挠中山王发兵增援周东才导致周东兵败？你敢说不是你和中山王后联手毒死中山王再嫁祸周东？你敢说你连夜前来魏国不是想劝说乐羊除掉周东好掩盖你的罪行？你敢说你在大殿之上再三劝说大王杀掉周东，不是为了杀人灭口，好让周东永远成为千古罪人？”

司马史快语如珠，要的就是不给欧阳乐还击的机会，他跪倒在地：“大王，如此通敌叛国的无耻小人，为世人所不齿，害了中山国还不算，还想来魏国蛊惑大王，当处以车裂之刑！”

魏王一甩衣袖，转身回到座椅上：“周东，你有何话说？”

欧阳乐情知大势已去，拉住周东衣袖：“太子，念在老夫曾教你读书一场，你向大王求情饶老夫一命。”

周东点了点头：“弟子自当尽力而为。”说完，他后退一步，恭恭敬敬地跪倒在地，朝欧阳乐磕了三个头，“一拜，感谢欧阳先生的教导之恩。二拜，感谢欧阳先生为中山国所做之事。三拜，感谢欧阳先生养育了玉姬。三拜之后，我们从此恩断义绝！”

随即周东朝魏王拱手说道：“两面三刀、通敌叛国、造谣生事、搬弄是非，罪大恶极。只是欧阳乐毕竟年老，车裂之刑过于残忍，也有损大王仁义之名，不如改为绞立决。”

“臣附议！”公主及时向前，第一个站了出来。

“臣附议！”上卿公孙由也站了出来。

“臣附议！”司马史第三个赞成，并朝周东投去了会意的一瞥。

“臣……”王黄先是看了周东一眼，又和司马史交换了一个眼神，慢条斯理地说道，“附议！”

“大王，赶紧杀了了事，如此恶人，不值得啰唆。”吕唐不耐烦地摆了摆手，“还有许多要事要办。”

欧阳乐已经瘫软在地：“大王饶命……”

若是欧阳乐还能站立，并且态度昂然的话，或许魏王还一时难下决断，可他却如此窝囊，如此不堪，魏王眼见心中神仙般的人物也是如此贪生怕死之辈，当即下旨：“来人，绞立决！”

武士拖走了已经站立不起的欧阳乐。

散朝后，魏王留下了周东、王黄、司马史、吕唐、公主、姜姝以及公孙由，几人来到了后院之中。

魏王安步当车，背着双手缓步而行。他不说话，周东等人跟在后面，也没有开口。

虽说周东不但得以过关，还有借魏王之手除掉了欧阳乐的意外之喜，周东却一点儿也高兴不起来。本是中山国内部之事，却由魏国来处置，本就是耻辱。何况他十分痛心欧阳乐不远千里来到魏国送死，至死依然执迷不悟。

也不知远在中山国的母后和弟弟得知此事，会是何感想？

周东还是有几分忐忑不安，虽说在王黄的相助之下，勉强过关，但他知道，魏王心中的疑虑未去。而公主即将远嫁，以后再难在朝堂之上为他策应。

周东有意落在了后面，和王黄并肩而行。

“本想晚间请相国到善信阁一叙，不想事情突变……”周东小声说道，“方才朝堂之上，承蒙相国相助，在下感激不尽。”

王黄眼皮轻轻一抬：“周公子想多了，老夫并未帮你，老夫只是在伸张正义。”

周东默然一笑：“今晚相国是否有空到寒舍一叙？”

王黄看了走到前面的魏王一眼：“人在朝堂，身不由己。也不知大王晚间是否还要召唤老臣，若大王无事，周公子可在善信阁等候老夫。”

“多谢相国。”周东暗笑王黄的老成持重，言外之意是若魏王允许且他周东安然无事，他自会登门拜访。

姜姝放慢脚步，等周东齐身时才说：“周兄，魏王杀了欧阳乐，传回中山国，怕是又要记在你身上了……”

周东淡然摇头：“记在我身上的仇恨和不平太多了，也不怕再多一件。”

“眼下这一关算是过去了，接下来周兄可要好好帮帮姜家……”姜姝喜形于色，她未想太多，认为欧阳乐一除，周东从此就高枕无忧了。

“姝妹有所不知，难关只是暂时渡过，真正的危险，还在后面。”周东见公主和吕唐并肩走在前面，犹如一对璧人，心中既为二人高兴又不免有几分喟叹，“公主和吕唐一走，魏作回来，或许还有不可测之事发生。”

“不如索性和公主、吕唐太子一起前去齐国？”姜姝想起在朝堂之上一言生一言死的凶险，心有余悸。

“不急，等魏作回来之后再作打算。”周东轻轻一拍姜姝后背，“姝妹不必为我担忧，我自有妙计。”

司马史和公孙由走在最前面，二人回身看了后面几人一眼，微微一笑。

魏王停在后院的一处池塘边，他负手而立，远眺池塘中的几艘小船和池中的假山楼阁，过了半晌才说：“冬尽春来，又是年末岁初时，想起征战在外的将士要和亲人分离，或许还不能回家过年，寡人心中甚是不安。”

战争必然带来生离死别，所以不可轻言开战，周东曾经身受战争之苦，却还是有意推动了魏韩战事，并非他不知百姓疾苦不顾将士死活，而是他很清楚如今魏王战意高涨，一统天下之心无比强烈，不兵发韩国必兵发楚国或是齐国。

总要有一个国家承受魏王挥舞的战争之剑，韩国最近，历来远交近攻，韩国又最为弱小，只能首当其冲了。

“大王，历来天下大事，分久必合，合久必分。如今纷争已久，也该有不世雄主一统天下了。”司马史及时拍了一记马屁，“臣所率三万人马已经整装待发，只等大王一声令下。”

魏达、司马运以及王之的先锋军，此时出发已有数个时辰，应该快到魏韩边境了，大战一触即发。

魏王微叹一声：“虽说如此，每次战事一起，必有生灵涂炭，寡人总觉于心不忍。周东，若你真想复国，可告诉寡人实情，寡人将中山国还与你便是。”

司马史心中一惊，忙朝周东投去万万不可应下的眼神。

周东忙向前一步：“大王何出此言？莫非大王还怀疑我藏身魏国是为了复兴中山国？若我真想复国，此时应该在燕国、齐国或是秦国才对。”

“有些事情，不能以常理度之。”魏王呵呵一笑，“寡人再问你，魏韩一战，胜算几何？”

“八成。”周东见魏王略过此事不提，也就不再多说，“首战必胜，此后三战三胜。三战之后，胜负各半。”

“为何三战三胜之后，开始胜负各半了？”魏王很是诧异周东的结论。

“首战必胜是打韩军一个措手不及。此后三战三胜，是魏军兵强马壮，且又携灭中山国之威，韩军心有惧意。三战三胜之后，韩军凭借兵器之利，看出了魏军并不是不可战胜的神兵，士气高涨，又因唯恐落得如中山国被灭国的下场，必会拼死反抗，此时魏军疲惫，必会落败。”

魏王上下打量周东几眼：“听说魏军和中山军对战时，你以不足魏军十分之一的兵力，力阻魏军数十日而不落败，可见你也是一个天生帅才。”

周东摇头：“大王过赞了，在下当时抱定了必死之心，和所有将士同仇敌忾，因无路可退，背水一战，所以誓死反抗，才勉力支撑了数十日。”

“若是中山王援兵驰援，你还能再支撑几日？”魏王对周东愈加兴趣大增。

“中山国兵力总计十余万人，当时在下所率军队有一半精英。即便中山国倾全国之力来增援，也不过多支撑数月而已。”周东感叹一声，摇头，“当时战术有错，不该出城迎战，应当坚壁清野，守城不出，必能让魏军粮草耗尽而退。只可惜，当时母后和周西一心想置我于死地，非要我出城百里迎敌。现在想想，我率兵出城迎战之时，就注定了中山国灭国之患。”

“司马将军，你且说说，若当时中山国拒不出兵，坚守都城，魏军何时能够破城？”魏王转身问司马史。

司马史知道魏王此问有两层含义：一是试探周东到底有几斤几两；二是对魏韩之战心存疑虑，有意推演一番。

“大王，灵寿城城高沟深，中山国将士又擅使强弓劲弩，若中山国不出城迎战，坚壁清野，怕是半年之内，破城无望。”司马史倒是没有有意夸大，他也是为了给后面的魏韩之战在战事不利时埋下伏笔。

“如此说来，若是韩国守城不出，魏军一年之内也无法攻破都城了？”魏王脸上明显有不悦之色，“若是一年半载打不下韩国，岂不是说两年三载也攻不下齐国了？以此类推，寡人有生之年是见不到天下一统了？”

“大王此言差矣……韩国虽比中山国兵强马壮，且又是万乘之国，但韩国和魏国相交，不必借道赵国去攻打，且韩国因要防范齐国和楚国，兵力多集中在东面和南面，魏韩边境，兵力不足。”王黄及时进言，“是以韩国并不比中山国难打多少。”

第二章

问计

“周东，你又有何高见？”魏王又看向了周东。

周东微一沉吟：“王相国所言极是，韩国虽比中山国强大，但和魏国接壤，且又一马平川，无险可守，魏军可以长驱直入，跃马直达都城阳翟。司马将军以为如何？”

“正是，正是。”司马史忙顺着王黄和周东的话向下说，“中山国夹在燕、赵之间，山多地少，又有滹沱河天险，自然易守难攻。韩国则不同，全是平原之地，城池也不高深，且韩国产粮地域多在魏韩边境，魏军只要推进韩国境内三百里以上，韩国就会尽失粮源，即便不动一兵一卒，困守半年，韩兵必败。”

“如此说来，倒是可以不战而屈人之兵了。”魏王又高兴了，指着池中的假山说道，“魏军可以将韩国都城团团围住，就如池中假山一样，叫它上天无路，入地无门。”

“只是……”周东微一迟疑，见魏王眼中闪过不快之色，片刻之后还是说道，“只是韩国可以坚守半年，魏国却未必可以坚持半年。”

魏王回头看了周东一眼：“此话怎讲？”

“魏国粮草不足以支撑半年战争之需。”周东微微躬身，“不瞒大王，在魏国和中山国一战中，粮草损耗过大，若要补齐不足部分，需要从齐国和燕国调来粮草。”

魏王不信周东所说：“司马将军，此话当真？”

“大王，周东周公子所言，确系实情。”司马史虽不十分清楚周东到底是什么用意，却也清楚周东不会害他，就顺势说道，“第一批粮草，也是周公子帮忙调运而来，第二批粮草，正紧急从齐国运来，以备不时之需。”

姜姝向前一步，及时进言：“大王，自从周公子接手姜家的粮草生意以来，处处为魏国大计着想，先后帮魏军调集粮草数十万石。姜家之前的生意一向远离朝堂，周公子却说，朝堂之事，牵一发而动全身，国富则民强，正是因周公子之故，姜家才有了家国情怀，不再只是一个只知经商的商人。”

魏王点了点头，目露赞许之色：“古之欲明明德于天下者，先治其国。欲治其国者，先齐其家。欲齐其家者，先修其身。欲修其身者，先正其心……心正而后身修，身修而后家齐，家齐而后国治，国治而后天下平。”

周东肃然正容：“正心修身齐家治国平天下……大王圣明。”

魏王摆了摆手：“周东，依你之见，魏国如何才能打败韩国？凭你和姜家之力，确保魏军粮草无虞，应该不在话下吧？”

“以姜家实力，从齐国、燕国和赵国购买粮草，保魏军军需所用，并非难事，难就难在如何才能源源不断地从齐国、燕国和赵国送来。齐国自不用说，公主嫁去之后，便是联姻之好，又有吕唐太子周旋，齐国必不会为难姜家车队。只是赵国和燕国就不好说了，两国多半不希望魏国吞并韩国逐步坐大，是以在粮草一事上，必会想方设法阻拦。虽不会过于明显，也会明里暗里阻碍拖延，甚至不许姜家在当地购买粮草，到时若真是如此，大王可有良策？”

司马史微有几分焦虑，周东是有意打击大王一统天下的雄心不成？眼下刚刚对韩国用兵，以后还要兵发齐国、燕国等国，若是现在大王退却，以后如何成就大业？情急之下，他忙朝周东暗使眼色。

周东将司马史的眼色尽收眼底，回应了他一个淡然的笑意。王黄看似微眯双眼，却也将二人的互动看得清清楚楚。

魏王沉吟半晌，回身望向了王黄：“相国有何高见？”

王黄笑了一笑：“齐国连年丰收，粮草充足，还好说一些。燕国地处偏僻，本身就缺粮少草，赵国和魏国唇齿相依，若是平常买上几万石的粮草，赵王不会有疑。只是赵王和韩王也十分交好，若是韩王向赵王求情，赵王必会下令不许姜家收粮。”

“齐国粮草充足，不想卖与魏国也可以不卖，燕国也缺粮，可以卖给燕国或是秦国。”吕唐冷不防插了一句，哈哈一笑，“不怕大王生气，也就是周兄和姜家出面，齐国才肯卖粮，换了别人，哼，出三倍价钱也不卖。不过若是魏国买齐粮是为了灭韩国，齐国也不会坐视不理。”

魏王有意让吕唐在一旁听得清楚，也是想从侧面了解齐王心思。各诸侯国之间，互为倚仗又互为牵制，魏国想要吞并韩国，至少也要有齐国、赵国的默许才行。

对于说服赵国，魏王有七成把握，但对齐国却心中没底。魏国和齐国交往不多，正因如此，他才想出了联姻之计。

吕唐如此一说，魏王脸色一哂，又摇头一笑：“贤侄何出此言？魏国灭韩，对齐国来说，也并非坏事。韩国和齐国交界，对齐国来说，韩国也是威胁。魏齐如今已经联姻，若是齐国肯帮魏国灭韩，魏国愿与齐国共享韩国。”

周东一愣，下意识看向了王黄，正好迎上王黄疑惑的目光，他心中微微一跳，魏王在试探他之后，又在测试吕唐了。

吕唐大摇其头：“大王，齐国并无称霸天下之心，也不想吞并韩国，只想偏安东海，对共享韩国并无兴致。”

“这么说，齐国是两不相帮了？”魏王微微一笑，“如此也好，寡人可以没有后顾之忧地对韩国用兵了。”

“魏国对韩国用兵，与我无关，我来魏国只为迎娶公主。”吕唐含情脉脉地看了魏任一眼，“若是大王允许我带周东一起回齐国，我回齐之后，愿多筹备粮草，以备魏国之需。”

司马史立刻看向了魏王，唯恐魏王答应吕唐。周东若是离开魏国，魏韩大战将失去最大的支撑，胜负就未知了。

谁也没有想到的是，不等魏王答话，王黄却抢先说道：“太子殿下想多了，周公子已是魏人，非但要在魏国为官，还要在魏国成家，怎会再去齐国？”

吕唐叹息一声：“周东，你真的铁了心要留在魏国了？魏国哪里有齐国好？真想不通你到底要做什么。”

周东淡然一笑：“如今中山和魏国已是一家，我留在魏国就是留在中山。再者，上有大王赏识，中有相国和司马将军抬爱，下有妹妹愿与我相守，魏国于我而言，已是家国。”

“好一个家国。”魏王大赞，冲周东点了点头，“你有如此想法，寡人心中甚喜。若是你能助魏国打败韩国，寡人封你为韩君又有何不可？”

司马史脸色微微一变，攻占韩国，即便魏王不封他为韩君，至少也要给他封地。不料魏王却当着众人之面许诺封周东为君，周东虽对他和司马运帮助不少，却远不及他和司马运亲力亲为征战沙场之功，魏王重赏周东而不赏他，莫非就是因为周东曾为中山国太子，是为了宽慰周东并让中山百姓安心？

王黄却是瞬间猜到了魏王有意分化离间司马史和周东的用意，如今乐羊大势已去，魏作尚未回来，司马史父子若与周东联手，在朝中势必会势头大涨，魏王是担心尾大不掉，故有意抬周东而压司马史。想到此节，他眼神迅速扫过司马史和周东。

司马史脸色微变，周东不动声色，王黄暗暗一笑，司马史是关心则乱，周东却是清楚魏王并无真正封赏之意，是以并不动心。

当然，更主要的是周东并不想过快地被魏王重用，他的复国大计是徐徐图之之策，若是操之过急，很容易马失前蹄。

在力量没有建立之前就时刻在魏王的眼皮底下，很容易被盯死，周东很明白欲速则不达的道理。当然他也知道魏王是借封赏他之名行打压司马史之实，他当即惶恐后退一步："大王，万万不可。小民若能帮魏国打败韩国，是小民理所应当的分内之事，不值得封赏。倒是司马将军，为魏国尽心尽力，才应大大封赏。"

"不敢，不敢，老臣为大王分忧是身为臣子的应尽之责，怎敢邀功？乐将军以一人之力灭掉了中山国，毫不居功自傲，老臣何德何能？"司马史心中稍定，此时也想到了魏王用心，暗暗为刚才的一时情急而懊恼，朝周东投去了感激的一瞥。

魏王见周东推辞不受，又抬出了司马史，心中微有不喜，还想再说什么，吕唐却及时进言说道："大王，封赏周东之事稍后再议不迟，倒是我和公主的婚事，该尽快落实才好。父王也盼望我早日回去团聚。"

魏王回身看了魏任一眼："任儿，你意下如何？"

魏任波澜不惊，却漫不经心地看了周东一眼："如今正值魏韩两国交战，女儿想多留几日，以宽慰父王。"

魏王摆了摆手："也不必如此，三日后，你便随吕唐太子启程前往齐国完婚。"

"是。"魏任迟疑片刻，还是应下了。

"大王，大王！"

洛古远远地一路小跑赶来，一脸的喜形于色："大王，好事，好事，太子三日后返回安邑！"

这么快？周东看向了司马史。司马史和他一样，一脸惊诧！

第三章

终究意难平

正是中午时分，站在王宫之外，周东被阳光刺得睁不开眼睛。他微眯双眼，朝吕唐笑了一笑：“恭喜吕兄即将迎娶公主。”

“恭喜我？我是该恭喜你逃过一劫还是又来一难？”吕唐没好气地哼了一声，“齐国既是富饶之地，又是安稳之乡，为何不随我前去齐国？你以为魏作会容下你不成？”

司马史朝周东拱了拱手：“老夫即将启程前去征伐韩国，周公子，待老夫得胜回朝之时，再把酒言欢，告辞！”又朝吕唐点了点头：“承蒙吕唐太子关照，周公子留在魏国由老夫照应，必定一切无虞，不必多虑。”

等司马史走远了，吕唐才摇了摇头：“他都自身难保了，还能照应你？再有公主也要随我前去齐国，周兄，你留在魏国真的只有死路一条了。”

魏任也是一脸忧色：“哥哥为人心志坚定，比起父王还有过之而无不及，周公子若真的留在魏国，怕是哥哥不能容你。你不如和姜姝妹妹一起，随我前去齐国，也好过留在魏国随时会有杀头之患。”

姜姝拉了拉周东衣袖，虽未说话，眼神却是有了动摇。她也听说过魏作其人，父亲和哥哥都说过魏作是各诸侯国太子中，最沉稳也是最有希望担当大任的一个。今日所见所闻，更是验证了魏作其人非同小可的传闻，她再次产生了要周东前去齐国的想法。

周东却坚定地摇了摇头，回身看向了王黄：“魏作太子有容人之量，他志在四海，怎会容不下一个亡国太子？况且又有相国辅佐，魏太子必不会肆意而为。”

王黄被周东点名，哈哈一笑：“老夫虽教过太子读书，不过太子长大之后，性情日渐坚韧，怕是老夫的话，太子也不会听了。不过太子性情虽然坚韧，却并非不讲道理之人，他若真想杀周东，老夫倒还真得和他说道说道。”

王黄之话，等于是表明要帮周东求情了。周东心领神会，当即冲王黄拱手一礼：“多谢相国。择日不如撞日，相国可否随在下前去善信阁一叙？”

“这……”王黄面露为难之色，有意无意地看了吕唐一眼，“怕是多有不便之处。”

“有何不便？王相国有话不妨直说，吞吞吐吐让人还要猜来猜去，恁地气人。”吕唐转身就走，不理众人：“一路紧赶慢赶，太过劳累了，周兄，我先回去休息，他日再叙旧。”

望着吕唐扬长而去的身影，王黄哈哈一笑：“唐太子真乃性情中人，恭喜公主喜得如意郎君。”

魏任微叹一声：“终究意难平。”

“总要好过司马公子。”姜姝轻声安慰魏任，“公主为魏国百姓，甘愿远嫁齐国，魏国百姓必会铭记公主恩德。”

魏任摇了摇头：“生在帝王家，为父王分忧，为百姓谋福，本是分内之事。好了，我也要回府了，来日再聚。”

董群落在后面，等公主走远了，他才来到周东身边，朝周东微一拱手：“周公子，在下察觉公子周边有异常杀气，恐有人会不利于公子，还望多加留意。”

“多谢董将军。”周东郑重其事地朝董群施了一礼，“董将军两次救命之恩，无以为报，当铭记在心。”

董群淡然说道：“周公子不必如此，在下并非救你，只为保公主周全。”他又环顾四周，“此人武功极为高强，公子身边之人无人可敌，务必小心为上。”

周东点头，猜到应该是欧阳乐从中山国带来的刺客。除掉欧阳乐是意外收获，只是不知道刺客现在藏身何处，想必也不会再留在乐府了。

吕唐和公主一走，周东和王黄对视一眼，二人会心一笑，知道现在没有了吕唐和公主，就是没有不便之处了。

王黄乘车，周东和姜姝同乘一车，缓缓朝善信阁而去。几人都没有察觉的是，在身后不远处，有一个小小的身影一直在暗中尾随，直到车辆停在了善信阁门口，周东、姜姝和王黄陆续下车之后，那身影才隐身到了暗处。

正是幔陀。

幔陀换了一身魏人的打扮，有意戴了斗笠，以纱遮面，让人看不清面容。只裸露在外的一双眼睛看似平静，却蕴含了即将迸发的怒火。

她躲在拐角处，一直等周东、王黄和姜姝的身影消失在了善信阁的门口，才收回目光，转身朝乐府的方向走去。

乐府此时已然乱成了一片。

乐羊在王宫大殿之上被射了一箭，被王宫的大夫包扎之后，他就急急回到了府上。乐羊旧伤未好，新伤又至，再加上急火攻心，回到府上当即昏迷不醒了。

顿时吓坏了所有人。

全府上下都行动起来，请名医、烧热火，为乐羊医治。乐城和乐旦忙前忙后，却又帮不上什么忙。乐城气得大骂周东，连带骂了魏王、公主和司马父子，甚至还骂了王黄。乐旦虽也痛恨害爷爷昏迷不醒之人，却不像乐城一样骂遍所有人，她只是默默流泪，希望爷爷快快醒来。

乐城甚至还说他要叛逃出魏国，连夜前往韩国，要助韩军反击魏军。

还好乐羊只昏迷了一个时辰就醒转过来，听到乐城的气话，当即打了乐城一个耳光，骂他大逆不道。

乐城还嘴硬："大王昏庸，不明是非，明明周东藏身魏国包藏祸心，他却沽名钓誉，不肯杀了周东。董群一个公主家将，当众射了爷爷一箭，大王却毫不追究董群之罪，如此偏心，谁还认他为大王？"

"大王待乐家不薄，乐城，你再敢如此忤逆，爷爷将你逐出家门！"乐羊气得拍打床边，"传了出去，是杀头灭门之罪。"

"爷爷……"乐城"扑通"跪倒在地，"爷爷难道还看不出来，即便爷爷再对大王忠心，早晚也会被大王嫌弃。与其坐等被大王扫地出门，甚至是打入大牢，还不如及时走人，也好过到时落一个身败名裂的下场。"

"就是死，老夫也要死在魏国！"乐羊努力想要下床，他气得脖子上的青筋暴起，"逆子，老夫要打死你！你不配当乐氏子孙！"

"爷爷！"乐旦放声大哭，上前抱住了乐羊，怒视乐城，"哥哥你不要再说了，你想气死爷爷不成？"

"噗！"乐羊一口鲜血喷出，从头到脚喷了乐城一身，他颓然倒在床上，手都无力抬起了，手指颤抖，“你、你、滚出去！”

乐城默然磕了三个头，转身出去了，刚一出门就看到了迎面走来的幔陀，顿时被幔陀冰冷的目光和一身的杀气吓了一跳。

“出什么事情了，幔陀？”

“欧阳相国被魏王杀了。”幔陀守在王宫外面，见到了欧阳乐被当场斩首，她本想出手相救，奈何武士太多，只好作罢，“听人说魏王是听信了周东的谗言！”

“又是周东！”乐城怒不可遏，拔剑在手，一剑斩断了身边的一棵小树，“恨不得周东如此树，被我一剑斩杀。”

“乐公子尽管放心，我一定斩杀周东为欧阳相国报仇！”幔陀朝乐城微一点头，匆忙来到了乐羊房间。

得知欧阳乐被魏王处死的消息后，乐羊仰天长叹一声，热泪长流。既是为了欧阳乐之死落泪，也是为了魏王不明是非，居然听信司马史和周东的谗言而伤心。

他在魏国多年，又屈身在王黄府中，为了出人头地，甘愿为门客。总算等来了征伐中山国的机会，甘冒被中山百姓唾骂为千古罪人之名，以中山人的身份灭了中山国，原本以为可以换来魏王的信任和重用，却不承想，封赏太子魏作为中山君也就罢了，对他还是处处提防，怎不让他寒心？

更想不到的是，明明周东藏身魏国是为了复兴中山国大计，魏王却被周东的巧舌如簧说服，信了周东之语，连公主的家将当众射他一箭，魏王也是既不呵斥也不加以责罚，分明是偏袒董群。难道在魏王眼中，立下赫赫战功的他还不如一个家将？

其实刚才乐城所说的气话，何尝不是他心中的郁积所在？只是他身为大将军，有些话只能烂在肚子里不能说出来，一出口就是杀身之祸！

没想到，更让他气愤的是，魏王竟然杀了欧阳乐！

说实话，若不是欧阳乐，中山国还没有那么容易打下来。魏王翻脸无情，不记欧阳乐的里应外合之情谊，却偏袒和中山军浴血奋战、杀死无数魏军的周东，竟将欧阳乐处死，如此做法，当真让人彻骨心寒！

乐羊万念俱灰，经此一事，他再难重获魏王信任，并且司马父子攻打韩国若是取胜，从此在魏国的地位更是如日中天，他再难入得了魏王之眼。

而司马运绝不会放过乐城，一定会和周东联手，想方设法灭了乐家。可惜的是，乐城过于刚正，不够油滑，又没有心机，断断不是周东和司马运的对手。

想到此处，为了保全乐家最后一根独苗，乐羊让乐旦扶他在床上坐起，拱手朝幔陀郑重其事一礼："幔陀娘子，老夫恳求你为魏国和欧阳相国，务必诛杀周东此人。若有机会，还请一并诛杀司马运。拜谢！"

第四章

花未全开月未圆

“爷爷……”乐旦眼含热泪，她最不想看到爷爷和周东反目成仇、自相残杀，却又不知道该如何劝爷爷收手，“周东哥哥毕竟曾和我们情同家人……”

“闭嘴！”乐羊怒视乐旦，“旦儿，你且记住了，万万不可有妇人之仁，稍有迟疑，会有灭顶之灾。”

幔陀漠然还了一礼：“乐将军不必如此，即便不为了魏国，为了中山国和相国，我也会诛杀周东此贼。至于司马运……若幔陀杀了周东还有命在，也会杀他以报乐将军收留之恩。”

乐羊再次拱手：“如此就多谢幔陀娘子了。你尽管在府中住下，日常所需，开口便是。”

幔陀点头致谢，转身出了房间。她脚步轻盈，如蜻蜓点水一般，很快来到了后院。回到房间，她从床铺中抽出一把长剑，抽剑出鞘，如一泓秋水，湛然如银。

“父亲，你说过湛然剑轻易不出鞘，出则必伤人。今日为了中山国，为了相国，湛然剑不取周东项上人头必不回鞘。”话一说完，她转身一剑，剑光闪处，一丈开外的蜡烛悄然断成两截。

周东正和王黄迈步走进善信阁的大门，忽然感觉一阵冷风吹过，不由得一缩脖子，哂然一笑：“好像是谁要取我的项上人头，好一阵妖风。”

“公子请留步。”

身后传来了孙西敢的声音，周东回头一看，孙西敢和两人正从对面的王孙酒坊走来。

来到近前，孙西敢先是朝王黄施了一礼，才恭敬说道："公子，此人乃是子良之父子与，刚刚出山，愿追随公子左右，保护公子周全。"

王黄不动声色地打量了孙西敢一眼，对孙西敢先冲他施礼的眼色暗暗赞许之余，心中猜测此人多半也大有来历，绝对不只是一个酒坊的东家，否则不会有如此眼力。

再看子与，浅眉，小耳，双眼虽大，却黯淡无神，一双大手粗大，干裂如树皮，身上还披了一件兽皮，分明是一个猎人，他就收回了目光，全然没有了兴趣。

周东想和王黄单独交谈，就摆了摆手："子与远道而来，先休息几日再说。"

子与不等孙西敢说话，向前一步："公子，小人只求留在善信阁中，不会时刻跟随在公子左右。"

周东也不好拒绝，只好点头："也好，木恩，你且安排一间房间让子与住下。不，再多安排一间，以便子良也可以随时住在善信阁。"

子良顿时喜笑颜开："谢谢公子。"

"周公子曾身居高位，如此细心，实属难得。"王黄微微一笑，"怕是姜小姐教导有方。"

姜姝脸微微一红："相国说笑了，小女子怎敢教导周公子？周公子本是细心之人，又天资聪颖。"

"哈哈，姝妹就不要夸我了，自家人夸自家人，让外人听了笑话。"周东一时大喜，一挽姜姝的胳膊，"姝妹，请。"

姜姝的脸更红了，挣脱了周东的手："相国在此，不得无礼。"

王黄将脸扭到一边："你们随意，老夫眼神不好，许多事情看不清……隔壁可是姜宅？"

周东心想，善信阁原本是王黄旧宅，隔壁是不是姜宅他比谁都清楚，故意有此一问，不过是有所暗示，想到了姜望罢了。

几人到了书房，分别落座之后，传先上了茶。周东见左右无人，就暗示姜姝可以从秘道去请姜公了。

姜姝一走，王黄就咳嗽一声，站了起来，负手看了看四周，见墙壁之上所挂画卷依稀还是当年的样子，再看桌椅摆设也是似曾相识，不由得心中微微一荡，朝周东拱手一礼："周公子有心了，当年老夫住在此处时，还是布衣，如今虽贵为相国，故地重游，如同回到了当年之时，多谢周公子成全。”

周东特意将书房按照当年模样布置一番，是专为了王黄而为，王黄非但看了出来，还表示了承情，他忙回了一礼：“相国客气了，也是相国当年的陈设很合在下心意，在下托人找到相国当年的故人请教，特意复原，怕是形似而神不似，远没有相国当年布置得高雅脱俗。”

王黄心中暗暗称赞周东的落落大方，有时双方都心里清楚的有意为之之事，若是都不点破还好，一方点破另一方故作不知，反倒落了虚伪。

“故人？”王黄猜到了是谁，故意有此一问。

“姜家家主姜望姜公。”周东郑重其事地说出姜望，也是出于尊重，“不瞒相国，妹妹去请姜公了，还望相国不要介意在下的唐突之举。”

王黄微微一怔，他虽然也料到今日到善信阁和周东会面，周东或许会在得到他的默许之后，请姜望过来一叙，不想周东自作主张，竟是先斩后奏，他心中的愠怒一闪而过。

周东察觉到了王黄的不快，暗暗一笑，忙道：“在下虽不清楚相国和姜公因何相识、相知又因何疏远，前些日子姜公大病一场，险些丧命，他也想通了许多事情，人生匆匆百年，能得几知己？千金易得，知己难求，姜公很是悔恨当年之事，愿当面向相国请罪，不求相国谅解，只想相国心安。”

王黄一时想起前尘往事，不由得百感交集：“罢了，罢了，和姜兄一别十余年，同在安邑，竟是再未谋面，老夫身为相国，能容天下，竟容不下当年的知己，惭愧，惭愧！”

“相国不必自责，有时并不是容不下知己，其实是放不下自己。”周东想起了数次要置他于死地的母后和弟弟，不由得感慨万千，“放不下自己，是没有智慧；放不下别人，是没有慈悲。”

王黄猛然一怔，拍手叫好：“说得好，说得太好了，此话当记之。”

“我来为相国研墨。”如此机会岂能错过，周东忙摆上纸墨。

王黄也没推辞，提笔蘸墨，微一深思，一挥而就：“以容己之心容人，为慈。以容人之心容己，为智。”

周东连连称赞：“相国书法大巧若拙，不落窠臼，不知可否赠予在下，悬挂于书房之中，以便在下日日警醒。”

“拿去便是。”王黄大手一挥，题了落款，又欣赏了几眼自己的书法，点头一笑，“今日难得手痒，又是周公子之语，自然要赠予周公子了。老夫想多问一句，周公子可否真的放下了别人和自己？”

此话意有所指，周东自然清楚，他更明白的是王黄对魏王的忠心，今日王黄肯屈尊前来善信阁，必有为魏王再探明他心意之因。

周东淡然一笑：“中山国被灭，固然有魏国恃强凌弱之故，也有中山国故步自封、不思进取之因，即便魏国不出兵进攻，也会有齐国、燕国和秦国对中山国虎视眈眈。中山国不励精图治，早晚被周边大国所灭，只不过魏国快人一步罢了。此事，我早已想通，也放下了。不放下又能如何？”

“而中山国被灭的背后，又有内患之乱。我被母后和弟弟陷害，虽对他二人心生不满，毕竟是骨肉血亲，若对他二人报仇，不是相当于亲手杀死自己的亲人？他们下得了手，我却不能。放下对他们的仇恨，就是放下对自己的仇恨。”

“哈哈，如此说来，周公子是既放下了魏国又放下了中山国，当真如此的话，老夫当敬你一杯。”王黄举起茶杯，“以茶代酒，略表敬意！”

“不敢，不敢。”周东忙回敬王黄，“其实表面上放下的是别人，实则放下的是自己。和别人过不去，就是和自己过不去，难受痛苦的还是自己，何苦如此呢？”

“正是，正是。”王黄心中隐有开朗之感，再看周东时的眼神，多了几分向往之意，“周公子可是喜爱老子的著作？”

“甚为推崇。”

“老夫对一句话一直不甚明了，可否请周公子指教一二？”

“不敢，愿抛砖引玉。”

王黄微微一抚胡须：“上善若水。水善利万物而不争，处众人之所恶，故几于道。居善地，心善渊，与善仁，言善信，政善治，事善能，动善时。夫唯不争，故无尤……此句何解？”

周东微微一愣，此句并非《道德经》中最难的一段，王黄却有意抛出此句，分明是在考究之外，还对他藏身魏国一事心有疑虑，并未全然放心。

倒是可以理解，王黄为人深谙中庸之道，在朝堂之上虽无对手也无帮手，却始终屹立不倒，深得魏王宠信，只因他对魏王忠心耿耿，从无二心。

周东清楚如果照本宣科地解释，不会让王黄信服，王黄不信服他的解释，就不会放心他真是安心待在魏国，那么等魏作回来后，他还会有性命之忧。

微一沉吟，周东并没有马上作答，而是负手在房间中来回走了几步，一抬头看到了窗外一株傲雪红梅正在迎风怒放，他计上心头："红梅迎雪开，正是经历了一番彻骨寒冷，才会盛开得如此娇艳，艳压群芳。只是在迎雪怒放之后，还是会黯然凋落。人间最美的意境是花未全开月未圆，而花好月圆之时，虽是良辰美景，却也是如烟花一般，最璀璨的时刻只有一瞬。"

第五章

相逢一笑

王黄微微摇头："老夫并不赞同周公子之言，即便只有一瞬，也要尽情绽放，方不负韶华。"

周东听出了王黄话中另有所指，也有诱导之意，不由得一笑："相国所说也是没错，人各有志，有人宁愿平淡一生，有人却愿战死沙场，只求盛名；有人如火，轰轰烈烈一场，燃烧一切并带来光明；有人如水，涓涓细流，滋润万物，滋养生命。在下更愿意是水，水无定势，有时静若无形，有时汹涌澎湃，在天为云，在地为河，云泽天下，水润万家，利万物而不以为功。就连众人都厌恶的低处、脏处，水也不会嫌弃而灌溉，或是被人唾弃也不会有怨言，几乎接近了无言的大道。"

王黄点头，笑而不语。

"是以君子当如水一般，起居都要选择吉祥之处，以善心处世，常与人善谈仁爱，所言、所行要诚信，所说、所做要于国、于百姓有益，处事和行动要善于寻找时机，以不争的心态为人，只有如此常怀不争之心，才能万事无忧……"周东谦恭一笑，"在下才疏学浅，不知此番解说能否入得了相国之耳？"

王黄哈哈一笑："虽说上善如水，利万物而不争，只是水多成河，河多成灾，同样是水，雨水浇灌万物，洪水摧毁家园。"

"相国所言极是，同是王道，既能造福百姓，也能让百姓流离失所。是以仁者行王道，强者行霸道。故君子如水，融入王道，则利万物而不争。跻身霸道，则毁万物而不惜。洪水来临之时，每一滴水都不是无辜的。"

“妙，此句甚妙。”王黄拊掌叫好，他听出了周东的言外之意，“若是周公子真心愿意留在魏国为魏王效力，老夫愿在太子面前美言几句。太子年纪虽幼，却胸有大志，魏国必会在太子的执掌之下，日益强盛。”

“多谢相国提携指点！”周东见王黄总算说出了他想听的话，当即躬身一礼，“在下愿追随太子殿下左右，为魏国效力！也愿拜相国为师！”

王黄吃了一惊，连忙摆手：“不敢，老夫可担当不起。周公子学识过人，老夫愧不敢当。”

周东拜王黄为师一是为了学习魏国礼仪和传承，二是为了更多地和王黄走近。魏作回归后，魏王必会想方设法制衡司马父子，乐羊大势已去，他不能将身家性命寄托于司马一家。如今魏国可与司马父子匹敌之人，除了魏作之外，唯有王黄一人而已。

周东很清楚，即便魏作可以一时容他，对他却总会有提防之心，毕竟他二人年龄相仿，又同为太子，魏作又如此傲然，必会对他多有猜忌。他只能左右逢源，同时借司马父子和王黄之势，才可保命。

“相国是认为在下愚笨，不配当你的弟子了？”周东不肯退让，如此时机他不容错过。

王黄虽也爱惜周东之才，对周东安心留在魏国之说也信了大半，却还是不敢收周东为弟子，毕竟他曾是太子之师。且他也心里清楚，一旦他收了周东，周东之事便是他的事情，万一周东有了异心，他也会有摆脱不了的干系。

“并非如此，并非如此！”王黄叹息一声，扶起周东，“周公子有所不知，老夫曾为魏作太子之师，若再收你为弟子，一者唯恐太子不喜，二者于礼法不合。”

“王兄如此推托，定是对老夫还心有怨言，连累老夫这个女婿了。”门外忽然传来姜望洪亮的声音，门帘一响，姜望和姜姝迈步进来，姜望哈哈一笑，“相国在上，请受小民一拜！”

说话间，姜望推开姜姝，撩袍弯腰，“扑通”一声真的跪拜在地。

王黄顿时吃了一惊，愣了片刻，随即上前扶住姜望：“姜兄何必如此？你这是非要折杀老夫不成？”

通常来说，即便是平民百姓见到如王黄一般的相国，也不必下跪，除非是官司在身，何况如姜望一般的巨商，虽无官职在身，却也德高望重。

更要紧的是，姜望和王黄曾是故交，当年二人情同手足，相识于微末之时。

姜望故意有此一跪，是一箭双雕之意，一者为当年之事借此一跪向王黄认错并且道歉，二者正好在门外听到周东要拜王黄为师，而王黄推辞，他原本是想进门之后先向王黄深鞠一躬，进门之后却改变了主意，决定倾情一跪，让王黄无法推辞！

所谓江山易改，本性难移，若说最了解王黄之人，并非魏王，毕竟在魏王面前，王黄还有所保留，不会真性情流露。

而是姜望。

姜望初识王黄之时，王黄才是一介布衣，二人曾促膝谈心、秉烛夜谈，相交甚久，都对对方的性情了如指掌。王黄为人中庸，行事圆润而不刚硬，一心求得事事圆满。只是世事怎能尽如人意，往往面面俱到却总是会顾此失彼，因此王黄性子虽好，却不够坚定，往往失之犹豫。

姜望正是吃准了王黄的性情，跪地不起："相国方才定是没有听清老夫所言，你不肯收周东为弟子，是不是因为他是老夫的女婿？"

"这……从何说起？"王黄骑虎难下，见姜姝娇羞含笑，又见周东一脸恳切，他实在不忍再拒绝，"也罢，老夫就收了周东这个弟子。姜兄，你快快起来。"

姜望一跃而起，哈哈一笑："王兄你还是当年的性子，非要逼你一逼，你才肯使出全力。"

王黄上下打量姜望几眼，不由得一时感慨："数年未见，姜兄两鬓的白发又多了不少，岁月不饶人，你我都老了。"

"和王兄相比，小弟是老了许多，倒是王兄风采依旧，不减当年。"姜望也是百感交集，"你我二人同在安邑城内，竟是一别十余载未曾谋面，当年的情同手足，莫非都是虚情假意？"

"真有十多年了吗？"王黄悚然而惊，屈指一算，不由得摇头叹息，"还真是光阴如箭，转瞬竟是过了十几年，你我当年本是微末小事，何至于一别十余年不相往来？年少气盛要不得。"

"若说当年是年少气盛，后来年岁渐长，你我依然互不理睬对方，就不是气盛了，而是气大，谁也放不下颜面，哈哈。"姜望挽着王黄的手坐下，又亲自倒茶一杯，"王兄，当年小弟悔不该不听你之言，还一时气盛之下，要和你割袍断义，错在于小弟，小弟在此正式向你赔礼道歉，还请王兄原谅小弟当年的无知和意气。"

周东眼眶微微温润，二人历经几十年的友谊重归于好，实在难得。他转身看向姜姝，姜姝也是喜极而泣。他抓住姜姝小手，轻声问道："姜公和相国当年所因何事？"

姜姝摇头："我也不知，好像是和相国的儿子王左有关。"

"此事说来话长，且容老夫慢慢道来……"姜望听到周东和姜姝的对话，他坐在了王黄的旁边，轻抿了一口茶，微眯了眼睛，"话说当年老夫初来魏国，意气风发，和王兄一见如故，结为至交。当时老夫生意刚刚起步，而王兄也是初入朝堂，我二人常在一起吟诗作对，纵论天下，一时快意。"

王黄也陷入了对往事的回忆之中，接过了姜望的话："老夫初入朝堂，心高气傲，总想做出一番了不起的大事。时魏王也是登基不久，意欲征伐赵国。众人皆劝魏王三思而后行，只有老夫力劝魏王出兵。姜兄私下也不赞同魏王征伐赵国，毕竟魏、赵曾是一家，三家分晋之后，魏、赵互为倚仗，若是攻赵，会让天下人不齿。"

姜望点头说道："老夫和王兄争论多次，互不相让，谁也没有说服谁。王兄刚刚弱冠之年的儿子王左和老夫也是无话不说，他也赞同老夫的看法，反对王兄说服魏王出兵。后来魏王还是出兵赵国，结果大败。王兄因此受到魏王责备，被罢官在家。老夫前去看望王兄，王兄意志消沉，一心想要出世不理世事，王左一时气愤之下，顶撞了王兄几句。"

王黄长叹一声："老夫本来被魏王责备心情不好，又因朝中大臣嘲笑而心灰意冷，不想王左还指责老夫错估形势，当初就不该力劝魏王攻赵。老夫一时生气，痛骂王左一番。不料姜兄还替王左说话，怪罪老夫不该因王左是后生晚辈就听不进他的忠言。老夫气极，将魏军失利的原因全部归罪于姜兄！"

姜姝忍不住插嘴问道："相国如何归罪于父亲？父亲只是劝说王兄不要说动魏王攻打赵国，并无其他不妥之举。"

周东猜到了什么："莫非是王兄想让姜公资助魏兵，姜公并未答应？"

"正是。"王黄连连点头，"还是周公子了得，一语中的。时姜兄的粮草生意已经初具规模，魏国和赵国之战，败不在于魏兵不如赵军，而是粮草不济。若姜兄紧急调配十万石粮草，魏军必能转败为胜。姜兄却以不介入诸侯国之战为由，拒不调配粮草。老夫盛怒之下，当着王左之面，将魏军兵败之过全部归咎于姜兄。"

第六章

拜师

姜望一脸愧疚："并非老夫身在魏国不以魏国大事为重，而是老夫来魏国之前就立下规则，姜家生意只为百姓谋福，不和官府交易。再者也是老夫认定魏国征伐赵国，不合情理。王兄如此指责老夫，盛怒之下，说了一些指责之话，老夫勃然大怒，当即提出要和王兄恩断义绝。"

王黄苦笑摇头："老夫也是一时鬼迷心窍，当即割袍。姜兄愤恨离去，老夫也未加挽留。晚上，老夫气消了一些，有意让王左代为传话，想让姜兄再来府上一叙。不料王左却和老夫吵了一架，说老夫气量狭小，胡乱指责他人。老夫以为王左受了姜兄蛊惑，打了王左一个耳光，让他面壁思过。

"三日后，王左不辞而别，没有留下只言片语。老夫却是清楚，王左是对老夫的所作所为伤心失望至极！老夫明知自己有错，却不肯放下颜面去找姜兄说个清楚，又将王左离家出走之事归罪于姜兄，如此就一连过了十几年未曾和姜兄再有交往！"

"其实说来也怪老夫太好颜面，放不下身段向王兄认错！"姜望也是一脸自责之色，起身又朝王黄躬身一礼，"事后老夫也追悔莫及，为何非要意气用事，不肯低头？何况身为魏国商人，为魏国效力也是人之常情。若当时老夫真的调配十万石粮草，或许魏军不至于惨败，而王兄也不会受到魏王责怪。"

王黄忙起身还了一礼："怎能怪罪姜兄？此事全因老夫而起，若不是老夫立功心切，急于迎合魏王，也不至于有魏军大败之事。魏军败北之后，老夫本该痛定思痛向你认错才对。"他后退一步，一揖到底，"这一错，晚认了十几年，今日若非周公子居中周旋，也许老夫会抱憾终身！”

姜望热泪盈眶，忙扶起王黄：“王兄不必如此，不必如此，当年老夫也有大错。你我二人就不必再为当年之事耿耿于怀，都是往事不可追回了。”

“正是，正是。”王黄也是眼眶湿润，一是当年之事确实让他难以释怀；二是再次触动了伤心往事，想起了下落不明的王左。他深吸一口气，转身朝周东深施一礼：“老夫感谢周公子的成全之恩。”

周东忙不迭地还礼：“相国折杀在下了，不敢，万万不敢。相国和姜公都是人中之杰，只因太在意对方，才一别十几载。今日重归于好，还望日后相扶相携，共助魏王大业。”

姜望暗暗点头，周东时刻不忘魏王大业，相信可得王黄真心认可。

王黄紧握周东双手：“自今日后，你便是老夫的弟子了，你还叫我相国不成？”

周东会意，当即躬身一礼：“夫子在上，请受弟子一拜！”

“哈哈。”王黄开心大笑，忙扶起周东，“不如今日好事成双，由老夫做证，你和姜姝正式定亲可好？”

姜姝正沉浸在父亲和王黄握手言和的喜悦之中，冷不防王黄话题一转落在了她的身上，顿时娇羞无限，转身就要躲到屏风后面。

周东却是一把拉住姜姝，哈哈一笑：“姝妹何必如此？你我本不是寻常儿女，既然你我情投意合，又有夫子和姜公在此，择日不如撞日，姝妹若不嫌弃，可愿嫁我为妻？”

姜姝脸上娇羞之意渐去，眼神中多了坚定：“小女子愿嫁与周东为妻，生生世世，永不相离。”

“好，好。”王黄接连叫了几声好，“笔墨何在？”

周东又亲自为王黄研墨，王黄奋笔疾书，一挥而就：“两姓联姻，一堂缔约。良缘永结，匹配同称。宜室宜家，尔昌尔炽。谨以白头之约，书向鸿笺。此证！”

“此为婚书，若你二人谁有违背，老夫定不饶过。”王黄将婚书写好，落款题名，又将笔交与周东，“周东，你和姜姝各自署上姓名，以资永记。”

“是。”周东恭恭敬敬地写上了自己的名字，又将笔交给姜姝。姜姝也毫不迟疑，郑重其事地在周东名字旁边写下了自己的名字。

“王兄此举甚好，日后若是民间效仿，王兄当为开创先河。”姜望拿起婚书，连看几眼，赞叹不已，“此法应当推广开来。”

“好主意。”周东顿时灵光一闪，“姜公让人赶紧定制一批红纸，以烫金‘婚书’二字为封面，并刻上姜家专用印记以彰显身份标识，若是拿到市场售卖，定会大受欢迎。”

“哈哈，好你个周东，身为中山国太子，如今竟也如此有经商头脑，了得，实在了得。”王黄开怀大笑，深为叹服周东的生意经，“如此看来，老夫深信你可以安心留在魏国接管姜家生意了。”

“何止如此。”周东心情大好，既认了王黄为师，又和姜姝正式定亲，是为双喜，“经商者，境界有三。一为自足，二为百姓谋福，三为天下苍生富足。自足自不用说，是为生计。生计之后，便是为百姓谋福，是丰收之年低价买粮存储，歉收之年平价卖粮，以帮百姓渡过难关。而到了第三重境界，此时富甲天下，坐镇一方，调集天下丰产货物流向所需之地，让贫者有饭吃、有衣穿、有屋住，让富者怜悯穷人，让穷人怜惜牲畜，如此才天下和睦，苍生富足。”

一番话让王黄和姜望肃然起敬。

王黄敬佩的是周东身为太子，竟有如此博大的商人心胸。姜望敬佩的是他经商多年，始终在第二重境界徘徊，从未想过要让天下苍生富足。和周东相比，他还是差在了格局和胸怀上。

“仓廪实而知礼节，衣食足而知荣辱，上服度则六亲固。四维不张，国乃灭亡。下令如流水之原，令顺民心……是以商人乃是国之重器，应当有以造福天下苍生为己任的气魄。”周东慨然一笑，“有恒产者有恒心，百姓安居乐业，丰衣足食，则更需要教化，是以日后还要夫子多多教导弟子，好让弟子尽我所能，以一介商人之身，造福万民而不与天下争。”

王黄怦然心惊，周东一番话，既兼顾大义，又胸怀坦荡，最终又无欲无求，可为天下师表，如此人才、如此气量，自己再疑心他藏身魏国是为了谋反就太不应该了，当即举茶在手：“周东，为师敬你一杯！以你之才学和见识，又有如此气度，当为天下楷模！”

周东接过姜姝递来的茶杯，示意姜望和姜姝同举：“我有三宝，持而保之：一曰慈，二曰俭，三曰不敢为天下先。慈，故能勇；俭，故能广；不敢为天下先，故能成器长……”

见周东又引用了《道德经》之言表明心迹，王黄点头会意一笑：“周东你多虑了，为师对你深信不疑，若是他人不信你，自有为师替你担当。”

“多谢夫子。”周东一饮而尽，有了王黄此话，可保他在魏国地位稳固。

随后，王黄又和姜望说了许多，二人追忆往昔，说笑间，到了傍晚时分。周东让人上了饭菜，又让孙西敢送来了王孙美酒，王黄和姜望同时大醉。

醉后的王黄多了几分真性情，他拉着姜望的手，忽然脸色微微一变：“姜兄的身体似乎微有小恙，内火外热，大补过度。”

姜望之前听周东说过他虚不受补，后来停了一些补药，不过却一直食补，今日听王黄一说，顿时为之色变：“王兄可知老夫病源何在？”

王黄在未入朝堂之前，曾学医，医术相当高明。后来从政后，不再为人看病，是以姜望对周东之话半信半疑，却对王黄所说深信不疑。

“姜兄之前应该是大病一场，风邪入体，幸得及时就医，恢复了七八。只是突然又大补，脾胃虚弱之时，虚不受补，反而伤了脾胃。后来又不再大补，却还食补，脾胃尚未恢复元气，又一再进补，正好抵消。长此下去，你的身体是好不了了。”王黄为姜望把脉片刻，仔细端详了姜望气色，“姜兄你还好遇到了明医，否则此关难过了。只是为何明医没有让你停用食补？你现在只需静养，保证正常饮食，三个月后，即可大好。”

“惭愧，惭愧！”姜望朝周东施了一礼，“明医告知老夫切勿再进补，老夫信了一半。后来姜远再三叮嘱老夫，说他听了城中名医冯圣手之言，务必继续进补，且开了不少方子，老夫就、就……”

“明医竟是周东？”王黄既惊又喜，回身问道，“周东，姜公之病，你可知根源？”

周东将姜望之病的前因后果说了一遍：“弟子虽不敢胡乱猜疑，却总觉姜公子有故意误导之嫌，从妙关之事再到背阴之地，再到大补和食补……”他不忍再说下去，以免有挑拨离间之嫌。

王黄面有凝重之色：“姜兄，明医和名医，一字之差，有天渊之别。所谓盛名之下其实难副。老夫劝你以后从饮食到起居，只安排最为亲信的人亲力亲为，粗茶淡饭足矣，不可大鱼大肉，人参、灵芝等大补之物，更不需要。”

第七章

结盟

“老夫记下了。”姜望眼中闪过愠怒之色，他从王黄和周东的话中听出了弦外之音，虽未明指姜远有不轨之心，却暗示的意味明显。

姜姝到底年轻，不如姜望沉稳，她不敢相信：“相国、周兄，莫非哥哥真有加害父亲之心？”

王黄咳嗽一声，顾左右而言他：“周东既有经商之才，又有医术仁心，可为国之栋梁。”

周东也咳嗽一声：“夫子过奖了。姝妹，姜兄之事，宜从长计议，或许他也只是受人蛊惑或是被人所骗，不可操之过急得出结论。日后只要姜公多加留意，相信姜兄也会知难而退。”

王黄及时转移了话题：“周东，你和司马父子颇有交情，他二人力主攻打韩国，你以为魏国能否打败韩国？”

“首战必胜，至三战三捷后，便互有胜负。”周东知道王黄有考他之意，他也有意知道王黄对魏韩之战的真实想法，“夫子是否认为魏国不应对韩国用兵？”

“国虽大，好战必亡；天下虽安，忘战必危……用兵之道，在于平衡之间。”王黄意味深长地看了周东一眼，“周东，不瞒你说，原本你力挺司马父子说服魏王对韩国用兵，老夫以为你是要为害魏国。后来得知你执掌了姜家粮草生意，便又认为你是想借机大发横财。今日和你一谈，才知道你的真正用心。”

周东心中一紧，表面上不动声色：“请夫子赐教。”

王黄平常在朝堂之上，只是公事公办，即便有个人想法，也会审时度势，随顺魏王心意，极少流露自己真实所思。回家之后，王之又过于年幼，无法体会他对时局看法。今日难得有相匹配之人，又有了几分醉意，压抑了许久的心思不由得有了卖弄之意。

“魏王早有一统天下之心，奈何北有强赵西有蛮秦东有富齐南有大楚，四面受敌，不可轻举妄动，牵一发而动全身。后得了其机，借道赵国灭了中山国，虽中山国是小国……”王黄不由得多看了周东几眼，见周东一脸淡定，才又放心说道，“魏王初试锋芒，灭中山国而试各诸侯国，是为投石问路。各诸侯国，除了齐国稍有异动之外，其他各国都只是口头不满，魏王气势大盛，既然利剑出鞘，只斩了一狼必然不行，还要杀虎取豹才显魏国之威。强赵蛮秦富齐大楚，齐国兵力最弱，是以出兵齐国最为上策。”

周东心中大跳，王黄也看出了出兵齐国对魏国最为有利，而力主伐韩是他的主意，伐韩是削弱魏国之计，莫非被王黄看出了不成？

王黄抚须一笑：“只是齐国兵力虽弱，却最为富裕，以魏国如今国力，三年难以攻下。若是退而求其次伐韩，也不失为一条计策，老夫深知魏王心思，此时他气势正盛，若不攻打一国以泄其锐气，怕是哪位王公大臣就要遭殃了。是以其实朝中群臣，应当感激你和司马父子。”

周东暗喜：“这么说，夫子也是赞成出兵韩国了？”

“若以老夫个人所看，并不赞成魏国出兵。但若要让魏王的气势有所指向，征伐韩国是为中策。”

周东暗道，王黄在朝堂沉浸太久，湮没了自己的主见，一切以魏王的喜好为准。他不甘心，又问：“若以魏国而论，出兵韩国是否正当其时？”

王黄忽然叹息一声：“魏国被尊为中原第一大国，实则外强中干。如今积重难返，许多大臣尸位素餐，民间也多有怨言。或许只有等太子魏作继位之后，大胆变革，才能让魏国真正富强起来，成为中原第一强国。若以老夫之见，魏国并非齐国之敌，是以魏王才和齐国联姻，唯恐齐国兵发魏国。或许魏国吞并了韩国之后，借韩国的强弓硬弩、坚兵利器，才能北吞赵国西攻秦国。”

原来王黄也看出了魏国内部虚弱的事实，周东暗自庆幸，若非借姜望之势牵动王黄往事，又拜了王黄为师，再加上王黄喝了酒，他断断不会说出心中之话。王黄在朝堂沉浸多年，早已养成了凡事留三分的习惯，尤其是他对时局和政事的真正看法，除非是对魏王，对他人轻易不会透露半分，以免贻人口实。

因此王黄在朝中位高权重，从不拉帮结派，却也极少被人背后议论，盖与王黄为人持重，从不参与朝堂之争，也是他一向过于谨言慎行。

相信今日的王黄，朝中大臣并无几人见过。

“夫子所言极是，魏国如今内忧外患，正是紧要关头。”周东顺势说道，“越是如此，才越需要变则通。兵发韩国，迎太子魏作还朝，是魏王长远布局的大计，但这些还不够，还差一个关键人物……”

“谁？”王黄酒醒了大半，意识到多说了不少话，不由得心中微有懊悔。他小心谨慎多年，可能毕生之功毁于一旦。

好在他也相信周东和姜望都不会害他。

“王左！”周东抛出他的投石问路之人，眼睛紧盯着王黄不放。王左是王黄多年的心病，王黄就算再位居高位，再被人推崇，也是难解王左离家出走之心结。

“周东不要戏谑老夫，王左生死不明，他又是什么关键人物？”王黄自嘲地呵呵一笑，“老夫就当没生过这个儿子也罢，如此不忠不孝之人，上不能报效国家，下不能孝敬父母，是为逆子。”

“相国又如何得知王左兄没有报效国家、孝敬父母？”周东语惊四座，“或许十几年来，王左兄从未离开魏国半步，在暗中时时刻刻为国分忧，为夫子尽孝。”

“话不能乱说……”王黄先是一惊，随后摇头一笑，“老夫太了解王左的性情了，他若是还在人世，必定会远走他乡，即便是魏国周边之国，也不会在，远去燕国、秦国，不会在赵国、韩国。”

“若是王左兄真的身在魏国甚至是……安邑呢？”周东决心赌上一赌，他虽不认识王左，但根据刚才王黄和姜望所说，再加上他听来的王左之事的传闻，认定王左此人是虽固执却行事有分寸之人，必不会远离魏国，以便尽忠尽孝。

“哈哈，你是要和老夫打个赌不成？好，多少年了，还从未有人敢和老夫叫板，周东，你是第一个！也罢，既然你是老夫的关门弟子，和你赌上一把也没什么。不过你先说说，王左如何是关键之人了？”

“王左兄之才，可担大任，魏王有夫子辅佐，如虎添翼。太子魏作回魏国之后，必会培植自己的势力，他不便和司马父子正面为敌，而如今可和司马父子较量者寥寥无几，要么实力不够，要么胆量不够，要么智谋不够。若是太子有王左兄辅佐，也会如鱼得水。王左兄无论是实力、胆量还是智谋，堪为司马父子之大敌。”

周东一口气抛出了心中所想，他朝王黄施了一礼，“弟子恳请夫子允许，若弟子能寻得王左兄下落，必会劝他为太子所用，到时还请夫子居中周旋，玉成此事。”

“这……”王黄心思浮沉，闪过数个念头，寻思周东此举究竟何意。

姜姝冰雪聪明，猜到了王黄有猜疑周东之心，当即替王黄问出了心中疑问：“周兄此举是要让相国和司马父子为敌不成？你和司马父子关系莫逆，为何还要背后如此对他们？”

真是一个聪明女子，周东暗暗赞许：“姝妹多虑了，我和司马父子关系莫逆是不假，但又如何？司马父子坐大之后，必会为魏王忌惮，我所忠之人是魏王，并非司马父子。若司马父子忠心还好，万一有了不轨之心，岂非魏国之大患？为魏王计，为魏国百姓考虑，防患于未然才是上上之策。别说司马父子，若是夫子有了二心，我一向为魏王分忧，必会向魏王献策分化夫子大权。”

“哈哈，周东你不必如此，你的心意为师岂能不知？忠心可嘉，日月可鉴。”王黄心中最后一丝疑虑烟消云散，他心中大快，“若你真能寻得王左下落，为师就如你所说。不过若是没有寻得王左，你又如何？”

周东要的就是王黄这一问：“一切听从夫子安排。”

“若是寻不到王左，相助太子的重任就落在你的身上了。你以为师弟子身份为太子效力，相信太子也不会对你心存疑虑。”至此王黄真心相信周东一心留在魏国，是为魏国着想，为魏国分忧。

“敢不从命！”周东不再推辞，当即应允，“若能助太子壮大魏国，也算实现了弟子心中抱负，曾经的家仇国恨，从此可以化为魏国一统天下的雄心壮志。”

“善，大善！”王黄哈哈大笑，举起杯中酒，“来，共饮此杯，是为今日记！”

送走王黄，夜色已深。姜望不胜酒力，直接回了姜宅。姜姝本想留下再和周东说些话，周东却让她搀扶姜望回去，以免让人多说闲话。姜姝虽不十分情愿，却还是照办了。

第八章

三 难

月上中天，四下一片朦胧，周东酒意上涌，无心睡眠，叫来孙西敢陪他散步。孙西敢有意让周东和子与熟悉，让子与陪同。子与远远地跟在二人身后，并不上前。

“今日可有收获？公子一脸欢喜，应是一切顺利了？”孙西敢跟随周东多年，熟悉周东的一举一动，见周东醉意微醺之下，脸上始终荡漾笑意，就知道好事临近。

“和姝妹定亲了，是为一喜。”周东对姜姝从好感到喜欢，再到决意娶她为妻，也是认可了姜姝不离不弃的情意，“拜王相国为师，是为二喜。王黄再为姜公避开一难，是为三喜。不过三喜之后，还有三难。”

“恭喜公子，贺喜公子。”孙西敢大喜，当即说道，“三难之事，交由属下，定当办妥。”

“此三件事情颇为难办，不可大意。”冷风一吹，周东清醒了几分，“第一难是如何确保魏军的粮草源源不断。”

“不是有公子坐镇并且有姜家粮草渠道全力支撑，难道还不能确保粮草供给？”孙西敢微有不解。

“本来并无问题，可是魏作提前回来，事情怕是会有变数。”周东负手而行，冷风迅速冷却了酒意，“魏作胸怀大志，他必不会满足于魏国和韩国之战只在边境，他恐怕想要一鼓作气吞并韩国。如此，粮草的供给怕是会随着战事的深入而难以为继。”

“若魏军真的节节大胜，韩军溃不成军，公子，莫非真要助魏国吞并韩国不成？”孙西敢自然知道周东心意，并非真想让魏国壮大。

“当然不会。魏国若真的吞并了韩国，怕是真的会成为中原第一强国了，到时莫说中山国复国无望，怕是实力大增的魏国会先吞齐国后打赵国，不出十几载就一统天下了。”周东在假山前站住，手抚假山，“西敢，你派人前去军营一趟，暗告王松，让他尽快赢得魏达信任。若魏作真要一心吞并韩国，能阻止他的人只有魏达了。让王松务必劝说魏达和司马父子，不可速胜，要徐徐图之。我也会修书一封，交与司马运。”

“是，请公子放心，此事属下一定办妥。”孙西敢又问，“粮草之事属下就无能为力了，只能公子自行解决了。”

周东摆了摆手：“粮草之事，我会想法处置，大不了派人去赵国、燕国收购一些，也可供魏军半年到一年之用。最难的是第二难……”

“第二难是什么？”

“说服齐国对魏国发兵。”

“这……”孙西敢吃了一惊，一脸不解，“魏国和齐国刚刚联姻，正是关系密切之时，想让齐国对魏国发兵，断无可能。且以公子的大计来说，齐国现在对魏国用兵，未必太早了些。”

“并非真的用兵，只是虚张声势，让魏国首尾不能相顾，我好趁机行事。”周东主意已定，若是按照他的规划，至少还要一年之后才有复国之机，但眼下形势变化远超预期，魏作回来之后，必会打压司马父子，以他对司马父子的了解，二人断然不会坐以待毙，到时双方争斗的结果，要么内部消化，就是搅动朝堂局势；要么外部化解，就是继续攻打他国。

混乱之际，他才好行事，也方便借势、借力。

“此事属下也帮不了公子。”孙西敢一脸愧色，“若是上阵杀敌，属下以一当十，万死不辞，只是此事需要计谋和纵观局势，非属下之所长。”

“此事暂时也由我出面为好，需要时，说不定需要你到齐国一趟。”周东笑了笑，不以为意，“你自有你的本事，不必自责。第三难就要真正落在你的身上了……”

“公子请讲。”

“王黄早年有一独子名叫王左，因与他不和愤而离家出走，一别十余载下落不明。王左此人，既忠又孝，我料想他虽离家，却应该不离魏国，甚至就在安邑，并暗中照应王黄和王之。你想法寻得他的下落，不管用什么方法，也不管他在哪里，一定找到他。”

“此事包在属下身上。”找人的事情孙西敢不敢说在行，却有底气并且有明确的方向，他猛然想起了什么，回身说道，“子与，若是让你寻找一人，可有法子？”

子与跟随在周东和孙西敢身后三丈开外，上前说道：“小人自幼在山中打猎，跟踪猎物轻车熟路，寻人也不在话下。”

“好，此事就着落在你我二人身上了。”孙西敢哈哈一笑，“明日一早就去打听王左的长相和性情，我从街坊里巷之中旁敲侧击打听，你就当寻找猎物下手。”

“是。”子与恭敬回答，欲言又止，“公子，有一句话小人不知道该不该说。”

“但说无妨。”周东回身看了子与几眼，“有劳子与了。”

子与连称不敢，原以为周东曾经身为太子，如今虽然落魄，却还是司马父子和王相国的座上宾，又是姜家的乘龙快婿，远非他一个猎户所能高攀，不料周东并不看轻他，不由得心生感激：“方才小人一直追随在公子身后，感觉到了有一股若有若无的杀气始终盘旋在公子周围。小人打猎多年，一向嗅觉和感觉灵敏，公子是被杀手盯上了，成了他人的猎物。还望公子防范！”

“哦？”周东业已知道幔陀来了魏国，却并未太放在心上，“欧阳乐确实带了一名女刺客前来，此人名叫幔陀。不过是一介女子，不必过于紧张。晚间多让下人加强防备就是了。”

“公子，此女非同寻常，杀气咄咄逼人，就如，就如……”见周东不以为意，子与心中焦急，“就如一头伺机捕食的猛虎躲在林中，只待合适之时，一跃而出，一击毙命！”

周东还是并未太过在意：“此女你可认识？”

“并不认识。”子与倒也老实，如实说道，“小人虽然未与她交手，但只凭气息判断，小人并非她的对手，请公子允许小女子良与小人一同护卫公子周全。”

“西敢，真要如此兴师动众不可？”周东觉得不是很有必要，想要回绝。

“公子，子与也是一片忠心，且善信阁房间空置也多，何不让子良也搬过来，好让子与父女团聚？”孙西敢知道，周东怕让子良过来影响了王孙酒坊之事。

周东一想也是："如此也好。"

"多谢公子。"子与大喜。

是夜，周东早早睡下，善信阁大多房间都熄了灯火，只有几盏路灯点亮。

忽然，一团黑影悄然翻越墙头，悄无声息地落地，沿墙角朝周东的房间一步步逼近。路过子良的房间时，黑影迟疑一下，一闪而过，却在子与的房间之前猛然呆住。

她感觉到了房间中传来的危险气息，是一股久经沙场、杀伐果断的逼人气势。她静默片刻，侧头想了一想，闪了过来，来到了周东房前。

侧耳细听片刻，房间中悄无声息。她轻轻抽出湛然剑，湛然如秋水的宝剑在月下闪耀着森然的冷光，她将剑身插入门缝，手腕轻轻一抖，门应声而开。

依然没有一丝动静。

她放心大胆地推开门，一缕月光随即映照进了房间，可以看到床上一人侧卧，睡得正香。他英俊的面孔、挺拔的鼻子、坚毅的嘴唇以及一双浑然如半月的耳朵，无一处不散发着男子成熟而逼人的气息。

只不过周东的英俊和洒脱对幔陀来说无用，她一心想杀他为中山国百姓伸张正义，为欧阳相国报仇。

她一步步逼近床前，手中宝剑一横，剑光一闪，就要直取周东人头。此时周东蓦然惊醒，眼见一剑刺来，顿时就地翻滚，扬手抓起枕头扔了出去。

"什么人？"

"杀你之人！"幔陀一剑落空，随即又是一剑。

床上只有三尺之地，周东腾挪不开，飞起一脚踢出被子。被子落在剑身之上，幔陀一时抽剑不及，周东已经从床上一跃而下，反手抓剑在手。

周东一剑刺出，直取幔陀手腕："你可是中山国的刺客，是和欧阳乐一起来魏国的幔陀？"

"你怎么知道我的名字？"幔陀躲过周东一剑，反手刺向周东胸口。

周东闪身躲开："我何止知道你，还知道令尊幔越，曾是我治下一名侠客。"

"呸，你还有脸说是你的治下！"幔陀"唰唰唰"连刺三剑，心中恨意滔天，"若非你叛国，中山国怎会覆灭？若非你颠倒黑白，欧阳相国怎会被魏王所杀？你是中山国的千古罪人，是杀害欧阳相国的元凶！"

周东躲闪不及，被其中一剑划破胳膊，顿时鲜血涌出，他反手一剑挡开幔陀的一记杀招："幔陀娘子从何得知我叛国？我身为中山国太子，即将继承中山国国君之位，有何缘由要叛国？哪个诸侯国会以太子之位待我？"

幔陀一怔，手下剑慢了几分："你莫要狡辩，你毒杀了先王，大逆不道。"

"父王死时，我已经人在魏国，如何下毒？父王立我为太子，许我以中山国君，我只需时日一到就可继位，为何非要下毒杀害父王让周西成为国君？幔陀娘子，你可曾想过其中种种难以信服之处？"

第九章
送行

嫚陀收剑而立，若有所思：“你方才所说，我之前确实未曾想过，不过你鼓动魏王杀死了欧阳相国，只凭此一点，我也要取你性命。”

“休要伤害公子！”

一声断喝响起，一支利箭呼啸而至，嫚陀脸色陡然一变，反手一剑斩断身后来袭之箭，也不停留，身形跃起，朝身后之人一剑刺去。

来人正是子与。

子与闪过嫚陀一剑，手中长枪一抖，直奔嫚陀的咽喉。他打猎多年，下手从来招招致命，绝不留情。只不过这次他遇到的不是猎物，而是嫚陀。

嫚陀方才和周东过招，手下留情，是想让周东死个明白。而子与的招招致命顿时让她心头火起，哪里还留什么情面，当即剑如游龙，一剑快似一剑，三招过后，子与节节败退。

子与才知嫚陀武功之高，生平罕见，当下也不敢大意，接连射出三支袖箭。

却全部被嫚陀一一躲过，嫚陀还乘机连出三剑，其中一剑刺中了子与的左腿。

子与强忍疼痛，紧咬牙关，死死挡住门口：“公子快走！”

周东暗叹，子与忠心可嘉，勇气可赞，只可惜只有蛮力而不懂技巧，当即摘下弓箭，瞄准嫚陀正要反手一剑的当下，一箭射出。

嫚陀听风辨位，知道来袭之箭并非取她性命，只为阻她出招。她有心不管，却会中箭；若要理会，又会因此而放过子与，不由得大为恼火。周东正是算准了她的出招间隙射箭，她一时怒极，飞身一剑朝周东刺去。

人在半空之中，却见一道寒光从侧面飞来，又来一人！幔陀知道若不收手，即便她一剑刺中周东，也会被来袭之人击中，当即只好中途转身，飞起一脚踢向来袭之人。

来袭之人正是子良。

子良躲开幔陀一脚，破口骂道："半夜偷袭，非奸即盗！暗杀好人，必是小人。看你是一个女子，学成一身武艺也不容易，为什么却如此愚笨，为恶人卖命？"

若对方是一名男子，幔陀理也不会理会，只是对方是一名比她年龄还要小一些的女子，她女子心性上来，气道："你才为恶人卖命，不知好坏，被周东所骗！"

"呸！你才被欧阳乐所骗，欧阳乐将女儿许配给公子，出尔反尔，又将女儿嫁与周西。他还串通魏国大将司马史，拒不发兵救援公子，才让公子血战数十日全军覆没。幔陀，你在中山国中打听打听，到底谁是谁非？"

"你胡说八道！血口喷人！"幔陀一时气闷，不知道该如何是好了，接连大出杀招，一剑刺中了子良的肩膀。

子良受伤也毫不退缩："你有嘴有耳，不会问不会听吗？或者你去中山国的魏军军营之中一问便知。若有半句假话，我不还手，由你杀了便是。"

子良说完，扔了宝剑，向前一步，闭上眼睛："来来来，有种便杀了我。"

"子良不可！"周东骇然大惊，子良如此纯朴，毫无防人之心，如何对敌？

不料子良引颈待杀，幔陀反倒踌躇不前了，她手中宝剑抵在子良的脖颈之上，却无力再送出半分："你当真愿为他而死？"

"公子为中山国数万将士、数十万百姓忍辱偷生，我不过一介猎户之女，能为公子而死，本是幸事，有何不愿？"子良慷慨而言。

子与知道合他和子良以及周东三人之力，也不是幔陀对手，当即也扔了长枪，向前一步："幔陀娘子，若你信我，可回中山国打听一二。若我父女二人所说有半句假话，等你回魏国之时，我二人任由你宰割。即便你现在要杀要剐，也悉听尊便！"

幔陀慢慢收回湛然剑，低头想了一想，飞身离开："既然如此，先饶周东一命，待我查明真相，再作打算。"

幔陀一走，子与和子良再也坚持不住，各自倒地。子与挣扎而起，匍匐在地："小人和小女保护公子不力，请公子责罚！"

周东也被刺了一剑，好在伤得不重，他忙扶起子与："子与快快请起。若非你父女相救，我今日休矣！”

子良也要跪下，被周东扶住。此时木恩、传先等人赶到，周东让人好好照顾子与父女二人，又请大夫为二人疗伤。

次日一早，听到周东遇刺消息的孙西敢慌忙来到善信阁，见周东并无大碍，才长嘘一口气。又问了幔陀情况，他心中焦急，非要暗中潜回中山国，伺机杀了幔陀才算了结此心腹大患。

周东不肯，让孙西敢赶紧着手寻找王左下落为重。

数日后，周东伤好大半，此时也传来消息，魏军兵发韩国，首战告捷！

朝堂之上一片歌功颂德之声，就连之前反对出兵的大臣，也极尽奉承之能事，大拍魏王马屁。魏王一时飘飘然，大有不出数月就能一统天下之喜。

本来魏任想等春节过后再启程前去齐国，吕唐却是不肯，非要回齐过年。不过他并不强求公主与他同行，可以稍后再自行前去齐国。魏王下令，公主即日随吕唐赴齐完婚。

冬日将尽，安邑城中大街小巷挂了灯笼，年味越来越浓。

城东的柳树还没有发芽，河水中仍有薄冰，北风吹动河边的枯草，更添萧瑟落寞之意。周东、乐城、姜姝、乐旦、慕容庄、姜远等人分站两边，为公主送行。

乐城、乐旦、慕容庄和姜远等人站在一边，周东、姜姝站在一起。乐城对周东怒目而视。姜远和慕容庄窃窃私语，不时调笑几句，仿佛是在议论周东除了姜姝之外孤家寡人的冷清。

乐旦怨恨的眼神之中，又有不甘和满腔心事，有心当面向周东问个清楚，却又鼓不起勇气迈不动脚步。再看到姜姝和周东寸步不离，以及二人已然定亲的事实，她更是心乱如麻。

护送公主的除了董群之外，还有魏王派出的护卫队以及几名送亲的公卿大臣，再加上吕唐来时带来的齐国人马，浩浩荡荡足有上千人之多。

公主站在车辇之上，并未下车，居高临下俯视周东。周东伤势尚未痊愈，不过是在胳膊之上，包裹在衣服之内，除了孙西敢、子与父女和姜姝之外，并无外人知道。

“周兄，今日一别，怕是再难相见了。”魏任无比伤感，勉强一笑，“若有空暇，可来齐国做客，想来魏国上下，能前往齐国看望我者，怕是除周兄之外，再无他人。”

周东拱手一礼：“若得空闲，必定前去齐国探望吕兄和公主。”

吕唐站在公主车辇旁边，摆了摆手，一脸嫌弃："你若真心前来看我，我必会出城相迎，只怕你真来齐国之时，便是你算计我之时。"

周东哈哈一笑："吕兄何出此言？你我自幼相识，打打闹闹成为至交好友，何来算计一说？"

"行了行了，不要跟我谈玄说妙了，哈哈，来，借一步说话。"吕唐接过周东，到了一边，又左右看看，"你可是让齐国伺机兵发魏国？"

见吕唐猜到自己心中所想，周东自得地一笑："并非我想，是形势所迫，所谓形势比人强。试想若魏国真的吞并了韩国，携灭中山吞韩之威，兵发齐国，齐国可有御敌之策？"

吕唐一脸忧愁："不瞒你说，齐国承平多年，将士贪图安逸，惧死畏战，除了有天险可守和富足之外，齐国并非魏国之敌。齐国忘战日久，危机日深。"

"正因如此，齐国若寻得时机，当主动兵发魏国。你回齐之后，应当秣马厉兵，以备不时之需。"周东殷殷叮嘱，"并非危言耸听，若真等魏国吞了韩国，齐国再备战，则一切晚矣。"

吕唐忽然又嘻嘻一笑："放心，齐国也并非马放南山，不知危机。若真要齐国主动兵发魏国，有两难，一是齐魏刚刚联姻，齐国挑起战端，于情于理难以服众；二是父王肯定不会同意。你说如何是好？"

"到时我自有妙计送你就是。"周东自信满满。

"好，信你了。"吕唐和周东离众人足有数丈之远，他还是又压低了几分声音，"你和我说实话，你口口声声说不想复国，只要安心待在魏国，可是真心？"

"当然是真心。"周东狡黠一笑，"不过若是到时形势所迫，我不得不顺势而为，虽是违心之举，却也是为了天下苍生。"

"就知道你没安好心。"吕唐哈哈一笑，"不过有你这句话我就放心了。"

"怎会叫没安好心？所谓兵不厌诈，又说，水因地而制流，兵因敌而制胜。兵无常势，水无常形……大丈夫生于天地之间，当顺应天道……"

"打住，打住，你怎么说怎么有理。"吕唐无奈地摇了摇头，"也罢，我回去后就等你妙计了。不过我可有言在先，若是你的妙计不足以打动父王，我也帮不了你。我所能做的事情就是说服公主，不让公主反对。"

"公主嫁到齐国，你要真心待她。若是对她不好，我饶你不得。"周东冲吕唐扬了扬拳头。

第十章

魏作

吕唐哈哈一笑："齐国是孔孟之乡，怎会亏待公主？你尽管放心，公主在齐国必会受到礼遇。倒是你，若是复国无望，快来齐国找我，我与你一起逍遥自在，若你愿意，辅佐我治理齐国，也并无不可。"

"此事需从长计议。"周东也是哈哈一笑，顺水推舟，"若是有朝一日我需要你同我一起兵发中山国，你可愿意助我一臂之力？"

"自然愿意，只是我想知道，若是你复国成功，我有什么好处可得？"吕唐眨眨眼睛，一脸窃笑，"不要说永不与齐国为敌一类的假话，我要实惠的许诺。"

周东笑道："若我复国成功，无论是魏国攻打齐国，还是齐国想要吞并魏国，中山国必会发兵魏国，是为策应。"

"好，一言为定！"吕唐和周东击掌为誓。

乐城和姜远、乐旦、慕容庄远远观望周东和吕唐说个不停，乐城实在忍无可忍了，朝公主拱手一礼："乐城恭祝公主一路平安，就此别过！"

公主微一点头，也不说话，目光淡淡。乐城心中更加沮丧和不满，转身要走，却被慕容庄一把拉住。

"乐兄何必如此？既然是来送行，就要送到公主和太子离去才算合乎礼数。"慕容庄知道乐城不想见到周东，呵呵一笑，"你不喜欢周东，我也可以理解，你是来送公主和太子的，就当他不存在不就行了？"

姜远也说："就是，就是，和我相比，乐兄你至少想不见到周东就可以不见。

我很烦他，他却还是和姜姝定亲了，我不想见他，也总能见到，他还要分我的家产，如今他比我还更得父亲信任，更气人的是，他还挑拨离间父亲对我防范，我恨不得杀了他。”

“可惜，幔陀上次刺杀他失手了。”乐城恨恨地一跺脚，“幔陀已然回了中山国，现今周东又因司马父子大胜韩国而声势见涨，更因拜了王黄为师，一时炙手可热，我都有几分佩服他了，居然以一个亡国的太子之身，在魏国如此得势，当真是咄咄怪事！”

姜远连连摇头：“如此看来，周东崛起之势势不可当了？我等几人只能眼睁睁看着他一步步坐大而束手无策？”

“倒也并非如此。”慕容庄摇头晃脑地笑了笑，“司马父子生性多疑，尤其是司马运，表面上他和周东情同手足，却只是因为周东可以帮他。若是周东不再帮他，而是助魏作来削弱他父子二人的势力，他必会和周东反目成仇。”

姜远愕然不解：“周东为何会帮魏作而不再帮司马父子？”

乐城一愣，忽然哈哈大笑：“姜兄你怎的如此无知？司马父子虽权倾朝野，但不要忘了，魏国是魏王的魏国，不是司马父子的魏国，是以周东想要在魏国谋求长远，司马父子只是跳板，魏王和太子才是他的终极目标。”

被乐城说成无知，姜远脸一红，讪讪一笑：“乐兄指正得对，在下一向远离朝堂，对朝堂之事所知不多。如此说来，周东早晚会和司马父子分道扬镳不成？”

“倒也未必。”慕容庄嘴角闪过一丝不屑的笑意，“以周东的为人和大局观，他必然想左右逢源，周旋在魏王和司马父子之间，从而可得最大好处。然而不幸的是，魏王也好，司马父子也好，都需要周东居中以作为缓冲。毕竟魏王既想重用司马父子，又要防范二人坐大。司马父子既要坐大，又想不被魏王猜疑，周东恰好成为中间桥梁。再加上周东又拜了王相国为师，一时风头无两……”

乐城越听越皱眉：“既如此，慕容兄为何又说未必？”

“若是有人居中，上说动魏王下劝服司马父子，让魏王和司马父子都不以周东为倚重，都相信周东居中是为了一己之私，周东桥梁作用不再，将会很快失势。”慕容庄得意地一笑，“此事事关重大，重任就落在了乐兄身上。”

乐城一听，蓦然变色，连连摆手：“不行，不行，此事我是不行，做不来。也只有慕容兄有此大才，可担此重任。”

慕容庄故作无奈地摇了摇头：“我乃一介商人，且我也十分赏识周东的才能，想和他结为知己，怎会背后害他？”

姜远忙不迭说道：“慕容兄此言差矣，与周东成为知己和说服魏王、司马父子不要相信周东的狼子野心，并不冲突，成为知己是私交，揭露周东的狼子野心是为了魏国大计。”

“这么一说，倒也合情合理。”慕容庄朝远处的周东看了几眼，“也罢，为了魏国大计，我就先结交了周东，再将他的阴谋一一识破，也算是为魏王效力了。”

说话间，周东和吕唐一前一后回到了公主的车辇前。吕唐一一向众人告别，就要动身上路。

忽然远处一阵马匹嘶鸣传来，声音悲壮而急促，只从急促而杂乱的马蹄声就可以听出，来人多半有事，而且还是大事。

果然，一匹白马冲到了乐城身前，一人从马上滚落，跪倒在乐城身前，泣不成声：“公子速速回府，将军……怕是不行了！”

“什么？”乐城如遭雷击，“你再说一遍？”

“将军本来身子好了一些，刚刚听到周东拜了王黄为师，顿时气滞，又传来司马父子出征三战三胜的消息，就水米不进了。方才又听到周东前来为公主和吕唐太子送行，闷闷不乐独自回房，随后吐血不已，如今已经昏迷不醒了。”来人正是乐府管家乐仲，他抬头看到周东在旁，顿时从地上一跃而起，一拳就朝周东打去：“周东小儿，若不是你，将军也不会如此！”

周东闪身躲开，姜姝勃然大怒：“来人，将这个疯狗打个半死！”

姜家和善信阁的下人一哄而上，就要动手，被周东制止。

周东朝乐城深施一礼，又朝乐仲点了点头：“乐将军之事，在下深感不安。请代问乐将军安！”

“周东！”乐城哪里顾得上许多，爷爷危在旦夕，都是拜周东所赐，周东居然还在说风凉话，分明是幸灾乐祸，他拔剑在手，一剑刺出。

让他没有想到的是，周东也不知道是以为他不敢刺还是没有反应过来，竟然没有躲闪，被他一剑刺中肩膀，顿时血流如注！

“周东！”公主和吕唐在周东身后，没看到刺中何处，二人异口同声惊呼一声。

公主怒极：“来人，拿下！”

吕唐更是动了真怒：“护卫何在？乱棍打死！”

公主和吕唐同时下令，非同小可。董群当即弯弓搭箭，众护卫也是一拥而上。

不但乐城在劫难逃，姜远、慕容庄和乐旦也会被殃及池鱼。周东不顾疼痛，奋力向前一步，伸展双臂挡在了乐城面前。

“且慢！”

众人都一时住手，等候公主和吕唐的进一步命令。

公主喟叹一声：“周兄你对乐家已经仁至义尽，不再亏欠乐家了，为何还要步步退让？”

周东后退一步，任由鲜血滴落地上，他咬牙施了一礼：“乐将军心中郁积难安，心病成患，在下虽有过错，却并非主因。乐公子今日一剑，连同之前乐将军数次想要杀我之事，我从此再也不欠乐家分毫！今日正好旦妹也在，从此我和乐家一刀两断，形同陌路！”

“好，好，好！”乐城看了看仍在滴血的宝剑，“从此你和乐家互不相欠。”

乐旦才知道爷爷曾有数次想要杀死周东之举，不由得悲从中来：“周东哥哥，我一向视你为兄长，也曾想一直和你情同兄妹，为何会有今日恩断义绝之事？我们为何就不能简单而快乐地在一起？”

乐旦发自内心的悲怆呐喊，无人回应，在她没有国仇家恨、没有家国大业的眼中，想不通男子为什么会有这么多的仇恨，她只想和所有喜欢的人在一起欢笑，永远没有忧愁。

只是……她知道从此她和周东再也没有可能把酒言欢，一起漫步花间了。

远处的官道上传来马蹄、銮铃和马车声，一列车队缓缓驶来。当前一人，端坐马背之上，身材笔直，额头宽阔，鼻梁高挺，双眼深邃。见门口有人群聚集，他一提缰绳，快跑来到了众人近前。

他扫了众人一眼，视线落在周东的伤口上，“咦”了一声，一脸讶然翻身下马，从身上拿出白布，撕开周东衣服，细心地为周东包扎起来。

众人都惊呆了，有人不知所措，有人惊慌失措，有人惊讶莫名，有人目瞪口呆，也有人一脸浅笑，欣然地看着来人为周东包扎。

周东并不认识来人是谁，想要推辞，却被来人不由分说按住。来人声音低沉而有力度：“不要乱动，你伤得不轻，若是处置不当，怕是会伤及胳膊，日后恐怕会不能使力。”

一听会如此严重，周东不敢再动，任由来人细心地为他包扎完毕。来人包扎手法娴熟不说，还专业而轻柔。周东当即深施一礼：“多谢，不知恩公尊姓大名？”

|第十一章|

一见如故

“恩公？”公主粲然一笑，如一只欢快的小鸟跳下车辇，“哥哥，你终究还是赶了回来，再晚来一步，小妹就要远嫁齐国，再难和你见上一面了！”

什么？他竟是魏国太子魏作？周东心中既惊又忧，惊的是魏作为人如此谦下，忧的是魏作比他想象中更从容、更有风范。比起阴沉的司马运和胸无城府的乐城，只此一面他就知道，魏作才是最难对付的劲敌！

魏作呵呵一笑：“为兄日夜兼程，为的就是尽早赶回安邑见你一面。没想到还是晚了一日，本想还要和小妹促膝谈心一晚。”

他环顾四周，先是冲所有人都点头一笑，才又朝吕唐拱手一礼：“吕兄远道而来，在下未尽地主之谊，你便离开魏国，实在惭愧。在下生怕下次前去齐国，吕兄会冷落在下。”

吕唐也是初次见到魏作，若非知道魏作日后必会是周东的最大对手，他第一印象对魏作也是无比认可：“魏兄说的哪里话？即便你不赶回来，你也是任公主长兄，于公于私，在下都要尊称你一声兄长。”

“我们既是姻亲，就不必客套了。”魏作此时才回身看向了乐城，“乐公子，别来无恙？今日回来，第一眼便是见你大发神威，这位兄长如何惹你生气，你非要置他于死地不可？”

乐城忙躬身施礼：“乐城见过太子殿下。”

姜远、慕容庄才知眼前之人竟是大名鼎鼎的魏国太子魏作，忙和乐旦一起施礼。

魏作点头一笑："不必多礼。"又转身朝姜姝微微一笑，"若我没有认错，你便是名动安邑城的姜大小姐了？"

姜姝忙盈盈一礼："不敢当太子殿下如此夸奖，小女子正是姜家之女、周东之妻姜姝！"

"周东之妻？周东？"魏作又转向了周东，脸上波澜不惊，"你便是中山国太子周东？"

"正是亡国太子、现魏国平民周东。"周东也是一脸淡定。

魏作淡然一笑："周兄不必如此，你不计前嫌前来魏国安身，魏国岂能没有你的容身之处？听说你住在夫子的旧宅，现取名为善信阁？"

"正是。"周东表面上不动声色，暗中却是惊叹于魏作远在中山国却心系魏国，恐怕暗中早就将他的事情摸得一清二楚，一想也是，魏王和魏作之间必有随时传递消息的渠道，是以他在魏国的所作所为，魏作必定了如指掌，"在下蒙相国抬爱，收为弟子，日后还请太子多多指教。"

"说指教就见外了，相国也是我的授业恩师，你我师出同门，我比你早入师门，可以师兄师弟相称。"魏作上前亲热地挽住了周东的胳膊，"夫子本来不再收弟子，你能让夫子收入师门，可见夫子对你格外器重，为兄甚是欣慰。"

众人面面相觑，都以为魏作和周东初见，必会有一番唇枪舌剑，最不济也是冷眼相向，不料二人一见如故，竟成了师出同门，乐城更是心中无比郁闷，顾不上许多，转身就走。

"旦儿，随我速速回府。"乐城纵身上马。

"且慢。"魏作眉毛一挑，蓦然变色，"乐城，你刺伤周东，不赔礼道歉就想离开，乐老将军一世英名，为人坦荡，怎会有你这般后人？"

魏作毕竟是太子，勃然一怒竟有雷霆之威，惊吓得乐城慌忙下马，跪倒在地："在下不敢。因爷爷病重，一时心切，还望太子赎罪。"又朝周东说道："在下误伤周公子，还请周公子大人大量，不计在下之过，允许在下回家见爷爷……最后一面！"

语近哽咽，让人唏嘘。

周东忙上前扶起乐城："乐公子不必如此，你我之间从此再无干系，既无恩情，也无仇怨。你请便便是。"

魏作知道经此一事，必会从乐城、慕容庄和姜远之口传出他和周东交好之事，也就见好就收，摆了摆手："乐城，你且速去！代本王问候乐老将军！"

"多谢太子殿下。"乐城和乐旦上马而去。

姜远和慕容庄走也不是，留也不是，二人无比尴尬。魏作却是没有冷落他们，淡然一笑："姜公子和慕容公子稍候片刻，我还有事要和你二人商谈。"

"是。"二人对视一眼，不知魏作还有何事，都恭恭敬敬地等候一旁。

魏作和魏任私语一番，又交代吕唐几句，公主和吕唐才启程上路。

此时朝阳初升，洒落万道金光，公主的车辇熠熠生辉，车队也是浩浩荡荡，气势非凡。只是在周东眼里，公主转身离去的背影颇有几分落寞和无奈，他强忍心中汹涌的情感，初来魏国，若非公主收留，他怎会有今日之安稳？

只是公主此次远去，再见不知何时，但愿她一路安然，余生安好。

直到公主的车队走远了，魏作才收起依依不舍的目光，朝几人歉意一笑："让各位久等了。来，前面有一个怡然亭，我几人去亭中小坐。"

亭子不大，正是为送人而建。亭中早有兵士清扫干净，并且把守。几人上了几十步台阶，来到了亭中。魏作坐了主位，让周东坐在下首，又让姜远和慕容庄坐在周东下首。

姜姝没有入座，站在了周东身后。

魏作开门见山："我此次提前回来，事出有因，想必各位也都心里明白，魏国和韩国正在交战，父王派魏达带兵出征，是险中取胜之局，魏达怎会懂领兵之道？幸好还有司马将军坐镇，否则魏国危矣。"

众人心中一凛，虽说魏作和魏达不和已是尽人皆知的秘密，不过第一次听魏作含蓄说出，还是不免大为不安。

"听说推举魏达领兵，是司马将军之意？"魏作目光依次从几人脸上扫过，最后落在周东脸上。

周东摸不透魏作之意，只好含糊应答："传闻是司马将军之意，究竟内情如何，我等外人也不得而知。"

姜远也连忙附和："就是，就是，我乃一介商人，朝堂之事，一概不知。"

倒是慕容庄眼睛微微一转："坊间传闻，确实是司马将军一心向魏王举荐魏达殿下，有意让魏达殿下借攻韩之事立下战功，好封为中山君以取代太子。因此可以推断，司马将军有意扶植魏达殿下以对抗太子殿下。"

周东和姜远骇然而惊，二人对视一眼，一起看向了慕容庄。虽说司马父子之心路人皆知，但如慕容庄一样当着太子之面如此明目张胆说出者，只有他一人而已。

周东心中迅速闪过数个念头，猜到了慕容庄的心思，和太子相对而坐的机会少之又少，或许今日的巧遇，日后难有，是以借机大胆说出心中所想，好一举入得了太子之眼，若再被太子赏识，得以重用，也算是一次难得的成功。

怪不得都说慕容庄精明过人，还果真如此，周东暗暗佩服慕容庄的审时度势。不过他却并不会和慕容庄般急功近利，魏作身为太子，身边能人、高人无数，又见多识广，和他打交道，当徐徐图之，谦和低下，不可操之过急。

魏作愣了一愣，随即呵呵一笑："慕容兄说笑了，司马将军一心为国，怎会扶植魏达与我对抗？何况我和魏达本是同根生，且父王早已立我为太子，司马将军又不是不知……"

魏作这一番话明是不信，其实还暗藏玄机，是有意引导慕容庄。果然，慕容庄顺势而上："太子有所不知，近半年来，太子不在魏国，魏国因周公子的到来，发生了许多大事。"

周东心中一跳，没想到慕容庄又祸水东引，竟要拉他下水，他肃然正容："慕容兄何出此言？在下来到魏国之后，一直安心养伤、安然度日，魏国发生了哪些大事？愿闻其详。"

"来人，上茶。"魏作吩咐一声，笑道，"各位若无事情，可愿陪我多坐一些时辰？我一向爱听坊间传闻。"

周东就知道魏作有意从几人口中了知魏国近来动向，比起他从公文和其他渠道所知的消息，这更有参考价值。

姜远一直不敢说话，一是畏惧太子权威，二是有姜姝在旁，姜姝示意他不要开口，他就安心当起了听众。不过他也听出了味道不对，慕容庄有意在太子面前卖弄，先不说他究竟是何用意，只说他后面话锋一转，似乎有意剑指周东，就让他顿时竖起了耳朵。

姜姝却是一脸淡然，她心中笃定，认定经历过无数风浪的周东，哪怕是面对太子魏作，也会安然度过。

"魏国发生了哪些大事？"慕容庄轻笑一声，忽然脸色一变，施了一礼，肃然说道，"对了，忘了一件事情，上次我说过，若是周兄过了生死之关，我愿结交周兄。周兄，可愿与在下成为知己？"

周东回了一礼："能和慕容兄成为知己，在下求之不得。"

慕容庄哈哈一笑：“周兄果然是胸怀大器之人，来，我以茶代酒，敬太子和周兄一杯。”

众人举杯。

第十二章

桥梁

慕容庄又说："近半年来，魏国大事频仍，事事都和周兄有关，周兄之才，让在下无比敬佩。先说第一件大事，中山国被灭之后，魏王原本有意让乐羊将军为中山君治理中山国，后被司马父子所劝，改封太子为中山君。"

"此事怎么和周兄有关了？"魏作明知故问，微眯双眼看向了慕容庄。

"太子殿下请容我慢慢道来。"慕容庄喝了一口茶，"司马父子不愿乐羊前去中山国，理由自是充分，乐羊本是中山国人，若他有反叛之心，封他为中山君，无异于放虎归山。太子殿下前往中山国之时，应该就是周兄前来魏国之日。若是乐羊前往中山国而太子留在魏国，周兄就没有今日了。"

"此话怎讲？"姜远终于忍不住插嘴问道。

"哈哈，乐羊若是去了中山国，乐城必会随行。周兄前来魏国之时，落魄如乞丐，幸得公主和乐城收留。若是乐城不在，当时公主或许会和太子一起得遇周兄，试问太子殿下若是收留了周兄，在得知周兄的真实身份后，会是何等局面？"

魏作微微一想，哈哈一笑："此事当真是有趣得很，说下去。"

慕容庄得意地一笑："若是太子收留了周兄，周兄便没有和乐家的恩怨，也不会借机和司马父子交好，那么司马父子一心出兵征伐韩国之事，怕是也无法成行。乐羊也不会因收留周兄而耿耿于怀，以至于有今日之难，司马父子也就没有今日之势大，太子也不会有今日之麻烦……"

"太子有何麻烦？"周东哈哈一笑，虽说慕容庄的假设也确实有几分可信、可推敲之处，但却步步陷阱，有意让太子将剑锋指向他的要害，他不能不防，“慕容兄事事想得如此缜密，若不当兵法家，实在可惜了。”

“周兄不要说笑了，在下只是胡乱一说而已。太子的麻烦是司马父子已然坐大，而乐羊病危，或许将不久于人世，朝中能和司马父子抗衡之人寥寥无几，可重用之人，也是难选。太子既不能任由司马父子继续势大，也不能不重用司马父子，只能再培植亲信以抗衡司马父子。”慕容庄说到此处，忽然站起，拱手一礼，“在下不才，虽无雄才大略，却也有报效社稷之心，愿为太子殿下效犬马之劳。”

姜远此时才明白，慕容庄说来说去，是为了凸显他个人的重要性，当即也连忙站起：“在下也愿追随太子殿下，万死不辞！”

二人纷纷表了忠心，只有周东端坐不动，还风轻云淡地端起一杯茶，抿了一口。

魏作不动声色，既不接纳二人，也不婉拒，而是站了起来，转身背手而立。

一时慕容庄和姜远不免尴尬，二人的手举在空中，不放也不是，放下也不是。

“你二人心意，我深为感动。”过了许久，魏作才转身回来，冲二人点头一笑，“请坐。”

二人忐忑坐下。

“若你二人愿追随我左右，我自然欢迎，只是……”魏作微微一顿，目光落在了周东身上：“我回魏国，事务众多，必定繁忙，以后必然无暇和你二人经常见面，我和你二人之间，若有一人作为桥梁代为传话或是指令你二人行事，我就收了你二人也并无不可。”

二人算是听明白了，太子的意思是他二人不够资格直接由太子面授机宜，若是有人带领他二人投奔到太子门下，太子不会将二人拒之门外。

姜远一时还没有明白个中意味，慕容庄却是瞬间明了了太子心思，当即朝周东深施一礼：“还望周兄成全我二人，我二人愿唯周兄马首是瞻，共为太子效劳。”

“为何要让周东居中……”姜远一时情急，说出了心中所想，却见慕容庄朝他连使眼色，他才醒悟过来，忙改口说道，“还望周兄成全。”

周东没想到魏作会假借慕容庄和姜远二人之手，将他推到台前，他此时若是拒绝慕容庄和姜远，等于是拒绝了太子。而太子之所以让他夹在二人中间，也是想让二人成为他的牵制。

好一个一箭双雕之计！

周东只沉吟了片刻，就有了答案：“既能为太子效力，又可与慕容公子和姜兄共事，周某求之不得，虽不才，愿为桥梁！”

“好！”魏作大喜，他要的就是周东无法拒绝，且将周东放置于他的监视之下，他相信慕容庄和姜远会事事听从他的吩咐，“回宫之后我就会向父王奏明此事，到时是封周兄为太子府的官职还是另有任用，由父王一言而定。”

“今日得周兄、慕容兄和姜兄之助，魏国日后必定傲视各诸侯国。来，我敬各位一杯！”魏作举起茶杯，“等我安顿之后，再请各位到太子府做客，一醉方休！”

太子魏作回来的消息，只在朝堂之上激起了些许波澜，并未在百姓中有任何风声，因为春节来临了。

上次和乐城一别，数日没有乐羊的消息，周东还托人打听乐羊病情如何，却不得其门而入，乐家紧闭大门，外人一概拒之门外。

还是姜姝聪明，从姜远口中多少得知了一些乐羊的消息——乐羊已经数日水米不进，怕是时日不多了。

周东听了，长叹一声，虽说乐羊灭了中山国，却也是一代名将。乐羊之病，在心不在身。心病还需心药医，大夫的药石之力，怕是无济于事。

临近春节的前一天，周东正和姜姝一起指挥下人布置善信阁，姜远和慕容庄联袂来访了。

二人带来了大量礼物，除了布匹、绸缎和食物之外，还有好笔好纸好墨，以及玉石和珊瑚，从日用到观赏，应有尽有。周东推辞不受，二人坚决要送。

寒暄过后，宾主分别落座，慕容庄也不隐瞒，当即说明来意：“周兄，你我既然同为太子门下，也是一家同门，就不必客气了。日后若有所需之物，尽管开口吩咐，我和姜兄负责采办便是。我二人今日登门拜访，是有两件事情，一是近来太子可有事情吩咐？二是我和姜兄要前去乐府探望乐将军，周兄可有什么事情要交代我二人？”

周东微微一笑：“多谢慕容兄和姜兄好意，我就收下了。太子自入宫之后，再无消息传来，想必他正忙于公务，有诸多遗留之事要处理。再者也临近年关，眼见魏达殿下即将回宫，他也要先厘清朝政大事，才有心思想起我等的小事。至于去乐府探望乐将军……只愿乐将军早日康复。”

二人听了微有失望之意。出了善信阁，二人同乘一车前去乐府。

姜远微有疑色：“会不会太子有什么吩咐，周东私自瞒下，不叫我二人得知？”

慕容庄闭目养神片刻，又摇了摇手中折扇：“不会，不会，周东是明事理之人，若太子真有事情吩咐我二人去做，他断然不会瞒下。太子让他居中作为桥梁，并非看重他的才能，而是……”

“而是什么？”姜远一愣，想了一想，不得要领。

一丝鄙夷之色在慕容庄眼中一闪而过，如此愚钝，还想和周东为敌？还想与自己为伍？当真是不自量力！于是呵呵一笑：“太子既不信任周东，又不能放任周东为所欲为，如今周东既得王黄赏识，又和司马父子交好，声势之盛，俨然已经凌驾于太子之上。若是周东再和魏达走近，则太子危矣！是以太子要假意拉拢周东，既然是假意拉拢，必须有人制衡以牵制、监督周东，此等重任，就落在了你我二人的身上。”

姜远顿时激动莫名，连连搓手：“太子如此重用我二人，我二人当肝脑涂地也在所不惜。”

慕容庄心中暗笑，怕只怕有时你肝脑涂地也没有用对地方，白白浪费了性命不说，还落人笑柄。他摇头叹息一声：“虽是重用，却也危机重重，毕竟周东足智多谋不说，他还有王黄和司马父子为助力，一招不慎，我二人便会成为他和太子较量的替罪羊。”

“啊？那如何是好？”姜远大惊失色。

“不是还有乐城乐公子吗？”慕容庄又自得地一笑，“还有王之王公子，有他二人作为挡箭牌，足矣。”

“还是慕容兄英明，在下受教了。”姜远才知道朝堂之上的争斗，步步为营，处处陷阱，他还需要多加历练。

“你所找的名医妙关，真有本事？”慕容庄不是很相信姜远的识人之明。

“妙关曾为家父治病，医术无比高明……”姜远嘿嘿一笑，竭力掩饰，唯恐慕容庄看出破绽，还好慕容庄的心思不在为乐羊治病的上面，并未看出他闪烁其词的背后隐藏了什么真相，“治好了家父多年的旧疾。”

“如此就好，如此就好。”慕容庄漫不经心地应了一句，“其实乐将军的病多半是好不了了，他是死是活，已然并不重要。在太子眼中，他只是一个可有可无的多余人了。”

第十三章
乐羊之死

姜远却并不认可慕容庄此话："乐将军若是病好，可力阻司马父子坐大，他可是栋梁之材。"

慕容庄心思飘到了魏韩之战上，并未听清姜远说些什么："太子近来没有消息，想必是因魏达和司马运、王之快要回来了。"

"前方战事正紧，魏达殿下怎会回来？"

"魏国三战三胜，魏达已然功成名就，还留在前方何用？眼下正值年关，前方战事也会稍停，因此据我推测，司马史会留下坐镇，让魏达会同司马运、王之回到安邑，安心过年，也是为了让魏王和王黄放心。"

"多半不会……"姜远小声嘟囔一句，他并不认可慕容庄的推测，却又不敢反驳。

马车停了，姜远掀开车帘一看，已经到了乐府。

乐府门口停了数辆马车、牛车，进进出出的宾客都是一脸肃然，目光交接，微一点头就擦肩而过，既不交谈也不停留。

有一辆很小的牛车停在一个不起眼的角落，车通体黑色，用厚厚的车帘遮挡得严严实实。姜远下车后，径直走了过去，轻轻敲了三下，里面也回应了三声，随后一人下车。

留山羊胡、穿厚厚的袍子、干瘦而有一双转动不停的大眼，他年约六旬，脸色灰暗，像是得了什么重病一般，一下车就躲到了车后的背光处。

“姜公子……”他的声音沙哑中有一丝阴冷的味道，“老夫等候多时了，你怎么才到？”

“路上有事耽误了几分……”姜远声音极轻，目光不敢直视老者的双眼，“妙关大夫，今日为乐将军看病之事，还望你不要外传。”

“外传？嘿嘿，老夫现在这个样子，人不人，鬼不鬼，还能外传消息给何人？都是拜姜公子所赐呀。”妙关的眼中闪过一丝怨恨，“当日姜公子为何不一剑杀死老夫，非要老夫诈死？老夫向来光明磊落，却要东躲西藏，唯恐被人察觉，活了这么一大把年纪，还从未如此狼狈。”

姜远搓了搓手，语气中有了哀求之意：“妙关大夫就不必责怪我了，上次形势所迫，事态紧急，不得已而为之。都怪周东，若不是他，姜家的产业早已是我的囊中之物了……”

“好了，说说今日之事，是要乐羊生还是乐羊死？”

“当然是生了。”

“老夫有言在先，要人生比要人死，难上百倍。”妙关嘿嘿一阵冷笑，“花费也要高出百倍。”

姜远连连点头：“我自是明白，钱财不是问题，妙关大夫尽管放心。”

姜远和妙关来到等候在车前的慕容庄面前，随意介绍了妙关几句，慕容庄对妙关并无兴趣，只是微一点头，几人正要迈步进入乐府，忽听身后传来一个熟悉的声音。

“可是慕容公子和姜公子？”

王之？慕容庄心中一喜，回身一看，果然是王之骑在马上，一脸风尘仆仆之意。十几日不见，王之犹如脱胎换骨一般，不但皮肤黝黑了几分，眉眼间似乎也多了杀伐狠绝之意。

“王兄回来了？”慕容庄当即向前，一把抱住从马上跳下的王之，“可是把你盼了回来，太好了。”

王之也是一脸喜色：“我马不停蹄，连夜飞奔，一进安邑城就听说乐将军病危，顾不上回家，先来乐府探望乐将军。你是和姜兄一起探望乐将军？”

“正是，正是，你来得正好，我几人一起进去。”慕容庄深知王之虽和司马运交好，却和乐城、姜远关系也不错，他又出身世家，对于人情世故又颇为精通，先来探望乐将军之举，甚是高明。

“稍等片刻，还有二人未到，我们等上一等。”王之又和姜远见礼，目光在妙关身上打量几眼，闪过一丝疑虑就不再多想，回身一看，又有二人纵马而来。

慕容庄看得清楚，当前一人，身披甲胄，头戴将军冠，腰间佩剑，相貌堂堂，颇有威武之气，若是他和儒雅的魏作站在一起，绝对不会有人认为他是魏作的弟弟，倒更像魏作的兄长。

不错，他正是魏王次子魏达！

有关魏达传闻，坊间版本甚多，综合来说，魏达喜怒无常，心狠手辣，常凭一时喜好杀人，死在他手中的宫正和宫女无数。他又是睚眦必报之人，若有人惹他不快，不管过了多久，都会怀恨在心，并伺机十倍百倍偿还。是以许多从未见过魏达之人，认定魏达必定长相凶恶。

其实若论男子气概和威武，魏达反倒还略胜魏作一筹。

魏达身后之人，正是司马运。

二人打马过来，见到众人，魏达下马，松开缰绳，哈哈一笑："难得凑得这么齐，走，一起去探望乐将军。你是姜公子？你是慕容公子？你又是何人？"

魏达一一打了招呼，还不忘妙关。妙关忙还了一礼："小人无名小辈，不足挂齿。"

魏达也不在意，大手一挥，头前带路，迈进了乐府。

乐府有人认得魏达，早有人跑去通报乐城。乐城忙不迭前来迎接，才走几步，就见魏达已经大步流星来到了内院。

来人之中竟有司马运！乐城气归气，却又不敢说些什么，忙一一和众人见礼，领众人来到了乐羊病榻之前。

司马运见慕容庄和姜远在一起，心中不免多想，又见妙关为人鬼祟，不由得多看了妙关几眼。

乐羊昏迷在床，面容枯瘦，形同死人。姜远见状，将妙关拉到一旁。妙关摇头："不必看了，已经无药可求。药医不死病，乐将军之症，是必死之病。"

"真的毫无办法了？"

"救不活了，不过……"妙关眼睛转了一转，"若是让乐将军回光返照，精神半个时辰，倒是可以做到。"

姜远忙将乐城拉到一边，小声说了几句什么，乐城先是摇头，后又点头。姜远就让妙关用药。

妙关先是点燃了一炷香，众人顿时觉得异香扑鼻。随后他又拿出一个药瓶，刚一打开就散发出奇臭无比的气味。他从药瓶中倒出几粒绿色药丸，将药瓶放到乐羊鼻下。

紧闭双眼的乐羊忽然鼻子开始耸动，慢慢张开了嘴，妙关迅速将药丸喂入乐羊嘴中，乐城随即灌水。

片刻之后，乐羊的脸色以肉眼可见的速度红润起来，在众人惊讶的目光中，他缓缓睁开了双眼。

魏达震惊莫名："当真是圣手啊！"

司马运却小声对王之说道："妙关此人，鬼祟可疑，所用多半是邪术，不可信之。"

王之微微点头："且听乐将军说些什么。"

乐羊悠悠醒来，似有精神大好之意，见竟有魏达前来看望，挣扎着要下床，被魏达按住。

魏达坐在床前："乐将军不必多礼，我也只是路过，顺道看望乐将军。但愿乐将军早日康复，再披挂上阵，为国杀敌。"

乐羊喟叹一声："老夫这病，是好不了了，怕是没几日可活了。这些日子昏昏沉沉间，似乎到阴曹地府走了一遭。阴差呵斥老夫，说老夫屠杀中山国人过多，无怜悯之心，故夺了老夫命数。老夫竭力分辩，却是无用……"他环视四周，见到司马运也在，朝司马运歉意一笑："司马公子，请代老夫转告令尊，老夫和他虽有诸多不和，却也敬佩他的才能。魏国有你父子，也是国之幸事。"

姜远心中一惊，人之将死，其言也善，乐羊怕是真的命不久矣！他朝妙关投去了征询的目光，妙关回应了他一根手指，意思是，顶多一个时辰。

司马运忙谦虚几句。

乐羊又一一和众人说了几句话，最后拉住了乐城和乐旦的手，郑重其事地说道："殿下，老夫死后，城儿和旦儿就由殿下安置，他二人日后事事听命于殿下，还望殿下看在老夫为魏国尽心尽力一辈子的分儿上，照应一二，老夫在九泉之下，也会感念殿下的恩情。"

魏达点头："乐将军放心，我定当力保乐城和乐旦周全。"

"老夫还有一事，请殿下务必铭记在心。"乐羊情知命不久矣，也就不再顾忌许多，"周东此人，心如蛇蝎，他藏身魏国，伺机行事，意图复国，不可不察。他和司马父子走近，又拜王黄为师，都是为了掩盖他的狼子野心。"

姜远冷不防插了一句："乐将军有所不知，前几日太子回来，正好在城东偶遇周东。太子和周东一见如故，太子大有重用周东之意……"

"周东！"乐羊脸色本来红润，一听此话，忽然气血翻滚，脸色迅速灰白，他仰天长叹，"若是上天再许我三日性命，我定当斩杀周东，以绝魏国之患！"

妙关暗道不好，姜远一句话牵引了乐羊体内被药力压下的死气，死气翻滚，药力失效，他忙后退一步，乘人不备转身出门而去。

乐羊话一说完，猛然双眼一闭，直挺挺倒在了床上。众人大惊，乐城只顾瞪了姜远一眼，飞身向前："爷爷！"

魏达故作关切："乐将军……"话才出口，乐羊蓦然圆睁双眼，一口鲜血喷出，正喷了魏达一脸。

"周东不除，老夫死不瞑目！"

乐羊身子再次一挺，双眼一闭，撒手而去。

"爷爷！"

乐城和乐旦哭成一团。

第十四章

一大助力

魏达再也假装不下去了，一抹脸上的鲜血，呸了一口："老东西死就死吧，还背后说人坏话，当面喷人一脸鲜血，真真死有余辜！"

话一说完，拂袖而去。

司马运和王之忙向几人匆匆一礼，追随魏达而去。

姜远暗道晦气，一句话葬送了一代名将，他到底是幸运还是不幸？回身一看，妙关不见了，心中更是惴惴不安。

慕容庄轻声安慰姜远："不必放在心上，你也是一番好意。既然赶上了乐将军之丧，你我就留下来帮忙料理后事，也算是有所弥补了。"

一代名将就此陨落，正在年关之前！

魏达也不清洗一番，匆匆出了乐府，飞身上马。狂奔到了他的府邸，他才顾得上洗净脸上血渍，问司马运道："乐羊所说之话，可否当真？"

司马运并不知道魏作和周东见面之事，不过却坚信周东不会倒向太子："乐羊数次想置周东于死地而没有得手，周东却不计前嫌，从未暗算过他一次，高下立判。"

魏达还是心有疑虑，又问王之："王之，你且说说。"

王之一向对周东并无好感，只是在得知爷爷收了周东为弟子之后，心知即便他再反感周东，也是要顾及周东身为爷爷关门弟子的身份，当即说道："乐将军之言，不可尽信。倒是太子拉拢周东之举，殿下要有所防范。"

"如何防范？他是太子，我怎么争得过他？"魏达一拳砸在桌子上，一把珍贵的玉壶应声落地，摔得粉碎，“周东若是不能为我所用，一心助魏作成事，不如除了他，以绝后患。”

“不可，万万不可。”司马运忙出声劝阻，他可不想让周东和魏达为敌，太子回来，周东的桥梁作用更加凸显，“周东是相国弟子，又为太子器重，若他和我等一心，是为一大助力。”

“就怕他不和我等一心……”魏达瞪了瞪眼睛，握紧了拳头，“以周东的性情，必会选择可以继位的魏作，怎会选我？”

司马运会心而自得地一笑：“若说对周东的了解，怕是魏国无人及我。周东此人，虽精明过人，却又有念旧之心和傲然之性情。想当初他被乐家所救，最终却和我走近，并非不念乐家之恩，而是和乐家政见不和。后来乐羊怀疑周东藏身魏国是有复国之心，数次想置周东于死地，周东屡次退让，以还乐家救命之恩。乐羊曾有不下三次险些亲手杀死周东，周东都不予计较，子曰：何以报德？以直报怨，以德报德……试想有几人可以做到？周东却做到了。”

王之忍不住插了一句：“乐羊之死，周东多少也有罪责。”

“乐羊之死，是自己气死自己，关周东何事？”魏达双目圆睁，一拍桌子，“最看不惯乐羊这般性情，要么拼了老命杀了周东，要么认输便是，何苦非要自己跟自己过意不去？真是无用。”

“殿下所言极是。周东正是有以直报怨、以德报德之心，他和我相识于微末之时，并非因报复乐羊而结为至交好友，而是我二人性情相投、政见一致。周东此人，只结交可交之人，从不勉强，是以他才会和乐家渐行渐远而和我成为知己。以我对他的了解，他和太子政见并无重合之处，太子再刻意拉拢他，他也不会为太子所用。”

“何以见得？”王之冷冷一笑，“司马兄不要忘了，周东拜爷爷为师，就和太子师出同门了。”

“师出同门又如何？周东和周西还是一奶同胞，不也被周西弄得落到如此地步？”司马运信心十足地笑了，“虽还未见到周东，不过我确信周东拜相国为师，是为了争取相国的支持，正因如此，他才会被太子拉拢。他必是答应了太子拉拢，借机走近太子，然后从中周旋，将太子的一举一动尽收眼底，再暗中告知我们……”

“哈哈，司马兄过于自信了，我不信周东会舍近求远。若是换了我……”王之朝魏达拱手一礼，“还望殿下赎罪，在下只是推演，并非实情……我有了太子作为靠山，为何还要暗中和殿下、司马兄相通？”

魏达脸色一变，刚要生气，见司马运连连摇头，只好压下心头怒火。

“可惜你不是周东，王兄，想必相国也说过王兄并非朝堂中人，因不懂朝堂局势。”司马运呵呵一笑，“周东比王兄眼光敏锐，更懂朝堂局势。魏作虽贵为太子，在朝堂之上却并无嫡系。文官之中，除相国之外，其他大臣都和太子不远不近。武将之中，乐羊是最得太子赏识又对太子最忠心的人，可惜乐羊已死。殿下虽不是太子，却文有王兄和上卿公孙由，武有在下父子，相比之下，殿下比太子更得君臣拥戴。若是魏国灭了韩国，或是再和赵国、楚国之一开战，殿下再屡立战功，到时一呼百应，太子未必不能易人。”

魏达愣了一愣，哈哈一笑：“此话当真？若真能让我做了太子，司马运，我保你大将军之职。”

“谢殿下。”司马运狡黠一笑，“殿下能否坐上太子之位，全在周东一人身上。”

“为何？”魏达此时已然沉浸在太子的美梦之中，“周东真有如此本事？”

“殿下不要忘了，周东曾是中山国的太子，且身经百战而不死，所谓大难不死必有后福，周东在魏国又左右逢源。”司马运极力想说服魏达，他也一心相信周东会助他成就大事，“如今周东既为相国的弟子，又是姜家女婿，执掌姜家粮草生意，又和齐国太子吕唐关系莫逆。殿下能否当上太子，武，在于能否节节取胜，而取胜的关键在于司马家用兵、周东运粮；文，在于相国最终倾向于何人。魏王最为听信相国之言，而相国数年前就不再收弟子，却还是破例收了周东，可见他是如何喜欢周东。殿下，依你说，周东是不是至关重要的一人？”

魏达想了想，抓住茶杯一口喝干，猛然摔了茶杯：“你绕来绕去，说得我脑子都疼了，不过我也多少听明白了，就是周东很重要，他不会倒向太子，会和我们志同道合，一路同行，对不？”

“对！”

“得了，此事就这么说定了，周东以后就是我魏达的人。”魏达哈哈一笑，“来，待我沐浴更衣，进宫晋见父王，好好说说大胜韩军之事。”

“遵命！”司马运和王之异口同声。

除夕夜，安邑城沉浸在悲痛之中。

乐羊乐将军的死讯，迅速传遍了安邑城的大街小巷，家家户户张灯结彩准备庆祝新年的百姓，有一半都自觉换上了黑纱灯笼，悼念为魏国打下了中山国的大将军。

消息传到宫中，魏王无比悲痛。虽说他处处提防乐羊，乐羊真的死了，他又觉得痛失臂膀，失去了可以和司马父子抗衡的一员大将，不由得倍感心痛。

正好魏作和魏达先后回来，魏王决定亲自带领魏作和魏达二人，前去乐府吊唁。

初二一早，魏王带领魏作和魏达，并文武大臣若干，一行浩浩荡荡来到乐府吊唁。乐府上下为之震惊，忙全体出去迎接魏王及太子和魏达。

魏王在乐羊灵堂洒了一把眼泪，伤心之下，赏赐了乐府金钱不计其数，又赐了乐城官职，并纳乐旦为太子妃，待服孝礼毕后，和太子完婚。

魏作没想到父王会突然指婚，虽不情愿，却不敢反驳，当即向乐旦赠送信物。

一时，乐家荣耀无比，令文武百官羡慕不已。谁都清楚一点，乐旦成为太子妃后，早晚贵为王后，而乐城则为王后之兄，从此乐家依旧势不可当！

魏王吊唁完毕，转身离去，文武百官有人留下，忙着结交乐城和乐旦兄妹，有人离开回家过年，各有打算。

魏作和魏达一前一后出了乐府，二人并未跟随父王一起回宫，阳光大好，二人突然动了打猎的心思，魏作提议去城西的树林之中猎兔。

冬天的中原大地，林中除了兔子和狐狸、野猪之外，老虎和豹子都少有露面。虽少了猎杀老虎、豹子的乐趣，也少了几分凶险。

对魏作的提议，魏达举双手赞成，他又叫上了司马运和王之，说有二人陪同，更热闹、更好玩一些。回去的路上，路过了善信阁，魏作提出不如再叫上周东一起。

既然叫了周东，索性连姜远、慕容庄也喊上，魏达赞成。于是原本二人的打猎最终变成了一行七八人的队伍。

周东正在家中写字、读书，突然被太子叫去打猎，心中纳闷为何太子不等一些时日再去春猎，出来一看心下明白，太子是借打猎为由，要和魏达暗中较量一番。

等见到了声势浩大的打猎队伍，周东更是心中隐有不安，太子哪里是去打猎，想要猎取的，分明是人心。

司马运自回来后，还未见过周东，今日正好借此时机，和周东并马而行。二人故意放慢马步，落在了几人后面。

第十五章

傀儡

一出城门，北方大地冬天的荒凉景象尽收眼底，司马运手指远处的树林：“听人说南方蛮荒之地，不分春夏秋冬，一年四季树木常青，倒是好景致。”

周东摇头一笑：“天分阴阳，人有男女，人间有四季，四季分明，春种夏长秋收冬藏，才是自然之道。若是四季常青，岂不是全年如春？全年如春少了诗情画意不说，也少了秋天的肃杀和冬天的雪藏，缺少了收放自如之美。”

司马运摇头：“四季常青，就如人一般始终中正平和，岂不是好事？”

“如今各诸侯国林立，西有强秦虎视眈眈，南有大楚伺机而起，东有富齐厉兵秣马，北有赵国跃跃欲试，若是魏国四季常青，必会沉迷于安乐之中，然后不思进取……”周东凝望前面并肩骑行的魏作和魏达二人，“人恒过，然后能改；困于心，衡于虑，而后作；征于色，发于声，而后喻。入则无法家拂士，出则无敌国外患者，国恒亡。然后知生于忧患，而死于安乐也……四季轮回更替，可让人知兴衰，时刻警醒。”

“受教了。”司马运赫然惊醒，朝周东施了一礼，“在下此时才知周兄为何答应太子之请，为太子宾客，是为了时刻警醒，不让自己有丝毫懈怠。”

周东心知司马运对他成为太子宾客之事必定耿耿于怀，却没想到司马运如此含蓄问出，不由得坦然一笑：“司马兄不必多虑，我和司马兄一见如故，如今依然是心有默契。”

司马运听出了周东的言外之意，微微一笑：“周兄说得对，是我多想了。只是我不明白，太子为何要请你为宾客？以我以前的推论，太子多半不会留你……”

周东很清楚太子的举动是出于何种考虑：“我已经过了魏王一关，太子即便对我再是不喜，也很难找到理由赶我离开魏国或是杀我，杀不得、赶不得之人，不如为其所用，此为其一。其二，将我拉到他的门下，一者可以分化我与司马兄的关系，二者可以随时监视我的一举一动，何乐而不为？其三，如今司马氏坐大，乐将军已死，太子总要扶植嫡系以抗衡司马氏的崛起。太子拉拢我，与魏王纳乐旦为太子妃并封乐城为官，都是出于同一目的。”

周东一番话让司马运吃了定心丸，他哈哈一笑：“周兄可曾想过，说不定有一天，魏达会坐上太子之位？”

说话时，司马运目光飘向走在最前面的魏作和魏达身上，二人身后，跟着姜远和慕容庄。魏作和魏达也不知在说些什么，不时指指点点，还放声大笑，倒是姜远和慕容庄有几分闷闷不乐。

周东一愣，司马运如此明目张胆提出太子更迭之事，莫非司马运已有了谋算不成？他摇头一笑：“不曾想过，太子由谁来坐，是魏王的事情，轮不着我们考虑。”

司马运呵呵一笑：“周兄不必多虑，我并非试探你，而是已有想法。我已经和家父商定，要不惜一切代价扶魏达上位以替换魏作，你觉得此事可行否？有几成胜算？”

周东早就料到司马父子不会坐等魏作逐步削弱他们手中的权力，也知道二人颇有野心，却没想到二人竟然要偷天换日，不由得愣了一愣，单刀直入：“司马兄觉得魏达就一定比魏作更好控制？”

司马运也是一愣，随即一笑：“周兄果然聪明，一语中的。不错，魏达性情耿直，又胸无大志，喜怒无常，只要顺了他的脾气，便可以让他事事为我们所用，成为高坐在台上的傀儡。”

见司马运不再隐瞒真实想法，周东也顺水推舟问道：“问题是，如何才能让魏王改变主意，改立魏达为太子？”

“此事，还要多多仰仗周兄。”司马运悄然一笑，“周兄既深得相国赏识，又有太子认可，还是我的至交好友，可以居中挥洒自如，将太子的不足放大，让相国对太子渐生厌倦，再力助司马氏在战场上节节取胜，如此，等太子文得不到相国认可，武失去司马氏力挺，便大势已去，到时魏王答应也得答应，不答应也得答应……”

“既如此，司马兄为何不自立门庭，何必再扶魏达上位？”周东隐约感觉司马运野心之大，并非只为图谋扶植魏达为傀儡，而是为了司马氏的千秋万代。

“哈哈，周兄这句话吓到我了……”司马运故作夸张地笑了笑，见引起了姜远和慕容庄的注意，不由得收敛了几分，“将欲取之，必先予之，就如今日打猎，若要猎杀猎物，先挖一个陷阱或是准备一些诱饵，猎物才更容易上钩。司马氏在魏国根基不稳，想要称王称霸，还需要时日，远不如田氏在齐国树大根深。不过，若是周兄肯鼎力相助司马氏在魏国坐大，在下可向周兄承诺，司马氏取代魏氏之时，就是周兄复国之日。”

好一个贪心不足蛇吞象的司马运！只是今日打猎，谁是猎手、谁是猎物还未可知。周东才知道乐羊一死，司马父子果然露出了想要改朝换代的心思，不过又一想倒也理解司马运的心思，如今天下纷争，朝代更迭频仍，不但大国吞并小国之事时有发生，就连大国国内走马换将甚至是君主易位也时有发生，从诸侯坐大而周天子式微，到三家分晋，再到如今齐国的田氏日益壮大，司马运有取代魏氏之心，也不算什么大逆不道之事。

既然司马运开诚布公地露出了他的尾巴，周东也就坦然一笑：“承蒙司马兄看得起我，若真有司马兄称王之日，我愿追随司马兄左右，一统天下，也不愿再复国了。”

“不管周兄做何打算，只要我取得了天下，愿与周兄共治。”司马运哈哈一笑，伸出右掌，“如此，我们就说定了？”

“一言为定。”周东和司马运击掌为约。

姜远和慕容庄不时回头看向周东和司马运，二人听不到周东和司马运在说些什么，姜远心中疑惑：“慕容兄，太子和魏达殿下打猎，为何叫我等随行？”

和姜远穿了铠甲并且佩剑不同的是，慕容庄依然是一袭长衫打扮，身上无剑手中无弓箭，他确实是来陪同打猎，一点儿自己动手猎杀猎物的想法都没有。

“你我皆是太子之人，而司马运是魏达的嫡系，至于周东，也不知他是想左右逢源，还是想独善其身，反正太子也当他是自己人，今日明是打猎，其实是围猎……”

“围猎不就是打猎吗？”姜远没明白慕容庄的言外之意。

慕容庄暗叹一声，他怎么会和姜远为友？算了，等乐城服丧完毕，还是让姜远安心地当一个跟班了事。若不是姜远是姜家公子，从他身上有利可图，他才懒得和姜远为伍，平白辱没了他的名声。

“今日围猎，想要猎取的不是猎物，不，不是虎、狼、兔子一类的猎物，而是猎人，猎的是人心。”慕容庄只能尽可能说得详尽一些，否则姜远听不明白，“如果我所猜不错的话，今日围猎，太子一是想知道魏达殿下心中真实所想，二是想试探司马运到底是何居心，三是更想知道周东到底是不是真心追随他左右……”

“明白了，多谢慕容兄指教，还是慕容兄厉害，一番推论入木三分，不过……”姜远微微皱眉，“周东怎会不真心追随在太子左右？魏国除了太子之外，还有谁值得周东追随？”

唉……姜远暗自摇了摇头：“姜兄，你是真不了解你这个妹夫，他怎会一心追随太子？从他身在乐府心系司马氏，再到与姜家为邻又和邻妹情投意合就可以看出，周东不会将自身安危系于一人之身，哪怕他是太子！何况如今太子根基不稳，也许有朝一日太子之位不保。”

“怎么会？太子深得魏王宠信，魏王调太子回来，也是为了让太子扶植嫡系，早日继位。”听得多了，姜远也有了几分见解，“魏达殿下不论是文采还是性情，都不及太子万一。”

“若是你，你愿意辅佐一个无比英明的太子，还是一个没有主见、事事听从你意见的太子？”慕容庄心想，若不是因你人傻钱多，你以为谁愿意和你交友？

姜远想了一想：“当然是愿意辅佐一个无比英明的太子了……难道不是？”

“姜兄，你是否很想让姜家产业早日由你一手掌控？”慕容庄只好举例诱导了。

“当然，日思夜想。”

“所以姜公是无比英明好，还是事事听从你的意见好？”

“自然是事事听从我的意见好……”姜远顿时恍然大悟，“原来如此，明白了，这么说来，周东和司马运更愿意辅佐魏达成为太子，好让魏达为他们所用？慕容兄，我又不明白了，为何我们不辅佐魏达而非要追随太子？”

真是笨得可以，慕容庄暗骂一句，脸上却还是挂着笑意：“只因魏达并不接受我们，也因为我们没有足够的筹码引起魏达注意。”

第十六章

小恩小惠

“慕容兄的意思是说，若是魏达有意拉拢我们，我们就要倒向魏达了？”姜远怫然变色，“做人岂可如此两面三刀？”

“怎么会是倒向魏达？你呀，真是太迂腐了。”慕容庄连连摇头，“若是魏达赏识我们，太子便更会觉得我们奇货可居，我们在太子眼中自会水涨船高。你经商多年，岂能不知越抢越是价高的道理？”

“受教了。”姜远一脸愧色，“今日围猎，太子想要围猎魏达、司马运和周东，我们又何尝不是想围猎魏达和司马运？可是如此？”

“姜兄一语中的，果然聪颖过人。”慕容庄心想点化了半天总算开窍了，再不开窍，他真不想理会姜远了，“等下围猎之时，你要审时度势，多和魏达走动，不要总是围在太子周围。”

“明白。”姜远一脸喜色。

你明白什么？你要是真明白就不是你了，可怜姜公一世英明，却生了如此愚笨的一个儿子。慕容庄暗中冷笑，姜家也幸好有姜姝以及周东，否则怕是到了姜远手中，会迅速衰落。

姜远自然不会知道慕容庄有意诱导他和魏达走动，他好借机多在太子面前露面，好让太子对他另眼相待。

安邑城地处中原之地，沃土千里，皆是一马平川的平原，本就无险可守。也幸得魏国兵强马壮，周围各诸侯才没有吞并魏国的打算。比起有大海和山岭的齐国，以及道路难行有天险可守的秦国，魏国和赵国、韩国，都是只凭借自身的强大才有了今日之强盛。

也正因如此，魏国自王公大臣到百姓，习武之风盛行，是以就连看似儒雅的魏作，不但剑法高超，箭术也高人一等。魏达更不用说，生性喜武不喜文，剑法和箭术更是出类拔萃。

安邑城四面皆平原，唯有城西有一片方圆数十里的树林，正是周东初来魏国之时遇险被公主和乐城所救的树林。每年春、秋两季，魏王都会率领群臣来此围猎，以彰显魏王之威。

今年魏作和魏达的围猎，赶在了魏王之前，因不是惯例，规制和规模也并没有按照太子的礼仪照办，除带了一些随从之外，魏作和魏达都是轻车简从，特意营造出随意游玩散心之意。

魏作和魏达缓缓而行，来到了林中一处山坡之上，二人俯视林中空地，见枯叶遍地、灌木丛丛，中间时有摇动和咯吱之声，魏作弯弓引箭，微微一笑："为兄先射第一箭，如何？"

魏达笑道："兄长请便。我们兄弟二人性格恰恰相反，兄长喜欢投石问路，我却擅长后发制人。"

周东和司马运听得清楚，二人相视一笑，听出了魏作和魏达话里话外的机锋。

魏作故作糊涂："后发制人？应该是后发先至才对，莫非你的箭比我的箭快？"

"一试便知。"魏达也举起了弓，他的弓比魏作的弓大了许多，就连箭也粗壮几分，"兄长可要和我比试？"

"好！"魏作话音刚落，一只野兔突然出现在视线之中，他毫不犹豫一箭射出。他很清楚魏达比他臂力大了不少，却不相信如此近的距离之内，魏达的箭可以后发先至。

魏作也算是见多识广，他亲见神箭手的箭可以后发先至，一是要射程超过一百步以上，二是要臂力大一倍以上，魏达两者都做不到，是以他认定胜算在握。

"好！"魏达也大叫了一声好，随即一箭射出。两箭都射向了野兔，明显是魏作之箭更快一步。

正当众人以为魏达必输无疑之时，却没料到魏作之箭就要射中野兔时，魏达之箭还落后一个箭身，却射在了魏作之箭的箭羽之上。魏作之箭失去准头，微一偏向，擦着野兔耳朵飞过，射入了旁边的一棵树上。

紧接着魏达的第二支箭到了，正中野兔脖颈，野兔被当场钉在地上，瞬间毙命。

“好！”司马运大声叫好，鼓掌笑道，“一箭破阵，一箭夺命，两箭齐发，殿下高明。”

魏作脸上闪过一丝愠怒，顷刻消失，他哈哈一笑：“好箭法，好手段。”

魏达一脸傲然：“兄长，我可有违规？”

“没有，比试之初并未明确不可连射两箭。”魏作很坦然地笑了笑，“才是第一局，三局两胜，如何？”

“好呀，奉陪到底。”魏达纵马上前，弯腰捡起野兔，扬手扔给手下，“收好了，回府后，本王亲自动手剥皮炖肉，赏你们了。”

“谢殿下。”手下欢呼。

司马运暗暗一笑：“太子性情过于谦和温顺，很难让人亲近。反倒是殿下看似粗犷，却又体恤手下，很是受人尊敬。殿下在军中，也是深得将士喜爱。若是让将士选择，殿下必远胜太子。”

周东点头：“殿下性情随性大方，比起太子的彬彬有礼更易让人有臣服感。”嘴上这么说，心里却想，魏达的手下也好，军中的将士也罢，皆是贪图眼前利益的普通人，身份不高、地位低下，谁施以小恩小惠就会追随谁，不可委以大事。魏达身边的随从，只要太子再许以重诺，必又会以太子马首是瞻。

而真正决定朝堂大事和国家命运之人是魏王和王公大臣，他们无论是见识还是眼界，都远高于将士和手下，归根结底，他们才是决定谁是太子、谁会继位的关键人物。

古往今来，一呼百应者何其多，最终成就大事者何其少？不可以一时呼应和收买人心论英雄。

姜远连连点头，赞叹有声：“达殿下若是在军中登高一呼，响应者必然云集，如此看来，达殿下比太子更有笼络人心之能。”

慕容庄却嗤之以鼻：“如此小恩小惠也算是笼络人心？姜公子也太善良了，若是你，给姜家下人一些赏钱，他们自然会对你感恩，可是一转眼就会抛到脑后。如果再有人给他们的赏银更多，他们就会认为你小气而吝啬。升米恩，斗米仇，古往今来不外如是。”

姜远无话可说了，点了点头：“听慕容兄一言，似乎我对妙关的好是过犹不及了。”

“妙关是谁？”慕容庄愕然。

“上次去乐府我请来的大夫。”

“原来是他，想起来了，他先是让乐将军回光返照，然后你又一句话气死了乐将军，哈哈，你和他配合得倒是天衣无缝。”

姜远讪讪一笑：“我也并非有意为之，想必乐将军泉下有知，也不会怪我吧？”

“乐将军是不是怪你不得而知，但许多人会因此感激你，哈哈。”慕容庄忽然神色落寞了几分，叹息一声，“实不相瞒，姜兄，我以前也曾乐于助人，在安邑城中设了一个慈善堂，专门用来救济穷苦人，后来只开了一年就关了，你可知道原因？”

“此事确实让人不解，当时慕容家的慈善堂开张之时，我和父亲还暗中前去查看，慈善堂施舍粥饭给穷人，当时确实活人无数。我还和父亲说，什么时候姜家也要仿效慕容家开一家慈善堂，一年的花费也没有多少。父亲却说，并非花费问题，而是有些人值不值得救济的问题。我还十分不解，觉得父亲太过冷漠。后来不到一年，慕容家的慈善堂就关停了，我一直想不通是所为何事，甚至一度还以为是慕容家财力不够，难以为继了。”

“哈哈，财力不够？一家慈善堂一年的支出不过十几金，慕容家负担几十个慈善堂也不在话下。”慕容庄笑过之后，又摇头叹息，“开始先是施舍一粥一菜，慢慢有人不够吃，就多加了面食，还有人不够吃，又多加了一粥。陆续就更有人生发了不满，甚至还有人想住在慈善堂不走，由此引发了吵闹以至打骂，父亲后来关了慈善堂，感叹说道，古人说恩大成仇，果不其然。”

“恩大成仇？”姜远蓦然心惊，“这么说，姜家如此厚待周东，一半家业再加上嫁女，周东会更加不知足，还要吞并姜家的全部家产不成？”

“魏作和魏达都是魏王之子，谁甘心让别人当太子而自己只是殿下？”慕容庄不失时机地挑拨离间。

“说的也是。”姜远点头一愣，又一想，“如此说来，慕容家也不会甘心久居于姜家之下，一心想要成为魏国首富了？”

慕容庄一愣，姜远也不算太傻，不由得哈哈一笑：“古来文无第一，武无第二，经商也是如此，谁不想高高在上？只不过慕容家和沈家加在一起，也不及姜家的一半，想要超越姜家成为第一，谈何容易？虽不容易却也要想上一想，怎么，姜兄是不许我有超越姜家之心了？”

“哈哈，怎么会？莫说慕容家了，就是沈家也有想要替代姜家之心，又何惧之有？就像魏国有吞韩之心，韩国何尝没有吞魏之心？”姜远倒是挺看得开。

“还是姜兄坦荡，在下佩服。”慕容庄假装夸奖一句，心里却说其实慕容家如今已经和姜家不相上下了，不，应该是已经超越姜家了，只是姜家还自以为依然是魏国首富而已。

一行人继续前行，到了林中深处。

第十七章

陷阱

周东故地重游，不免有几分感慨。想起当初在林中险些被恶狼所害，幸亏公主和乐城施以援手。只是如今物是人非，公主远嫁齐国，乐城和他反目成仇，乐羊已经病逝，当真是世事难料。

今日围猎，他自然看得清清楚楚，是魏作和魏达有意借机暗中较量，而他和司马运几人很不幸成了支点。他和司马运落在后面，忽然听到前面魏达一声惊呼。

“狼！”

魏国平原地带的树林之中有什么野兽，周东并不清楚，中山国地处山水之间，多有虎狼、野猪等凶猛野兽。

“魏国树林之中，虎、狼并不多见，野猪和狐狸倒是不少。”司马运一提缰绳，兴致大起，“来，我二人一起前去猎狼。”

两头三尺多高的公狼站立在十丈开外的一个土坡上，土坡不高，约有三丈，二狼见人马一齐涌来，竟不害怕，傲然而立，俯视众人，仿佛是高高在上的王者。

左边公狼的右腿之上，有一块明显的伤痕，像是剑伤，长约半尺、宽约一寸，寸毛不生。而右边公狼从鼻子到额头，也有一道长约半尺的伤痕，应是箭伤，伤及入骨，时至今日还没有痊愈，依稀可见翻起的皮毛。

二狼目光凶狠地盯着魏作、魏达二人，双眼通红，如遇仇人。

魏作首先认了出来：“哈哈，原来是去年秋猎时侥幸逃脱的二狼。二弟你看，头上箭伤的公狼是当时被你一箭伤到了头颅，竟然没死。另一只腿上有伤的公狼是被我一剑所伤，没想到二狼倒也命大，没有伤重而死，也没有被冻饿而死。”

“命大什么？若它们真是命大，今日就不会遇到我们了，哈哈。遇到我们，算它们倒霉。上次没死，今日必死无疑。”魏达才不会想那么多，哈哈一笑，“兄长，箭伤的公狼归你，剑伤的公狼归我，我们谁最先杀死公狼，谁就再胜一局。”

“好。”魏作当仁不让，抢先一箭射出，直取箭伤公狼的脖颈。

一出手就是要害。

可惜狼不是兔子，尤其是受过伤的公狼。箭伤公狼轻巧地一转身，眼神中甚至闪过一丝轻蔑之色，轻松地躲过了魏作一箭，随后腾空跃起，下了土坡，消失不见了。

与此同时，魏达的一箭也落空了，剑伤公狼也是轻描淡写地就躲开了魏达一箭，也和箭伤公狼一起消失在了土坡的另一面。

“追！”魏达被公狼鄙夷的眼神激怒了，拍马去追，跃上土坡才发现，两头公狼并未走远，只跑出了十几丈开外，停在原地等候。

故意戏弄他们不成？魏作也隐有一丝怒气，和魏达纵马去追。

周东忙招呼司马运、姜远和慕容庄：“诸位，快快跟上，小心二位殿下有危险。”

司马运不以为意：“不过是两头狼而已，区区小狼，何足挂齿？”

周东摇头：“司马兄不可大意，方才二狼分明是故意设计迷阵，是要诱二位殿下上钩。中山国中多狼，狼生性狡诈，且通人性，多有人上当而被吃掉。”

“周兄过虑了，二位殿下武艺过人，岂是常人可比？”司马运还是固执己见，抬头一看，魏作、魏达二人已经一马当先，跑到了几十丈开外，“二位殿下正在比试，我等若是离得近了，万一让哪位殿下一箭射偏，就是罪过了。”

此话一出，姜远和慕容庄立刻勒住了缰绳，有意放慢了脚步。紧随众人身后的护卫也都慢了下来。

周东却依然纵马飞奔，他小时候曾随父王打猎，猎杀一狼。行至半途，狼突然醒来，负伤而逃。次年再和父王打猎时，狼突然杀出，咬伤父王坐骑，坐骑受惊，险些摔下父王。幸好父王早有防备，及时一剑斩杀了恶狼。

狼性狠毒，睚眦必报，且一直记仇，周东不敢大意，狂追不舍。奈何他的坐骑不如魏作和魏达的良马脚程迅疾，反倒越落越远，眼见就要距离三十丈开外了。

此时，异变突起！

魏作一马当先，快了魏达半个马身。二人眼见到了一片开阔之地，忽然魏作马失前蹄，一头栽倒下去。魏达当即大惊，想要纵身弃马，却还是晚了一步，他的马也是身子一晃，一脚踩空，掉落到了一个陷阱之中！

不好！周东心中大惊，山林之中常见猎人陷阱，陷阱之上盖一层浮土，再用草木覆盖其上以做掩护，常用来猎杀大型野兽，比如虎狼或是野猪、熊，陷阱之中多有尖锐的木桩，一旦掉入，绝无活命之理。

两头公狼显然早就知道此处有猎人陷阱，故意引诱二人前来，是想以陷阱而坑杀之，真是狡猾至极。周东朝身后已经惊得目瞪口呆的众人大喊一声："快，准备救人！"随即纵马狂奔。

二狼去而复返，竟是毫不迟疑纵身跳下陷阱之中。等周东赶到之时，朝陷阱一看，顿时大惊失色——太子和魏达掉落陷阱之中，被马压在身下，二人挣脱不得，二狼又分别攻击二人，二人幸好手中有剑，一时还可以支撑。

亏得陷阱之中没有尖锐的木桩，否则二人就会当场毙命。周东下马，正要跳下去救二人，蓦然感觉哪里不对，似乎身后有一双眼睛正死死盯着他不放，他正要回头，又觉得一股寒意袭来，当即弯腰探身，抽出宝剑，回身一剑。

此时司马运声嘶力竭的声音才远远传来："周兄，小心身后有狼！"

身后果然有一头体形高大的灰狼，周东一剑挥去，灰狼一跃躲开，猛然凌空跳起，朝周东脖子咬来。狼牙在阳光下闪烁着森然白光，让人望之生畏。

周东人在陷阱边缘，后退无路，只好就地一滚，躲过了灰狼致命一击，不及还手之时，灰狼快如闪电，一口咬在了他的左腿之上。

周东上次被乐城刺了一剑，伤势尚未痊愈，行动还多有不便，是以才被灰狼一击得手。他强忍剧痛，紧咬牙关，一剑斩在了灰狼的后背之上。

不料灰狼的皮毛十分坚硬，剑身一划，竟然只在灰狼的后背上划出了一条血痕，并未伤及里面。灰狼吃疼，咬得更用力了。周东扭头一看，魏作和魏达分别被两头狼各咬了一口，形势万分危急。

先救谁？周东一时犹豫，魏作和魏达的形势都一样迫在眉睫，他只犹豫了片刻，手中宝剑扬手掷出，不偏不倚正中用力撕咬魏作的箭伤公狼的腹背。

一剑没入狼身之中！

箭伤公狼哀嚎一声，拼死一口咬下魏作的靴子，又挣扎几下，才不甘地倒毙在地。而剑伤公狼大怒，纵身跃起，再次朝魏作咬去。

而且咬的还是脖子。

周东大惊，想要施救已然不及，手中无可用之物，且左腿被灰狼死死咬住，唯一能救魏作之人，非魏达莫属。

魏达用力推开马身，从地上一跃而起，只犹豫片刻，拉弓搭箭，瞄准了正扑向魏作的剑伤公狼。不料他的弓箭陡然转向，随即一箭射出，正中周东身上灰狼的脖颈。

灰狼痛呼一声，踉跄倒地，随即毙命。

再看魏作，眼见被剑伤公狼咬中脖子之时，压住他双腿的战马猛然起身，一头撞开了剑伤公狼。剑伤公狼在半空之中陡然转向，飞出一丈开外，摔在地上。

机不可失！魏作翻身而起，一箭射出，正中剑伤公狼的腹部。剑伤公狼犹不死心，挣扎而起，一步一步朝魏作走来，魏达飞起一脚，踢飞了剑伤公狼，随即一剑将它钉在了地上。

“多谢二弟。”魏作朝魏达点了点头，刚才魏达明明可以救他却先救周东之举，他看得清楚，却假装不知，“若非二弟援手，今日之事，为兄怕是要在劫难逃了。”

周东飞剑相助之事，他也是明白，抬头朝周东投去了感激的一瞥。周东也回应了魏作一个心领神会的表情，却朝魏达一拱手：“多谢殿下，救命之恩，容当后报。”

周东先救魏作，魏达再救周东，后又救魏作，一系列的变故发生在陷阱之中，司马运等人赶到时，只看到了一地的狼藉和满地的狼尸，除此之外，并不知道究竟发生了什么。

真相只在周东、魏作和魏达三人心中。魏达虽然清楚周东在最危急之时，先飞剑救了魏作，心中微有怨言，却出于司马运之言的缘由，相信周东并非不想救他，而是故意在魏作面前表现。而他在魏作眼见就要被狼一口咬死之时，却置之不理而先救周东，也是有意让魏作葬身狼腹之中。

魏达之心，魏作心知肚明，只是没想到魏达如此迫切、如此露骨，他原以为魏达多少会顾及兄弟之情、手足之谊，经此一事才知，真有危险来临之时，魏达会毫不犹豫地弃他于不顾。

生在帝王之家，父子之情、兄弟之谊，在权力面前，终究如此脆弱，不堪一击。魏作痛心之余，十分感激周东，若非周东飞剑相救，他早已葬身狼腹了。再退一步讲，若不是周东将陷阱之中的一切看得清清楚楚，说不定魏达会将他一剑杀死。

第十八章

谁胜谁负

今日围猎，得知了周东对他的忠心以及魏达的狠心，收获当真不小！魏作再抬头时，司马运、姜远和慕容庄等人才姗姗来迟，随后是护卫陆续赶到。

司马运等人震惊得不知所措，才知道若非周东快了一步，魏作和魏达已经葬身狼腹了，几人顿时汗如雨下。若真是如此，魏王震怒之下，他几人断无活命之理。几人先是向魏作和魏达请罪，又向周东连连道谢。

只是几人却不明白到底发生了什么，最后还是魏达朝魏作和周东各使了一个眼色，他随意包扎了一下，对众人说道："尔等来得太慢了些，若非周公子赶得及时，我和兄长都要被恶狼咬死了。我二人一时轻敌，上了恶狼的当，掉进了陷阱之中，我二人被马压住，动弹不得，恶狼来咬，它的同伙还咬伤了周公子。周公子拼了自己性命不要，飞剑救了我和兄长，我才腾出手来，射杀了撕咬周公子的恶狼。这些恶狼狡诈无比，引我二人掉入陷阱不说，居然还有同伙，真真让人大长见识。"

见魏达轻描淡写地一句话带过细节，魏作也不揭露，当众朝周东深施一礼："多谢周公子救命之恩。"

姜远心中骇然之余，又闪过一丝悲凉，都以为魏作回来之后，周东会大势不再，不想周东竟然意外救了魏作之命，再加上二人师出同门的情谊，怕是周东地位稳固，再难有人可以动摇了。

慕容庄也是心中愤愤不平，周东真是交了狗屎运，竟有如此际遇，他当初为何不先行一步，或许也可以成为救了太子和殿下之人。

只有司马运目光闪烁，多看了陷阱内外几眼，又站在周东的地方朝下张望，似乎是在还原当时的情景。过了许久，他轻轻一拉周东，小声问道："刚才到底发生了什么？"

周东就知道司马运不会轻信魏达之言，他悄悄摇头："此事稍后再说，达殿下所言，十之七八。"

司马运心中有数，点了点头。

魏达包扎完毕之后，打量了身上几眼，哈哈一笑："刚才一局，算是平手，兄长，是否还要继续比试？"

魏作也没有大碍，冬天都身着厚衣，狼牙再尖利，也只是皮外伤，他朗朗一笑："愿奉陪到底。"又看了一眼周东："不过第三局比试什么，最终谁胜谁负，由周公子一言而定。"

慕容庄和姜远都倒吸了一口凉气，太子此话，等于是完全认可了周东，不再当周东为宾客，而是座上宾的贵客了。

魏达笑道："一切听从兄长安排。"

好一副兄友弟恭的和谐，周东暗暗摇头，又见众人都向他投来或羡慕或嫉妒或征询的目光时，他微一定神，想了一想："第三局只射飞鸟不猎走兽了，可好？"

"好。飞鸟不伤人，周公子好主意。"司马运第一个表示赞成，见魏作和魏达并无异议，当即策马而走，来到一棵大树之下，指挥护卫敲击大树。

树惊鸟飞。

"最先射下一只鸟者胜。"

周东话音刚落，魏作和魏达几乎同时射出一箭，两支箭看似一前一后，魏达快而魏作慢，眼见魏达之箭就要射中一只鸟儿之时，突然斜刺里一只鸟儿横空飞出，撞在了魏作的箭上。

一箭穿心。

鸟儿瞬间跌落，随即魏达的箭才正中一鸟。二鸟一前一后落地，魏作的鸟儿早了一步。

一时众人鸦雀无声，都看向了周东，等周东宣布胜负。

周东微一沉吟："第一局，达殿下胜。第二局，平。第三局，太子胜。各胜一局又各负一局，依然是平分秋色。"

魏达哈哈一笑："我不服，兄长的箭是飞鸟撞上的，是撞了大运，我要再比一局。”

魏作微微一笑：“有时运气也是制胜之道……是否要再比一局，得由周公子说了算。”

难题就又落到了周东头上。周东环视众人，见魏作一脸淡然、魏达跃跃欲试，他心思一动：“兄弟之间比试，点到为止，何况今日有恶狼狡诈，兄弟二人齐心协力，力斩三狼，也是佳话。若是太子胜，身为兄长，胜之应当。若是达殿下胜，身为弟弟，胜在勇猛。若是平手，兄弟二人，兄友弟恭，相互谦让。是以今日比试，在下以为不分胜负才是大善！”

此话一出，众皆叹服，就连魏达也从一脸不屑变成了连连点头。

一行人返回安邑城中时，已是正午，回王宫途中，正好途经善信阁，魏作抬头看到了善信阁正对面的王孙酒坊，忽然来了兴趣，停了下来。

“听说王孙酒坊盛产中山美酒？我在中山国待了数月，习惯了中山美酒的甘洌，不如今日就在此用饭了。”

话音刚落就有人劝魏作尽快回宫，好让宫中大夫处置伤口，尽快静养。魏达却大手一挥：“些许小伤，算得了什么？不要再废话，赶紧让酒家好酒好菜上来。”

周东虽明确了中山国太子的身份，孙西敢和王松的身份并未暴露，太子选中王孙酒坊，是否另有谋算？他虽有担心，却还是只能紧随其后上楼。

孙西敢和子良出面迎接。

子良、子与上次和幔陀一战之后，受了轻伤，休养了几日就好了大半，现在已经不再碍事。父女二人平常晚间住在善信阁，白天就在王孙酒坊帮忙。

孙西敢一见太子和魏达同时现身，后面还跟着周东、司马运和慕容庄、姜远，不由得心中一跳。听子与说周东一早陪太子前去打猎，没想到回来得如此之早，还来王孙酒坊就餐。

再一看周东、太子和魏达都受了伤，不由得更是大为惊讶，再看其他人安然无恙，而周东的伤势并不严重，才又暗自舒了一口气。也不知道到底发生了什么，怎么太子和魏达身边卫士众多，谁人敢伤他二人？莫非遇到了刺客不成？

子良打猎多年，一眼就看出了几人的伤口是狼伤，忙小声告诉了孙西敢，还说父亲子与有医治狼咬之伤的良药，可药到病除。孙西敢忙让子良去取。

众人落座，太子首位，魏达次位，周东坐了太子的下首。太子饶有兴趣地看了孙西敢几眼：“店家是中山国哪里人氏？所酿中山美酒，所用之水可是取自滹沱河？”

“回太子，小人中山国灵寿城人氏，所酿美酒所用之水，乃是魏河之水，滹沱河过于遥远，无法取水。不过小人在发酵时多了一道工艺，以确保和在中山国时所酿美酒并无不同。”

“真的如此神奇？快，呈上来。”太子接过一碗王孙美酒，一饮而尽，闭目片刻，“好酒，甘洌清澈，回味悠长，不过和原产于中山国的美酒还是有些许差别，少了几分刚烈，多了几分柔和。”

“太子所言极是，魏人多好柔和之酒，故有所调整。”孙西敢放心几分，见太子只是问酒，以为无事了。

不料太子突然话锋一转：“店家可曾入伍为兵？”

“……”孙西敢一时不知该如何作答，不知太子为何突然有此一问，正沉吟时，周东接话了。

“太子好眼力，店家确实是行伍出身，在魏国攻打中山国时，还曾和魏军交战。中山国灭国之后，来到魏国，干起了卖酒的营生。”周东呵呵一笑，“店家来魏国的初衷和我一样，深知魏王海纳百川，魏人好客，是以可以在魏国安身立命。店家之前还一直担心不知何时会被赶走，或是被当成中山国细作杀头，后来听说我身为中山国太子也可以留在魏国，他才深信传言不虚。店家，我现今可以明确地告诉你，非但魏王胸怀宽广，太子和达殿下也是广纳四方之人，你可安心在安邑开店。”

魏达一拍桌子：“管你是中山国人还是韩国人，只要来到魏国，安心在魏国安家，你就是魏人。店家，你这家王孙酒坊，日后谁敢刁难，就来王府找我，我管叫他老实。”

魏作本想再多问几句什么，他总觉得孙东者眼熟得很，魏达的话一出口，却将他的话完全堵死，他只好呵呵一笑：“店家，最好的酒菜都上几样，奔波了一路，都饿了。”

魏达道：“上好的牛肉羊肉，先各切十斤上来，酒来十坛。”

“得令。”孙西敢转身吩咐，“最好的牛肉羊肉，上菜了。”

二楼在周东一行上来之前，已经有了一桌客人。在角落靠窗的位置，有两个人背对着众人而坐，一名灰衣男子，一名白衣男子。众人上楼，二人没有回头看上一眼，只顾低头小声说话。

离得远，听不清二人说些什么。

开始时，周东等人都没有留意二人，等又来了客人被司马运赶走之后，魏达才发现原来二楼还有别人，不由得怒了，起身想要驱赶二人，却被魏作拉住。

魏作轻轻摇头："二弟，不必如此，别人先到，是我等惊扰了他们才对。"

"兄长……"

魏达还想坚持，周东及时举起酒杯："来，我等同敬太子和达殿下一杯。今日太子勇猛无比，达殿下机智过人，当满饮此杯，以示祝贺。"

第十九章

围猎

说话间，周东特意朝二人望了一眼。二人听了他的话后，依然不动声色，也没有回头看上一眼，他心下明白，此二人绝非等闲之辈。若是寻常人听到太子和殿下同时在此，即便不吓得赶紧前来施礼，也要回头好奇地看上一眼。

二人如此不动声色，必有来历。

司马运也注意到了二人的不同寻常，小声说道："周兄，此二人必定有来历，当小心为上，万一是刺客就麻烦了。"

"不会是刺客，司马兄尽管放心。"周东没有明说的是，在孙西敢的店中，不可能出现了刺客孙西敢毫无察觉，即便孙西敢没有发现，子良和子与也不是等闲之辈。

不多时，子与来到，奉送了治疗狼伤的良药。

周东唯恐太子和魏达怀疑狼药的真假，便先涂抹在了自己身上，果然效果极好，片刻之后感觉伤口一片清凉，疼痛感大减。魏达才不会想那么多，当即不要别人帮忙，亲自抹上，连连叫好："果然好药，妙不可言！你是何人？为何有如此好药？"

子与恭恭敬敬地答道："回殿下，小人乃是周公子府中下人，原本在山中打猎，因经常被狼所伤，故精心研制了狼药以做备用。"

"原来是周公子府中之人，怪不得如此了得。"魏达无比羡慕地看了周东一眼，"周公子不但自身出类拔萃，就连身边之人也是不同凡响，让人敬佩。来，我敬周公子一杯。"

"不敢，不敢，殿下过奖了。"周东忙举起酒杯，一饮而尽，"我敬太子和殿下一杯，今日之事，太子淳厚，殿下威武，是魏国百姓之幸，是我等之福。”

众人都一饮而尽。

周东注意到他此话一出，一直背对他们的二人微微停顿一下，其中灰衣男子似乎有意要回头看上一眼，怔了一怔，还是忍住了。

倒是真能沉得住气，周东越发对二人大感兴趣了。

“这狼药能否再多制一些送我？”魏作涂抹了狼药之后，大感清凉，暗暗称奇，“日后再有不小心被虎狼咬伤之时，也好备用。”

“好说，好说。”周东见子与一时迟疑，忙替他说道，“子与，回去多制备一些，送到太子和殿下府上。”

“是，公子，小人记下了。”

几人又吃喝一气，眼见时候不早了，太子也有了几分疲惫之意，魏达提议今日到此为止。众人起身，正要下楼之时，忽见一人从楼梯上来，身影矫健，动如脱弦之箭，快如闪电，一闪就来到了众人面前。

只听楼下孙西敢大喊：“楼上客满，你不能上去……”

好快的身法，孙西敢才反应过来，对方已经到了楼上。周东心里一惊，下意识上前一步挡在了太子和魏达身前：“小心刺客！”

不料却还是慢了一步，来人闪过周东，右手一抖，一把长剑赫然在手，长剑如蛇般灵活，缠绕吞吐间，绕过周东和太子、魏达几人，直取靠窗二人中灰衣男子的后背。

周东的第一声“小心刺客”已经惊动了二人，二人才一回头，刺客已经逼近到了一丈之内。周东第二句提醒的话也脱口而出：“二位小心身后！”

只眨眼间，刺客的长剑已然离灰衣男子的后心不足三尺，此时魏达也反应过来，沉闷地冷哼一声：“好快的剑！”话到人到，右手化掌为拳，一拳打向刺客的后心，“在我面前还敢如此放肆，吃我一拳。”

刺客察觉到了魏达的铁拳呼呼生风，却头也不回，身子一侧，轻描淡写地躲开了魏达的一拳，长剑依然如一条毒蛇，直取灰衣男子的后心。

不过魏达的一拳还是让刺客的动作慢了几分，灰衣男子得以喘息之机，起身转到桌子对面，抓起茶壶扬手扔了出去。

周东总算看清了对方长相，是一名年及弱冠的男子，白净、瘦削、面如冠玉，只不过左眉之上有一道伤疤，似乎是被利刃所伤，生生将左眉切成两截。

和他同桌的白衣男子也起身闪到了桌后，顺手抓起椅子，劈头盖脸地扔了过去。刺客扬手接过茶壶，又一剑劈开椅子，猛然一脚踢中桌子。桌子哗啦一声，从中断为两截。

魏作和魏达对视一眼，都露出了骇然之色。若是一剑劈开桌子，倒也并非难事。但一脚踢中桌子，且桌子从中一分为二，就并不只是力大无比的原因，还需要巧劲，需要奇准无比的拿捏。此人绝对是高手中的高手！

若是只从刚才极快的身法来看，已经是一等一的高手，只不过放眼魏国之内，身法如此之快的高手也不少见。但刚才一脚踢开桌子的身手，就极其罕见了。魏作和魏达心中大凛，魏国怎会有如此绝世高手而他们丝毫不知？

灰衣男子和白衣男子相顾骇然，二人愣了片刻，灰衣男子举起双手，状若投降："且慢，你是何人？为何要杀我？我是好人，大善人，从未做过伤天害理之事！"

刺客并不答话，快步向前，挺剑便刺。

灰衣男子吓得哇哇大叫："救命！快快救命！有人要滥杀无辜了！"

周东大跌眼镜，原以为二人不动如山，是心中多有气度，却原来是在假装，不由得哑然失笑，不过不等他笑出声，灰衣男子慌张之中，脚下一滑，一头朝他的怀中扑来。

不是吧？周东想躲开，身后却是太子和魏达，无法错身，灰衣男子就一头栽到了他的怀中。这还不算，他还紧紧抱住了周东，大喊救命。

刺客却是不管不顾，他就是认定了灰衣男子，再次一剑朝灰衣男子刺来。灰衣男子不躲不闪，死死抱住周东不放。周东想要闪开，也是不能。他很清楚，刺客一剑刺中灰衣男子，会连他也一起刺穿。

他招谁惹谁了，怎么就如此倒霉？周东欲哭无泪，却只能眼睁睁看着刺客的长剑闪耀着森森寒光，直取灰衣男子后心。

魏作和魏达同时勃然大怒，刺客虽然武功高强，却也过于托大，视他们如无物，完全不把他们一干人等放在眼里，更不用说二人肯定不会眼睁睁看着刺客一剑刺死周东……二人心意相通，一左一右左右夹击，同时出手了。

刺客并未将二人放在心上，他显然也早就预料到二人会出手拦截，右手持剑，左手上下翻飞，两把飞刀掷出，各取魏作和魏达胸口。

司马运、姜远和慕容庄相视变色，几人一是震惊灰衣男子竟然是他，二是被刺客的嚣张和狂妄惊得不知所措。尤其是姜远和慕容庄，二人全无对敌之策，只能眼睁睁看着周东和太子、魏达三人同处险境。

司马运挺身向出，顺手抽出一名卫士的腰刀，一刀斩向刺客的后背：“休要猖狂，吃我一刀！”

魏作和魏达原本以为如此近距离之内，刺客即便掷出飞刀，也不会有多大力道。飞刀一般在一丈之外十丈之内最有威力，不料刺客一只左手上下翻飞扔出的飞刀，竟然呼呼生风，只一瞬就几乎同时逼近了二人的胸口。

二人大吃一惊，如此身手和奇特手法，见所未见，魏作挡无可挡，只好侧身闪过，闪身的动作幅度过大，身子一晃险些摔倒，样子颇为狼狈。更让他颜面大失的是，他闪身躲开，飞刀正中他身后一名护卫的胸口。

护卫当场毙命！

魏达不躲不闪，手臂一竖，包裹在手臂上的铁护腕和飞刀正面相碰，叮的一声清脆的响声，飞刀被硬生生弹开，射在了窗框之上。

与此同时，司马运的刀也到了。刺客听声辨位，朝身后飞踢一脚，正中司马运的刀身。司马运只觉一股大力传来，差点把持不住，刀被踢偏了三尺，几乎脱手而飞。

不过也幸得司马运的一刀之助，刺客身形慢了半步，周东也得此时机，一把将灰衣男子摔倒在地，他也同时扑倒，堪堪躲过了刺客一击。

周东冷汗涔涔，若不是魏作、魏达和司马运三人联手，刚刚他已经命丧当场了。刺客到底是谁？又为何不顾一切要刺杀灰衣男子？灰衣男子又是何人？一瞬间他脑中闪过无数个疑问，来不及问个清楚，刺客的第二剑倏忽而至，一剑刺中了倒在地上的灰衣男子的左肩。

“啊！”灰衣男子夸张地大叫一声，就地打了一个滚，又滚到了周东脚下，双手死死抱住周东的双脚大喊救命。

刺客好像此时才注意到周东一般，冷冷打量周东一眼：“别怪我！要怪就怪你自己命不好！”

说话间，手中长剑一错，竟然一分为二，一上一下同时朝周东和地上的灰衣男子刺去。只不过他轻视了魏达，魏达用铁腕挡开飞刀后，不退反进，向前迈进一步，就在他手中长剑一分为二之时，魏达出手了。

虽说魏达也很佩服刺客怪异的手法和高超的身手，但生死关头，即便再欣赏对方，下手也是一招致命的狠手——他双臂合拢，双拳并成一拳，猛然吐出一口浊气，“嘿”的一声，双拳出击。

第二十章

险象环生

刺客一是对自己过于自信，自认他的飞刀即便不会伤了魏作和魏达，也能逼得对方手忙脚乱。也确实，魏作被逼得退后数步，他就以为魏达也会是同样的下场，是以疏忽了魏达。

也是他的注意力在周东身上，不知何故，武功明显不如魏作和魏达的周东，反倒更镇静、更有大将风范，被灰衣男子所累，没有惊慌失措，也没有大喊大叫，表现出了常人所不及的临危不惧。若说魏作和魏达遇乱不惊，他二人身穿华服，一看就是王公贵族，而周东衣着普通，却能有如此气度，应该也不是凡人。

刺客自以为武功高强，放眼天下无敌手，眼前几人，举手间就可以一一打倒。不料就在他双剑分别刺向周东和灰衣男子时，蓦然间感觉身后一股危险迅速逼近。

他略一迟疑，发现危险来自魏达的双拳之时，微微一怔，却又并未放在心上，只轻轻一侧，以为就此可以躲开魏达一击，他一心只想将周东和灰衣男子毙于剑下，以便及早撤离此地。原以为刺杀灰衣男子只是举手之劳之事，不想耽误了这么久还没有得手，于他而言，已经算是大失颜面了。

周东虽然双脚被灰衣男子抱住，上身却能灵活摆动，他肯定不会坐以待毙，眼见一剑就要刺到之时，他身子突然如同从中间截断一般，朝左歪了下来。

此时魏达的双拳擦着刺客的后背打空了，不过魏达却不是好相与之辈，他闷哼一声，强行收势，不顾余势未减对他自身的冲击伤害，猛然化冲为扫，扫中了刺客后背。

刺客怎么也没有想到魏达会如此强横，为了一个并不相干的人，拼了自己受伤也要伤他，他身子遭受重创，失去平衡，朝他一扑，手中双剑就失去了原有的威力。

魏达虽然击中了刺客，自己也在冲击之下受伤不轻，感觉胸口一阵发闷，一张口，一口鲜血喷出。

刺客想不通为什么魏达会做出杀敌八百自损一千的蠢事，自己又不是取他性命！他哪里知道魏达为人十分要强，不能容忍别人胜他太多，哪怕是两败俱伤，他也要争一口气。

到底是为谁争气、争什么气，魏达不管，反正他不能让自己感觉不如别人。

刺客勃然大怒，没想到魏达会伤了他，虽说只是感觉后背隐隐作痛，顶多就是皮外伤，却也是十分窝火，因为他出道以来，从未被人伤过。

更主要的是，魏达的一击，让他身子晃动，不但两剑同时落空，司马运还及时赶到，递给周东一把佩刀。周东佩刀在手，先是一招挡住了他的一剑，反手一刀又砍向了他的胳膊。

以他的武功，自然不会让周东砍中，奈何事发突然，彻底打乱了他的步伐，他此时若想躲开周东的一刀，必须弃剑后退。若想继续刺向灰衣男子，就会被周东一刀砍中。

他只迟疑片刻，心中就有了主意，右手长剑不管不顾一剑刺中了倒在地上的灰衣男子的大腿，左手长剑想要撤回，已然不及，被周东一刀砍落，周东刀势不减，又砍在了他的胳膊之上。

尽管他早有防备，左臂一收一缩，卸掉了大部分力道，却还是被刀伤了皮肉，鲜血立刻涌出。他原本因周东碍事想要杀死周东，现在改变了主意，因周东伤了他，他必须杀掉周东。

刺客受伤，不退反进，飞起一脚，踢中的却是司马运。司马运猝不及防，被踢出一丈开外，摔得鼻青脸肿。

魏作和魏达再次联手一左一右朝刺客出手，刺客不再托大，长剑一挥，逼退二人，又连出三剑，剑剑直取周东要害。场中形势转眼大变，竟是由刺杀灰衣男子变成了刺杀周东。

灰衣男子被刺中大腿，惨叫一声，就地打滚，还好没有伤及要害，不过也是血流如注。此时护卫们才反应过来，有人冲过去将他救下。而孙西敢也从一楼冲了上来，他的身后跟着子与和子良。

护卫们已然大乱，想要冲过去帮助魏作和魏达，却无从下手，主要是周东、魏作、魏达和司马运等人将刺客团团围住，护卫们无法上前援手。

刺客见跑了灰衣男子，更是对周东恨之入骨，一连三剑刺出，剑剑直奔周东要害而去。周东合众人之力，才能勉力和刺客过上一招，如今刺客对他如此特别“照顾”，他顿时支撑不住，连连后退。

魏作和魏达大惊，二人从护卫手中接过武器，接连朝刺客痛下杀手。刺客也不反击，只是躲闪，依然只对周东一人出手。

数招过后，周东险象环生，眼见难以支撑之时，子与和子良纵身加入了战团。

子与和子良的武功比护卫强了不少，但依然不是刺客的对手，刺客以一当十，竟然毫无惧意，数招之间，若非魏作、魏达和子与、子良拼命相护，周东早就丧命在了刺客剑下。

魏作和魏达震惊之余，心中同时都动了杀心，如此武功高强之人，若是不能为他们所用，必成大患。今日之事，若是刺杀的是他们，怕是他们已然血溅当场。魏作一念及此，大喝一声：“神箭手准备。”

护卫中顿时十人出列，各持硬弩排成一行，对准了刺客。箭雨如飞是对付刺客的最佳手段，任凭刺客再神通广大，也难逃如天罗地网的箭雨从天而降。

子与和子良对视一眼，二人都做好了随时为了周东牺牲的准备，上次幔陀刺杀周东，二人护驾不力，这一次说什么也要保护周东周全。

刺客并未蒙面，子与一开始只顾和刺客交手，并未注意他的长相。几招过后，他感觉到刺客的身法似曾相识，再看刺客面容，并不认识，不由得心中生奇。稍一走神，就被刺客一剑挑落了手中长枪。

这一手海底捞月更是让子与脑中猛然一闪，想起一个人来，当即愣在当场。刺客一剑刺向子与，子与呆呆地不知躲闪。刺客虽心中愕然，却剑势不减。

“幔越先生？”

就在众人施救不及一剑就要洞穿子与胸膛之时，子与脱口说出了刺客名字：“真是幔越先生？”

刺客顿时收剑而立，上下打量子与几眼，眼中先是疑惑后是惊喜：“子与？”

“正是在下。”子与面露惊喜之色，“当真是幔越先生？十年之期未到，你怎么出山了？”

子与与幔越有十年之约，约定到时比试一场，一战定胜负。

众人都惊呆了，子与竟然认识刺客！

周东也是蓦然心惊，刺客竟是幔陀的父亲幔越？他愣了一愣，拱手说道："幔越先生为何来魏国杀人？我乃中山国太子周东，和令爱幔陀曾有一面之缘。"

"周东？你才是周东？"幔越露出难以置信的神情，一指灰衣男子，"你是周东，他又是何人？"

这下周东也愣住了："并不知道他是何许人也。"

灰衣男子被护卫救下，虽受了几处剑伤，却并不致命，他躲在护卫之中，胆子大了，跳脚喊道："你这个鸟人，原来是杀错人了，你算哪门子刺客？我还以为你是哪家债主雇来的，却原来是把我当成了周东，你如此愚蠢，还当什么刺客？笨死算了。"

周东欲哭无泪，什么？刺客原本是想刺杀他却杀错了人，而他却还自报家门？天下之大，无奇不有，他顿时感觉头皮一紧。刺客脸色一变，目光一寒，挺剑便朝他刺来。

"幔越先生，不可！"子与大喝一声，挺身上前，子良也是身子一转，和子与并肩作战。

三人战在一起。

护卫一哄而上，将周东团团围住，保护得密不透风。魏作后退一步，指挥神箭营随时准备箭雨如飞。魏达却不肯退下，抓起一把大刀，和子与、子良父女以三打一。

却依然落了下风。

幔越见周东被人围住，只是轻蔑地一笑，转身间飞起一脚踢飞了一个护卫，护卫人在空中才流露出不甘和委屈的神情，他又没有动手，为什么被踢的人却是他？却没人安抚他的情绪，幔越身法极快，在护卫还没落地之前，已经使出了三剑。

子与、子良和魏达三人每人一剑。

魏达看出了幔越三剑的不同："哈哈，只对我一人痛下杀手，你是有多看得起我，好，我就让你见识见识我的本事！"

幔越却冷冷一笑："你想多了，我只是认识子与父女，不忍杀他们，却不认识你。"

魏达怒了："你以为你真能杀得了我？"

"易如反掌！"幔越一剑逼退魏达，跳到一边，上下打量子与几眼："子与，一别近十年，你武艺不但没有丝毫长进，反倒退步了，我们的十年之约，就不必如期兑现了。今日我饶你和你女儿不死，你快快让开。”

子与慨然说道：“士为知己者死，我誓死保护周公子周全。”

“如此，就别怪我不顾及情面了。”幔越剑法突变狠绝，招招致命。数招之后，子与连连后退。就连子良和魏达加入之后，依然难敌幔越之威。

第二十一章

后患无穷

魏作耐心尽失，对周东说道："此人不除，后患无穷，周公子，请后退数步，稍后将他乱箭射杀。"

周东却起了惜才之心，刚要劝魏作几句，眼前寒光一闪，一枚飞刀眨眼间到了胸前三尺之内！

却原来是幔越趁乱之际，想要飞刀射杀周东。周东一时失察，想要躲闪已然不及，难道就这么一时大意中刀而死？他感觉有几分滑稽、几分哭笑不得，多少次死里逃生，好不容易赢得了太子和魏达的信任，却莫名其妙地死在了幔越手中，不是可笑而是遗憾。

忽然，又一道寒光从斜刺里闪出，叮的一声轻响，撞飞了来袭的飞刀，随后一个人影从窗外飘了进来，对，如同翩翩起舞的蝴蝶。

护卫顿时乱成一团，一个高手已经难以对付了，又来一个，如何得了。

来人脚尖轻轻在桌子上一点，如蜻蜓点水一般，落在了幔越前面，右手一挥，手中突兀多了一剑，将幔越刺向魏达的一剑挡开。

"父亲，我不许你杀周东！"

竟是幔陀！

上次幔陀穿了黑色衣服，黑纱如梦。此次却是一袭白衣，白纱如仙。她目光冷冷地瞥了周东一眼："要杀，也要由我亲自动手才行！"

幔越微有几分气愤："你怎能如此？先是受了周东蒙蔽，说非要查明他是不是真凶才要杀他。我特意出山替你杀他，你又追来阻拦我，幔陀，你想气死我不成？”

父女二人显然没有将众人和已经用硬弩对准他们的护卫放在眼里。

幔陀冷哼一声：“我的事情不要你管，也没谁求你出山，你非要自己多管闲事，怪得了何人？”

幔越怒了：“这么说，你是觉得我做错了不成？”

“反正不许你杀了周东！”

“你何时杀他？”

“待我查明真相之后！”

“何时查明真相？”

幔陀迟疑片刻：“快则数日，慢则一年。”

“你分明是不想杀他！”幔越突然飞身而起，越过众人，一剑朝周东刺去，“你一直久居山中，怎知人心险恶？为父替你杀了周东，省得你被他蒙蔽！”

幔越在人群之中，无法放箭，现今他飞身半空之中，如此良机岂容错过，魏作当即下令：“放箭！”

早已蓄势待发的弓箭手顿时数十箭齐发，虽不是万箭齐发，却也威力惊人，破空之声呼啸而起，摄人心魄！

幔越人在半空，被箭雨笼罩，也不慌乱，双手舞剑如网，将来袭之剑几乎全部斩落，却不曾提防在乱箭齐发之时，魏达也趁机朝他射出了一箭。

幔陀察觉之时想要出手挡下，为时已晚。魏达积蓄了全部力量和无数不甘的一箭，正中幔越脚掌，一箭射穿。

幔越中箭，余势不减，依然直取周东颈上人头。幔陀飞身而起，在半空将幔越拦腰抱住，只一转身就飞出了窗户。

“放箭！放箭！”魏作大惊，手指窗外，“不要让他们跑了，格杀勿论！”

众护卫纷纷放箭，却还是落空，幔陀身法极快，片刻之后就消失在了错落的民房之中。

“此人是谁，竟有如此身手？”魏达望空兴叹，双手握拳，“如此武功高强之人，若不能为魏国所用，必成大患。”

“来人，速去查明幔越和幔陀去处，一经发现，格杀勿论！”魏作冷静地下达了命令，一个幔越就已经足够让人头疼了，何况还有一个和他武功不相上下的女儿，简直就是噩梦。

“是！”众护卫听命。

几人都只是受了轻伤，并不要紧，魏作和魏达又问了周东幔越和幔陀的来历，得知幔陀是欧阳乐带来的刺客而幔越是幔陀父亲后，二人大吃一惊，如此武功深不可测之人竟然是中山国人氏，若是当初攻打中山国时，二人联手暗中刺杀魏作或是乐羊、司马父子任何一人的话，都不在话下。

幸好当时幔越父女并未出山，不过一想也不对，中山国灭亡罪在王后和周西的私心，若是中山国上下一心，再加上幔越父女，谁胜谁负、谁死谁活恐怕还不好说。

一切收拾停当，周东再去寻找灰衣男子，灰衣男子正在白衣男子的陪伴下包扎伤口，疼得龇牙咧嘴，见周东走了过来，他咧了咧嘴：“原来阁下就是大名鼎鼎的周东！失敬，当真失敬得很。今日险些丧命，竟是被刺客误认成是你，你我远日无怨近日无仇，素昧平生，你可是送了一份天大的厚礼，多谢了。”

周东听出了对方话里话外的不满和嘲讽之意，正要问灰衣男子是何许人也时，司马运凑了过来，嘿嘿一笑：“沈兄被刺杀之时，毫无惊讶之意，只有逃跑之心，分明是亏心事做得太多，随时有被人索命的准备，在下佩服得紧。周兄，此乃沈南，沈家长子。”

城东慕容成、城西沈然和城中姜家，并称为魏国三富。三富之中，姜家第一，慕容家第二，沈家第三。姜家最为平和，慕容家最为高调，而沈家最为低调，或者可以说，三家之中，姜家和慕容家一直为世人所知，寻常百姓皆耳熟能详，而沈家是只有王公权贵才知道的存在，对一般人而言，很少有人知道沈家拥有常人无法企及的财富。

正是因为沈家的低调和神秘，周东来到魏国以来，从未和沈家有过任何接触，也很少人听人说起。只记得姜姝无意中说过沈家几次，却都是一提而过，并未深入，他也就没有追问。

却怎么也没想到，和沈南的第一次见面，竟是在如此场合之下，而沈南还被幔越误以为是他，险些替他被杀。

不过沈南长得比他瘦弱不少，完全不像，怎么会被幔越误认为是他，也是咄咄怪事。幔越武功如此高强，行事却如此莽撞，让人不解。

又想起沈南的无赖和滑稽，周东险些失笑，忙正容施礼说道：“在下和幔越也是初次见面，惭愧，沈兄多担待。”

“不担待还能怎样？”沈南起身还了一礼，“若不是你舍命相救，在下也没命了，说来还得多谢你的救命之恩。司马兄，你也别阴阳怪气地说风凉话，你我行走江湖多年，谁还没有几个仇人？被人暗杀，在我看来，也算是可以炫耀的好事。至少有人恨你入骨，非要杀死你不可，你多有成就感。”

周东没被沈南逗乐，目光却落在了他旁边的白衣男子身上。白衣男子三旬开外，眼神颇为沉静，神情淡淡，似乎对周遭的一切都全无兴致，只是守候在沈南身边，并不多看任何人一眼。

周东记得清楚，自始至终，白衣男子都未曾有过惊慌之举，甚至在沈南最为危急之时，他也是不动声色，在人群之外观望。

“这位兄长尊姓大名？”周东朝白衣男子拱手一礼，“在下中山国周东。”

“久仰。”白衣男子淡淡回了一礼，“在下沈兄之友何不悟。”

便再也不肯多说一句。

沈南摆了摆手，不料扯动了伤口，疼得跳了起来：“疼死我了……何兄向来不喜和人交往，他闲云野鹤惯了，各位不要在意。”

明是对周东解释，其实是说给魏作和魏达听。魏作和魏达走了过来，和沈南说了几句。何不悟索性转身到了一边，连应付都懒得应付一下。

魏作见惯了方外之人，也没觉得什么。魏达正在气头上，就想拿捏何不悟一番，被周东劝住。

孙西敢、子与和子良跪在地上，不敢起来，连连向魏作、魏达告罪。魏达本想迁怒于孙西敢，看在周东的面子上，暂且压下了火气。

最终还是周东让孙西敢送一百坛好酒到魏达府上，魏达才消了火气，又因司马运及时奉承魏达几句神勇无敌，若非魏达，众人都会受伤，今日刺客之事，虽然意外，却大显达殿下之威，魏达又开怀大笑，还赏了孙西敢十几金。

魏作却对幔越和幔陀的去向无比关心，又因二人要刺杀周东，借保护周东之名，留下了十名护卫在善信阁。周东推辞不受，魏作坚持，他只好应下。他自是清楚，魏作此举也有监控他之意。

送走了魏作和魏达，姜远和慕容庄也告辞而去，沈南在何不悟的陪同下，也回府养伤，只有司马运留了下来，陪周东去了善信阁。

周东也不避讳司马运，让孙西敢同他一起来书房议事。

正是下午时分，阳光从西面照进书房，一道光柱如同利剑划破书房所有的黑暗，将书房照得亮堂堂一片。几人落座之后，芥子上了茶，正要悻悻地退下，却被司马运叫住了。

“芥子，任公主远嫁去了齐国，为何没有带你同去？”

芥子原本以为公主有朝一日会让她再回公主府，不想公主突然远赴齐国，早就忘了她，她近日来心情低落，日渐消瘦，唯恐周东将她扫地出门。

反倒小薇劝她不必过于担心，周公子宅心仁厚，不会弃她于不顾。就连她，不也是乐公子赠送，如今乐公子和周公子绝交，周公子也丝毫没有要赶走她之意。

第二十二章

野心

其实芥子也看了出来，不管是她和小薇，还是传先和木恩，都提心吊胆，唯恐哪一日周公子一声令下将他几人扫地出门。周公子今非昔比，非但富贵逼人，也权势滔天，哪里还和当初一样需要他人赠送奴婢？就算周公子将家中奴婢全部打发再换新人，也情有可原。

好在周公子对他们一如既往地和颜悦色，从未有过和以前一丝不同，也多少让他们心中安定几分。不过即便如此，他们还是担心不知何时周公子会突然心血来潮要将他们遗弃。

是以近来芥子谨小慎微，再也没有了以前的傲然和期待，不想今日却被司马运叫住，一颗心顿时提到了嗓子眼。

“司马公子就不要取笑奴婢了，奴婢知错了，再也不敢了。”芥子吓得赶紧跪倒在地，“周公子，以前奴婢不懂事，年幼无知，还望公子不要和奴婢计较，奴婢愿誓死服侍公子。”

以前身居太子之位时，周东对下人向来不屑一顾，若是有下人犯错，从来严惩不贷。现今他深知百姓疾苦、民生不易，当即上前亲手扶起芥子：“芥子起来，不必如此，你和小薇、传先、木恩做事认真踏实，以后家中大事小事，你几人应当尽心尽力，不要懈怠才是。”

芥子顿时泪如雨下：“是，是，公子，奴婢记下了，日后一定万死不辞。”

芥子一边抹泪一边回到房间，告诉了小薇周东之话，小薇也是喜出望外，赶紧传话给了传先和木恩，几人十几日来的担心害怕一扫而光，抱在一起，喜极而泣。

书房中，司马运颇为不解："周兄何必对一个下人如此礼遇？下人生性凉薄势利，不可待之以义，只可许之以利。"

"利短而义长，义者，情谊也。情谊最终还是要落在利上，与人相处，让人愉悦为第一要事。金钱可使人愉悦，情谊也是。"周东微微一笑，"就如我和司马兄相交，情谊为首，利益次之。"

"哈哈哈哈，周兄高见。"司马运见周东顺势转到了他二人的关系上，不由得暗自叹服，"说得对，我和周兄，情谊为上，利益为下。若无情谊，哪有利益？既然我二人情同手足，周兄可否告诉我，孙东者和王木公究竟何许人也？"

周东知道司马运对孙西敢和王松的疑虑一直没有消除，事到如今，他也不再隐瞒，如实相告："孙东者真名孙西敢，王木公真名王松。"

司马运忽地站起，一脸惊愕地看了孙西敢一眼，又慢慢坐下："果然，果然，其实我早该猜到他二人是周兄手下的两员大将，只是当初被周兄迷惑，不敢深究。"

司马运心中起伏不定，暗自揣测周东藏身魏国到底是何谋算，又为何一心帮他。他才不会相信周东并无复国之心，尽管王黄甚至魏王也信了周东之话，他却丝毫不信。以周东之才，怎会甘心久居人下？就连他也不想只当别人的臣子。

"周兄，可有时间听我详尽说说当今天下形势？"司马运蓦然下定了决心，今日围猎之事，让他更加坚定了自己的判断，并且决定要加快步伐，否则极有可能坐失良机。

"愿闻其详。"周东点头一笑，又对孙西敢说道，"你速让子良去查明何不悟究竟何人、是何来历、住在何处。"

"是。"孙西敢心有疑问，"为何要查明何不悟而不是追踪幔越父女？"

"幔越父女自会主动上门，倒是何不悟……总是觉得有一些古怪之处。"

孙西敢告退而去，司马运定了定神，说出了一番让周东无比震惊之话。

大概数年前，司马运初识魏达，对魏达颇为不屑，觉得魏达为人浅薄，喜怒无常不说，还喜好以杀人为乐，绝对不可交。不过相处久了他却发现，其实魏达反倒比魏作好打交道，魏作儒雅从容，待人极好，却城府极深，喜怒不形于色，你永远不知道他对某事的真正看法和喜好。如此深藏不露之人，若是朋友，难以亲近；若是君王，难以愚弄。

对于有野心之人，谁都不希望遇到一个既高明英明又不动如山的君王，因为在可以绝对掌控一切又目光如炬的君王眼中，任何一丝的不轨之心和私心杂念，都会被他看得清清楚楚，如何谋利、如何势大又如何谋取天下？

司马运念头通达之后，就很快和魏达成为好友。此次出兵韩国，他力主魏达领兵，也是想进一步和魏达走近，也好借魏达之手，让他的宏图大志得以实现。他自是明白魏王对他和父亲的提防，帝王心术，向来如此，更清楚魏王急调魏作回魏国是为了制衡司马氏的进一步壮大。虽说眼下司马氏如日中天，倒了乐羊又接连打了胜仗，但他更清楚的是，司马氏功劳越大，越有功高震主之嫌，魏王不忍对司马氏下手，魏作继位之后，必会拿司马氏立威。

司马氏现今若是后退，拱手相让好不容易得来的大好局面，必会有人顺势而起，接下司马氏对军队的掌控，不用多久，司马氏就会被冷落，甚至被清出朝堂，最终能落一个善终已经谢天谢地了。但若是继续向前，继续势大，还是会落一个鸟尽弓藏兔死狗烹的下场。是以进退维谷，都不是可保善终之法。

此次随魏达出征，司马运暗中和父亲商议，与其如此，还不如借扶魏达上位，削弱魏作势力，若能让魏达和魏作兄弟反目，最后拼一个两败俱伤，那就更好了。

司马史自是赞成司马运所想，为司马氏千秋万代计，由司马氏取代魏氏最为稳妥，就如田氏在齐国经营多年，已呈尾大不掉之局面。田氏只是财力雄厚，并不如司马氏掌控兵权。不过若只有兵权而无财力，也是不行。司马氏若想尽快取代魏氏，需要一个强大的助力。

此人，非周东莫属。

司马运也早有拉周东入局之意，若周东帮司马氏取代魏氏，司马氏助周东复国，此事必定可成。司马运和司马史商议良久，又在几次大战之后，观察魏达治下之能，除了随心所欲的打骂之外，全无驭下之术。二人认定，司马氏若要取代魏氏，支点人物有二：一是周东，二是魏达。

魏达是首要支点，扶魏达上位是司马氏成就大事的关键。魏达和魏作的王位之争，一者可以让魏国大乱，魏王深陷其中，无暇顾及司马氏；二者可以借机生事，拉拢和分化朝中群臣。最好的结果是，魏达和魏作争夺王位之时，魏国大乱，司马氏趁乱而起，一举取代魏氏。

次好的结果是，魏达上位，司马氏假装辅佐魏达，以三年为限，悉数将魏国的军权接管，再伺机兵变。

最差的结果是，魏作上位，魏达失势，司马氏以助魏达争夺王位为由，出兵攻打魏作，届时支持魏达者必然响应。等大获全胜之时，再将魏达暗中杀死，推到魏作身上，从此天下归司马。

司马运和父亲推演了司马氏取得天下的方法和手段，都显示至少有七八成把握，只要最关键的一人肯鼎力相助。

没错，最关键一人，正是周东。

且不说周东是王黄弟子，和太子同门，又和魏国有血海深仇，并且一心想要复国，只说周东本是姜家女婿，手握可以随时调动无数粮草的大权，以及他对时局的洞悉，还有他和齐国太子吕唐的莫逆交情。

对，齐国在司马父子的设局之中，也是至关重要的一环。若是在司马父子取代魏国之时，齐国不管是应魏王之邀还是魏作之请突然发兵救援的话，到时鹿死谁手就未可知了。是以若是周东出面，说服齐国按兵不动，大事可成。

周东对司马氏来说如此重要，司马运不尽力保护周东安全，并且和周东交好，他就是天大的傻子。正是因此，在围猎之时，他明确地向周东透露了司马氏的野心，而周东虽然依然坚持并无复国之心，却并未拒绝和他共治天下。

中山国是小国，且又地处贫瘠之地，司马运就想，也许周东并非不想复国，而是想建一个在原来中山国基础上的更大的中山国。

天下土地之大，只要有钱、有兵马，尽管去取。司马运今日特意留下，就是想告诉周东，他有了更大的野心。

“周兄，不管是何种方法取得了魏国，司马氏愿与你共治。我可向你许诺，非但帮你复国，还要助你北吞燕国西进秦国，让中山国也成为万乘之国。”

周东怦然心动，若是他真能扩大中山国版图，将会成为中山国历代君王中的第一人，想想就让人向往和激动。只是……片刻之后他冷静下来，朝司马运淡然一笑：“司马兄取得魏国之后，助中山国成为万乘之国，中山国又如何回报魏国？”

“可曾记得我说过你我共治天下之话？”司马运此时仿佛看到了他高坐王位之上，各诸侯国臣服的盛景，“你我以赵国为界，赵国以北的燕国和以西的秦国，归中山国；魏国以东的齐国和以南的楚国，划入魏国版图，从此天下一分为二，不再有七雄之国，如何？”

第二十三章

文韬武略

“你我兄弟联手，瓜分天下？”周东心中一跳，司马运的野心之大，超出他的想象，魏国还未到手，却已经有了天下共治之想，不过也可以说是司马运在引诱他上钩，“好，此事可行！”

司马运见周东心动，大为高兴：“若周兄愿与我共谋大事，你我二人此刻就可商定计策。”

“好，此事越快越好。”周东清楚一件事情，即便不和司马运共谋，司马运也是箭在弦上，不得不发。与其如此，不如顺势而为，“第一步，如何做？”

司马运哈哈一笑，从怀中拿出一张羊皮地图铺开：“魏达回来之后，对韩国用兵，就由我父子二人一言而定。韩军虽然接连战败，但实力尚在，魏军想要大败韩军主力，需要聚集全国之力。现在，魏军征伐韩国将士只有五万人马，除非再调集十五万人马，否则魏韩之战，旷日持久。”

周东点头：“其实魏王对于一举吞并韩国也并无信心，只是想借攻韩之事，化解各诸侯国对魏国吞并中山国之事的非议。若以司马兄所想，接下来应当如何？”

其实，周东已然猜到了司马运所图，必然是继续增兵韩国，攻韩之兵越多，司马父子可调动的力量就越大。到时率军抽身回国，就可一举攻下魏国。

“我会联合魏达向魏王请命，再调动二十五万人马大举攻韩！”

好大的胃口，二十五万人马调出魏国，魏国兵力的六成尽数落入司马父子之手。只要司马父子起兵谋反，魏国岌岌可危。

“魏王未必准许。魏王并无一举吞并韩国之心，怕是只要有两次败仗，魏王就会收兵了。”周东从魏王急调魏作回国就可以得知，魏王一心防范司马父子乘机坐大，何况现今乐羊新死，魏王对司马父子的警惕之心，更会加重几分。

“此事，就要落在周兄身上了。”司马运手指落在了齐国版图之上，轻敲，“若是齐国取得了韩国，齐国便可借韩国之地，成为嵌入魏国、秦国和楚国之间的一个楔子，必会让魏、秦、楚三国，尤其是魏国寝食难安。”

周东明白了司马运之意：“司马兄是想让齐国陈兵齐韩交界？”

“正是此意，周兄果然厉害。”司马运大为欣喜，周东文韬武略确实大胜常人，“齐国和韩国一向交好，齐国陈兵齐韩交界之地，韩国必不会多虑。”

“此为虚张声势之计，并非真让齐国攻打韩国，只为引起魏王紧张，以同意增兵二十五万……倒是一条可行之计。”周东沉吟片刻，“说服齐国佯攻韩国，并非难事，难就难在齐国可得什么好处？齐国不会自愿帮忙，何况齐国也不傻，能猜到此事背后必有蹊跷。更何况，从长远来看，司马兄也有吞齐之心，哈哈。”

“哈哈，周兄所言极是。此事若想成功，需要做两件大事：一是周兄出面说服吕唐太子，并许下日后帮齐国夺取燕国土地为诺；二是我也会私下和吕唐太子见上一面，一旦我取代了魏氏，我会举全国之力，以攻打齐国为由，削弱田氏在齐国势力，帮助齐国除去心头大患。”

田氏在齐国经营上百年之久，根深蒂固，深得百姓爱戴，齐王明知田氏势大，已然功高震主，却无力除掉田氏，无论财力还是实力，抑或民意，都无从下手。田氏犹如齐国毒瘤，若不除去，必然殃及性命。若要除去，难以下手，稍不留神，齐国将受重创。

若要除去田氏，只能借助外力，只靠内因，断然不行。

周东暗暗心惊，司马运所提之事，必会让齐王大为动心。齐王之所以难动田氏，也是齐国承平日久，国泰民安，没有下手的理由和时机。若是魏国攻打齐国，到时齐军又节节败退，齐王借机让田氏出钱出力，以顺应民意为由，田氏若是拒绝，会连累名声，并为百姓所不齿；若是同意，必会被齐王借机夺取财物并削弱实力，是为两难。

“此计……”周东微一停顿，眼中亮光一闪，“倒是可行。”

“哈哈，多谢周兄认同，大事若成，你我共治天下，必还百姓安居乐业，天下承平。”司马运朝周东深施一礼，“为天下百姓计，周兄请受我一拜。”

周东自然不会接受，忙还了一礼，笑道：“司马兄如此就见外了，你我二人，虽不敢自比圣人，却也算是一心为天下百姓着想，愿后世有人为我二人立传，以为正名。”

司马运双手紧握：“必会如此。”又顿了一顿，嘿嘿一笑，“若是我二人真要心怀不轨，只为了一己之私的话，可让幔越父女刺杀魏作和魏达，魏王后继无人，到时魏国有德者居之，也算顺应民心了。”

周东心中大跳，司马运此话看似随口一说，是为自己开脱，其实是试探。他摇了摇头：“不可，一则幔越父女生性乖张，无法为我们所用。二则刺杀之事，毕竟不是光明正大之事，等而下之，为世人所不齿。就如中山国母后，想要除掉而不能，便派人前来刺杀，哈哈。”

周东的笑声，苍凉而悲壮，司马运也不多劝周东，话题一转：“待魏达到中山国后，让他寻个机会杀了季月和周西便是，一则为你报仇，二则永绝后患。”

“不可。”周东摇头，“我的家事，我来处理，就不劳烦殿下和司马兄了。”

司马运叹息一声：“周兄有时过于心软了，虽是家人，但又能如何？帝王之家，不能以寻常之理度之。”

话虽如此，周东却还是难下决心杀死季月和周西，虽说以他目前的身份，并非难事。

数日后，乐羊隆重厚葬，文武百官悉数到场，魏作和魏达扶灵，乐城哭得死去活来。周东也在送灵的队伍之中，和慕容庄、姜远、沈南一起。

礼毕之后，慕容庄想请周东到府上一叙，周东婉拒。周东看出了慕容庄对他既想结交又有提防之意，他对慕容庄并无兴趣。

他倒是对沈南有几分好奇，就趁机和沈南聊了几句。沈南剑伤未好，坐车而来，约周东和他同车，周东答应了。

“周兄，你我虽相识不久，却甚是投缘，哈哈。”沈南斜躺在车内，车内香烟阵阵，暗自扑鼻，他环顾四周，“我这车……周兄觉得如何？”

沈家出产车辆，王公大臣所乘之车，皆是沈家之车。沈南的车内，极尽奢华之能事，香炉、美酒、美食以及乐器，应有尽有。这还不算，以沈家财力，奢华之物无非金钱。最让周东大感意外的是，此车行驶平稳，颠簸之感比起其他车辆，轻了许多。

“此车定是轮毂和转轴处有过精心改造，否则不会如此平稳舒适。”

“周兄果然有眼光，此车是我精心研制，寻常车辆一日行走五十余里就感觉整个人快要散架一样，此车可行六七十里。你想，每日多行二十里，只需要两日就比寻常车辆多出一日的路程，你算算，此去齐国，可以早到十几日！”

若是骑马，可一日疾驶上百里到数百里，但骑马过于劳累，长途出行多乘坐车辆。车辆行路，一日不过五十余里，并非马匹耐力不足，而是坐车之人无法承受车辆的颠簸之苦。

周东听出了沈南的话外之音：“沈兄此去齐国所为何事？”

“自然是要做一笔买卖，齐国太子吕唐想要为任公主定制一辆车辇，他自己也想打造一辆，任公主向他举荐了在下，在下只能亲自带上能工巧匠前去齐国一趟了。”沈南挤了挤眼睛，忽然意味深长地笑了，“听人说，周兄和吕唐太子、任公主交情非同一般，若有闲暇，可否随在下同去齐国？”

平心而论，周东近来确有要去齐国的打算，司马运所提之事，势在必行，他只能亲自前往齐国一趟，和吕唐面谈。只是尚未找到合适时机，他如今身份地位大不相同，一举一动必定牵动诸多人的目光。

沈南的提议，来得正是时候，周东一愣，沈南真的只是随口一提，还是受人之托有意为之？若是受人之托，又是何人？是吕唐还是司马运？

见周东迟疑不答，沈南摇头一笑：“周兄不必多虑，我并非受人之托，只是想与周兄同行，到了齐国好行个方便。也是上次见周兄手下人才济济，此去齐国，山高路长，多有山匪出没，子与和子良父女武艺高强，他们随行，再加上何不悟的神机妙算，必能顺利到达齐国。”

原来如此，周东想到了孙西敢调查到的何不悟的来历。何不悟，不知何方人氏，十几年前来到魏国，先是以为人抄写书信为生，后来认识沈南，随即成为沈南的座上宾，成为沈家门客，一直至今。除此之外，对于何不悟的更多情况，再无所知。

也可以说，除了沈家之外，再无外人知道他究竟是何许人也。

周东沉思片刻，点头说道：“若能征得太子许可，我愿随沈兄一同前去齐国。”

沈南喜道：“何时有确切消息？”

“三日之内。”

第二十四章

顺势而起

次日，司马运上奏魏王，要求增兵二十五万，魏作反对，魏达赞成，相国王黄以增兵过多由，提出增兵五万为宜。上卿公孙由附议，若是二十五万大军可吞并韩国，为何不乘势拿下韩国？

最终，魏王增兵十万，派乐城为右将军领军，既为抚慰乐羊后人，让众臣感念魏王之恩，又是为制衡司马运之意。

虽说只增兵十万早在意料之中，却未曾料到魏王会派乐城带兵，司马运颇为气恼，却又无计可施，下殿之后，找魏达诉说心中不平。魏达被司马运激起火气，就要去找魏王，想让父王收回成命，却被司马运劝下。

司马运清楚，魏达在魏国时日不多，不宜再节外生枝。果然，司马运正在魏达府上喝茶时，魏王命令下达，封魏达为中山国君，限三日内启程前往中山国赴任。

魏作才回来不久，便开始着手布局，魏王如虎添翼，顿时让司马运大感压力。司马运又和魏达密谋一番，让魏达到达中山国后，想方设法除掉季月和周西，并嫁祸于周东。魏达不解其意，司马运解释说，只有周东被逼到退无可退之时，才会孤注一掷和他们同心。

魏达想了一想，点头应下。

司马运从魏达府上出来，直接骑马去了善信阁，却被告知周东不在，下人也不知周东去了何处，让他颇为郁闷。幸得姜姝来找周东有事，二人就边闲谈边等周东归来。

一连等了两个时辰，眼见夜幕降临之时，周东才踏着月色归来。

见司马运和姜姝等候多时，周东连连表示歉意，让木恩准备了饭菜，三人一起落座。原来，周东是被太子请到了府上，同行者还有姜远和慕容庄。

周东看出了司马运的疑问和姜姝眼中的期望，也没有让二人久等，当即说出了太子找他所为何事。

太子府来人请周东到府上一聚，周东以为只有他一人，到了太子府才发现还有姜远和慕容庄二人。姜远和慕容庄颇为得意，他二人来得比周东早了少许，可见在太子眼中，他二人的分量更重一些。

周东不以为意，见礼之后，太子直截了当地说出了请他们前来府上所为何事。一是太子已经查到了幔越父女的下落，二人藏身在安邑城中一户人家养伤。幔越虽伤势不重，却无法再飞檐走壁，至少也要休养一个多月。被发现之后，二人逃出安邑城，在逃跑之时，幔陀为救幔越，也中了一箭，后二人不知所终。太子已命令手下，只要发现二人下落，格杀勿论。相信二人跑得不太远，很快就会被诛杀。

周东本想劝太子留二人性命，不料还未开口，就被姜远和慕容庄抢了先。二人大拍太子马屁，说太子英明，指挥若定。

第二就是太子奉父王之命，要在三个月之内和乐旦完婚。太子思念妹妹心切，想借他大婚之际，请魏任和吕唐前来赴宴，希望派出一人前去齐国告知二人，并正式请二人前来魏国参加他的大婚典礼。

依然是不等周东开口，姜远和慕容庄争先恐后表示他二人可以为太子效劳，前往齐国。太子却没有接二人之话，一脸期待地看向周东。

周东心中既喜又惊。喜的是，他正想向太子开口提及前去齐国之事，不料太子也有事托他前往齐国，如此之巧，正好省却他主动开口。惊的是，也不知太子此举是有意试探，还是真心想请吕唐和任公主参加他的大婚。

太子似乎猜到了周东的疑虑，微微一笑："魏国和齐国是秦晋之好，况且我向来疼爱魏任，自小她便和我最为亲近，上次只匆匆见了一面，甚是想念，也不知她在齐国是否安好。"

周东见太子确有几分诚意，就一口应下："既然如此，在下愿前去齐国，来回需要两月有余。"

"时间刚好，你到了齐国之后，稍加停留，就和妹妹以及吕唐太子启程。"太子起身，朝周东一礼，"如此就有劳周兄了。"

周东忙起身还礼：“太子言重了，不管于公于私，皆是分内之事。”

“怕你一路寂寞，可让姜公子和慕容公子随行。”太子一脸关切，“你意下如何？”

周东怎好拒绝太子的提议，只好答应。

周东先行离开，姜远和慕容庄被太子留下。二人预知太子会有要事交代，不由得心跳加快。

太子并不说话，背着双手在院子中走了半天，来到一株盛开的向阳花前，停下说道：“春天来临了，本是万物生长的季节，只可惜有许多魏国将士再也看不到春天的生机了，战事一开，生灵涂炭。”

姜远不知道该怎么接话，还是慕容庄聪明，当即躬身说道：“太子爱护万民，我等无比敬佩。若是需要我二人一路护送周东，我二人必会万死不辞。”

太子哈哈一笑，拍了拍慕容庄的肩膀：“慕容庄，你觉得我傻吗？”

慕容庄吓得不轻：“太子赎罪。”

“别怕，我没说你，你说周东是不是觉得我傻？”魏作脸上如春风般的笑容瞬间冷却，如冰霜寒风，“他想周旋在我和魏达之间，左右逢源，坐收渔翁之利，真以为我会相信他只是藏身魏国，没有复国之心？”

慕容庄心头一凛，和姜远对视一眼，二人同时低下头，嘴角却露出了会心一笑。

“此去齐国，我会派人跟随你二人身边，伺机听你二人号令，将周东斩杀在荒郊野外，将周东之死推到山匪身上，如此可掩人耳目。”魏作目露森然寒意，“周东不除，魏国不宁。此事过后，你二人可以追随我左右。”

二人大喜，同时躬身施礼：“谢太子！”

慕容庄微一沉吟，还是说出了心中疑虑：“太子，周东和司马父子狼狈为奸，借攻打韩国之事，意欲图谋不轨，为何魏王还下令增兵十万？为何不免了司马父子之职，将他父子二人下狱？”

魏作叹息一声：“就如田氏在齐国非但富可敌国，声望极高，还深得百姓爱戴，齐王即便想除去田氏，也力不逮心。司马父子如今大势已成，正值魏韩交战之际，如何罢免？谁人可替代司马父子领兵打仗？现今魏韩之战，魏国骑虎难下，若不增兵，难以取胜。若是退兵，又恐韩军趁机攻打魏国。司马父子是无可替代之人，周东名声太大，父王当众允许他在魏国安身，怎能出尔反尔？所以只能引诱他出了魏国，将他斩杀在外，才能堵天下人之口。”

慕容庄连连点头："周东一死，司马父子失去支撑，再寻机将他父子拿下，魏国可得安宁。"

魏作蓦然脸色一变："此事关系重大，你二人不可有失。"

慕容庄肃然正容："承蒙太子抬爱，在下万死不辞。若是不能斩杀周东，愿以死谢罪！"

姜远有几分迟疑，不管怎样，周东是他的妹夫，周东一死，妹妹岂不是守了活寡？正犹豫时，慕容庄用力一拉他的衣袖："姜兄是否还在顾及联姻之事？周东所图之中，姜家家产也是其一。周东不除，姜家家产早晚尽数落于周东之手。"

"谨遵太子之命！"姜远赫然警醒，当即躬身施礼。

周东走后发生何事，周东自然不得而知。在得知太子请周东去齐国邀请吕唐和任公主回魏国参加他的大婚时，司马运目光闪动，心思浮沉："太子此举，恐怕真实意图并不在此，多半是有所图谋。否则，他不会派你前去齐国，以你和吕唐的交情，万一听到什么风吹草动，就一去不复返了。"

周东也正有此意："让慕容庄和姜远与我同行，我走后，他二人又留了下来，太子必会向他二人面授机宜……"

"等哥哥回来，我问个清楚。"姜姝很是气愤，"周兄，我陪你同去齐国。"

"姜小姐不必气愤，不管太子有何打算，必不会让他得逞。你也不必陪同周兄前往，你留在魏国，有利于周兄大计。"不等周东开口，司马运先摆事实讲道理了。

周东也是此意，他起身在房间中来回走动几步，忽然笑了："妹妹也不必问姜远什么，他不会说，反倒还会打草惊蛇。你留在魏国等我，放心，我会安然回来。我不但要和沈南同行，还会带上子与和子良二人。"

"沈南？"司马运一惊。

周东简单一说沈南约他同去齐国之事，司马运眼前一亮："如此我就放心了，沈南虽和吕唐一样生性贪玩，却是细心之人，他出行之时，必定会一切准备妥当，再有子与和子良同行，当一切无虞。"又想到了他和周东的约定，哈哈一笑，"说来反倒是好事了，周兄，别忘了你我二人之约，见到吕唐太子后，当即刻转告。"

三日后，司马运和乐城一起领兵前往韩国增援司马史大军；周东和姜远、慕容庄约好在城东会合，前去齐国。

同日，魏达启程离开魏国，前去中山国赴任。

魏国一时空虚，魏作声势大涨，众望所归，顺势而起！

第二十五章

穷家富路

魏达前去中山国，本应走城北，却特意绕道走了城南。

因司马运和乐城的大军要南下，他有意送司马运一程，以彰显他和司马运之谊。

乐城虽然还在服丧之中，却以国事为重，戴孝出征，更显悲壮之意。对于魏王对他委以重任，他在欣喜若狂之余，又倍感压力。好在乐旦劝他不必想得过多，魏王此举是为制衡司马氏一家独大，领兵打仗之事，自有副将出谋划策。另外，到了军中，还是要一切唯司马史马首是瞻。但要记住一点，牢牢掌握魏王所派的十万增援大军。

乐旦自爷爷死后，成熟了许多。尤其是被纳为太子妃后，更是一夜之间长大成人。她收起了对周东的所有幻想，放下了不安分的想法和不成熟的悲痛，冷静而现实地为乐家着想，要为乐家肩负起应有的重任。

以前总听不进爷爷对时局的分析，现在回想起来，当时还是太幼稚、太单纯。乐城既然无大局观，也不擅长纵观局势，就由她代劳好了。毕竟她现在身为太子妃，有朝一日还会贵为王后，如果不提早进入角色，到时怕是会手忙脚乱。

乐城也是很惊讶于妹妹的迅速成长，在听了妹妹的分析后，深为叹服，决定日后尽快成长起来，要对得起魏王的重托和爷爷的期望，不会被周东和司马运耍得团团转。

因此，乐城在魏达特意为司马运送行之时，一脸淡定，不卑不亢，并无丝毫愤慨流露，倒让司马运啧啧称奇。

安邑城东，微风习习，吹面不寒，已然带来了春天的气息。

慕容庄一袭长衫，手持折扇，站在车旁，春风得意："乘如此大好春光出行，当为人生一大幸事。"

姜远也是精心装扮一番，上下收拾得利索干净，笑容满面，他站在慕容庄身边，回身看了看太子派来的数十名护卫以及护卫扮成的车夫，心中又笃定了几分："慕容兄，此去齐国，但愿一切顺利，不要节外生枝才好。"

"哈哈，姜兄尽管放心，太子已然将一切安排妥当，绝对不会出现差错。"慕容庄远眺城门，"周东怎么还不出现？真是磨磨蹭蹭，莫非知道此行有去无回，他要先交代一番后事？哈哈。话说回来，姜兄，回来之后，你如何向令妹交差，才是你应该考虑的头等大事。"

姜远眼中闪过一丝寒意："怕到时妹妹顾不上周东之死……"

"此话怎讲？"不知何故，姜远眼中的寒意吓了慕容庄一跳。他心中蓦然一惊，莫非他小瞧了姜远此人，姜远并非如他表面上那么软弱可欺？

"没事，没事，妹妹只是和周东定亲，并未成亲，再嫁他人便是。"姜远还是没有说出他内心深处的秘密。临行前夕，他和妙关密会，让妙关自他走后便易容住在姜家，伺机行事。要的就是他不在魏国，姜望不管发生什么事情，都不会怀疑到他身上。

尽管妙关狮子大张口，要价不菲，他也一口应下，如此良机不容错过。

"来了，周东来了。"慕容庄来不及想姜远到底暗中所为为何，只见城门之中驶出一辆马车，一个马夫赶车，后面只跟了两个随从。他暗暗一笑："周东也太大意了，不知此行的凶险，居然只带了两个随从。"

不多时，马车来到慕容庄和姜远面前，停车之后，车帘打开，周东探出头来，歉意一笑："抱歉，让二位久等了，路上遇到了一个故人，所以耽搁了片刻。"

"不妨，不妨，刚到约定时刻。"慕容庄一眼望去，车内只有周东一人，他还担心周东在车内藏了高手同行，不由得大大放心，"人都到齐了，这便启程？"

"不急，还有一人未到，等他片刻。"周东跳下车，有意无意地看了慕容庄和姜远的两辆马车几眼，见二人各自带了不下二十人的随从，不由得笑道，"二位出行，是要比富不成？哈哈，宝马香车，随从如云，如此招摇，小心遇到山匪。"

不过是一句玩笑话，二人听了却心中猛然一惊，莫非周东听到了什么风声？不会，太子安排之事，断然不会走漏半点消息。

慕容庄笑道："穷家富路，此去路途遥远，总要舒适一些才好。周兄，我们还要等谁？太子只让我三人同去齐国……"

"正好有一友人也要前去齐国，既然顺路，不如同行，也好相互有个照应。来了……"周东朝城门一指，"沈兄来了。"

沈南？慕容庄和姜远对视一眼，心中一沉，怎会是他？沈家虽然和姜家、慕容家齐名，平心而论，慕容庄和姜远对沈家的了解，并不比寻常人等多上多少，和沈南也并无私交。

按照排名，沈家远在姜家和慕容家之后，但沈南出行，却比姜远和慕容庄都要气派许多，不但两辆马车出行，且每辆马车比寻常马车大了一倍有余，不管是轮毂还是车厢、车壁，都用铁皮加固，里面的奢华也是无人可及。

更不用说两辆马车的车前车后，随从足有数十人之多。如此浩浩荡荡的车队，不像远行，倒更像是王孙出游。

"哎呀，路上遇到一个娇滴滴的小娘子，我一时心痒，下车问她姓氏，家住哪里，可曾婚配，耽误了时辰，慕容兄、姜兄，你二人不会怪我吧？"沈南上来不等二人说话，抢先开口。他胳膊上缠着绷带，还拄着拐杖，居然挣扎着还要下车，"总要向二位赔礼才行，要不二位嫌弃我行动不便，不和我一路同行，我可就麻烦了。"

慕容庄和姜远对视一眼，二人都知道，沈南是甩不掉了。

一行人上路，走不多远，周东下车上了沈南的车，姜远也上了慕容庄的车，一行五辆马车，空了两辆。

"香气太浓，色彩太艳了，沈兄，你的车不论装饰还是香气，都过于阴柔了，像极了女子。"周东上了沈南的车，忍不住打开了车帘吹风，香气太浓郁了，他想打喷嚏。再看车内的艳丽，不由得苦笑摇头，"你是不是有时觉得自己就是一个女子？"

"咦，怪事，你怎么知道？"沈南一本正经地看着周东，愣了一会儿，实在忍不住笑了，"车内装饰乃是妹妹所为，我才懒得操心如此小事。她爱装扮成什么样子都随她，只要她不烦我就好。对了周兄，此次出行，我后悔和你同行了。"

"现在后悔还来得及，前方的黄金庄休息之时，我们可以分道扬镳。"周东嘿嘿一笑，探头朝前面慕容庄的马车看了一眼，又落在了车前车后的随从身上，随从步伐统一，队列整齐，走了十里路后，依然队列不乱，可见训练有素。

"不行，不行，这么好玩的事情，怎么少得了我？"沈南也探头观望几眼，"摆出这么大的阵势，是为了防山匪，还是为了要把你抛尸荒野？你可要想清楚了。万一到时叫天天不应，叫地地不灵，别连累了我就好。”

原来，沈南也看出了慕容庄和姜远的随从大有问题，周东笑了：“你怎么舍得扔下我一个人就跑？再说了，若对方真想杀我，你和我同行，会不会杀你灭口？”

沈南愣了片刻，忽然哈哈大笑：“我和他们远日无怨近日无仇，他们为什么要杀我？何况他们杀你的时候，我必不会在场。”

周东笑了笑，没有说话，斜靠在垫子上，不多时就有了睡意。

不得不说，沈南特制的马车确实舒适，颠簸和晃动少了许多不说，嘈杂声也比寻常马车小了不少，仿佛是一个隔绝的独立房间。周东很是享受特制马车带来的宁静和安逸，比他的马车好了太多。

当然，他上沈南马车另一个原因是想和沈南好好聊聊如何处置接下来即将遇到的危机，甚至可以说是生死攸关。从太子提议他前去齐国邀请吕唐和任公主的一刻，周东就在猜测太子的用意绝非只为此一件事情，随后，太子让慕容庄和姜远与他同行，并特意留下二人面授机宜，他就知道，太子要对他下手了。

但到底是什么样的手段，他还不好猜测出来，直到他发现了慕容庄和姜远的随从都是护卫装扮之后，他心中先是一惊，随后一凉，十分笃定地确定了一件事情——太子要对他下死手了。

太子对他痛下杀手不足为奇，他也从来不会认为太子假意奉他为座上宾，就真会向他问计国家大事，只是他还没有料到太子会如此之快要将他除掉。诚然，在魏国之外让他消失，可以堵住悠悠众人之口，再将他的意外之死推到山匪身上，谁还会怀疑太子？

谁还敢怀疑太子！

之前，太子早就向无数人表演了他和他一见如故的大戏，又让许多人知道他对他的重用，等他死后，太子再将他厚葬外加悲痛之余水米不进，不一定又会引发多少人的感慨，并对太子的重情重义大加赞叹。只是，周东对姜远和慕容庄被太子当成棋子推动此事，深感失望和不安。

第二十六章

另有所图

或许二人还以为得到了太子重用，从此成为太子的身前红人，并会在太子继位成为魏王之后，成为朝堂重臣。二人到底只是商人，商人的眼界决定了二人的见识，以为可以和太子达成交易，可以因为有共同的秘密而被太子收为嫡系。

可怜可悲的商人，周东暗自叹息一声，太子此举，一箭双雕，既要借慕容庄和姜远之手置他于死地，又要在事成之后，翻脸无情，编织一个慕容庄和姜远勾结山匪杀害周东的罪名，将二人斩首示众，此事真相就此永远被掩盖在历史的尘埃中，再也无人得知。

可怜的慕容庄和姜远二人，白白牺牲了不说，若太子再心狠手辣一些，多半还会趁机侵吞了慕容家和姜家的产业，充实了国库，再用来招兵买马，魏国必然实力大增。

如此一举数得的好事，太子若不一做到底，他就不是城府甚深的魏作了！周东毕竟也曾经身为太子，深知王者的权术以及借刀杀人之法，也清楚翻云覆雨、颠倒黑白、愚弄世人之道，只不过他无法向慕容庄和姜远说清楚。就算说了，二人也断然不信，认为他是在挑拨他们和太子之间的关系。

世人都觉得自己是特例，是个人痛苦和世间动乱的根源。

如何渡过即将到来的生死难关，周东心里没底，但他也算是做到了心中有数，至少不会被对方打一个措手不及。

无论如何，不能让魏作继续扩大势力。一旦魏作真正掌权乃至成为魏王，非但中山国复国无望，韩国、齐国都会被魏国纳入版图之中，以魏作的心机和权谋，必有一统天下之心，也有一统天下之计。

只是……周东微微睁开眼睛，看到已然入睡的沈南，心中微动。沈南亲自前往齐国，为吕唐和任公主定制马车，倒也说得过去。他身为最神秘最低调的巨富沈家独子，如此巧之又巧地和慕容庄、姜远同去齐国，平素极难凑齐的魏国三公子，今日不约而同一路同行，若非怪事便是异事。

这个暂且不去细究，只说沈南一眼就看出慕容庄和姜远二人的随从是由护卫假扮，还一语道出了要对他不利的状况，此等眼力，也绝非常人。即便是巨富之子，若不是平常和朝堂之人接触过多，也不会一眼识破太子布下的阵势。

那么沈南此行，姑且认为他确实是前去为吕唐和任公主定制马车，也姑且认为他邀他同行以及和慕容庄、姜远同路只是意外，周东不敢确定当他真的被太子护卫痛下杀手之时，沈南是袖手旁观还是逃之夭夭，抑或是出手相助？

还有，他的友人何不悟究竟是何许人也？周东知道何不悟就在另外一辆车上，却既不下车也不露面，一路上连车帘也不曾掀开一下，似乎对世间万事万物全无兴趣一般。若何不悟真是世外高人，怎会热衷于世俗之事？若不是，为何又故作神秘，是唯恐被人察觉他的身世秘密不成？

周东越想越是头疼，就觉得有几分气闷，掀开车帘朝外面观望了几眼，见假扮成车夫的子与驾车手法娴熟，而扮成丫鬟的子良嫌车内不透气，正探头朝外看个不停，不由得心中笃定几分。除了子与和子良之外，护卫之中还有一人，他走在最后，步伐坚定，牵着一匹老马，目不斜视，寸步不离周东马车。

正是王松！

得知周东要去齐国，又和慕容庄、姜远同行，并且是受太子之托，孙西敢二话不说当即让子与连夜前去军营召回王松。王松辅佐魏达首战告捷的使命已然完成，让他陪同周东前去齐国，一路上保护周东安全，更为要紧。

周东原本想让王松继续留在军营，一则可随时掌控魏军动向，二则可以深入了解魏军战术，并不想让王松回来。孙西敢先斩后奏，他本有几分不快，在听到王松已经熟知了魏军的战略和战力后，才放心了不少。

此时此刻，周东很是庆幸孙西敢当机立断调回王松之举，只凭子与和子良父女，断然不是数十名护卫的对手。

沈南带了不下几十名随从，男女老少、下人丫鬟、马夫车夫，应有尽有。只是周东并未看出其中有身怀武功者，他忍不住笑了一笑："沈兄，你带的随从多半是做饭洗衣梳头的下人，真要遇到山匪，怕是一个比一个跑得快，没人会救你于水火之中。"

沈南睁开双眼，打了一个大大的哈欠："出门在外，破财消灾，山匪路霸，无非求财，多扔些金钱给他们不就行了？只要当一个人见人爱的散财童子，就可以高枕无忧了。"他顺手拿出一把金叶子，缓缓地撒到地上，"况且，我又有的是钱。"

周东见沈南滴水不漏，也就不再追问，而呵呵一笑："不如我先预支百枚金叶子，万一危急之时，也好用来救命。"

沈南拿起一个袋子扔给了周东："里面有三百枚不止，不过你的命太贵重了，怕是几千枚金叶子也换不回来。你我相识一场，事情危急之时，还望周兄离我越远越好。"

周东哈哈一笑，毫不客气地接过了袋子："若是你被山匪误伤，莫非也不需要我来救你？"

"不必，真的不必。"沈南连连摆手，狡黠地笑了笑，"最好从此刻起，你回你的车上，别再来叨扰我。我要好好睡上一觉，若是一路平安无事，到了齐国，我再好好宴请周兄，以当赔罪。"

周东下车，回到了自己车上，王松轻敲车厢，低声说道："姜远上了慕容庄的马车。"

周东微微咳嗽一声，以示回应。此时已近中午，初春的阳光已经颇具威力，照得人马昏昏欲睡。才走出安邑城不到十几里，四下田园星罗棋布，远处村庄若隐若现，正是魏国腹地，繁华地带，别说有山匪出没了，连土匪都不会有一个。

又一个时辰，车停在了黄金庄。人困马乏，马吃草，人吃饭。

吃饭时，四人坐在了一桌。沈南打了绷带拄了拐杖，样子十分狼狈且引人注目，惹得无数路人对他指指点点。他浑不在意，上桌就要坐在上首，被慕容庄和姜远拉到了下首，二人推周东坐在了上首。

慕容庄和姜远方才在车内深谈一番，二人决定出了魏国国界再对周东下手。不过，二人对是避开沈南还是连沈南一起杀掉看法并不一致，争执不下，最终也没有达成共识。

慕容庄的意思是连沈南一起杀掉了事，正好为慕容家和姜家除掉一个劲敌，也省得沈南察觉到真相后公布于众，一举两得。姜远却觉得沈南并没有参与其中，平白杀了他，于德行有亏。不过二人却一致认为，不管是否杀掉沈南，对周东动手，务必要避开沈南。

慕容庄还怀疑周东是不是察觉到了什么，为何突然让沈南和他们同行。姜远却说是巧合，不必多想，沈南是去齐国为吕唐和任公主定制车辇，完全就是不相干的局外人。慕容庄并不相信，总是觉得沈南的意外同行，过于巧合，似乎是有意为之。

二人还让太子派来的护卫首领管高暗中观察了周东和沈南的随从，管高答复说，周东的随从中，有一人形迹可疑，有武功在身，其他人等，都是普通的下人。

周东带的随从并不多，除了子与父女和王松外，就只有木恩和芥子，传先和小薇留在了善信阁。

至于沈南的随从，更是一群乌合之众，在管高眼中，除了会服侍人之外，都是没有丝毫战斗力的普通人。

慕容庄和姜远放心不少，不管是人数还是力量对比，他们牢牢地占据上风，就算沈南舍命相助周东，周东也没有丝毫胜算。

“如此行车，不过日行五六十里，少说也要十几日才能到齐国境内，过于慢了一些……”慕容庄点好了饭菜，和姜远交流了一下眼神，笑道，“得想法子加快行程才行，万一误了太子的大婚，就是天大的罪过了。”

“我有法子，我有法子。”沈南吃得正兴起，放下筷子，高兴地笑道，“沈氏车行定制的马车，可以日行七十里而不累。正好我带了能工巧匠以及工具，可以帮你们改造车辆，只需要十金。”

十金可以买一辆上好的马车了，沈南还真会做生意，完全就是坐地起价。不过，慕容庄却当真了：“真的？”

“你问问周兄便是。”

“确实如此。”周东不知道沈南是真的为了赚钱还是另有所图，只好附和他，“我坐过沈兄车辆，非同一般。”

“需要多久？”姜远看了看窗外正在西下的太阳，“今晚可以住在清河营，距此还有三十余里，若是耽误时间过久，怕是错过了清河营，就只能露宿野外了。”

“到清河营再改造也不迟。”沈南嘿嘿一笑，伸出了右手，“正好各位都在休息，让工匠们连夜改制出来，又不耽误行程，多好。不过工匠们赶了一天路，又连夜劳作，必定辛苦……”

第二十七章

进退两难

“多加一金。”慕容庄听出了沈南的言外之意，哈哈一笑，“沈兄与我和姜兄做生意，还要计较价钱不成？”

“也是，也是，你二人比我有钱数十倍，不必和你二人讲价。”沈南一副贪婪的表情，喃喃算道，“加上周兄的车辆，一共是四辆车，可得四十余金……”

“我的车辆就算了，金不够。”周东摆了摆手，有意装穷。

“算了，你的车辆我就免费了。”沈南吃饱喝足，起身就走，“各位，我先去车上休息了。”

早有随从搀扶沈南下去。

周东和慕容庄、姜远又稍坐了片刻，慕容庄假装无意问到沈南同行之时，周东也说是巧合，并说沈南约他前去齐国在太子之前。姜远又旁敲侧击问周东和沈南到底是何关系，周东假装不知二人用意，透露他和沈南相识不久，并不熟识。

回到车上，慕容庄已然有了决定，咬牙说道：“务必连沈南一起除掉。”

“非要如此不可？”姜远还有一丝不忍。他不想除掉沈南的想法中，也有不想让慕容庄借机吞并沈家产业之顾忌，若沈家并入了慕容家，慕容庄就会超越姜家成为首富。

姜远以前总以为慕容家和沈家加在一起也不如姜家，近来常和慕容庄走动，才知道慕容家和沈家的真正实力远比传闻中庞大，恐怕一个慕容家如今已是姜家的七成以上，沈家有多少，不得而知，但两家加在一起，超越姜家必是无疑。

姜家已经故步自封太久，姜远越想越是对父亲的迂腐和守旧失望，希望等他回到魏国之后，父亲已经无力再执掌姜家。

“必须如此。”慕容庄斩钉截铁，“除掉周东时，即便沈南没有亲眼看到，以沈南为人，必会信口开河到处乱说，到时势必会让人疑心我二人对周东暗下毒手。要知道三人成虎，万一我二人因此名声败坏，以后还如何得太子重用？”

姜远一想也是，只好默然点头。

黄金庄只是一个村庄，清河营却是一个集镇，因被清河环绕而得名。

清河，本是源于魏国的一条小河，因河水清澈而闻名。在清河营，清河之水注入黄河，竟将混浊的黄河水冲淡得清澈了许多。又因清河有一渡口，虽不大，过往船只也会停留休息补养，清河营于是成为远近百里最为繁华之地。

清河营正处于清河和黄河交会之处的环抱之中，因黄河水带来的泥沙冲积，土地肥沃，良田万顷，清河营也是魏国有名的产粮重镇。

因地处平原，清河营两面环水，四面无山，只东面有一处方圆十余里的树林，是前往齐国的必经之路。此林树木高大，少说也有上百年之久。官道从林中穿过，行走在树荫之下，听鸟声阵阵，又有野果可吃，还有小溪可以供人马饮用，让奔波疲乏的路人如遇桃源，若是在炎炎夏日进入林中，更觉神清气爽无比快活。也不知何人一时好事，路经此林，兴起之下，在一棵树上题名“快活林”，从此快活林便远近闻名。

周东一行人抵达清河营时，已是日暮时分。众人困乏至极，想要寻一住处，却被告知全部客满。因近期过往船只过多，船工住满了清河营大大小小的客栈。

慕容庄大怒，他堂堂的慕容公子想要住店也会被拒之门外，岂有此理？他招呼周东几人前去清河营最大的客栈悦来阁，决定出三倍价钱包下整个客栈，结果悦来阁不为所动，因慕容庄气焰嚣张，对方连仅剩的几间房都不让慕容庄入住，将慕容庄一行人赶了出来。

清河营向来民风彪悍，讲道义讲情面，就是不认钱。慕容庄只要有钱就可以为所欲为的想法碰了钉子，还连累众人一起无处可住。

一行人走在车水马龙的清河营街道上，却垂头丧气，热闹和繁华与众人无关。若是回到前一个村镇，需要五个时辰，天都亮了；往前走到下一个村镇，需要四个时辰，也不可能。难不成今晚就要露宿街头了？

谁能想到出师不利，第一晚就落了一个无处落脚的下场！

最后还是沈南一拍脑袋，想到了城外的快活林。夏秋季节，林中常有人露宿。现在虽是春季，春寒料峭，好在众人有车，可以在车内过夜。

沈南的主意虽不是上策，却也别无选择，众人只好随便找了一家饭店吃过晚饭，连夜出城，来到了快活林中。

夜晚的树林，还是有一股寒气和怪异，不时有古怪的声音传来，让人毛骨悚然。周东曾在战场上厮杀，也从尸横遍野中踏足而过，对此不以为然。慕容庄和姜远却是吓得瑟瑟发抖，等车队找到林间空地后，二人早早钻进了车里，让随从围得严严实实，再也不肯出来。

空地不算大，每辆车都间隔了数丈远，周东没有上车，他的车被沈南的工匠拿去改造了。沈南的意思是，今晚先改造两辆，明晚再改造两辆，就大功告成了。

没有月光，林中漆黑一片，周东也没有走远，在王松、子与和子良的陪同下，在空地周围散步。

说是散步，其实是察看地形并且观察四下情形。

“清河营民风彪悍且淳朴，并无鸡鸣狗盗之辈，也没有山匪和土匪。百姓富裕安康，林中虽多有隐蔽之处，却并没有天险可守，除非有流民、流寇……”王松早已提前察看了一番，林中全是平地，并无高山河流可供藏身，当地也没有匪患，应当无虞。

王松查看地形时，子良非要跟随。回来时，子良打了几只野兔，背在了身后。

周东其实是以察地形为由，和王松几人商议对策。

王松身经百战，眼神相当敏锐，他暗中观察得知，慕容庄和姜远的随从中，少说也有二十余名高手。不是寻常的护卫，而是护卫中擅长技击和单兵作战的执行刺杀任务的精英，也就是说，多半是太子府上的死士！

子与的看法和王松相同，除此之外，他还注意到了沈南的随从中，有几个深藏不露的高人，走路时脚跟不沾地，只有脚尖如蜻蜓点水般行走，是罕见的轻功高手。其余人等，应该都是府上的下人，并无出奇之处。

子良一路上只顾好奇和开心了，并没有留意众人之中谁有特殊之处。当然，以她的经验和观察力，也不足以发现问题所在。

周东的眉头皱了起来。

以目前的力量对比来看，即便沈南和他联手也远不是慕容庄和姜远的对手，没想到太子想要除掉他的决心如此之大，唯恐有丝毫闪失，竟是派出了精兵强将。

王松猜到了周东的担忧：“公子，眼下只有一条路可走——趁慕容庄和姜远入睡之际，连夜潜逃。”

“我愿护卫公子周全。”子与一脸决绝，“不管是回魏国还是齐国，小人都不会迷路。”

周东相信以子与的本事，绝没有迷路的可能，可是他不想偷偷溜走，也不能：“不行，此事不能就这么一走了之，要将计就计。”

子良闪动一双好奇的大眼睛：“怎么将计就计？我最喜欢热闹了。”

周东示意子良手中的灯笼离得近一些，他拿出一张地图，铺在地上：“按照我们的行程，每日可行七十余里，大约十日后到达齐国境内。他们不会在魏国境内动手，否则容易出现纰漏。而在齐国境内，只有第一天的路程途经齐山，之后便是一马平川，而入齐之后的第一日，是下手的最佳时机。”

王松最是了解周东性情，周东决定的事情，绝无更改之理。他就知道周东不会临阵脱逃：“既如此，属下倒有一计……”

“快说，王伯。”子良十分期待，浑然不知即将面临的是生死之际。

“从今日起，每一日暗中拿下对方一人，各个击破，等到了齐国境内之时，对方的精兵强将只剩一半，就好对付多了。”

“好办法。”子与猎人出身，最会设置陷阱，“今晚先寻一人下手。每日失踪一人，只要数日，对方就会人人自危。”

“好！”周东深知此时不能心软，不是你死就是我活，只能放手一搏，“司马运派来的两人中，若论身手能否与太子的死士相比？”

司马运也派了人手跟随周东，也是为了保护周东安全，只派了两人，也是他和周东都认为此去齐国并无凶险，却没料到，一着不慎竟是着了太子的道儿。

若是让司马运知道周东此时的凶险，他会恨不得派二十名死士追随周东左右。

“恐怕不能。”王松和子与对视一眼，二人同时摇头。

“现今，只有这一个法子了……”周东喟叹一声，收起了地图。在魏国数月，躲过了无数次惊险，偏偏在最不该大意的时候大意，被太子算计了，如今他是进退两难，就算连夜潜逃又有何用？回魏国？他和太子之间的默契就会变成互相猜疑，从此水火难容。去齐国？也会被太子意识到他察觉到了太子的意图，他在魏国苦心经营的一切都会土崩瓦解。

第二十八章

节外生枝

周东一咬牙，不管怎样，一定要平安抵达齐国，只有见到吕唐，才有可能重回正轨。

“是！”王松和子与齐声应下，王松眼中寒光一闪，“即刻动手！”

二人转身就走，才走几步，忽听树上传来轻微的树枝折断声，王松顿时警觉，低声喝道：“谁？”

子与更是右手一扬，一支袖箭脱手飞向右侧一棵高大杨树之上。树叶落尽的杨树，树枝粗大，有人藏身其上，完全可以隐身。

子与并未看见是否有人藏身树上，甩手一箭，是为投石问路。

一阵扑棱棱的声音响过，几只鸟儿飞向了夜空。几人才长舒一口气，原来是林中夜鸟。不料，车队方向传来大呼小叫之声。

“有人偷袭！”

“抓住他！”

“有人受伤，快救人！”

呵斥声、呼唤声远远传来，火光若隐若现，周东几人大吃一惊，出什么事情了？

等几人赶到场中一看，顿时呆立当场，一人背靠大树，头上帽子低垂，乍一看以为睡着了，只是一柄贯穿胸口的长剑以及长剑上正在滴落的鲜血，无一不提醒在场众人一个血淋淋的事实——他被人一剑穿心，还牢牢钉在了树上！

再看他脚下，离地一尺有余！

多半是他被一剑穿心，又被剑带飞钉死在树上，杀人者力道之大，令人惊骇，当为绝世高手。

沈南拄着拐杖出来了，先是打落了死者头上的帽子，顿时长舒了一口气：“不是我的人，是谁的人？”

周东摇了摇头，也不是他的人，他从沈南的眼神中看出了疑问和幸灾乐祸，一回身，姜远和慕容庄气喘吁吁地跑来了。

“啊，是伊洛！”姜远一眼认出了死者正是太子派来的二十名死士之一，他吃惊地看向周东，“周兄，何人所为？”

慕容庄也是无比震惊，被他当成倚仗的死士，才第一天就有一人被杀死，若不是周东所为，又会是谁？他无比气愤：“周兄，你的手下都在哪里？”

做贼心虚，大凡欲行不轨之人，一旦有事，总是疑心是别人先下手为强；即便是别人先下手为强，也在情理之中，却也会气急败坏。周东暗自叹气：“慕容兄此话何意？莫非你以为是我的手下所为？”

慕容庄又惊又怒之下，一时失态，被周东呛了一句，清醒了几分：“一时情急，不免口误，还望周兄勿怪。周兄和沈兄的手下有无受伤？”

周东回视王松几人，摇头：“我方才在林中散步，听到声音匆匆赶来，他们几人和我在一起。”

沈南轻哼一声，不以为然地讥讽道：“不劳慕容兄挂念，我的手下既没受伤也没伤人，既然是你们的手下，倒要好好想想是不是得罪了何方高人，被人一路追杀到了这里。咦，不对，死者衣着如此华贵，似乎还有腰牌，应该不是慕容兄和姜兄的家丁护卫吧？”

沈南说话间，就要动手拨弄伊洛腰间的腰牌。

该死，腰牌怎么都露出来了？慕容庄及时侧身挡在了沈南面前，推开沈南的手：“沈兄，死者为大，非礼勿动。”

“我才懒得动一个死人。”沈南也不勉强，见好就收，翻了翻白眼，“他被杀时，谁在？说说看到了什么。”

“小人在，小人在。”一个小厮打扮的人冒出头来，小心翼翼地答道，“小人乃是姜公子的下人。当时小人正在捡柴，忽然看到人影一闪，其快如电，小人以为眼花，随后却感到脖间一凉，分明是有风吹过。小人吓得扔了木柴，以为见鬼了，一转身就见到伊洛手持宝剑大喊‘别走，站住’。我分明没看到有人……”

“宝剑？可是他身上的宝剑？”周东冷不防插了一句。

小厮打量了周东一眼，又看了看剑柄上的剑穗，点了点头：“伊洛身法极快，一闪就从我身边过去了，我正纳闷时，伊洛整个人突然倒飞起来，一下被钉在了树上，当即就不动了……我吓得一屁股坐在了地上，你看，屁股上还有土呢。”

没人在意小厮屁股上的土，周东想了一想：“自始至终，你并没有看清伊洛是在追谁，对方又是怎么杀死伊洛的，对吧？”

“我什么都没看见。”小厮连连点头。

众人都默然不语，一时鸦雀无声。身法其快如电，出手毫不留情，一击毙命，此人绝对是高手中的高手。只是伊洛被杀，是因为他发现了对方行踪，还是对方有意诱杀，就不得而知了。

众人心思各异，慕容庄和姜远在想，万一绝世高手是周东之人，就麻烦大了，此行或许有去无回。周东却清楚，如此荒野之中，突现绝世高人，此人是无意中路过还是一路跟踪而来？不管如何，此人的出手，让齐国之行又增加了变数。

众人忙乱一阵，再也没有发现刺客下落，只能加强了戒备。慕容庄和姜远一夜无眠，倒是周东和沈南睡得踏实。

次日一早，起来赶路。昨夜之事尽人皆知，传来传去，竟有了几分神秘色彩。中午时分，到了一处村落，稍事休息，又重新上路，终于在夜晚来临之时，到达了茅津渡。

茅津渡为大镇，比清河营繁华数倍。一行人先是入住了镇上最大的客栈茅津驿，各自安排停当，就早早睡下，只有沈南指挥工匠连夜赶工，为几人改造车辆。

月上中天，半夜时分，周东起来如厕，见院中有一人坐在月下，似睡非睡，顿时吓了一跳，以为又有人被杀。走近一看，原来是沈南正席地而坐，仰望星空。

听到脚步声，沈南回头一看是周东，不由得笑道：“怎么，你也无法入睡？明日就是第三日了，所谓事不过三，老夫夜观天象，明日怕是会再现血光。”

“你何时会观天象了？还自称老夫，你今年高寿？”周东开了一句玩笑，坐在了沈南身边，“我并非睡不着，而是人有三急。你莫非一直未睡？”

“正是，工匠已经将你的车辆和慕容庄的车辆改造完毕，明日你二人可以舒适乘车了。你猜如何？”

猜什么？周东被沈南飘忽不定的思路绕迷糊了，沈南呵呵一笑：“算了，不妨告诉你，慕容庄的车辆，夹层用铁皮加固，底下还有青铜隔板，顶层也有七层漆布，既能防雨防雪防冷防热，还能防火防箭……你听明白了没有？”

周东点了点头：“明白了，不怕火不怕箭，铜墙铁壁，厉害。”

“你听明白个屁！”沈南骂了一句脏话，又呵呵笑了，“姜远的车辆并没有加固，这下你明白了吧？”

周东还是没明白，主要是他半夜醒来，正在迷糊，没跟上沈南跳来跳去的想法，就摇了摇头。

“笨死算了，你能活到今天，当真是奇迹。”沈南举起拐杖敲了周东一下，“把你乱箭射死在车里或是索性一把火连车带人烧个干净，最为掩人耳目。既然遭遇了山匪，慕容庄和姜远的车辆若没有中箭中火，岂不是会被人怀疑？”

周东终于明白了：“明白了，在对方出手之前，为了保证姜远不被连累，他会先到慕容庄的车上，以免被误伤。既如此，只要姜远上了慕容庄的车，我就上你的车。”

“想得美，你还是自求多福好了。”沈南站了起来，拍了拍周东的肩膀，“为你改造车辆的时候，已经替你暗中加固了车身，至少不会被一箭穿透。明天起，我就和你们分道扬镳了，我可不想被你们任何一人连累。昨晚之事，太吓人了。周兄你说实话，昨夜之人，真不是你的人？”

“也不是你的人？”周东直接反问。

二人一起摇头，都从对方的眼中看出了失望。

“明日一早，各奔前程，若是你命大，齐国都城再会。”沈南拄着拐杖，一步一瘸地走了。不知何故，周东总觉得他瘸得有些夸张有些故意。

周东原以为沈南只是说说而已，不料一早醒来，却听王松说沈南一行天还未亮就离开了客栈，还留下了一封书信。

得知沈南不辞而别的消息，慕容庄和姜远对视一眼，忽有轻松之意。沈南的书信只有八个字：“山高水长，后会有期。”

此后一连数日，一路平安，天气渐热，平原渐少，慢慢地见到了山谷。这一日，过了魏齐交界之地，四周景色渐渐多山，眼见就进入了山谷之中。

时值傍晚，慕容庄和姜远与周东商议，距最近的村镇还有三十余里，若连夜赶路，可以三更时分赶到。此地山路崎岖不平，道路两侧又多有山谷穴洞，常有山匪出没，不如快马加鞭通过此地，以免节外生枝。

周东心知时机已到，今晚要对他下手了，他站在车旁，举目四望，思忖片刻忽然说道："子与说由此向南十里之外，有一小村名叫吴家可以住宿，车队可由此转南，不过多绕十几里路……"

慕容庄面露难色，他精心计算时间，要的就是今晚连夜赶路，不料周东竟查访到了南下十里有村落，一时不知如何应对。

忽然，姜远手指远处，一脸惊慌："有山匪！"

第二十九章

江山易改

"有山匪！"

伴随着乐城的一声惊呼，众将士纷纷列阵准备迎敌。司马运却漫不经心地看了一眼远处奔袭而来的山匪，嘴角露出了轻蔑的笑意。

乐城走马上任已经十日有余了。

近来魏军和韩军的战事，进入了僵持阶段，倒不是司马父子束手无策，而是不想进攻，有意为乐城出一个难题。

乐城被封为右将军，率领十万大军前来驰援。两军合并一处，足有十五万大军，韩军到目前为止，才聚集了八万大军，魏军又装备精良，胜算很大。

之所以一直按兵不动，是司马运想看看乐城到底有几斤几两。

乐城哪里懂得如何领兵打仗，尽管他很清楚魏王派他前来是为制衡司马父子，奈何他在军中全无威信，若非仰仗爷爷威名，怕是连身边的亲兵都会轻视他三分。

经五日昼夜行军，迄今为止，乐城已然当了十余日的右将军。魏王派他带兵增援司马大军，并未说明增援之后是将十万大军交与司马父子指挥，还是继续由他带领。经过一番世事之后，他也成长了不少，领会到了魏王之意，未加明说的言外之意就是由他便宜行事。

换言之，由他一言而定。

乐城大权在握，怎会轻易拱手让人？他既不向司马父子转交兵权，又不轻言开战，每日只和司马运查看地形巡视军营，或饮酒作乐，或纵马打猎。

这一日，左右无事，乐城又约司马运去打猎。已是春暖花开的季节，田野中开始迸发绿意，微风吹来，不觉寒意。司马运欣然应允，率领数十名亲兵，和乐城来到离军营十余里之外的野外。

司马运对乐城的转变大为惊讶，乐城犹如脱胎换骨一般，不但让人琢磨不透，还少了急躁多了几分沉稳，更难得的是，他居然耐得住心思，不主动提出兵，也不当仁不让地充当先锋迎敌，不由得他暗暗吃惊，为何乐城突然转了性子？

还是父亲说得对，乐城经历过乐羊之死，乐旦被纳为太子妃，以及他又被封为右将军，并且率领十万大军出兵一系列变故之后，不管是人生巨变还是地位巨变，都可以让他无形中自我重新定位。乐城现在的沉稳不过是一时表现，等他适应了新的地位、身份和权力后，还会重回以前的急躁。

江山易改，本性难移。

司马运对父亲的话深以为然，他下定决心好好陪乐城玩玩，反正增援的大军若不能立功，是乐城之过。

魏军征伐韩国以来，已经推进韩国境内百余里。所过之地，尽量秋毫无犯，却还是不免让一些百姓流离失所，成为流民或是流寇……眼下骑了几匹瘦马大呼小叫冲他们奔袭而来的十几人，司马运只看了一眼就很清楚对方只是流民中的流寇。

乐城虽是十万大军的将领，却并未真正上过战场一次，今日亲见十几人冲来，害怕之中竟有几分兴奋和期待，当即拔剑在手：“传令，列阵，迎敌！”

乐城的亲兵排成两列，严阵以待，一副如临大敌的样子。司马运轻轻一笑，转身对手下笑道：“弓箭手准备。”

司马运只带了三名弓箭手，三人弯弓搭箭，倾斜了一个角度对准天空。

乐城跃跃欲试，第一次带兵迎敌，他三分期待三分紧张，还有四分想要在司马运面前露上一手。扭头一看，司马运的亲兵只是随意站在原地，只有三名弓箭手懒洋洋地拉开弓箭，他不由得奇道：“对方有十几人之多，不可掉以轻心。”

“哈哈……”司马运放声大笑，“一群乌合之众，也值得大惊小怪！韩军的强弓硬弩，可是毙敌于百步之外……放箭！”

一声令下，弓箭手三支利箭飞出，到了高处又迅速落下，正中十几人中的其中三人，三人顿时一头栽倒。

对于正规军来说，三个人的中箭不会影响其他人的冲锋，且在奔袭之时，也会事先想到有人中箭的可能，会交错骑行，以免被前后左右突然倒下的战马所累。只可惜，山匪不是正规军，既没有经过专业训练，更没有身经百战。

很多时候，训练和经验，都是血汗和生命换来的战斗力。

三个人一倒，前后左右的马匹要么被连累，要么直接撞上，竟然倒了一片，至少有三五人之多。一共十余人的山匪，在第一波攻击之下，就损失过半。

司马运气定神闲地笑了笑，轻轻吐出两个字："放箭！"

第二波三支箭射出，只有一支箭射中，却让对方倒下了两个人。

第三波三支箭射出，对方又有两人中箭，波及另外两人落马。三波箭过后，山匪已经只剩下三人三马冲到了司马运面前。

乐城惊得目瞪口呆，愣了片刻，才意识到自己的护卫如此严阵以待，只为对付三名山匪有些过于大惊小怪，当下一提缰绳，越众而出，朝为首的山匪遥指一剑："你是何人？"

话刚说完，司马运飞马而出，手中长剑一挥，一剑斩落为首的山匪，又反手一剑将另外一个还没来得及抽出腰刀的山匪也刺落马下，只留下最后一名山匪手脚发抖，别说拔刀相向了，连坐都无法安坐于马上，"扑通"一声从马上摔到地上，跪地求饶。

"将军饶命！小人只求一口饭吃，再也不敢当山匪了。"

乐城大感颜面无光，和司马运的沉着冷静、当机立断相比，他简直就是一个地道的门外汉，不由得又羞又怒。

司马运也不多看乐城一眼，扬手扔了一块金子："回去告诉你的同伙，可以去魏国安身，也可以投身魏军，保你们有饭吃有衣穿，别再当山匪了，白白丢了性命。"

"是，是，谢将军大恩大德。"最后一名山匪捡起金子，惊喜交加地跑了。

"为什么不杀了他？"乐城觉得被司马运羞辱了，就想找回颜面，他拿过弓箭，想一箭射死逃走的山匪。

司马运轻描淡写地笑道："他已经吓破了胆，射死他又有何用？还不如让他将魏军之威传播出去，少说也可以减少上千名山匪之患，要恩威并重才是上策。"

"若是我非要射死他不可呢？"乐城拿出了右将军的威风，脸色一沉。

"哈哈……"司马运仰天大笑，"乐将军请便，不过若是射不中，我不会觉得是乐将军箭法不好，而是他运气好，哈哈。"

乐城大怒，用力拉弓，随即一箭射出，却还是被司马运言中，利箭飞出，十丈之外就失去了准头。再看山匪，已经纵马上了一处山坡，转眼就消失不见了。

司马运轻蔑一笑，看似很随意地射出一箭，片刻之后有护卫高喊：“司马将军好箭法，射中一只野兔。”

“带回去烤了给将士们吃。”

“谢司马将军！”

乐城气得扔了弓，一夹马腹，转身就走。司马运默然一笑，纵马追了过去。

“乐将军，魏国之所以称霸各诸侯国，既不如赵国兵强马壮，也不如齐国富足，更不如大楚地域宽广，甚至不如秦国民风强悍，为何可以成为第一强国？”司马运并非有意考乐城，出身于世家的乐城，即便从未领兵打仗，耳濡目染之下，也知道魏国因何强盛。

乐城“哼”了一声：“司马将军是有意羞辱我不成？”

“不是，不是，乐将军莫要多想，我是想和乐将军商议一下破敌之策。”

乐城神情稍缓，放慢了马速：“魏国的魏武卒身披重铠、持戈佩剑、背弓弩、跨矢囊，闻名天下。攻秦，尽得秦河西之地；攻楚，夺取了楚国淮北之地；攻赵，曾攻破赵都邯郸；出兵中山国，将中山国纳入版图。眼下征伐韩国，灭韩指日可待。待韩国被灭之后，再进攻齐国，齐王会率城而降。”

司马运见乐城多少知道魏军的优势所在，不由得点头：“乐将军所言极是，魏武卒闻名天下，战无不胜，若要灭韩，还需魏武卒的神勇。我有一个不情之请，可否请乐将军率军八万，绕道阳翟之后，我率军直扑阳翟正面，你我二人前后夹击，阳翟必破。阳翟一破，韩国覆亡。”

乐城自率军出征以来，虽未主动出战，内心却一直有攻敌之心，只是不想被司马运看轻，才耐住性子按兵不动。如今司马运主动提出，他心中暗喜，却又不动声色地说道：“阳翟尚有两百余里，若绕道过去，又要多出百余里不止，三百余里行军，短则十余日，长则月余，一路上攻城略地，伤亡少说也在两万以上，八万人马怕是不够。”

司马运要的就是乐城的这一番话，当即说道：“若是乐将军率领十万人马，获胜把握更大，只是十万人马横穿韩国，过于招摇，也难免首尾不顾。即便是八万人马，也是浩浩荡荡，很容易被韩军侦察。方才山匪奔袭，虽然败北，却败在经验不足、战力不强，若是山匪训练有素，刚刚一战，谁胜谁负还未可知……”

第三十章

本性难移

乐城虽然也能隐隐猜到司马运此举看似是想让他立个首功，却肯定另有所图。他微一思索，说道：“司马将军的意思是？”

“乐将军不如带一万骑兵，连夜奔袭，四五日之内即可绕道阳翟城后。我令王之、公孙如各领五万武卒，从两侧出击，用来迷惑韩军。”

“司马将军坐镇中军指挥？”乐城话带嘲讽之意，是嘲笑司马运让别人出兵迎敌而他自己安坐军中。

“哈哈，乐将军以为我是贪生怕死之辈？”司马运眼中闪过一丝得意之色，乐城正一步步走入他的陷阱中，“我率领四万大军，从中路直捣阳翟。王之和公孙如各率领的五万武卒，皆从乐将军十万大军之中抽调。乐将军所带一万骑兵，从全军之中挑选精兵强将。”

乐城默然不语，司马运的提议颇有声东击西之意，且将他的十万大军一分为二，交由王之和公孙如率领，二人虽和司马运关系不错，却都是忠心于魏王之人，王之是相国王黄之孙，公孙如是上卿公孙由之子，二人乃是世家子弟，世代受魏王恩惠，断不会唯司马运之命是从。

一万骑兵若是运用得当，一路奔袭，沿途可以毁坏韩军粮仓，并切断韩军后勤通道，即便绕道阳翟无法率先攻克阳翟，也是首功，也是了不起的大功，毕竟他是最先深入韩国腹地，将韩军杀得疲于应付的第一人。

只是如此好事，为何司马运不亲自前去，而要拱手让与他？乐城现在不比以前了，多了心思，遇事总是要多想上一想。

司马运是何许人也，见乐城沉默不语，就知道乐城在担心什么，呵呵一笑：“乐将军莫非疑心我的用心？不瞒乐将军，率领骑兵奔袭之事，原本我和父亲商议由我前去，父亲不许。父亲说，魏王派乐将军率领十万大军前来增援，是看重乐将军的领兵之能，此事关系重大，许胜不许败。只有乐将军亲自出马，才有十足胜算。”

乐城不免飘飘然几分，嘴上却说：“司马将军过奖了，我乃后生晚辈，怎敢托大？只是承蒙魏王厚爱，唯有一死报答而已。”

见乐城已然上钩，司马运拱手一礼：“待乐将军大获全胜之日，还望乐将军在魏王面前美言几句，在下感激不尽。”

“好说，好说，你我本是一体，当同进共退。”乐城何曾享受过司马运如此礼遇，心中无比舒畅，“不知何时出征？”

“兵贵神速，越快越好，三日后如何？”

“好！”乐城一口应下，“还请司马将军帮忙挑选精干骑兵。”

三日后，精心挑选的一万骑兵整装待发，司马史和司马运为乐城送行。

司马史郑重其事拜祭天地，又连敬乐城三杯。乐城率众出发，骑兵飞奔，浩浩荡荡，卷起漫天尘土，绵延数里不散，遮天蔽日，风云变色。

站在高台之下，司马史望着渐行渐远的骑兵，眼中闪过一丝忧色：“运儿，为何为父觉得此举真的是送了一份大礼给乐城，而不是让他前去送死？魏军武卒虽然闻名天下，但若是上万骑兵奔袭而来，即便是五万武卒迎战，也没有胜算，说不定以后会是骑兵的天下了……”

“父亲言重了，魏国以武卒闻名于各诸侯国，和各诸侯国交战，全无败绩，都是因为武卒之故。步兵乃是天下之利器，骑兵终究只是取巧之策。”司马运自信满满。他深信只有武卒才是战力第一的兵种，“乐城此去，必定有去无回。到时在魏王面前参他一本，说他好大喜功，不听劝告，非要孤军深入，再借机将乐城的几名手下也一并拿下，十五万大军会尽数归父亲调遣。待大军围住阳翟久攻不下之时，再向魏王请求增援，届时魏王骑虎难下，只能再派出十万大军来解魏韩之战，二十五万重兵在握，再借齐国之势，大事可成。”

司马史却没有如此乐观，忧心忡忡：“若乐城万一事成了呢？”

“怎会？”司马运正要讥笑一番，见父亲脸色不善，忙又改口说道，“若乐城真的一路突袭绕道到了阳翟，我父子二人也一路逼到阳翟城下，围而不攻，特意在后面网开一面，让韩军从后面乐城一侧突围，哀兵必胜，乐城必败。”

“倒也不失为一条良策。”司马史微微点头，目光却还是停留在声势浩大的骑兵队伍之上，“当年魏军大败秦军，尽得秦地六百余里，却没有乘机灭了秦国，尽纳秦川之地，是因魏军力不逮心，追不上秦军的骑兵。若是魏国有十万骑兵，秦军逃无可逃，说不定早就灭了秦国了。”

“十万骑兵需要十万战马，若以强弓硬弩对战骑兵，三波齐射，可伤骑兵十之三四，再由武卒上阵，即便骑兵和武卒以一对三，十万武卒可灭三万骑兵。看似十万武卒不如十万骑兵，若是算上战马和骑兵的训练，十万骑兵五年才有战力，而十万武卒只需三年。”

司马史被司马运说服了，点头赞道：“说得也是，是为父一时被骑兵的气势迷惑。呵呵，武卒才是国之重器。”

司马运微微点头，目送乐城远去，眼中的得意之色越来越浓……

姜府，姜姝闺房。

姜姝正紧张地走来走去，不时朝外面张望，丫鬟采采快步进来，微有喜色：“小姐，金甲先生到了。”

姜姝忙迎出门外，院中，一个须发皆白的老者快步如飞来到闺房旁边的厢房门口。

金甲先生是王宫名医，被尊为三大神医之一，至于另外二人是谁，却无人知晓。因此，金甲先生是当之无愧的魏国第一国医圣手。

在周东和姜远走后第五日，姜望忽然病倒，病情来势汹汹，只三日便水米不进了。在无数大夫束手无策之后，姜姝万般无奈之下，只好出面请太子派出金甲先生为父亲诊治。

太子欣然应允，还亲自和王黄来府中看望。一看之下，大为惊讶，姜望已经瘦削得不成人形。

王黄险些失声痛哭，他刚和姜望重归于好，姜望病情如此严重，怕是不久于人世。

金甲查看之后，当即让太子和王黄离开姜望房间，并再三告诫姜姝不要在床前侍奉，姜望之病，似有中毒迹象，且并非由饮食中毒，为防万一，应当远离，以免被连累。

姜姝大惊，告知金甲，姜望以前曾中过妙关的波斯香之毒，后来化解，又因过于进补而火气上升，又有虚不受补之症。金甲沉思良久，说要回去寻一药方。若能寻到药方，他会再次登门；若是不能，他也没有办法。

今日一早，金甲先生托人告知，药方已经寻到，他正午时分会来姜府为姜望医治。姜姝坐立不安，一直等金甲登门，唯恐金甲食言。

父亲的病，来得既突然又意外。自上次和王黄相聚之后，父亲不再进补任何补品，身体反倒日益强健，原本以为父亲已然大好，不料一日晚间父亲在外散步归来，突然一头栽倒，不省人事。

直到今日，父亲没有醒来片刻，也没有开口。当时跟随父亲散步的小厮声称，父亲本来和往常一般安步当车，走到池塘边时，想要坐下休息片刻，水边突然冒出了几个气泡，然后父亲犹如被人施了定身法一般，一动不动了。

要不是小厮眼疾手快，父亲一头栽倒的时候，也许就会摔在石头上，当即毙命。

总算等到了金甲先生，父亲有救了！姜姝一路小跑来到金甲先生面前，却见金甲先生一脸凝重，正在门前闭目沉思，却不推门进去。

“金甲先生……”

金甲摆了摆手，打断了姜姝的话，依然闭目不语。过了半晌，才喟叹一声：“好歹毒的心肠！姜小姐，姜公可是得罪了何人？对方为何如此煞费苦心要置姜公于死地？”

“父亲生性淡泊，与世无争，即便是和姜家有生意竞争的慕容家和沈家，也从未和姜家结仇，还真不清楚父亲会得罪何人！”姜姝蓦然脑中灵光一闪，想起了以前周东所说之话，“上次父亲病重，因妙关特制的毒香之故，周东周公子似有所指，疑心是兄长暗中指使……”

“姜远现在何处？”

“他随慕容公子、周公子一起前去齐国，此时应该到齐国境内了。”姜姝原本还对未能和周东同行耿耿于怀，如今却庆幸未曾离开。

“妙关又是何人？”金甲先生从鼻孔中微哼一声，在听了姜姝介绍完妙关之后，更是一脸不屑，“游方术士、江湖郎中、坑蒙拐骗之辈！姜公所中的异毒，正是他所为，乃是一种无色无味的气毒。”

“气毒？和波斯毒香一样？”竟然又是妙关所为，姜姝心中对姜远仅存的一丝好感悉数消失，“上次哥哥说，妙关事情败露之后，不知所终。如今又回来作祟，唉，人心不古。”

第三十一章

害人者终被害

姜姝不好明说妙关一再加害父亲是哥哥指使，金甲先生却直截了当地说道："姜远逆子，大逆不道，当车裂！"

只是眼下不是追究姜远之时，姜姝迫切问道："恳请金甲先生救救父亲！"

金甲叹息一声："姜公聪明一时，糊涂一时，养了一个如此逆子，也是人生之大不幸。老夫救他，既非因太子之托，也不是医者仁心，而是要破解妙关的异毒。妙关此人，虽然阴险狡诈，却也是有几分真本事。他精通气味之毒，用池塘之中的废气和波斯异香相融，会让人产生迷幻感。姜公以前中过波斯毒香之毒，虽得医治，余根还在，被废气牵引，毒性大作。此毒并不能置人死，却可让人沉迷于迷幻之中，无法醒来，最终水米不进而死。"

金甲推门进去，手中香炉点燃，清香缕缕，他又让姜姝准备了一盆清水和一碗水，先用一碗水喂了姜望一粒药丸，又将香炉中的炉灰倒入碗内水中，抹在了姜望的鼻子之下。过了片刻，姜望猛然打了几个喷嚏，慢慢醒了过来。

"父亲！"姜姝无比惊喜，就要扑过去，却被金甲喝住。

"不要过去，倒水！"

姜姝一时迟疑，姜望却猛然坐起，脸色铁青，嘴里"呼呼"作声。她惊吓之余，将盆中水悉数泼向姜望。

姜望当即被淋成了落汤鸡。

"啊"的一声，姜望朝后便倒，双眼紧闭，似乎又晕死过去。姜姝大急："金甲先生……”

金甲也不答话，上前按住了姜望人中，片刻之后，姜望又悠悠醒来，长出了一口浊气：“出什么事情了？饿死我了，还不赶紧备饭。”

姜姝喜出望外，上前扑入姜望怀中：“父亲，你总算没事了。”

姜望一脸迷茫：“父亲原本就没有事情，你何出此言？父亲刚才一直在梦中，一觉醒来，难道发生了什么怪事不成？”

姜姝和金甲将事情经过一说，姜望才知道他再次着了妙关的道儿，起身照了照镜子，镜中之人，形容消瘦，犹如行尸走肉，他吓得扔了镜子：“畜生！逆子！来人，取笔墨，老夫要立下字据，姜家家产，姜远这个逆子休想得到一分！”

金甲既不要姜家酬谢，也不留下吃饭，匆匆告辞。出了姜府，他对随从范塞说道：“三日之内，找到妙关下落。此人不除，当为大患。”

“是。”范塞既是金甲随从，又是金甲弟子，他虽学医，却又擅长追踪之术。

只用了一天，范塞就查到了妙关的下落，毕竟金甲先生在安邑城中威望极高，救人无数，听说金甲先生要打听一人，三教九流之人都纷纷献计，最终妙关在一处民宅正和姘头鬼混之时，被范塞抓个正着。

金甲在关门审问了妙关一天之后，尽数获悉了妙关的生平所学。他让范塞送走妙关。妙关以为他还可以活命，跟随范塞来到郊外一处荒废的民宅。妙关正想说此处虽然荒废但院子挺大时，却被范塞一棍打昏。

随后，妙关被扔在了院中的一个枯井之中。范塞唯恐他死得不透，又搬来磨盘盖住了井口。本来还有几缕阳光照射的枯井，顿时陷入了黑暗之中。

对妙关来说，也许是永恒的黑暗。

一生游走江湖，靠坑蒙拐骗和害人为生的妙关，最终难逃被人所害的下场。

害人者终被害。道理都懂，但在利益面前，大多数人总会认为自己是特例，认定自己就算是害人，也会安然无事，也不会被天道追讨。

老子说，以道佐人主者，不以兵强天下，其事好还。师之所处，荆棘生焉……是为天道好还。

当姜远发现有山匪奔袭而来之时，他第一个念头不是迎敌，而是逃跑，只要跑过了周东和慕容庄就赢了。

自己怎么会这么想？随即姜远心生惭愧，他从小到大，除了拉几个丫鬟侍寝且没有收为通房反而卖了之外的事，他做过的最大亏心事就是让妙关对父亲下手。不过妙关也说了，他的气味之毒不会死人，顶多让人昏睡不醒一段时日，等父亲昏睡一年半载醒来，大局已定，父亲就算再不同意，也是无济于事了。

想多了，姜远收回思绪，见远处的山坡之上，十几匹马俯冲下来，为首一人，戴了木制面具，丑陋且吓人，眼大如铜铃，还有一对獠牙，犹如恶鬼。他双手持狼牙棒，哇哇乱叫，仿佛要吃人一般。

姜远何曾见过如此阵势，当即吓得腿都软了，一把拉住了离他最近的周东：“周……周兄，如何是好？”

怎么怂成这样？你不是带了二十多名太子府上的死士吗？太子的死士，各个武功高强，对付小小山匪不在话下。周东想笑，笑容却瞬间凝固了，因为他慢慢看出了端倪——纵身而来的山匪恐怕并非乌合之众，来人虽然装扮怪异，且大呼小叫，十几人排成的阵势，却错落有序，既可以防范敌人弓箭手的攻击，又可以冲击敌人的步兵阵营。

分明是经过训练的正规军！

想通此节，周东心中大惊：“慕容兄，来人非常了得，赶紧列阵迎敌！”

若是太子的死士排队列阵的话，或许还可以勉强为之一战。

慕容庄却是装傻，唯恐暴露太子的死士，他后退几步：“周兄，我只是一介商人，怎么懂得迎敌之道？只能拜托你来想想破敌之法了。”

骑兵的优势在于奔跑如飞，百余丈的距离，瞬息即至，转眼间，山匪已经不足五十丈远了，周东却不慌不忙：“我哪里有破敌之法？我们自求多福好了。王松、子与、子良，保护马车。”

随着周东一声令下，王松、子与和子良以及司马运派来的王单和谢建一共五人，各持兵器团团围住了马车，周东从容不迫地上了马车，反正他的马车经过了沈南的加固，可以刀枪不入。

见周东如此无赖，竟是见死不救，慕容庄和姜远面面相觑，都惊呆了。片刻，山匪已然冲到了二十丈之外，二人才如梦方醒，慕容庄不得已大喊一声：“快来人，保护我和姜公子。”

太子派来的死士以管高为首，以伊洛为副，伊洛就是第一晚被钉死在大树之上之人。伊洛一死，管高只能便宜行事，因来时太子特意叮嘱，让他大事和伊洛商议，要有决断，不可事事听慕容庄和姜远调遣。此时便是一等一的大事，他也来不及多想，当下呼啸一声。

所有死士听到暗号，个个抽出武器，排成一行，准备迎战。管高回身看了躲进马车中的慕容庄和姜远一眼，暗中骂了一句：真是无能，如此小打小闹就能吓成这样，竟是忘了头等大事，太子怎会托付如此窝囊之人做如此大事？

太子再三交代，何时出手除掉周东，要由慕容庄和姜远而定，但具体如何除掉周东，以及如何伪装成周东被山匪所杀，则由他随机应变。此时真正的山匪来袭，正是趁乱除掉周东的大好时机，慕容庄和姜远怎么也不下令了？

管高眯着眼睛，紧盯着为首的山匪，他伸手接过弓箭，瞄准了为首山匪的马，屏息，凝神，满弓，在还有十丈之时，猛然射出一箭。

射人先射马！

管高在太子的死士中，箭法第一，刀法第一，力压上百人成为太子最为赏识的一人，绝非浪得虚名。一箭射出，他自信可以让对方战马一头栽倒，他甚至已经做好了纵身跃起，几个起落将为首山匪擒下的准备。

擒贼先擒王！

利箭发出了夺人心魄的呼啸声，一闪就到了为首山匪的马前，不料为首山匪上身轻轻一动，一弯腰就将管高之箭接在手中。

管高当即惊得目瞪口呆！

作为太子死士中的第一高手，徒手接箭对他来说并非天大的难事，但人在马上弯腰接箭，却几乎没有可能，他自认完全做不到。对方怎会如此了得？齐国就连山匪也是一等一的高手不成？

到底还要不要趁乱杀了周东？

管高大脑一片混乱，不等他想个明白，为首山匪已经冲到了眼前，他狞笑的面具离得近了，更显狰狞和恐怖，更吓人的是，他手持一把长刀，一刀朝管高劈来，有泰山压顶之威。其余几人也冲进了人群之中，各亮兵器和死士以及家丁打在一起。

周东在车内看得清楚，暗叹一声，若是慕容庄没有私心，不怕暴露太子的死士，方才原本可以先以一波箭雨攻击，再严阵以待，至少可以先射杀对方三到五人，且不至于如此狼狈，可惜，先机已失，怕是要有一场血战了。

尽管心存惋惜，周东却毫不后悔刚才的决定，对方有杀他之心，他难道还要拼命救下对方，等对方脱离险境之后再将自己杀死？既然慕容庄和姜远死不悔改，就让山匪和他的死士大战一场再说。

周东经历过千军万马的战斗，不管是王松还是王单和谢建，都是身经百战之人，面对山匪，毫无惧意，自会应付自如。

第三十二章

生死关头

也不知山匪是惧怕王松等人的严阵以待，还是其他原因，十几名山匪全部围着慕容庄的马车，和十几名死士战在一起。为首山匪借助长刀和马上优势，逼得管高几乎招架不住，几个回合过后，败象已露。

倒也并非管高如此不济，身为死士，他确实有几分真本事。只是他的长项在于暗杀和护卫，而不是上阵杀敌。行军打仗和暗杀护卫大有不同，暗杀护卫是单人作战，行军打仗是团队配合，管高尽管是一干死士的首领，但在面对训练有素的山匪时，还是落了下风。

主要是为首山匪的一把大刀不但舞得呼呼生风，刀沉力大，且还十分灵活，犹如白蛇出洞，吞吐不定，虽人在马上，却又能腾挪躲闪，让管高疲于应付。

更让管高头大的是，山匪分工有序，为首山匪和他缠斗，其他山匪每人对付一个死士，竟是呈一对一之势，再看周东等人，只在十丈开外，却无一名山匪前去纠缠，而周东等人也不上前相助，一副隔岸观火的姿态。

管高一刀挡开山匪的一击，背靠在慕容庄的马车之上，眼睛一扫，山匪倒下三个，而死士也是三人，竟是一比一，山匪战力如此之强，照此下去，怕是拼命打败山匪，死士也死得不剩几人了。

管高敲击车厢："慕容公子，若周公子不来相助，怕是会全军覆没。"

"快，快请周东帮忙。"慕容庄掀开车帘朝外看了一眼，正看到为首山匪一刀砍死一名死士，他吓得一缩脖子回到了车内，"周东一方伤亡几人？"

“无人伤亡。山匪并未攻击周东，周东等人安然无恙。”管高忍不住说出心中疑问，“慕容公子，莫非山匪是周东同伙？”

慕容庄想了一想：“应该不是。”

姜远急得团团转，外面喊杀声和惨叫声不断，死亡近在咫尺，他吓得心惊肉跳：“快去求周东帮忙，先渡过眼前一关再说。”

慕容庄一咬牙，探头到了窗外：“周兄，生死关头，还请出手相救。”

周东听到喊声，也探头到了窗外：“实在抱歉，慕容兄，在下自身难保，无法施加援手，还请自求多福。”

慕容庄大怒：“你我一路同行，情同手足，你和姜兄又是姻亲，为何见死不救？”

周东淡然一笑：“我好心陪你二人前去齐国，你二人却包藏祸心，让死士身怀利器，伺机杀我，这便是情同手足？这便是姻亲之情？哈哈，如今遭遇山匪，正是死士以死护卫之时，我不落井下石，也算是顾及太子情面了。”

慕容庄面如死灰，颓然坐回车上：“完了，完了，周东竟然全都看了出来，如何是好？”

“你还问我如何是好？若是周东此次侥幸不死，回到魏国之后，我如何面对妹妹和父亲？”姜远猛然一拳打在车厢之上，“慕容兄，我可是被你害苦了。”

砰的一声，车身猛然一震，姜远感到一阵剧痛从手中传来，忙收回拳头一看，一支利箭射穿了车身，露出了箭头。

若不是车身被沈南加固，这一箭，多半就射穿姜远拳头了。

姜远吓得倒退：“我不想死，我不想死，周东，我错了，快来救我。”

“真没出息！”慕容庄强自镇静，此时还不到认输之时，“管护卫，战况如何？”

“各伤亡五人，依然是杀一伤一。不对，山匪又杀死一人，现在山匪占据了上风。不好，两名山匪又联手杀死一名死士。山匪联手之后，我们不是对手……慕容公子，你们先走，我来断后。”

只能三十六计走为上策了，慕容庄一咬牙，既然周东看出他们有杀他的意图，此时不落井下石也算仁至义尽了，他用力一拍车厢：“管护卫，你同我们一起走。”

“是！”管高受太子之命，一是除掉周东，二是保护慕容庄和姜远，两者同等重要。他纵身上了马车，一提缰绳，驾车就跑。

山匪察觉到有马车要逃，想要去追，却被为首的山匪制止："不必追了，杀光剩下的死士，此行也就足够了。"他有意无意地看了周东的车辆一眼，"等下射几箭过去，也省得有人怀疑他与我们勾结。"

话才说完，忽然远处传来了"呜呜"的号角声，山匪头领侧耳听了片刻，大手一挥："收兵回营！"

山匪来如疾风去如骤雨，片刻之间就消失在茫茫夜色之中，只扔下一地的尸体和战马。

周东下车，望着山匪一行七八人的身影淹没在暮色的群山之中，再看地上四五具山匪和七八具死士的尸体。此一战，死士折损过半，可谓损失惨重。

相比之下，山匪虽也扔下了几具尸体，但来去自如，还是胜了。

跑出不远的慕容庄马车又及时折返回来，车还未停稳，姜远就跳下了马车，来到他的马车之上，片刻之间传来了他痛心疾首的声音："我的金子、玉器还有宝贝，全部被山匪掠走了。山匪，我与你们势不两立。"

周东摇了摇头，能活命就不错了，还想保财，姜远何时才能分清轻重。

让周东纳闷的是，山匪为何杀了慕容庄的人劫了姜远的财，自始至终对他秋毫无犯？莫非山匪是他亲戚？正自嘲时，慕容庄气势汹汹地冲了过来。

"周东，你怎能如此绝情不出手相救？为何山匪对你毫不侵犯，莫非山匪和你是一路人？"

"慕容兄何出此言？你且看看，山匪也射了我几箭，只不过我命大，才没有被山匪射死。"周东用手一指车厢上的几支箭，他就知道慕容庄恼羞成怒之下，会拿山匪没有对他下手说事，"不过人常说山匪易躲，家贼难防，慕容兄可否说说，为何你的随从之中，竟然有太子府上的死士？"

"这……"慕容庄一时语塞，却又强词夺理，"太子担心我等安危，特派死士暗中追随，以便随时出手相救。"

"还是太子考虑周全，多谢太子厚爱。"周东朝魏国方向拱了拱手，"太子既然派了死士保护我等周全，我怎敢越俎代庖出手相救？何况我的随从都是下人和丫鬟，自身难保，哪有余力出手相救？慕容兄就不要求全责备了，还是一切听从太子安排就是。"

姜远也下了车，跌跌撞撞地来到周东车上，上下看了周东并左右打量了马车几眼："就几支箭，你们几人竟是毫发无伤，周东，你和山匪到底是何关系？"

“为了妹妹，我也要好好保命，尽最大力气做到毫发无伤，姜兄，你应该替我感到高兴才对。山匪和我什么关系，我哪里知道？对了，还有一名没死的山匪，你可以问他。”

一名山匪还没有断气，正在挣扎，管高跳了过去，一脚踩在他的伤口上：“说，你们到底是谁？为何袭击我们？”

“啊！”山匪疼得大叫，随即发出一阵狞笑，“我们是谁？我们是山匪。为何袭击你们？你真是蠢笨如猪，当然是为了劫财了。算你命大，老子刚才真该一刀砍了你的猪头。”

管高脚下用力：“说，你是不是受周东指使？”

“周东是猪还是狗？不认识。”山匪疼得脸都扭曲了，却依然嘴硬，“别以为你们逃过了一劫，你们等着，后面还有很多人等着送你们上路，哈哈。”

山匪说到最后，趁管高不注意，摸出一把匕首插在了自己的胸口，当即毙命。

众人大惊，小小山匪如此悍勇而不怕死，慕容庄和姜远只是觉得难以置信，周东和王松却是对视一眼，二人清楚，此山匪恐怕并非山匪，而是死士！

训练有素专门杀人放火劫掠钱财的死士！

寻常山匪，绝无如此进退有度的队列，也没有如此严谨的章法，若真是山匪，不会只劫掠了姜远的钱财，而是会连慕容庄和周东的车辆也不放过，更何况山匪在明明占据了上风之时，并没有赶尽杀绝，甚至连一名丫鬟都没有抢走。

可见对方并非真正劫财也不是劫色，而是目标明确，就是要对慕容庄和姜远下手。而刚才宁死不屈的山匪，更是印证了周东的推测，对方绝对是受人所托，志在消灭太子的死士。

只是为何在眼见大获全胜之时突然收兵，让人疑虑。

原本慕容庄和姜远想对周东暗下黑手，不料经山匪一闹，事情反倒摆到了明面之上，慕容庄将心一横，索性一不做二不休，乘机结果了周东，以免夜长梦多。他冷冷一笑：“周东，事已至此，你我之间也没有什么话好说了。我受人之托，要让你死在齐国，眼下正是时机。你且放心，你死之后，我一定会把你的尸体运回魏国……你还有什么遗言要交代？”

慕容庄此话一出口，管高招呼一声，剩下的十余名死士各持武器，将周东几人包围。

第三十三章

早知今日

姜远长叹一声：“早知今日，何必当初？周东，你且安心离去，我会转告妹妹，你是为救我二人而死，是为魏国和太子捐躯，你至少可以落一个好名声含笑九泉了。”

“受人之托？”周东冷笑连连，既然慕容庄不说是受太子之托，他也装傻，“慕容兄、姜兄，你二人不知朝堂凶险，真以为那人在你们将我杀死之后，会重用你二人？笑话！他和魏达不同，魏达虽喜怒无常，却是敢作敢当之人，宁肯背负天下人骂名，也从不掩饰自己好恶。他则不同，心深似海，从不让人知道他的喜好，礼贤下士，敬重先贤和老臣，为人谦让随和，近乎完人！如此完人，不会让自身有一丝污点，而你二人受他之托将我杀害，你二人就是他的污点，他怎会留你二人在身边并且重用？”

管高见慕容庄似有意动，不免心中焦急：“慕容公子，不要听他妖言惑众，当速杀之！”

“哈哈，管护卫你且稍安，既然是必死之人，让我把话说完又能如何？莫非你以为我还能从你手下逃脱不成？”周东要的就是在慕容庄和姜远心中种下和太子隔阂的种子，“慕容兄，你且说说，他是否是一个有德之人？”

“自然是了，他处处彰显德范。”

“老子云，上德不德，是以有德；下德不失德，是以无德。上德无为而无以为，下德无为而有以为……”周东微微一笑，一脸从容，“越是刻意彰显有德之人，其实无德。世间哪有完人？但凡完人，必是大奸大恶之人！”

“你信口雌黄！”慕容庄蓦然大怒，“你休想离间我们关系！你藏身魏国，伺机复国，才是大奸大恶之人。来人，快快杀了他。”

“杀我容易，只不过杀我之后，慕容兄和姜兄也迟早会被灭口。知道为何沈南沈公子半途与我们分道而去？他是聪明人，为了保全沈家，远离是非。你可曾想过为何魏国三大公子同路前去齐国？这哪里是巧合？分明是有人有意为之。魏国三公子若是因同一件事情被一起拿下，魏国三大富商都将后继无人，到时三大富翁的家产尽数充入国库，太子继位之后，便可国力充实，大拓疆土了。”

“放肆！”管高再也听不下去了，飞身而起，一刀砍向了周东。

“大胆！”王松飞身迎敌，一枪直捣管高胸口。二人刀枪相交，战在一起。

随后数名死士包围过来，和子与、子良以及王单、谢建短兵相接。死士还有十余人，周东一方只有五人，对方以二对一，很快周东一方就落了下风。

子与和子良还好，二人打猎出身，擅长单打独斗，王松、王单和谢建，乃是出自行伍之中，若论行军打仗还行，单兵作战，几人不是死士的对手。

何况对方又人多势众。

周东摇头叹息一声，捡起一把宝剑，也挺身加入战团之中。可惜也无济于事，改变不了自己一方节节败退的事实。实力相差悬殊，他又不是武功高手，眼下难以支撑，几人都后退到了车前，退无可退了。

姜远还假装好意：“周兄何必如此？不如束手就擒，让管护卫一刀下去，也来得痛快。”他摇了摇头，想了想，转身上车，“我不忍看到你被人一刀一刀杀死，还是眼不见为净。慕容兄，等周东死了再叫我出来，相识一场，我总要为他送行才行。”

“假仁假义！”子良气不过，扬手一支袖箭射向了姜远。姜远吓得脚下一滑，一屁股摔倒在地上，虽狼狈，却也躲过了要害，只被箭射中了屁股。

“啊，哎呀，好疼。”姜远捂着屁股大叫，“你死到临头还敢伤人，十恶不赦、大逆不道、穷凶极恶……”

慕容庄都看不下去姜远的表演了，摆了摆手：“少说几句，赶紧疗伤，小心有毒。”

子良哈哈一笑：“箭上还真涂了毒药，姜远，一个时辰后你就会全身溃烂而死……啊！”一时分神，她被一名死士砍了一刀，幸好只是划破了皮肤，伤得不重。

子良受伤，子与担心之余，也被对手刺伤。周东见状，长叹一声扔了宝剑，坐在车前："慕容兄，你我朋友一场，可否饶他们不死？他们从此留在齐国，永不回魏国。若是答应，我束手就擒，任由你摆布。"

"不可，公子！"王松须发皆张，脸上身上沾满鲜血，他想起了当年和周东浴血沙场之时，不由得感慨，"当年全军覆没，公子也不曾后退半步，如今还有余力拼死一搏，公子何出此言？我等愿与公子血战到底，誓死不退！"

"誓死不退！"子与、子良和王单、谢建也一起大喊。

周东懒洋洋地笑了笑："明知不可为而为之，有时是大丈夫所为，有时又是愚蠢。王松，今日之事，错在于我过于轻信他人，有如此下场，也是咎由自取，怨不得别人。"忽然，他又得意地笑了笑，大声说道，"沈兄，再不现身就晚了，等我被慕容公子一刀杀死，你就只能收尸了。"

"沈兄？沈南？"慕容庄无比震惊，忙左顾右盼，四下漆黑一片，哪里有半点人影，不由得哈哈大笑，"周兄，你是傻了不成？沈南遇到此事，跑还来不及，怎会前来救你？况且以他的本事，就算想救你，也只是白白送死，哈哈。"

姜远痛得咬牙切齿："周兄，你就赶紧上路吧，别再耽误大家时间了。管护卫，务必不要杀死子良，她射我一箭，我要还回来，等下活捉了她，绑到我的车上。"

"是。"

管高应了一声，一刀砍向了子良，子良听出了姜远话中的戏谑之意，又羞又怒，抱了必死之心，飞身扑向管高，要和管高同归于尽。

不料管高竟是虚招，刀至中途，身子一转，竟砍向了周东。周东坐在车前，正一副懈怠的样子，哪里躲闪得及，眼见就要被管高一刀砍中。

王松、子与惊呆了："公子小心！"

"嘶……"

黑暗深处，一声犹如追魂索命的呼啸声响起，一道寒光如流星瞬间一闪，管高的身子如同被人从后面大力拉回一样，倒退着飞了回去，一直飞出十余丈远，咚的一声钉在了一棵大树之上。

一柄长剑穿胸而过，只余剑柄在外，可见力度之大。更惊人的是，管高被钉在了离地一丈多高的树上，他瞪大眼睛，不敢相信地低头看向穿胸而过的长剑，嘴中涌出了鲜血："这……这不可能！"

只说了一句话，带着不相信和不可能的震撼，管高咽下了最后一口气。

"谁？"慕容庄双腿一软，一屁股坐在了地上，他从未见过如此令人惊悚之事，他未曾上过战场，并未见过杀伤力可达两百余丈的韩国长弩可以将人钉死在地上，却可以想象一柄长剑可将人击飞十余丈，并且钉在一丈多高的树上是多么恐怖的力道，此人武功之高，世所罕见。

“在树上！”太子的死士到底远胜一般护卫，立刻有人察觉到出手之人在十余丈之远的一棵树上，众人纷纷掷剑或是射箭，要将来人拿下。

“嗖、嗖……”

两枚飞刀几乎同时射出，正中两名死士的额头，二人一头栽倒。

周东倒吸一口凉气，如此夜色之中，距离又如此之远，来人飞刀杀人，不射胸口和脖颈，却偏偏要射最难射穿的额头，可见此人非但武功高强，还无比自信。在十余丈的距离，即便是强弓，若非臂力惊人的高手，也很难一箭射穿头骨。

此人到底是谁？周东蓦然起身，朝树上张望，树枝晃动，漆黑一片，婆娑影动，看不清是否真的有人。莫非此人和先前的山匪并非一路人？沈南究竟葫芦里卖的是什么药？

周东方才之所以无比镇静，是他推测突然出现的山匪不出意外应该是沈南所为，沈南买通山匪，奔袭车队，是为了杀伤死士，为他解围。沈南躲在背后策划此事，也是为了明哲保身，他完全可以理解。只是不能理解的是，为何山匪在明明占据上风之时，突然收手离开。

斩草除根的道理，沈南不会不懂！

虽说和沈南才认识不久，且和沈南并无深交，但周东却是清楚，沈家如此低调神秘，沈南又如此性情，沈家必定大有来历，沈南不会对他放手不管。就算沈南真要远离是非，也不会完全袖手旁观，至少也要留下一些护卫保护他的周全才对。

沈南的随从中，肯定有身手不错的高手。

沈南却走得如此彻底并且义无反顾，沈南不是绝情，而是会暗中行事，周东相信他的判断没错。更不用说在第一晚之时，就有死士被不知名的高手所杀，他就怀疑是沈南所为。

“放箭，放箭！射死他！”慕容庄恢复了几分冷静，跳了起来，又惊又怒。

众死士纷纷射箭，顿时箭飞如雨，只可惜，箭箭落空，树上再无动静。

第三十四章

何必当初

有一名胆大并且轻功不错的死士纵身上树，查看一番："没人。"

十余名死士，被不知名高手举手间干掉三人，如今只剩下九人，群龙无首的死士围住慕容庄，人心浮动，顾不上再对周东几人下手了。

周东大大松了一口气，又远离了慕容庄和姜远几丈，和王松几人商议对策。

周东越想越觉得哪里不对，刚才出手的高手显然和第一晚杀掉伊洛的是同一人，手法相同，出神入化的身手也相同，那么高手到底是不是受沈南指使和山匪是同伙，他不得而知。

王松几人也没有主意，子与无比气愤慕容庄和姜远的阴险歹毒，和子良小声说了几句什么，转身离开了。

"现今他们只有九人，其中又有四人有伤，还不是轻伤，实力对比和我们相差无几，相信他们不会再明枪明刀对我们下手了。"王松警惕地看了看远处慕容庄一行人的车辆，见对方没什么异动，心里还是不太踏实，"公子，不如先下手为强，今晚我和王单、谢建暗中解决两三名死士……"

"不可，此事风险太大，对方肯定早有防备。"周东摇头，"虽说眼下消灭对方的有生力量确实是上策，只是以目前的情形来看，对方未必不存同样的心思。"

"顾不了那么多了，拼了一死也要保护公子安全。"王松狠狠地一拳砸在自己手掌上，"当初为什么不带几个人随行？大意，太大意了。"

"也怪不得你，是我太低估太子的迫切和决心了。"周东苦笑一下，魏王毕竟年事已高，魏达又过于粗犷，而魏作正值当年，且又心机深沉，和他最为相像，一个人最大的对手往往是和自己最像的人，其实他早就该料到魏作既然不能正面杀他，肯定会暗中将他除掉。魏作的悍然出手更坚定了他要复国的决心。

"请公子下令！"王松决定哪怕一死也要保护周东安然无恙。

"平安抵达齐国见到吕唐就是最大的胜利。"周东就势躺在了车里，"慕容庄暂时不会对我们出手，他们忌惮躲在暗中的高手。今晚应该会相安无事。明日一早，我们和他们分道扬镳，看他们如何应对。"

次日，天还未亮，周东就被嘈杂声惊醒，王松轻轻敲击车门："公子，慕容庄不辞而别了。"

什么？周东下车一看，慕容庄和姜远的车队已经驶出了几百丈开外，有一个小厮递交了一封书信，信上只有寥寥数语。

"周兄，仓促而别，请勿见怪。山高水长，他日相会。慕容庄敬上。"

周东扔了书信，微微一笑："好一个他日相会，王松，稍事休息，半个时辰后启程。"

"是。"

片刻之后，王松又返回："公子，子与和子良不见了。"

"什么？何时不见的？"

"应该是昨晚。"王松望着慕容庄远去的车队，说出了心中的担忧，"怕是他父女二人潜入了慕容庄的车队之中。"

周东原本想和慕容庄分道扬镳，却又不能扔下子与父女不管，只好说道："跟在慕容庄车队后面。"

此后数日，一直风平浪静，慕容庄再也没有派死士前来对周东下手，也是怪了，慕容庄不惹事，绝世高手也就没有再出现，不过让周东担心的是，子与父女还是下落不明。

五六日后，齐国都城临淄已经遥遥在望了。

天气渐暖，齐国比魏国偏东，春来更早，周东脱掉了棉衣，换上了单衣。

沿途花开正艳，迎春花、向阳花迎风怒放，路边的不知名野花也绽放了最艳丽的色彩。周东车停路边，站在车上举目四望，齐国大地和魏国大地并无显著不同，田间有农人劳作，远处有山，山色如黛，一派繁忙繁华景象。

齐国建国以来，煮盐垦田，很快富甲一方，兵甲十数万，是疆域濒临大海的大国，人称海王之国。齐国向来为各诸侯国之首，无论是实力还是财力，都力压各诸侯一头，就连魏国也不敢小瞧齐国。

王松在周围查看一番，并无异常："公子，进城之后，慕容庄就没有下手的机会了，总算平安抵达了。"

"在没有入城之前，一切还有变数……"周东远望还有数里之遥的城墙，心中蓦然一跳，前方慕容庄和姜远骑马而来，身后跟了数名死士，"呵呵，慕容兄亡我之心不死。"

眼下，周东身边除了丫鬟和下人之外，只有三个护卫，对方只需五名死士，必能将周东一行人赶尽杀绝。周东环顾四周，幸好是在官道之上，来往车辆络绎不绝，相信慕容庄也不敢在光天化日之下动手。

不多时，慕容庄一行来到了周东近前，连同姜远在内，一共五人。周东暗中舒了一口气，只带了三名死士，慕容庄应该不想在此做一个了断。

慕容庄勒住缰绳，满面怒容："周兄，我放你一马，你为何还要斤斤计较，暗下毒手？"

斤斤计较？若不是力不从心，他早就将他们一网打尽了。周东心中冷笑连连，慕容庄居然还有脸说放他一马？不过是无力杀他而已，他笑了："慕容兄何出此言？若是我暗下毒手，你和姜兄还会安然无恙高坐马上？恐怕早就弃尸荒野了。"

姜远脸色一变："周东，没想到你竟然如此歹毒，我可是姜姝的兄长。"

"你和慕容庄要杀我之时，可曾想过我是姜姝的夫君？"周东懒得再和二人计较，"你二人且放心，见到吕唐太子之后，路上之事，我不会和他提及。魏国之事，不必请齐人出面解决。等回到魏国之后，我们之间的事情，再慢慢算清不迟。"

"你以为我怕你不成？你认识吕唐太子，未必我就不认识齐王，哼哼。"慕容庄冷哼几声，"你一路上派人先是捣坏炊具，又下药害得下人拉肚子，还想冲我和姜远下毒，幸好被人识破，只毒死了伙夫。你一向自诩为正人君子，却如此下作，算我瞎了眼以前还想和你认为知己。"

周东一愣，莫非是子与和子良父女所为？不应该，以子与父女的本事，下毒的话肯定会毒死慕容庄和姜远，那到底是何人？为何只是捣乱而没有痛下杀手？

周东也懒得解释太多："你想怎样？"

"你下毒之事和我杀你之事，就此一笔勾销，既往不咎。"慕容庄拿出一张纸，"空口无凭，我们立字为证！"

周东接过一看，上有二人之间以往过节就此揭过，日后谁也不许提及，立君子之誓，杜是非之口，等齐国事了，回魏国再行解决，如是等。

“哈哈哈哈……”周东看出了慕容庄的心虚，当即撕得粉碎，扬手扔到了慕容庄的脸上，“慕容庄，你一个十足的小人和我立什么君子之誓？若我真想取你性命，不过举手之劳。饶你不死，是等你回魏国之后，还有用处。让开，莫要挡路！”

周东一行人扬长而去，慕容庄气得紧握剑柄，意欲拔剑而起。

却被姜远按住。

“周东有恃无恐，恐怕绝世高人是他暗中所派。”姜远目光中闪过一丝惧意，“只是为何他不杀了我们，还让人暗中一路捣乱，大费周章又是何故？”

“他不过是想玩弄我们罢了。”慕容庄紧咬牙关，脸露狠绝之意，“周东自以为胜券在握，他得意太早了，并不知道我与齐国第一高手元者是莫逆之交。元者出面，必将周东和他身后的高手除掉。”

“可是在齐国都城动手，万一太子震怒，又该如何是好？”

“不是还有沈南吗？”慕容庄哈哈一笑，“沈南自以为远离车队就能躲开是非，他肯定猜到了什么，让元者杀了周东嫁祸于沈南，一举两得，何乐而不为？”

姜远却并没有慕容庄那么乐观：“怕是颇有难度。”

“事在人为。”慕容庄信心十足，“随我走，入城后的第一件事情就是拜会元者先生。”

“元者先生肯答应吗？”

“当年我对他有救命之恩，再加上许以重金，十有八九可成。”慕容庄见周东的马车已经远去，脸上泛起古怪的笑容，“周东若是聪明人，就不会向吕唐提及路上之事。”

姜远也赞同慕容庄所说：“毕竟不是什么光彩的事情，又涉及太子。太子可是任公主的兄长，家丑不可外扬，周东也怕任公主偏向太子，在吕唐面前说他的不是，到时他就左右为难了。”

“无论如何，一定不能让周东回到魏国，否则，太子必会杀我二人灭口。”慕容庄意识到事情的严重性，不用想也知道，以周东在魏国朝堂的名气，他说什么所有王公大臣都会相信，太子是如此爱惜名声的人，不杀他们灭口难道还要留着他们过年？

更要紧的是，以周东的聪明和实力，肯定还会有其他交换条件让太子心动，再加上有沈南的煽风点火，他们只有死路一条。

姜远没有慕容庄想得长远，此时也意识到了周东若是平安返回魏国，必是大患。

第三十五章

何以见得

数日来，乐城所率的一万骑兵所向披靡，战无不胜，攻无不克，日夜奔袭，不出五日就逼到了韩国都城阳翟五十里之内，韩国举国震惊。

亡国的阴影笼罩在阳翟城中每一个人的头顶之上，一时之间，乐城的大名传遍韩国的每一个角落。在得知乐城乃是灭亡中山国的乐羊大将军之孙后，韩国上下更是惶惶不可终日。

更让韩国君臣难以置信的是，乐城的一万骑兵为何能悄无声息地绕道韩国腹地，犹如神兵天将兵临阳翟城下？莫非乐城继承了乐羊战无不胜的指挥才能？

乐城也没有想到此行会如此顺利，直到距离阳翟还有五十余里时，他都不敢相信自己真的凭一己之力在韩国境内奔走如飞，如入无人之地。

五十余里，只不过是一日的路程，若是攻破了阳翟灭了韩国，他将和爷爷一起名垂青史！爷爷灭中山国，孙子灭韩国，谁人会有如此荣耀？果真如此的话，必会让司马父子永无出头之日。

立功心切加上一路畅通无阻，乐城不免有几分膨胀，认为自己是军事天才，必能一举攻下阳翟。当即也不就地扎营了，而是命令全军连夜直扑阳翟。

“什么？乐城已经到了阳翟城下？”司马运听到消息后，大吃一惊，他正在营帐之中和司马史下棋，当即扔了棋子，“当真？”

前来报信的传令官一头汗水：“小人不敢造次！”

司马史挥了挥手，让传令官下去，他微皱眉头，在帐中来回走动半晌：“兵贵神速，乐城以骑兵之快打了韩国一个措手不及。运儿，若是魏国有十万骑兵，一统天下不过数年之间。”

司马运却还是坚持他对武卒的推崇：“乐城不过是捡了一个天大的便宜，我父子二人的十余万大军在正面牵制韩国主要兵力，无人留意乐城的去向，又只是区区一万人马，乐城才乘虚而入。”

司马史沉思良久：“此次怕是我二人做了一件错事，不应让乐城带走一万骑兵……”

约二百年后，秦国靠一支强大的骑兵征服了六国，最终完成了天下大统，正应了司马史对骑兵的判断。只可惜，司马史的眼光超前了太多。

“父亲，是否立刻发兵阳翟？不能让乐城抢了头功。”司马运有几分焦虑。

“不急，不急。”姜还是老的辣，司马史很快就冷静了下来，“立刻派人飞马回安邑，上奏魏王，乐城轻装深入韩国腹地，是救乐城还是进攻阳翟，请魏王示下。”

“父亲……”司马运不解父亲之意，“离安邑即便快马加鞭，少说也要两日路程，一来一回，至少五日以上，只怕会错失良机！”

“五日就五日，怕什么？”司马史含蓄地笑了，“阳翟城墙宽广不亚于安邑，若要攻破，需有攻城梯和武卒，骑兵如何攻城？”

司马运顿时恍然大悟，骑兵擅长奔袭，对高大的城墙无计可施，乐城兵临安邑城下，只能远远观望，若是韩国拒不出兵迎战，不出数日，乐城粮尽，只能无功而返。

不对，能无功而返已是万幸，韩军若是趁机倾城而出，乐城恐怕死无葬身之地，他哈哈一笑：“父亲英明，孩儿受教了。”

忽听帐外有人叫道：“报！韩军将领韩奇峰率军来战！”

司马史点头一笑：“上奏魏王的奏折稍后再报，等你去斩杀了韩奇峰，一起报了军功。”

司马运哈哈一笑：“请父亲稍候片刻，孩儿这就去取了韩奇峰人头。韩老儿总是来自讨没趣，今日定叫他有来无回。”

数日后，捷报传到安邑，司马运斩杀韩军大将韩奇峰，屠韩军万余人，韩军退守百余里。

朝堂一片称赞魏王圣明之声。

退朝后，魏王和魏作在后院散步，魏王拿出一封奏折：“作儿，司马父子除了捷报之外，还有一封密信。”

魏作接过密信，并未打开：“可是乐城一万骑兵深入韩国腹地之事？”

“正是。”魏王微露赞赏之意，“你在乐城身边，可有安插眼线？”

魏作谦恭一笑：“乐城身边、司马父子身边，皆有儿臣的眼线。”

“对臣子，要恩威并重，也要有怀柔之策，更要有监控之法。”魏王缓步而行，春意已经很浓了，花开遍地，鸟鸣阵阵，树木吐绿，“四季分明，赏罚分明，才是王者之道。现今诸侯争霸，先有列国崛起，宗周分崩离析，又有三家分晋，必会有人想要取代魏氏成为魏王，不得不防。”

“儿臣谨记。”魏作躬身施礼，暗中观察魏王脸色，见魏王神情平静，才大着胆子说道，“父王，儿臣自回魏国辅佐父王朝政以来，宵衣旰食，未敢懈怠，却还是力有不及之处。父王可有调回二弟之心？”

魏王一愣，随即含蓄一笑：“作儿，你就不必试探父王了，父王封魏达为中山君，原本就不想让你兄弟二人自相残杀。此事不必再提，魏达以后的封地就是中山国了。”

“儿臣不敢。”魏作假装害怕躬身一礼，又说，“儿臣还有一事，还望父王不要责怪儿臣才好。儿臣派慕容庄、姜远和周东一起前往齐国，请吕唐和妹妹回魏参加儿臣大婚典礼。”

“此为好事，怎会怪你？”

“儿臣密令慕容庄和姜远便宜行事，伺机杀掉周东，以永绝后患！”魏作跪倒在地，慷慨激昂，“父王，周东狼子野心，藏身魏国，只为复国。此人心深似海，不可信之。父王顾及悠悠众人之口，不忍驱逐周东也不忍杀他，好心留周东在魏国安身立命，周东却不知感恩，暗中勾结司马父子，又拜王相国为师以迷惑儿臣，报仇复国之心，昭然若揭。若不除去，必是魏国之害。”

“起来。”魏王脸色平静，毫无生气迹象，“不过是一个周东，杀便杀了，父王怎会怪你？只是，你令慕容庄和姜远便宜行事，他二人若是透露了此事，岂不是为天下人所不齿？”

魏作起身，微微一笑：“儿臣早已想到此事，待慕容庄和姜远返回安邑之后，儿臣便以杀害周东的罪名将二人处死，既保全了儿臣和周东的私交情谊，又让所有知情者永不开口。”

魏王点了点头：“倒也是一个万全之策……慕容庄和姜远皆是慕容家和姜家独子，二人一死，两家后继无人，偌大家业何人继承，你可有对策？”

父王果然目光如炬，魏作会心一笑：“二人残杀魏国有功之臣——相国弟子周东，死有余辜，家产充公，收入国库。”

“身为上位者，凡事要光明磊落，不能贻人口实。”魏王不置可否地笑了笑，“慕容庄的齐国之行，是否顺利？”

“尚算顺利，除了有一个意外之外。”魏作想起数日没有收到管高的飞鸽传书，心知不妙，却还是不愿相信管高遭遇了什么不测，“先是沈南意外和周东同行，不过第三日后，沈南便自行离开了。近几日来，儿臣派去和慕容庄同行的死士，不再飞鸽传书，如今情况如何，不得而知。按照时日推算，应该已经到了齐国。”

“沈南？”魏王微一思忖，“真是巧了，魏国三公子难得一路同行。作儿，你可有想过，若是慕容庄失手，如何善后？”

“儿臣惭愧，以为派出了二十个死士，绝无失手的可能，并无失手之后善后之计，还望父王赐教。”

“慕容庄若是没有得手，到了齐国之后，他也会想方设法除掉周东，不会让周东再回魏国。而周东也不会坐以待毙，他二人在齐国斗法，谁的胜算更大？”魏王反问魏作。

魏作想了想：“恐怕是周东。”

“错，是慕容庄。周东虽和齐国太子吕唐交情不错，但不要忘了，慕容庄和姜远是魏国两大富商之子，以他二人富可敌国的财富，若要在齐国买凶杀人，并非难事。”魏王眉头微微一皱，“周东之事，不足为虑，他即便侥幸活命，除非不回魏国，回来之后，依然可以随时寻一个理由将他除掉。倒是司马父子，颇是让父王头疼。”

“父王是怕司马父子乘势起兵不成？”和魏王恰恰相反，相比周东，魏作其实倒并不担心司马父子，他觉得司马父子之患好除，周东之患难解，“父王放心，司马父子不会起兵，会安心帮魏国征战天下。”

“何以见得？”

“赵国为何允许魏国借赵国灭掉了中山国？只因中山国屡次侵犯赵国，赵国和中山国交战多年，以万乘之国之威竟然打不败区区千乘小国中山国，赵王既痛恨中山国，又无计可施，只好假魏国之手灭之。赵国的本意是想让魏国和中山国两败俱伤，却未想到，魏国一鼓作气真的拿下了中山国。从此，赵国被魏国和中山国夹击，首尾难顾。”魏作在中山国期间，也算励精图治，不敢有丝毫懈怠，分析了各诸侯国之图谋，“如今中山国尚有魏军驻军五万余人，安邑城外驻扎十万余人，司马父子领兵也只有十余万，若他们起兵，先不说随时可以增援的中山国魏军，即便是安邑的魏军，也会让司马父子退避三舍。”

第三十六章

于无声处见惊雷

魏王微微点头。

“儿臣借大婚之际，邀请吕唐前来魏国。司马父子若是起兵，齐国为救吕唐，必然出兵，更不用说司马父子身边随时可以牵制他二人的乐城了，另外韩军也不会放过司马父子。”魏作胸有成竹地笑了笑，“儿臣有十足把握，若是司马父子起兵，只需一道密信送到韩国，许诺前后夹击歼灭司马父子后，退还所占韩国国地，韩军必会与魏国联手……”

“司马父子若真要起兵，必要有周东鼎力相助才行，儿臣才要一心除掉周东。周东不除，司马父子野心不死，魏国不宁。”

“……”魏王想说什么，摇了摇头，没有说出口，魏作的想法也并非没有道理，只是过于简单了，且不能有任何一个环节出现差错，否则将会前功尽弃，只是在尚未发生的事情上争论并无意义，他也不认为周东会是司马父子起兵的关键，他相信自己对司马史的了解，“作儿，父王虽也担心司马父子坐大，不过父王和司马史从小一起长大，情同手足，也知道他的为人。他对父王也算忠心，即便是司马运小有野心，也不足为虑。”

“可是，父王……”

魏王挥了挥手，打断了魏作的话：“此事不必多说，还有，日后用人之道，多安抚少制衡，才是长久之道。”

“是！”魏作不敢再多说什么，躬身退下。

回到太子府，魏作先是读一会儿书，忽听下人禀报相国来访，他忙迎出门外——虽说贵为太子，毕竟王黄是恩师。

自从魏作回来之后，王黄是第一次登门来访。王黄为人淡泊，又多年为相，放眼魏国之中值得他登门之人，并无几个。

落座之后，魏作先是向王黄说起近来所读之书，王黄连连点头，随后话题一转："太子可知老夫为何非要收周东为弟子？"

魏作心中猛然一跳，一时心虚："弟子不知，还请恩师明示。"

"其实老夫知道周东有复国之心……"王黄语出惊人，他徐徐站起，负手而立，"只是你可曾想过，他不在魏国而是在齐国、燕国，就没有复国之心了？一样会有。在齐国、燕国或许会鼓动齐王、燕王征伐魏国，但他在魏国则不同了，可以和他交友，可以让他娶妻，可以许以官位，慢慢同化之，让他的复国之志逐渐消磨。不战而屈人之兵，才是上策。处无为之事，行不言之教，才是帝王之道。"

魏作拱手而立："弟子受教了。"

"还有一事，周东可以帮老夫找到王左……"王黄看了出来魏作并未当真，心中暗叹一声，只好打亲情牌了，"老夫年事已高，王之又年纪尚小，若真能找到王左，老夫死也瞑目了。"

魏作心中疑惑，莫非事发，恩师知道了什么？不可能，此事远在齐国，除非是有人暗中飞鸽传书给恩师，否则恩师断然不知此事，难道是周东？他心中一跳："难道周兄和恩师说了些什么？"

"他倒没有，只是老夫听到了一些风言风语，说是老夫的两个弟子面和心不和，又自相残杀，老夫听了无比痛心。王左一走十几年，老夫膝下无子，你和周东就是老夫的亲人。"

魏作心想究竟是谁透露了消息，恩师分明是听到了什么风声，他忙深施一礼："若是有人在恩师面前搬弄是非，不论真假，都是弟子之错，请恩师责罚！弟子从未做过有悖恩师教诲之事，更不会对周兄如何。"又肃然正容，"寻找王左兄下落之事，恩师勿念，弟子一定竭尽全力寻到他。"

"就算寻到他又能如何？你能劝他回家？"王黄微露失望之色，他昨晚收到飞鸽传书，才知周东险些命丧慕容庄和姜远之手，而背后的主使竟是魏作，痛心之余，又不免惋惜，幸好周东大难不死，他便不顾身份亲自登门太子府，想要劝魏作收手。

谁知魏作不但矢口否认，还有意接手寻找王左之事，言外之意还是不会放过周东。他很不愿意看到魏作和周东反目成仇，毕竟是他最为得意的两个弟子。

魏作听出了王黄语气中的不满之意，表面态度愈加恭敬，语气却并没有退让：“恩师放心，若能找到王兄，弟子必劝他回家，不管是许以官职还是重利。”

王黄心中一片凄凉：“如此说来，你和周东真的水火不容了？”

“恩师不必多虑，弟子和周兄从无争执，友于兄弟。”魏作寸步不让。

“既如此，老夫告辞。”王黄心灰意冷，原以为魏作继位之后会对他更为重用，现在看来，他老了，已经入不了魏作之眼了。

魏作送到门外，望着王黄远去的背影，嘴角始终挂着一丝若有若无的笑意。

路经姜府时，王黄微一迟疑，让马夫停下了马车。

姜府一见来访者是王黄，也没有通报，当即领王黄直接来到了姜望房间。

姜望正和姜姝说话，他气色稍好，已然能下地行走，却还是有几分虚弱。见王黄来访，姜望忙起身相迎。

王黄几日前得知姜望突然病重的消息，曾来看望过一次，不想如今已经大好，当即无比开心。姜望说到他被姜远屡次下毒之事，又说他已经修书给姜家各地生意负责人，他和姜远断绝父子关系，所有姜家产业，姜远均无权调用。

等于是姜家对姜远关上了大门。

王黄本来刚刚努力平息的情绪又被姜望的决绝激发，顿时泪如雨下，惊得姜望和姜姝不知如何是好。堂堂的相国王黄，一人之下万人之上，从来沉静从容，今日为何突然失态？

却原来王黄一是痛心魏作对周东的追杀，二是悲痛此事还有姜远参与其中，他原本犹豫要不要告诉姜望真相，见到姜望才知道姜远做出了比参与除掉周东更让人唾弃的事情——弑父！

正是因此，王黄一时悲从中来，痛哭失声。

待姜望和姜姝得知姜远居然和慕容庄狼狈为奸，暗中想要置周东于死地，还好周东吉人天相逃过一劫之后，姜姝惊吓得花容失色，险些昏厥，姜望更是气得打碎了他最心爱的花瓶，几乎站立不稳。

王黄不免后悔透露这些消息了，幸好姜望和姜姝还算坚强，很快就平息了心情。姜姝当即决定派出二十人的马队，日夜兼程前去齐国接应周东，并带上了姜望的亲笔书信，让周东有权调动姜家在齐国的所有人力物力，哪怕变卖了齐国所有产业也在所不惜，只要周东能安然无恙。

同时，姜望决定对慕容家出手，不惜一切代价狙击慕容家的生意，即便杀敌一千自伤八百，也要让慕容氏的生意受损。多年不曾发威的姜望，战意高涨，为了周东，他决意放手一搏。

王黄自担任相国以来，洁身自好，从不与人争长短，唯恐有半分贻人口实。这一次，他一改以前老好人的形象，不再让人觉得他软弱可欺，他将慕容家的几处隐蔽店铺以及和官府所做生意的底价透露给了姜望，姜姝当即派出精兵强将去抄慕容家的后路。

姜家一向与世无争，就连生意也从来不争抢，王黄为官也是一样，所以许多人习惯了姜家的低调平和以及王黄的中庸，然而许多人不知道，在成为魏国首富之前，姜家是怎样攻城略地，同样，在当上相国之前，王黄又是怎样过关斩将，将一个个对手挑落马下。

姜望和王黄的联手，于无声处见惊雷！

三日后，慕容成正在家中安然喝茶，管家来报，数家店铺被房东收房，不管出价多少，就是不肯再租给慕容家。这还不算，有几个明明已经定好的生意，不管是卖家还是买家，不约而同地反悔，导致损失惨重。

更大的损失来自一笔原本定好的皮革生意，本是官府采买，虽说利润不大，但数量巨大，且后续还会源源不断买入，已经签字为证了，官府以第一批皮革不合格为由，打回了皮革不说，还撕毁了字据，甚至连辩解的机会都不给，这让慕容成立刻意识到出了大事，背后有一股巨大的势力在针对慕容家。

会是谁呢？

不等慕容成查到是何人所为，慕容家的生意接二连三遭受重大打击，不但安邑城内的生意接连失利，整个魏国的生意也陷入了恐慌之中，要么管家管事辞职走人，要么房东收走店铺，要么买家爽约，要么供货商断货，只短短几天时间，慕容家的生意接近腰斩！

慕容成此时也终于查到了根源所在，竟是姜家要狙击慕容家，他顿时火冒三丈，气势汹汹地上门问罪。姜望也没有避而不见，光明正大地告诉他，姜家就算倾家荡产也要让慕容家一败涂地。

慕容成见姜望态度如此坚决，顿时服软了，毕竟姜家真要不惜血本死战到底，慕容家以目前的实力来说，还真不是对手。他不明就里，又求饶又服输，想知道问题出在哪里。

姜望却送客了。

第三十七章

一诺千金

慕容成绝望之余，登门拜访沈然，请沈然帮忙。沈然欣然应允，信誓旦旦答应一定和慕容家联手对付姜家，因为姜家欺人太甚。

等慕容成一走，沈然手舞足蹈哈哈大笑，儿子沈南所说果然不假，姜家和慕容家打起来了，他可以渔翁得利了，当即派人连夜前往魏国各地，目标明确，都是慕容家在魏国各地的产业。他的想法很直接，跟在姜家后面捡漏，姜家狂风暴雨摧残过的慕容家的产业，弃之不要的，他以极低的价格买进；姜家没有谈妥的慕容家产业，他出面压价谈妥吃下。总之，只要有好处就赶紧捡到自家锅里，如此机会，千载难逢，真要错过就太傻了。

以前是姜家联手王黄联合打压慕容家，如今沈家加入了战团，明是互不相帮，其实暗中对慕容家落井下石。

等慕容成察觉到不妙时，为时已晚，慕容家产业十有八九已经落入了姜家和沈家之手，万般无奈之下，他深夜前去太子府求助太子。太子说必会彻查此事，一定会还慕容家一个公道。

慕容成满怀希望而归，却不知道在他走后，太子下令以后慕容家来人，一律不见。他早就知道狙击慕容家的一是姜家，二是王黄，三是沈家，不管是哪一家都是举足轻重的角色，尤其是王黄，他表面上还必须再三推崇，不敢有丝毫怠慢。

一个区区的慕容家，即便被瓜分了也没什么，反正都是魏国的财富，只不过是换了姓氏而已，又没有流出魏国的池塘。只要魏国池塘里面的水不少，动摇不了魏国的根基。

乐城和司马运的较量以及姜家、慕容家和沈家的明争暗斗，周东自然不得而知，他此时人在齐国，正喝得酩酊大醉。

周东酒量极好，且又极为克制，向来不会喝醉。此次大醉，是因为任公主之故。

进了临淄城后，周东本想直奔王宫拜会吕唐，却在大街上被人拦住，然后硬是被拖到了一家客栈之中。

不是别人，正是沈南。

消失了十几日的沈南，精神饱满，绷带和拐杖全部不见，生龙活虎得像是从未受过伤一样，让人疑心他之前是在假装。

客栈是临淄城内最大最好的“云中客”客栈，沈南一个人要了五间上房，只睡一间，闲置四间，就是故意炫富。

周东也正有许多疑问要问他，就和他一起住进了“云中客”，反正此地离王宫也不过数里之遥。

“五间上房，我住在最中间一家，左右各有两间，任你挑选。”沈南站在院中，趾高气扬地指着仅有的五间上房，“齐人听说我是魏人，一脸鄙夷之色，认为他们才是天朝上国，魏人都是穷人，我一气之下想包了整个客栈，后来还是子良劝我不要乱花钱，可以省下来送给周公子，我才咽下了这口恶气。”

“子良？”周东顿时又惊又喜，“子与可在？”

“都在，都在。”沈南神情庄重地拍了拍周东的肩膀，却又忍不住自得地笑了，“我何其不幸与你同行，一堆烂事都要替你收拾，你有我这个朋友，三生有幸。”

周东也笑了：“若真是三生有幸，就不会险些丧命了。”

“死士都死光了，你身边有子与和子良，还有大将王松，就凭慕容庄和姜远的身手，能奈何得了你？”沈南奇道，一脸不屑，“你莫要得了便宜又卖乖。”

“谁告诉你死士都死光了？”此时，周东已然可以确定山匪之事确实是沈南所为。

“啊，没死光？还剩下多少？”沈南嘿嘿一笑，脸色微有尴尬，“莫要骗人，我读书不少。”

二人上了楼，周东看中了最东侧的上房，沈南连夸周东有眼光，最东侧的上房最大，也最舒适。

其实，周东清楚沈南要了五间上房的用意，他一间，沈南一间，何不悟一间，子与和子良各一间。为何沈南对子与子良如此之好，从刚才他提到子良时神情间的眉飞色舞就可以看出，他喜欢上了子良。

沈南虽出身豪富之家，却也不是大手大脚之人，钱会花到关键之处。

周东刚进房间，还没有坐稳，子与和子良就进来了。二人也不说话，当即跪倒，恳请周东原谅二人自作主张之举。

周东一脸威严，不说话。沈南不忍子良跪地不起，想要扶起子良，却被子良推开。

“周兄，他二人也是一番好意，你就不必责怪他们了。况且一路上若不是他二人背后出手，你也不会平安抵达临淄不是？”沈南帮圆场。

“背后出手？哼！我何时教你二人暗中下毒了？即便你二人设置陷阱将慕容庄等人当成猎物也还说得过去。”周东气的不是二人不辞而别，而是用毒一向为他所不齿，父王就是被王后和周西毒死，姜望也是被姜远下毒。用毒一招，过于阴险，有损阴德。

子良抬起头来，一脸委屈：“公子，我二人没有下毒，原本就是想设置陷阱一次除掉一个死士，各个击破，不出三日就能将剩余的死士全部解决。但在我和父亲遇到沈公子后，沈公子不让我们出手，说本是他的错就由他来弥补。”

周东听出了言外之意，看向了沈南：“沈兄不是说不知道死士还有不少？”

沈南不好意思地嘿嘿一阵干笑：“此事怪我，怪我。原本我和张郡谈妥，让他务必一举歼灭所有死士，结果张郡只除掉了一半死士就收兵回营了，事后才知道，原来他是被自己的师父元者吹号唤回。功亏一篑，再战上哪怕半个时辰，死士必定会无一生还。”

果然不出周东所料，山匪还真是沈南的手笔！他当时就纳闷为何眼见大获全胜之时，山匪却鸣金收兵，原来是被师父唤回。等等，哪里不对？周东一脸疑惑：“张郡就是山匪头目？山匪怎会还有师父？”

“你让子与子良起来，不再怪罪他们，我就告诉你全部真相。”沈南眨眨眼睛，有意耍赖。

“好吧，你二人起来，站到一旁。”周东急于知道背后到底发生了什么，也是因为子与父女虽不辞而别，也事出有因，且没有做出太大的错事。

沈南忙将子良拉到一边，非要让她坐下，又让她喝了一杯茶，才又慢条斯理、摇头晃脑地说了起来。

沈南发现了慕容庄和姜远的随从之中有太子的死士之后，当即决定远离周东，只不过不是明哲保身，而是要躲到幕后伺机出手。他找到了元者的大弟子张郡，许以重金让张郡带人猎杀所有死士。

重赏之下，必有勇夫，张郡虽身为齐国第一高手元者的大弟子，却也爱财，毕竟有家人和外室要养，更何况沈南开出的价钱，他连拒绝的理由都没有，就一口答应了。

只是万万没想到，原本以为只是干掉几个小毛贼，却遇到了棘手的硬茬，死士武功之高，远超他的预料。不过，齐国男儿一诺千金，答应的事情哪怕丢掉性命也要做到。只是在紧要关头，师父吹响了号角，他只能收手。

因并没有将死士全部消灭，张郡只要原定价钱的一半酬金。沈南仗义，照付无误。死士还剩余一半，也足够将周东杀死八次以上了，沈南提出再加一倍价钱，想让张郡再次出马，张郡推辞不受，师父再三交代，不许他再插手魏国客人之事，他只能听从师父之命。

沈南想见元者一面，不料元者避而不见，沈南也是聪明人，知道元者有为难之处，也就不再勉强。只要元者不为难于他，他就谢天谢地了。只是他想不明白，为何元者不让张郡出手对付慕容庄和姜远，莫非元者和他们大有交情？

怎么办才好？沈南在齐国虽有不少朋友，如张郡一样武艺高强又能为钱所动者却不多，毕竟对付死士是刀口舔血之事，再是贪财，拿命换钱之事，都会思虑再三。

但若是无人对死士出手，周东必死无疑，正束手无策时，意外遇到了出走的子与和子良父女。子与和子良原本是想离开周东，好暗中对死士下手，没有周东的约束，可以不惜一切手段。周东太善良太心软了，凡事都想堂堂正正，放到明面之上，但是现在是你死我活的争斗，要不择手段，才能保全自身。

作为猎人出身的子与和子良，对付猎物时，从来不曾有过怜悯和同情，他们只想如何用尽一切方法让猎物掉入陷阱然后杀之。

还好二人在准备动手之前遇到了沈南。

二人对沈南颇有好感，倒不是沈南打着绷带拄着拐杖没有威胁力，而是沈南和周东一路同行，对周东没有恶意。沈南告知二人山匪之事是他所为，二人更是对沈南无比感激。在得知二人意欲何为时，沈南二话不说加入了二人，并且同二人一起制订了计划。

按照沈南所想，由他提供财力和物力的支持，由子与和子良出手设置陷阱，一日之内除掉两名死士，应该不在话下。不想张郡却又突然出现，代他的师父元者传话，让沈南不要做出任何对慕容庄、姜远不利的事情，否则沈南在齐国可能会遭遇不测。

第三十八章

似曾相识

虽是明目张胆的威胁，沈南也只能忍着，在别人地盘上，该低调就得低调，沈南出身大富之家，却不是不知天高地厚之人，聪明如他，连问张郡为什么元者要插手慕容庄的事情都没有问。

只不过，子与和子良却气不过，非要暗中出手。沈南知道他阻止不了二人，出于好心，劝二人可以小打小闹地捣乱，不要闹大，否则惹怒了元者就麻烦大了。

二人不服，本着拼了一死也要为周东解围的想法，就想毒死所有人。眼见下毒成功，慕容庄一行即将全部中毒身亡之时，张郡却及时出现了。

张郡破坏了子与和子良的计谋，慕容庄一行侥幸逃过一劫。张郡警告说，师父说了，不许双方再争斗不休，都必须住手。谁对另一方下手，师父就会出手。

子与和子良虽不服，但在得知张郡就是当初蒙面山匪后，还是听了他的话。张郡毕竟收了沈南的钱，有几分过意不去，就暗示可以让子与和子良对一些无关紧要的人下手，敲打敲打慕容庄一行人也是可以的。张郡的不少兄弟死在慕容庄手里，他也痛恨慕容庄等人，只是师父有命，不得不从。

“若不是元者出手，慕容庄等人早就死在荒山野岭了，也不知道元者为什么要留慕容庄等人的性命……”沈南说完了事情的来龙去脉，又嘿嘿一笑，“周东，我对你可是照顾有加，你要怎么感谢我？”

周东没理会沈南的取闹，沉思片刻：“何公子何在？”

“何不悟？”沈南一愣，没想到周东其他都不问，居然只提到何不悟，不由得笑道，“你找他何事？”

“他一路和你同来，始终不见露面，可否请来一叙？”周东总觉得一路上发生的事情，必有原因。太子想除掉他，沈南力保他，这其中是什么缘由？他和沈南非亲非故，若说有交情，也不过是数面之缘。

周东隐隐觉得，以沈南的为人，不会如此沉稳沉着，他背后必有高人指点，此高人，多半就是何不悟。

沈南迟疑片刻，眼睛转了转，又笑了：“何兄不在客栈。”

“何公子就在最西侧的上房。”子良亲眼见到何不悟住进了西侧上房后，再也没有出来。

周东起身，郑重其事朝沈南施了一礼：“承蒙沈兄出手相救，救命之恩，必会铭记。只是在下很想问个清楚，沈兄为何要如此尽心尽力帮我？所图为何？”

沈南呆了片刻，脸色凝重了几分，过了半晌终于憋不住，又“扑哧”一声乐了：“算了，算了，我为人坦荡，最不会伪装。既然你想问个明白，告诉你便是，省得你一再要问，且我又不是能藏住事情之人。子良，替我去请何兄过来。”

何不悟还如往常一样，神色淡淡，只和周东拱手一礼，就坐到一边不再说话。沈南抬头看了看窗外的日头：“时候也差不多了，该来了。在贵客来前，我先说说和周兄之间的渊源。”

“上次周兄在王孙酒坊救我一命，所以周兄不要再提我救你之事，算我报答你的救命之恩，是理所应当之事。此次前来齐国，你我同行，原本我唯恐祸及己身，赶紧避开。后来为何又非要帮你？只因一人。”

“谁？”周东最大的疑惑就是不清楚为何沈南非要帮他，帮他就等于是得罪了太子和慕容庄、姜远，此事非同小可。

“恩师王相国。”沈南提及王黄时，一改嘻嘻哈哈的神情，一脸肃然，“我当年承蒙恩师指点，否则醉生梦死，不知归途。来齐国之前，向恩师告别时，恩师得知我要与你同行，让我对你多加关照。和你分开后，飞鸽传书给恩师，恩师回信让我务必想法保证你的安全。正是恩师之言，才有了张郡假扮山匪夜袭之事。”

“张郡假扮山匪夜袭之事，其实是何兄的主意。”沈南朝何不悟微一点头，“惭愧，在下才疏学浅，想不出来如此瞒天过海之计，若非何兄提点，怕是还束手无策。”

何不悟摆了摆手：“不过是区区小事，难入周兄法眼。”

周东朝何不悟深鞠一躬："多谢何兄相助。"

何不悟既不站起也不还礼："不必拘泥于虚礼。"

"虚礼有时是虚礼，有时却是真情实意。"周东一时感慨，没想到他得以逃脱竟是得益于恩师，当即朝魏国方向遥拜，"恩师在上，请受弟子一拜！一日为师，终身为父。恩师之恩，弟子当铭记于心！"

何不悟微微动容，却还是没有离座，轻笑一声："王相国为人圆滑世故，你二人却对他如此敬重，分明是被他所蒙蔽。他在魏国为相多年，可曾有过丝毫作为？不过是媚上欺下，唯魏王喜好为第一的政客而已。"

"此言差矣！"周东对王黄的敬重发自内心，是真心认可王黄的为人，不许任何人说他的不是，"恩师处事，面面俱到，并非一切唯魏王喜好为第一。不过身为臣子，忠君也是本分。想为百姓谋福，要以寻常手段做不寻常之事，才是最难。虽以谄媚事君，却又事事为百姓着想，看似大奸实则大善。相比之下，为求清名以刚强事君，却是只求世俗名声而不顾及百姓死活，看似大善实则大恶。所谓大仁不仁，大善不惠，若能为天下苍生计，个人的荣辱尚且不要，何况身外之物的虚名？"

一番话说得何不悟目瞪口呆，竟是愣在了当场！

周东明是谈及王黄，其实也是自己的心声，他想起从中山国覆灭到他逃往魏国，再初到魏国时的惶惶不可终日，后终于可以行走在阳光之下，却又被太子暗算。一路走来，让他无比感慨："就如我，当初国破家亡，我一心想要复仇，故潜藏魏国，伺机想要行刺乐羊或是魏王，哪怕拼了一死，也要以血还血。但在来到魏国之后，蒙公主和乐城相救，又觉两国交战，身为将领，有时即使并不情愿，也因责任使然，王令一下，不得不从，我对乐羊的恨意渐消，并不想再杀他报仇，只想复国。

"后来数次被乐将军逼迫，乐将军一心想要置我于死地，若说我不恨乐将军，那是假话，只是在对乐将军的恨意之中，多了敬重之心。乐将军一心为魏国着想，以免我日后复国会为魏国带来灭顶之灾，他食君之禄，分君之忧，担君之事，乃是臣子本分，只因立场不同，对人对事便不同，何错之有？正是乐将军一再置我于死地之举，让我的复国之心愈加强烈。我一心复国，既不是为了祸乱魏国，也不是为了报复乐将军，而是为了中山国百姓！

"中山国被灭，百姓流离失所，多少人家骨肉分离。魏国吞并中山国，母后和周西弃百姓于不顾，藏身太行山中。我远遁魏国，在魏国安然度日，可有谁想过中山国百姓的所思所想？魏国攻打中山国时，中山百姓可曾愿意？魏国灭亡中山国后，派魏作治理中山国，中山国百姓可曾乐意？我逃往魏国，可曾对得起中山国百姓的拥戴？我若只顾自己安乐，不顾百姓死活，畏惧艰难而不复国，我可曾对得起百姓对父王、对身为太子的我的爱戴？”

周东一番慷慨陈词，让众人都默然无语，感觉到了周东心中澎湃的激情和热血激荡。

窗外的树上，人影闪动，人影手掌轻抚，在为周东的一番话而鼓掌。

“若我为中山国百姓复国，不管我在魏国如何忍辱负重，如何委曲求全，如何被魏王猜疑，被太子暗算，被死士暗杀，甚至被魏人耻笑谩骂，我心中坦荡坦然。于我而言，一切不过是虚名，不过是身外之物，只有复国之志才是心之所往。因仇恨立志，因百姓复国，诸位，请受周东一拜！”周东朝众人团团揖了一礼，“若周某复国成功，各位当为中山国功臣。若复国失败，周东必然身死。今日一拜，是为还诸位相助之情。”

何不悟肃然起敬，长身而起，朝周东长揖一礼：“周兄如此胸怀，如此气节，在下折服，请受在下一拜！和周兄相比，在下惭愧，无论心胸还是格局，都相去甚远！”

沈南、子与和子良也纷纷还礼。

周东忙扶起何不悟：“恩师不以魏人和中山人为区分，只重才识，才收我为弟子，是为大德。恩师明知我有复国之志，却假装不知，还一心让沈兄救我于水火之中，是为大义。恩师只为百姓着想，上承魏王下润苍生，虽被人误会失之气节，却全无私心，是为大仁。世人若知王相国，当为第一聪明者。”

“王相国有你这个弟子，当欣慰矣。”何不悟眼中含泪，紧紧抓住了周东的胳膊，“听周兄一席话，胜读十年书，胜度十年光阴，在下能结识周兄，实乃三生有幸。”

沈南也是无比感动：“恩师让我无论如何也要救你，我还微有怨言。现在看来，恩师有你这般知己，足矣！”

若说沈南感动还在情理之中，何不悟为何如此，周东不得而知，不过他总觉得何不悟似曾相识，只是实在想不起曾在哪里见过。

第三十九章

再见公主

“何兄谬赞了，在下也是一时有感而发。人生在世，当有所为有所不为。”周东乘机说道，“何兄如此沉默寡言，心中有千秋，莫非经历过世事沧桑？”

“何不悟？何不悟！何时才会悟！”何不悟呵呵笑了几声，犹如一唱三叹，说到后面，笑出了泪水，变成了哭声，“不瞒周兄，我其实是……”

“何兄，不可！”沈南向前一步，抱住了何不悟的肩膀，就要阻止他，却被他推开。

“刚刚周兄一番话，让我茅塞顿开，若现在还执迷不悟，对父亲耿耿于怀，我愧为人子！”何不悟朝魏国方向跪下，连磕了三个头，“父亲，不孝子王左知错了，待回魏国之后，若承蒙父亲不弃，王左愿重回王家，尽孝膝下。”

什么！周东震惊得倒退数步，何不悟就是恩师失踪已久的儿子王左？怪不得初见之下就觉得他有几分面熟。

之前，周东推测王左就藏身魏国，甚至就在安邑城中，却怎么也没想到，王左竟在沈南身边，而沈南还是恩师的弟子之一。世事如此，近在咫尺却不相知，不免让人唏嘘。

“王兄快快起来。”周东和沈南一左一右扶起王左。王左泣不成声，几乎不能自持。

和父亲决裂之后，天下之大，何处不可安身？王左就想远走高飞。他先是到了赵国，不久又辗转去了燕国。燕国苦寒之地，他冻得皮肤干裂，险些丧命。随后又去了齐国，甚至还在海上漂泊过一些时日。后来觉得身如浮萍寄居天地之间，也并非归宿，就算和父亲永不见面，也不一定非要远离，就又回到了安邑。

王左先以替人写字为生，也曾做过账房先生，后遇到了沈然，和沈然一见如故。沈然正为沈南生性顽劣难以管教头疼，见王左为人沉稳大度，且又才识过人，就让王左化名何不悟伴随在沈南左右，不以门客而是以座上宾之名。

开始时，沈南总是故意远离何不悟，后来遭遇过几次难题，都被何不悟一一化解，才对何不悟刮目相看。因沈然和王黄私交不错，在沈然的再三恳求下，王黄暗中收沈南为弟子，教导沈南为人之道。王黄并不知道，他是沈南恩师，而沈南身边还有一个亦师亦友之人，正是他苦寻不得的儿子王左！

沈南后来才知道何不悟的真实身份，彼时他和何不悟已然关系密切，就劝何不悟和王黄相认。何不悟心结未去，百般不肯，还说若是沈南告知父亲他的事情，他便一走了之，从此再不回来。

沈南无奈，只好应允。他想不明白身为父子，还有解不开的心结不成？他暗中观察得知，何不悟虽不和父亲相见，却还是暗中留意相国和魏王的一举一动，但凡魏王有诏令颁布，他总是会精读数遍，因魏王诏令一向由王黄草拟。

精读之后，又总会不着痕迹地嘲讽几句，嘲笑王黄所拟诏令全是魏王之意，没有他的一丝主见，所谓傀儡相国，名副其实。

不过往往嘲笑过王黄之后，又会从字句之中推测王黄最近所读之书，还会指摘王黄语句用得不恰当之处。沈南就知道，何不悟心结未去，气性太大，总想挑出王黄的不足之处，虽认真执着，却也好笑。

沈南原以为再是气大，三年五年也会气消，不料十余年过去了，何不悟和王黄近在咫尺，却始终没有迈出相认的第一步，也让沈南越来越佩服何不悟的耐心。后来他慢慢才清楚，随着年岁的增长，何不悟的气性和耐心渐渐变成了固执和傲气，他越想找到王黄的不足和不对，越是陷在自己的心结中无法走出来。他其实是在自己和自己过不去，除非有人可以帮他打开心结，否则他永远无法面对王黄。

也就是永远无法面对自己。

却没想到，一次齐国之行，何不悟十几年的心结被周东一番话打开，所谓心开意解是也。沈南不由得暗暗赞叹之余，又不免感慨，世间之事，妙不可言，王黄王左父子联手帮助周东渡过难关，周东又帮父子二人化解了十余年的恩怨，当真助人者，人恒助之。

周东惊喜交加，和何不悟，不，王左重新见礼之后，王左被推为上座，不论年龄还是入师门时间，他都当之无愧为兄长。

几人又谈论了一番，眼见夜幕降临，沈南不免心急，几次推门朝外张望，喃喃自语："说好申时到，都酉时了，还不见人影儿。"

周东笑问："你究竟是在等谁？"

沈南故作神秘一笑："等下你就知道了……来了，来了。"

周东出门朝下面一看，一辆普普通通的马车驶进了客栈，上面下来二人，都戴了斗笠披了斗篷，低头快步而行，看不清样子。等二人来到近前时，周东才看清二人，不由得哑然失笑。

"吕兄你为何如此打扮？此地是齐国，你光明正大来访，谁敢拦你？"

来人正是吕唐和任公主。

吕唐轻轻一拉周东，进入房中，示意任公主关闭房门。

任公主瘦削了几分，不过气色还好，她一双好看的眼睛打量周东半天，目光中全是关切之意。

"路上遇到了意外，发现了刺客。"吕唐的神色之中有几分慌乱，悄悄推开窗户朝外面观望片刻，见几名乔装打扮的护卫悄然来到了客栈，才放下心来，"想不到在临淄城内，我身为齐国太子，居然还有刺客敢对我不利，传了出去，就成了笑话了。"

"是什么刺客？"周东忙示意子与和子良父女出去查看，二人迅速出门，身影一闪就消失在了夜色之中。

说到刺客，周东又想起了路上遇到的一剑穿心的神秘高手："沈兄，一剑钉死伊洛和管高的神秘高手，究竟何人？"

沈南摇头："不知道，和元者、张郡全无关系。"

"你竟认识元者和张郡？"吕唐一脸惊讶，"沈兄的手，伸得倒长，哈哈。"

"我只认识张郡，元者只是听说，未曾见过。若非认识张郡，周兄怕是来不到齐国了。"沈南将一路上发生的事情简单一说。

魏任大惊失色："怎会如此？哥哥为何如此歹毒？慕容庄和姜远何在？夫君，请立刻诛杀慕容庄和姜远。"

吕唐一改以前的随意率性，脸色凝重："慕容庄和姜远杀不得！怪不得一路上我总觉得有人追随，怀疑是刺客，无意中发现其中一人竟是张郡。如此说来，我多半可以猜到张郡并非要刺杀我，而是要刺杀周东！”

“为何是周东？张郡曾收了我的重金救过周东。”沈南不信吕唐的推测，“太子怕是猜错了，张郡和我还算有些交情。”

“慕容庄和元者的交情更为深厚。”吕唐又朝窗外看了一眼，有几分不安，“若是慕容庄说动元者要对周兄下手，周兄怕是在劫难逃。元者武功之高，世所罕见，我身边的护卫，都不是他一招之敌。”

沈南“啊”了一声：“怪不得张郡不管我再出多高的价钱，都不肯再对慕容庄出手，原来是有师命在身。元者武功再高，你堂堂太子之命，他也敢不听吗？”

“我虽贵为太子，可惜元者是田氏之人。如今田氏在齐国已然尾大不掉，奈何不得。”吕唐摇了摇头，一脸无奈，“只能智取，不能力敌。”

周东哈哈一笑，毫无担忧之意：“你我相聚来之不易，如此良辰美景，怎能不对酒当歌？沈兄，快让店家备酒，今日要和吕兄不醉不归。”

吕唐本来就不是心思深沉之人，因周东之事才微有担忧，周东的提议正合他意，当即放下烦恼之事，开怀畅饮。

魏任却闷闷不乐，心思悱恻，难以排遣苦闷，不知不觉喝多了。吕唐也醉了，却是因开心而醉。周东也是酩酊大醉，倒不是他不把元者的威胁放在心上，而是认为元者不会在临淄对他下手，与其担惊受怕，不如先今朝有酒今朝醉，明日之事，明日再想。

最后只剩下王左和沈南未醉，王左是因不胜酒力，所以不饮酒。沈南却是无心喝酒，感觉胸中郁积难安，平生第一次感觉无助。难不成只能坐以待毙？原以为来到齐国之后，以吕唐的太子身份，再也无人敢对他们下手，却不想吕唐也有力有不及之时。

真是郁闷。

夜深之时，吕唐和魏任在护卫的护送下，回了王宫。沈南望着醉得倒地不起的几人，哭笑不得，让店家帮忙收拾停当，他无心睡眠，来到院中。

正见到子良正在院中练剑，一招一式虽不是行云流水，也颇有洒脱之意。

“子良，早些休息，明日还要早起。”沈南有气无力地看了子良一眼，“莫要过于劳累了。”

“不，我不睡，我要练剑。我恨自己武功不够高强，无法保护公子。”子良越练越气，一剑斩在了树上，拿树出气。

第四十章

大钟

树约有两人合抱粗细，一剑砍中，丝毫未动，犹如蚍蜉撼树。奇怪的是，一片树叶从树上掉落下来。

沈南也没多想，伸手接住飘落的树叶：“你也不必自责，周兄吉人天相，必能逢凶化吉。大不了到时让吕唐太子派出几十名护卫保护他的安全。回魏国之时，会和太子、任公主同行，谁还敢当着太子之面刺杀周兄不成？”

虽说沈南的话有几分道理，子良却还是焦虑不安，忽然她脸色一变：“你的树叶从何而来？”

“树叶？当然是从树上飘落下来。你一剑砍在了树上，有树叶掉下有何奇怪？”

“此树有半丈粗细，谁能一剑砍上去震落树叶？你傻了不成？”

“说得也是。”沈南也觉得不对，一脚踢在了树上，树纹丝不动，他又端详几眼手中树叶，一股若有若无的清香袭来，“咦，怪事，树叶怎会还有香气？”

“树上有人！”子良蓦然清醒过来，沈南手中树叶并非真的树叶，此时正是春天，树叶刚吐绿芽，而他手中所拿却是一片完整的树叶，她纵身上树，厉喝一声，“什么人？”

沈南也意识到了问题所在，抬头一看，黑夜之中，大树枝丫遮天蔽日，风吹影动，根本看不清是否有人藏身其中。

片刻之后子良从树上跃下，摇了摇头：“连个人影都没发现。”

二人不知道的是，在十余丈之外的另外一棵大树之上，有一个黑影站在树上，黑衣随风摆动，和夜色融为一体。

人影一动不动，犹如和树枝长在一起。也不知过了多久，人影倏忽消失，落在了周东门前。

房间内传来了轻微的呼吸声，人影在门前停留了片刻，手中突然多了一把薄如柳叶的小刀，小刀伸出门缝，微一用力，门开了。

人影正要迈进房间，身形突然一滞，瞬间倒退飞出数丈之外，落在了子良所砍的大树之上。大树之上已然有了另外一个黑影，此人也是一身黑衣，不过是轻纱，又以黑纱蒙面。

“你是何人？为何拦我？”黑衣人声音低沉。

“周东之命，只能由我来取，你不配。”黑纱人声音轻柔轻灵，飘忽不定。

“女子？”黑衣人影一怔，轻轻折断一根树枝在手中把玩，“你此刻若自行离去，我不会伤你。”

黑纱人语气轻蔑：“同样。”

“呵呵……”黑衣人影手腕轻轻一抖，手中树枝脱手而飞，快如闪电。黑夜之中，树枝几不可见。

黑纱人也不见躲闪，右手抬起轻轻一弹——树枝被弹到一边，她手腕一动，“嗖嗖”两声，两把飞刀直取黑衣人影的胸口。

黑衣人纵身跃起，人在空中身子陡然一转，右脚飞出，竟踢中了飞刀，飞刀蓦然转向，竟飞了回去。

黑纱人想要躲闪，两把飞刀飞至中途，方向突变，一上一下，上取咽喉下取左腿，她一惊，如此绝技见所未见，无论跃起还是下沉，都难免中刀，只得身子一横，化立为躺，躲过一击。

对方却是算准了她的身法，不等她再次出手，右手一扬，无数树枝如同漫天箭雨一般朝她袭来，她顿时大惊，对方手法之怪异、身手之快，是她生平罕见，当即身子一坠，迅速下落，不料还是晚了一步，一根树枝射入了左肩之中。

疼，钻心地疼。她虽疼痛，却没有惊慌，左手右手同时挥动，数枚飞刀飞向对方。不过她知道，双方虽未正式交手，她却已经输了一着。

黑衣人也是颇为忌惮她的飞刀，虽看似游刃有余地一一躲过，却再也没有余力还手。正当他重新站稳，想要一举击杀黑纱人时，三个人影从房间疾飞而出。

被人发觉了，先机已失，他嘿嘿一笑，扬手三根树枝射向三人，纵身一跃，双臂展开如大鹏展翅，消失在了茫茫夜色之中。

从房间疾飞而出的三人正是王松、子与和子良。

三人听到外面动静时为时已晚，才一出门，迎面暗器袭来，来势之快，让三人一时手忙脚乱。等三人十分狼狈地躲过暗器之后，不但黑衣人影消失不见，黑纱人也无影无踪了。

再等三人看清逼得三人几乎没有还手之力的暗器竟是三根树枝时，更是无比震惊，震惊之余，又不由得后怕，此人武功之高，当真为一等一的高手。

次日，醒来的周东才知道无意中又躲过一劫，不由得苦笑。

吕唐先是大摆宴席，宴请了周东、慕容庄和姜远一行，并接受了魏作的邀请，约定三日后启程前去魏国。随后，吕唐又私下宴请了周东和沈南、王左。

沈南倒也敬业，命工匠全力以赴改进吕唐和公主的车辇，并且加固，以防袭击。

太子府，后花园。

暮色四合，远处隐隐有丝竹声传来，又有吟唱之声，齐国首富之地——临淄，繁华之都，果然名不虚传。

只是一行人都无心欣赏，匆匆吃了几口饭，几人起身在园中散步，沈南、公主以及王左知道周东有话要和吕唐说，就有意落在了后面。

周东负手而行，道：“如此盛世，只需一场战乱就可能毁于一旦。吕兄，为齐国大计，为魏国大计，为在下复国大计，恳请你说服齐王，出兵韩国。”

吕唐不动声色地笑了笑：“先不说出兵韩国之事，只说你如何复国？如今中山国所有兵器尽在魏军之手，你即便回去，登高一呼，应者云集，也没有兵器可用。”

“可否请吕兄铸造一口大钟，直接运送到中山国，以作为魏作太子大婚贺礼？”周东笑了，是那种很轻松很随意又有一丝意味深长的笑。

“铸造一口大钟倒是没有问题，只是为何作为魏作太子大婚的贺礼，不送往魏国却要送往中山国？说不通。”吕唐虽不知周东要一口大钟何用，却能猜到他肯定不是为了好玩，周东可不会像他一样随心所欲。

“说得通，大钟上刻上魏作太子治理中山国的丰功伟绩，摆放在灵寿城内，让中山国百姓瞻仰，相信魏作太子会很开心。”周东拍了拍吕唐的肩膀，“记住，大钟务必要用料厚实，不可有丝毫偷工减料。”

吕唐狡黠地眨了眨眼睛，想到了什么，哈哈一笑：“好玩，有趣，没问题，此事我一定让你满意。来人，传令领铜十万斤，命工匠半月之内铸造大钟一口，钟内铭文稍后送到。”

“是。”宫正忙领命而去。

“还有什么好玩的事情，一并讲来，近来我正闲得难受，若不是你来，我险些又偷跑出去。只是现在和公主成亲了，以后想要再偷偷溜出玩耍，怕是很难了。”

“田氏如今在齐国如日中天，想要削弱田氏势力，是否无从下手？”周东抛出了难题。

吕唐点了点头：“父王时不时和我商议田氏之事，他都无计可施，我哪里会有办法？父亲忧心忡忡，总说有朝一日田氏会将吕氏连根拔起。周兄，我本一个闲散之人，一生好入名山游玩，呼朋唤友登泰山下黄山，何其逍遥自在，为何偏偏生为太子，还要继位成为齐王治理齐国？想想就让人了无生趣。”

周东微微一笑，虽有几许无奈却又有些感慨：“你我皆生在王侯之家，本无冲天志，偏是太子身，既然生为太子，当一心为百姓谋福，才是大道。生而为天，恩泽天下。生而为地，承载万物。齐国和你，密不可分，若是田氏在你为齐王时谋反，你将如何应对？”

吕唐愣了半晌，忽然双手抱头，用力拉扯头发：“不要说了，周兄，我不想听，也不想再想了，田氏现今在百姓之中一呼百应，文武百官也多与田氏交往密切，田氏已是齐国心腹大患，却又无法除掉。父王也说过，田氏谦恭卑下，若他削减田氏势力，非但会引起田氏反弹，极有可能逼迫田氏起兵谋反，也会大失民心。”

田氏在齐国经营日久，周东自是清楚如今田氏已是齐国无力根除的隐患，齐王要么等田氏主动谋反，要么逼迫田氏起事，不管是哪一种情形，齐王都无必胜把握。田氏之患，和司马氏之患相同。

放眼各诸侯国，如田氏和司马氏者，比比皆是。各诸侯国为招贤纳士，广开方便之门，往往许以重诺和大权，久而久之，养虎为患。三家分晋的前车之鉴，犹在眼前。

除非天下一统，否则各诸侯国还会为了壮大自身实力而大开国门，招募能人异士。和齐国相比，魏国隐患似乎不大，却也暗藏潜流。司马史是其一，姜家、慕容家和沈家三家巨富的存在，也是不小的威胁。

三家只是各自为政，互相竞争，如此达到了无为而治的平衡。但魏作明显有借机吞并三家之意，此次齐国之行，魏作将慕容庄和姜远拖下水，埋下了日后将二人以杀害周东的罪名除掉的伏笔。若一次齐国之行可以除掉他和慕容家与姜家，魏作必能迅速得到文武群臣的拥戴，继位之后，可以快刀斩乱麻排除所有隐患，从而成就大业。

第四十一章

周郎妙计安天下

再进一步吞并沈家，魏作国库充盈，想要征伐哪国就可以随时出兵。

魏作的雄心壮志让周东叹服，但手段过于阴毒，并且行事过于迫切了。身为上位者，除了赏罚分明、恩威并重之外，还要有容人之量和长远眼光，不可只图一时之快和眼前利益。魏作长于算计，擅长谋略，只可惜……操之过急并且不够坦荡。

“吕兄可否信我？”周东主意已定，此时正是复国的大好时机，不容错过。

“说的哪里话，不信你信谁？”吕唐挽着周东胳膊上了一处假山，登高远望，只见临淄城内万家灯火，“虽说我生性顽劣，又多有荒唐之事，不过身在其位当谋其政。想到万千臣民，若终有一日身陷战火之中，流离失所，家破人亡，我也是无比痛心。周兄可有计谋？但说无妨。”

周东朝吕唐鞠躬施礼：“此计，一举数得。一为齐国除去田氏之大患，即便不能斩草除根，也要田氏伤筋动骨。二为魏作化解魏国司马史之大患，非为魏作故，是我不忍魏国百姓身陷水火之中。三为中山国复国，中山国百姓因母后私心和周西无知而国破家亡，虽非我之故，却也是我的亲人之故，亲人之过错，我理应担当！”

一番话让吕唐顿时肃然正容：“周兄胸怀坦荡，在下佩服。”

周东淡然摇头：“一路走来，见多了生死，经历了太多离别，个人的仇恨只能越陷越深，只有心胸宽广，心系天下，才可成就大事。恳请吕兄为天下苍生计，请兵二十万，兵发韩国！”

吕唐以为自己听错了：“兵发韩国？周兄你是不是说错了，不是应该兵发魏国？”

周东微微一笑：“若是兵发魏国，师出何名？何况你已和魏国公主成亲，还要参加魏国太子的大婚……”说话间，他回身朝远处正和沈南、王左同行的魏任微微一笑。

“话虽如此，可是兵发韩国又师出何名？”吕唐并没有周东纵横捭阖的头脑，他的兴趣本来就不在朝堂之上。

“兵发韩国，是为了防止韩国的流民和流寇为乱齐国……”周东手扶柱子，轻轻拍了几下，“二十万齐军由齐入韩后，十万人马驻扎在齐韩和齐魏交界之处，以防流民为名，安营扎寨，另外十万人马一路南下，直扑阳翟。”

“驻扎在边境之处，还说得过去，为何还要让十万人马前去阳翟？齐国并无吞并韩国之想。”吕唐想得头疼，不过却是十分兴奋，“好玩，此事颇有意思，肯定会让田氏和魏国摸不着头脑，让他们猜不透我们意欲何为。”

“不，一定要让田氏和魏国清楚齐军的目的所在。”周东哈哈一笑，“真真假假，假假真真，用兵之道，要有虚有实。十万齐兵驻扎边境，明为防止流民、流寇作乱，实为随时出兵魏国，让魏国无暇顾及中山国之事，将主要精力放在韩国和齐魏交界之地。田氏和韩国多有生意来往，在商队的必经之路驻扎齐军，又可以行保护商队之名，收取田氏财力物力之实。此为其一。”

“其二，十万齐军直扑阳翟，对外宣称是应韩王之请为解韩国之围，至于如何让韩王向齐王请求增援，只需齐王派出使者，提出割地条款，韩王在司马和乐城大军的围攻之下，必会应允，并不难办。难的就在于领兵之人，如何既一路奔袭南下救韩，又总是晚上一步，让司马和乐城大军快上一步将阳翟团团围住。韩王被困越久，就越会答应齐国的各种要求，此时齐王可以向韩王提出让韩国断绝和田氏的生意往来，韩王必会答应，田氏失去韩国，实力受损三成以上。”

吕唐听得眉飞色舞，摩拳擦掌：“还有呢？好玩，此计相当好玩，有趣，说下去。”

“驰援韩国的齐军，许败不许胜，虽败仗不断，却越挫越勇，屡败屡战，同时，齐国损失惨重，齐王发布诏令，百姓自愿捐赠物力钱财助齐军之威，再让人散布流言，声称田氏愿拿出三成的财力和物力，以助齐军。届时民意滔滔，田氏骑虎难下，即便不情愿，为博名声，也会捐献。如此，田氏又折损三成实力。至此，田氏实力削弱大半，大患可暂时化解。”

吕唐几乎要跳起来了："周兄妙计安天下，真神人也。此计一出，田氏最为爱惜名声，必会上当。"

"何来上当一说？此为国之大计，田氏也是为了齐国着想，此举虽损失财力，却还是赢得了民心，世间之事，有舍必有得。"周东却并没有吕唐的兴奋和期待，"此计最终能否助中山国复国成功，最最要紧一点，在于司马父子。"

"怎么说？"

"此计一举数得，其一，削弱田氏；其二，削弱司马氏。"

"等等，你若复国，魏国必定不许，司马氏壮大，可削弱魏国实力，为何你还要削弱司马氏？周兄，你到底想要什么？"

"我想要的当然是复国，但不是伏尸千里、血流成河的复国，而是不战而屈人之兵、百姓安居乐业的复国。若不要生灵涂炭，司马氏必须被魏作压下，否则，司马氏一朝兵权在握，必会天下大乱。司马父子野心极大，若是替代了魏氏成为魏国之君，必会西攻秦国，东吞齐国，北越南楚，也不能幸免。"

"好……吧，你说得都对，我反正都信了，你接着说。"吕唐嬉皮笑脸地道，"对司马父子，我一向也没有好感。只是我不明白，你到底和谁是同盟？到底要帮谁壮大实力？"

"谁心系天下苍生，谁为百姓谋福，谁符合大道，就帮谁。老子云，善者，吾善之；不善者，吾亦善之，德善。信者，吾信之；不信者，吾亦信之，德信。圣人在天下，歙歙焉，为天下浑其心。"

"哈哈，你故意省去前面的一句：圣人恒无心，以百姓心为心！"吕唐也常读《道德经》，对老子之言句句熟悉，"其三就是中山国复国了？"

"正是。"周东目露赞许之意，吕唐生性顽劣，好玩无度，多有荒唐之事，却也毕竟是太子，"其三，中山国借势复国。不过中山国借势复国，全在齐国二十万大军之上。二十万大军入境韩国，十万陈兵齐韩和齐魏边界，不管齐国如何说辞，魏国必不会放心，也会以防止流民、流寇为由增兵魏齐边境，防止齐军突然越境魏国，和韩国来一个联手攻魏。同时，十万大军直扑阳翟，魏王必会再增兵十万前去阳翟，谨防魏军好不容易打败无数韩军眼看要吞并韩国之时，被齐国摘了果实。"

"确实如此，魏王不会相信齐军十万大军增援韩国，只为增援而不是想借机吞并韩国，怕是韩王也不会相信，只是韩王没有选择，而魏王可以从容应对。"吕唐也被周东的妙计带入其中，兴致大起，"如此一来，魏军东面增兵，是为防范齐国；南下增援，也是为了防止齐国乘机抢走韩国。届时，魏国东线、南线吃紧，难以为继之时，中山国乘势起兵，魏国首尾难顾，中山国复国必成。”

周东哈哈一笑：“吕兄，此事若成，可保齐国一百年安宁。”

吕唐背负双手，微微皱眉：“不对，此计也有未知之数，就是司马父子。”

“正是，刚才我也说过，中山国最终能否复国成功，最要紧的一点，在于司马父子。”周东也背负双手，和吕唐并肩而立，“司马父子如今手握十五万大军，齐国发兵之后，魏王迫于形势，至少还要再增兵十万，如此司马父子手握二十五万大军，若是起兵谋反，魏国国内空虚，必亡。”

“依你之见，司马父子会起兵谋反吗？”

“我且问你，若司马父子起兵反魏，替代魏王之后，齐国是承认司马父子还是联合各诸侯国讨伐之？”

“肯定讨伐。”

“这也是田氏迟迟不敢取代吕氏的原因所在，各诸侯国之间虽互相制衡，也互相承认，司马父子早就有叛逆之心，只是不敢轻举妄动，怕的就是被各诸侯国联手镇压。”周东沉思良久才说，“只是我也不敢猜测到时司马父子会不会铤而走险，非要富贵险中求……而此时魏国和韩国战事如何，也不得而知。”

“乐城率一万骑兵深入韩国腹地，绕道阳翟城后，已经兵临阳翟城下了。”对于魏韩之战，齐国安插在韩国的商人和百姓，以及混入韩军魏军之中的细作，不时传来两军对决的消息，吕唐了如指掌，以便齐国据此做出准确判断，“司马父子暂时按兵不动，并没有从正面直扑阳翟，多半是想让乐城孤立无援，最终被韩军所灭。”

“乐城率一万骑兵深入韩国腹地？”此事让周东吃惊不小，随即又摇头笑了，“乐城也成长起来了，倒是好事。只不过他也过于冒险轻敌了，若是判断不当，怕是会全军覆没。一有消息就及时告知我，乐城的成败，会决定司马父子是否起兵谋反。”

第四十二章

利器

“此话怎讲？”

“乐城若能逃脱，他的一万骑兵其快如风，神出鬼没，可以从后面牵制司马父子，必会让司马大军军心大乱。顾忌乐城大军，司马父子不会轻易叛乱。若是乐城全军覆没，司马父子无所顾忌，多半会孤注一掷。”

“确实如此。”吕唐的手搭在周东的肩膀，“周兄，你我认识十几年来，今日第一次联手平定天下，但愿天下太平，百姓安居乐业。”

周东也是湿润了眼眶，吕唐虽生性好玩，但只要身在其位，必为天下百姓着想。今日之事，若成，则可保天下太平数十年；若败，则战乱四起，民不聊生。只是无论进退，天下大势如此，只能顺势而为，或许还有一丝生机。

“说服齐王出兵之事，就看吕兄了。”

“分内之事，义不容辞。”吕唐点头，忽又面露忧色，“你要谨防刺客刺杀，后日一早启程前去魏国，我等同行，到时护卫无数，元者再是大胆，也不敢当众行刺。只是你在客栈之中，我即便派了护卫暗中保护，怕是也难防元者，他武功之高，天下无人可敌。”

“吕兄不必多虑，此事，我已有应对之策。”周东宽慰吕唐。他哪里有对策，只是随口一说，不想让吕唐担心罢了。

夜色渐深，周东等人告辞，离开太子府，太子和公主送到府外。

魏任有千言万语想向周东倾诉，只是不知如何开口，且不说她和吕唐已然成亲，哥哥对周东如此狠心，也让她觉得愧对周东。

周东却没有丝毫责怪魏任之意，他情知魏任心思，宽慰道："公主不必担忧，我和魏作太子，终究会冰释前嫌，说不定还有一日，我和他会联手御敌。"

魏任只当周东是随口一说，勉强笑了笑。

回到客栈，一路上没有说话的沈南终于忍不住问周东和太子都谈了些什么。周东简略一说，并非有意隐瞒，而是不必向沈南和王左说得过细，因二人未必领会其中深意。

果然，沈南连说此计不可行，过于冒险，稍有不慎全盘皆输。王左却是赞同，认为此计妙在考虑到了每一个人的所思所想所欲所求，世间种种，不外人性。

是夜，周东和王松商议，让王松即刻启程，前去韩国的魏军大营之中，面见司马运，面呈他的书信。王松虽不情愿，想留在周东身边保护周东，却也知道送信之事关系重大，只好再三叮嘱子与和子良，又请求沈南别再隐藏他随从之中的高手，才离去。

沈南被王松识破，嘿嘿一笑，对周东解释说他的随从之中确实有几个高手，是为了在关键之时救命用，所以不想暴露。只是他的这些高手虽轻功不错，但身手并不比子与和子良强多少，远不是元者的对手，露面也是没用。

周东才不会和沈南计较，一夜无话，安然度过。次日一早，迎来了又一拨嘉宾——慕容庄和姜远。

自从来到临淄之后，慕容庄和姜远如水入大海，不见了人影，不知住在何处，也不知在忙些什么。在昨晚太子宴会上，周东和二人同席，却只是点头致意，并未说话。

周东不关心二人的去向，二人已经见过了太子吕唐，递交了魏作的亲笔信，吕唐也已答应前去魏国，二人事情已经办妥，不管是寻亲会友还是寻花问柳，都在情理之中。

原以为在回程时还会再见，不想二人还有脸登门来访，周东还好，笑脸相迎；沈南就没有好脸色了，夹枪带棒嘲讽二人脸皮厚如城墙。二人还真是脸皮厚如城墙，假装没听见沈南之话，依然笑呵呵地坐下来喝茶。

沈南不让芥子倒茶，他要亲自去泡。到了外面，趁人不注意，他在慕容庄和姜远的茶杯里面吐了口水还不算，又将鞋底的泥蹭在了里面，又觉得泥过多容易被看出来，就又洗了洗杯子。

沈南亲自送茶，慕容庄和姜远假装受宠若惊，二人同时起身接过，一饮而尽。沈南实在忍不住笑，跑到了外面，险些和芥子撞了个满怀。

芥子暗中看到了沈南使坏，小声告诉沈南，她在慕容庄和姜远的茶水里加了马尿。沈南顿时笑喷，跑到自己房间，乐得前仰后合，几乎停不下来。

慕容庄和姜远没有在意沈南的古怪，沉默少顷，还是慕容庄先开口："周兄，我和姜兄明日一早就启程返回魏国，为了避嫌，就不和周兄同行了。我们安邑再见！"

周东一愣，没想到慕容庄和姜远竟然不会和他与吕唐同行："倒也可以，和太子是否说好？"

"已然说好，太子也准了。"慕容庄起身，朝姜远看了一眼，姜远也同时起身，"就此别过，期待他日重逢。"

姜远拱手："祝周兄一路顺利。"

周东送二人到门外，见二人的车马已经备好，只是随从不在，知道二人恐怕今晚就会出城，如此急切离开临淄，是想让元者尽快对他下手不成？

慕容庄神情如常，姜远却是脸色灰白，犹如遭受重创一般，莫非是姜家出了什么事情不成？周东也不好多问，只好目送二人离去。

沈南对周东如此耐心地应付二人很是不解，换了是他，不乱棒打出就不错了，还给他们上茶？周东哈哈一笑："如此不是才有机会让你在茶里吐口水、加马尿？"

"扑哧……"沈南再次笑喷，"你都看到了？我以为你一点儿也不知道，正襟危坐，装得一本正经，眼睁睁看着慕容庄和姜远喝下，也不提醒二人。佩服，在下佩服你。"

"不过是一点口水和马尿，喝不死人。"周东若无其事地摆了摆手，"今晚让你的随从加强戒备，慕容庄和姜远提前离开，怕是还要对我们不利。"

"不怕，王左兄有好东西让我们看。"沈南神秘兮兮地一笑，和周东来到了王左的房间。王左近两日一直闷在房间之中，也不知在做什么。

推门进去，周东吓了一跳，房间之中竟有十几人之多，人人眼中布满血丝，围在一起，正在热烈地讨论什么。

见周东和沈南进来，王左冲二人点了点头，他也是一夜未眠，疲惫和兴奋在脸上交织："最晚今晚，可大功告成。"

“什么东西？”

房间中有一块空地，空地上放着一台类似织布机一样的东西，所不同的是，织布机上密密麻麻的麻线换成了紧密排列的利箭。

一支支利箭通体由青铜打造，在灯光下散发森然寒光，箭身笔直，箭头尖锐。

“连发弩？”周东看出了端倪，很像是可以连发的弩弓。中山国多有能工巧匠，能打制青铜弩，最多可连射三箭。只不过连发弩一般只有尺余大小，威力不大，顶多射出十余丈远。

“不，是连环弩，一次可齐发三十箭，也可以一次三箭，连环十次，故称连环弩。”王左面有得意之色，他轻轻抚摸连环弩，“数年心血，一朝成型，也是人生之大事。周兄，当年我曾酷爱奇技淫巧，父亲视之为洪水猛兽，严令禁止，幸好遇到了沈公子，才让我得偿夙愿。”

“应该说若没有王兄相助，沈家的马车、家具也不会独步魏国，无人可及。”

原来沈家的马车和家具如此畅销，背后竟有王左的功劳。也是，恩师一向推崇读书，工匠之事，自然难入王黄之眼。

“还差最后一个环节，正在调试。”王左自信地一笑，“只需一座连环弩，任他多高的武功，多厉害的刺客，必定叫他有来无回。”

周东大为松了一口气，连连赞道：“太好了，有如此利器，日后用在战场之上，也会让敌人闻风丧胆。”

“周兄有所不知，此连环弩极其复杂，且一座就要数十金，虽是利器，却造价过高，无法成批打造。更何况，放眼天下可以打造此利器者，也就此房中十余人而已，哈哈。”沈南左手一拉王左，右手一拉周东，“今日难得高兴，又是月圆之夜，当对酒赏月。”

等周东几人赏月完毕时，连环弩已经装配完毕，架在了周东的房中。王左又精心设计了一个机关，只要有人想要刺杀周东，不管是从窗户进入还是从门口进入，都会触动机关，激发连环弩，到时三十支利箭分成三批，每批十支，分成上中下三路射向刺客，刺客即便是可以上天入地的神仙，怕是也在劫难逃。

三更过后，明月西沉，客栈一片寂静，客人都进入了梦乡，就连周东也发出了均匀的呼吸声，睡得香甜，或许是酒后睡眠更香，又或许是他房中黑黝黝的连环弩让他感觉踏实。

将近四更时，一团乌云飘来，遮住了月亮。忽然，一个人影一闪，出现在了客栈东面的大树之上。她一袭黑纱，正是上次大战黑衣男子的女子。

她在树上凝视周东房间一会儿，身形微动，正要飞身过去时，蓦然又收住身形，猛然回头，身后一个黑影倏忽而至，落在了她身后一丈开外的树枝上。

第四十三章
死不瞑目

“又是你？”她目光收缩，悄然拔出了长剑，长剑湛然如水，乌云飘过，月光落下，映照得宝剑如一泓秋水。

“湛然剑！”黑衣人一惊，也抽出了他的长剑，长剑宛若游龙，却通体漆黑，“你是幔越的什么人？”

“你认识父亲？”女子也是微微一怔，“游龙剑？你是魏国第一侠客元者？”

“正是老夫。”元者嘿嘿一阵干笑，“你莫不是幔越之女幔陀？若真是，你还得叫我一声叔伯！你父当年和我有过一战，他不是我的对手，你也不会是我的对手，且让开，让我结果了周东。”

“不行，周东的命只能由我了结，谁也不许杀他。”

“你这女娃，怎的如此固执？你也是要杀周东，老夫也是，谁杀不是杀，为何非要阻拦我？”

“周东欠我一条命，我必须要亲自拿走。”

“不如你去杀了周东，我在一旁看着，如何？”

“不行，现在还不到杀他的时候。”

“你……”元者被幔陀气笑了，当下也懒得再多说什么，身形一闪，就落到了周东门前的走廊之上，不等他开门，幔陀一剑已经刺到。

他哭笑不得，幔陀如此不讲道理，不可理喻，他也不再顾及旧交情面，当下回身数剑逼退幔陀，冷冷一笑：“你的伤势未愈，再纠缠不休，休怪我手下无情。”

“不许你杀周东。”幔陀只认准一个死理，她要保护周东安全，不能让周东被别人杀死，以便在她想通要杀周东时，可以随时出手。周东的命就是她的，是她的一个执念。

几招过后，元者被幔陀纠缠得心烦意乱，不由得起了杀心。虽然他也清楚幔越武功十分高强，颇难对付，只是在周东的事情上，他拿人钱财替人消灾，慕容庄和姜远提前离开临淄，要的就是让他在周东离开之前，将周东除掉。

元者虽武功超绝，却爱财如命，招收弟子不看根基看财力，谁钱多，谁就是大师兄，以此类推。当他得知沈南出了百余金，让大弟子张郡假扮山匪刺杀慕容庄和姜远的随从时，他当即让人吹响号角唤回张郡，魏国三大富商公子相争，如此大发横财的机会，岂是百余金就能了结的事情？张郡还是太年轻太冲动了。

果然不出元者所料，慕容庄随后登门来访，开价三百金让他除掉周东，元者故作矜持，说他身为一代宗师，怎会做出行刺他人的不耻之事？不要拿三百金侮辱他的品行。

姜远以为事情不成，转身要走，慕容庄却不动声色地伸出了五根手指，元者却还是不为所动，起身送客。慕容庄索性又伸出了左手，元者才笑逐颜开，要留二人共进晚餐。

千金买周东首级，回去的路上姜远大感肉疼，慕容庄却骂他没有出息，若是完不成太子交代之事，回到魏国后，不是被冷落就是被打压，哪里还有好日子过？更何况和周东已经撕破了脸面，周东也会不惜一切代价还击。

姜远心中稍微平衡了几分，却又嘲讽元者的贪心。所谓一代宗师，竟是如此贪财之人。古往今来，人为财死鸟为食亡，亘古不变。

慕容庄办事倒也利索，回去不久就派人送来了千金。元者大喜过望，沈南只出百余金就想摆平此事，经他妙手从中摆布，便成了千金，富家子弟的钱，果然好赚。

既然收了慕容庄的钱，就要办成事情，第一次失手，元者很是郁闷了一番，不知道阻挠他出手的高手究竟何人，并非齐国之内没有如此高手，而是齐国的高手他要么认识要么知道，绝对没有如此身法之人。

不管是谁，都不能阻挡他的发财之路，不想第二次再来，竟又遇到此人，他想起慕容庄告别时的情形，慕容庄一脸恭敬：“元先生，我与姜兄启程回魏，周东之事就拜托了。相信元先生武功盖世，品行过人，事成之后，只需传信一封即可，不必看到周东人头。”

想他元者何许人也，怎会失信于人？君子爱财，取之有道，他虽爱财，却不会失信于人。

“再不收手就别怪老夫不顾及故人之情了。”元者挥剑逼退幔陀，心中微有不解，为何他和幔陀缠斗半天，周东这里却不见有护卫出现，念头一闪而过，也是他自诩周东的护卫不过是乌合之众，不是他一招之敌。

幔陀也不答话，只管一剑快过一剑连出杀招。元者顿时大怒，他和幔越并无什么交情，只是忌惮若他杀了幔陀，幔越会前来纠缠不休，那也是令人头疼的事。现在顾不上许多了，当即连踢数脚，逼得幔陀退后数步，他将身一纵，来到门前，一咬牙，索性一脚踢开了房门。

正好一缕月光射入房中，元者清晰地看到房中床上躺着一人，睡得正香，房间中酒气冲天。元者扬手朝身后射出两支袖箭，只为阻挠幔陀的追击，右手一扬，手中长剑激射而出，正中床上之人。

一剑穿透。

成了！元者心中暗喜，向前一纵，越过房中一团黑乎乎犹如纺织机的东西，心中还有几分纳闷，为何周东房中有如此古怪事物？只微微一想，随即拔出床上宝剑，回身一看，幔陀已经从门外迈入门内，挺剑朝他便刺。

疯子！元者暗骂一句，心知无法从门口脱身，转身朝窗户飞起，人在半空之中听到身后床上传来一阵古怪的声音，他忽然感觉一股寒意从脚底生起，回头一看，顿时惊呆了。

床板翻转，有两人从床下突然现身，犹如鬼魅一般。这……元者停下脚步，还未想明白到底发生了什么，现身的两人身形一动，房间正中黑乎乎犹如纺织机的事物发出了“咯吱”的声响。

幔陀此时也来到了房中，原以为周东已经被一剑杀死，正悲愤交加之时，突现异变，顿时让她惊呆当场。

更让她惊呆的是，身后突然出现一人，一拍她的肩膀小声说道：“快快退出房间。”

以幔陀的身手，身后有人接近不可能没有察觉，只是她以为周东已死，悲愤之下，心神飘忽，再者身后之人的声音酷似周东，也是让她一时恍惚。

回身一看，身后之人一袭长衫，淡然出尘，一脸淡笑，不是周东又能是谁？

“你没死？”

“我当然没死，不过，他快要死了。”周东猛然后退一步，幔陀当下也不再迟疑，正要一步退出时，蓦然感觉一股劲风袭来，猛然推开周东，反手一挡，只晚了半步，一根树枝没入了她的胸膛。

元者发现周东未死，想要偷袭周东，幔陀想要搭救周东，却不幸中了暗器。

正是元者的成名暗器铁树枝。

周东大惊，抱住了倒下的幔陀，悲恸欲绝，大喝一声：“放箭！”

元者一阵冷笑，以他的武功，区区几支箭怎能伤他？正要再次出手了结周东性命之时，却见房中黑乎乎的事物犹如巨兽一般，露出狰狞的面目，赫然有几十支箭一字排开，对准了他。

元者从未见过如此机械，只一愣神，只见寒光一闪，十支箭倏忽而至。他当即大惊，纵身飞起撞破窗户，想要躲开连发之箭。不料，第一波十支箭未至，第二波十支箭又发，呼啸之声格外刺耳。

元者心中猛然升起恐慌之意，是前所未有的惧意。他长剑挥舞如风，一连斩落十支箭，却未能全部斩落第二波。第二波十支箭五支擦身而过，五支射中双腿。

一阵剧痛传来，元者身形一滞，再也无力飞空，身形迅速下坠，若是掉到地上，顶多摔个残废，也算侥幸捡得一命。不想念头才动，第三波十支箭一闪就到了眼前。

元者心中的震惊无与伦比，什么利器竟能连发三十支箭，别说是他，就是一只鸟儿也无法躲开，不公平，竟用器械和他比试。只是念头才起，十支箭悉数射入胸膛之中。

十支箭力道之大，有摧枯拉朽之势，将元者身形带飞十余丈之外，钉在了大树之上。

可怜一代宗师元者，圆睁双眼，鲜血横流，被钉死在了大树之上，高高挂在枝头，成为天下笑柄。

元者死不瞑目！

若是让元者知道他死后一连三天被高挂树枝之上，被无数人指点耻笑，他恐怕不只是死不瞑目，而是恨不得跳下来连斩周东十剑。

只不过，他永远没有机会了。

响声终于惊动了其他客人，客栈东家西门虎吓得当即一屁股坐在了地上，赶紧连滚带爬去报官。

等官府来人后，已经天亮了。官府查看了一番后，想要查证什么时，出现了几个明显是来自王宫的华服之人，对官府来人说了几句什么，官府来人立刻转身离开。

西门虎不知所以，再次报官，得到的答复是等候处置，一等就是三天，尸体挂在树上，谁也不敢摘下，吓得所有客人都退房而走。

周东一行人也在第二日离开了“云中客”客栈。

离开之时，张郡前来送行。

第四十四章

迎难而上

师父被杀，张郡并没有流露出过多伤悲，语气轻松，言谈之中似乎还微有庆幸之意。师父一死，他身为大师兄，顺理成章继承了衣钵，并且师父还留下了不菲的遗产，他表面上悲切，内心还微有几分对日后执掌门户的期待。

周东等人在城外和吕唐会合，然后启程前往魏国。

春日已深，官道两旁的树木都染上了一层绿色，野花满径，阳光温暖，微风徐动，是一个适合出游的好日子。

周东没有乘坐自己的马车，而是和吕唐同乘一车，公主自己独乘一车。

车队共有五辆马车，都是沈家特制，再加上随从和护卫三百余人，浩浩荡荡，蔚为壮观。

“幔陀在你车上养伤？”吕唐摆弄香炉中的线香，盖上香炉盖，懒洋洋地靠在车窗上，朝外面张望，“这么说，你也算救幔陀一命了？”

当时若不是周东及时拉开幔陀，第一波十支利箭就会射向幔陀，幔陀身上有伤，必然躲闪不及，说来也算是他救了幔陀一命。

不过，幔陀的命还是危在旦夕。

幔陀第一次和元者过招，中了元者的树枝暗器，是元者从树上所摘的树枝。第二次所中树枝，是他特制的铁制树枝。以幔陀的功力，即便中了暗器，只需不是要害之处，很快就能痊愈。只是谁也没有料到，元者如此绝世高手，暗器上竟然有毒！

向来暗器喂毒为高手所不齿，何况元者身为一代宗师，竟是如此歹毒。幔陀在目睹了元者被活活钉死在大树之上后，毒性发作，昏倒在了周东怀中。

王左查看之下，知道幔陀中毒，当即让人到元者身上搜寻解药，却一无所获。次日，张郡前来送行时，沈南也问他元者所用何毒，张郡愕然，从来不知师父还会用毒。

幔陀已然昏迷不醒，无奈之下，只好将她放置在周东的马车之上，由王左先是配制了常见的解毒药为她解毒，却并无效果。

周东不免忧心忡忡。

虽说幔陀之前数次杀他，却是为救他而受伤，即便幔陀救他也是为了杀他，他却不能不念及幔陀救命之恩。何况上次元者夜袭，他莫名其妙逃过一劫，也是幔陀所为。

周东摇了摇头："幔陀之毒若是不解，还是会没命。眼下不知她所中何毒，无从下药。"

吕唐忽然眼前一亮："或许慕容庄知道幔陀所中之毒，慕容庄和元者相识多年，他二人交情莫逆。"

周东点了点头："姑且一试。子与……"

"在。"

"你速去追赶慕容庄和姜远的车队，送书信一封。"周东提笔写了一封信，交与子与。子与领命而去。

"二十万齐军已经发兵了，十万抵达了齐韩边界，五万留守齐韩边界，五万正朝齐魏边界进发，另外十万，正火速赶往阳翟，估计十五日内就会到达阳翟。"吕唐知道周东最关心的是发兵之事，也不等周东开口，就主动说了出来。

周东却是淡淡一笑，他知道齐王必定发兵，此事关乎齐国国运，以齐王的远见卓识，若不发兵就是短见了："大钟是否铸造完毕？"

"十万斤的大钟，前所未有，工匠们不敢轻举妄动，正在精心计算大小和厚度，不出意外，三日之内铸好，十五日之内就要送达中山国。只是，十万斤大钟过于笨重，想要安全送到中山国，怕是也要费一番周折。"

"不是沈公子已经留下了一些工匠在打造车辆吗？他刚刚还说，车辆三日之内就会建造出来。"周东双手握拳，微有紧张之意，"大钟事关重大，是最关键的一环，万万不可有丝毫差错。"

“不会，此事我心里有底，没底的是司马父子。”吕唐更担心司马父子的失控，万一司马父子势如破竹先攻破了阳翟，再和魏国增援的大军会合一处，直接和前去阳翟的十万齐军交战，那时将会出现不可收拾的局面。

吕唐的马车足够宽敞，周东斜躺了身子，伸了伸腿道：“司马父子不会和齐军交战，吕兄尽管放心。我已经派人前去和司马运相见，司马运见了我的亲笔信，自会明白何去何从。”

“信上写了什么？”吕唐好奇之心熊熊燃烧。

“司马运是聪明人，只需一句话他就会明白孰轻孰重……若要平外，必先安内。”

“若要平外，必先安内？”吕唐低头想了片刻，猛然大喜，“周兄高明，在下佩服。”

见惯了吕唐嘻嘻哈哈没有正形的样子，乍一见到他一本正经地道谢，周东反倒有几分不适应：“你我之间就不必见外了。此去魏国，少说也要十几日，路途漫长，幔陀之毒该如何办？”

吕唐摇头摊手，右手支腮，言外之意是我也是没有办法呀。周东跳下车，快步回到自己车上，幔陀平躺车内，紧闭双眼，秀美的脸庞笼罩了一层若有若无的黑气。周东虽略懂医术，却并不是医术高明的大夫，再者连幔陀所中之毒是什么也不知道，无从下手。

若是妙关或许可知解毒之法，只可惜，妙关还远在魏国，也许流落到了他国也未可知。周东愁眉不展，幔陀对他有救命之恩，中毒也是因他而起，眼睁睁看着幔陀毒性侵入五脏而死，他于心不忍。

但愿慕容庄有解毒之法，周东望向了官道的远处，官道上，车辆不多，远处的官道如蜿蜒的河流消失在了田野之中，看不到尽头。

想了一想，他跳下车，小跑几步，追上了前面沈南的车辆，跳了上去。

沈南正在车内和王左对弈。

见周东一脸忧色，沈南知道他在担心幔陀，笑道：“若是幔陀伤好，得以不死，你收了她就是。”

“不要取笑。”王左扔了棋子，伸了伸腿，神思凝重，“我查遍典籍也查不到幔陀所中之毒究竟是何毒，若以常理而论，幔陀此时已经毒发身亡了。但她呼吸均匀，犹如睡着一般，除了脸上的黑气之外，就连脉搏也是正常，全无中毒迹象，如此咄咄怪事，见所未见。幔陀既未毒发身亡，也不见醒来，确实是让人费解。”

“莫非她中的是曼陀罗之毒？”周东灵光一闪，想起有一种十分艳丽的曼陀罗花，有致幻、麻醉的毒性，可让人昏睡不醒。

“曼陀罗？”王左猛然一惊，忙起身翻看典籍。

“典籍之上未见记载，是我无意中听一名异域的术士所说，此花并不产于各诸侯国，说是产自西方海外之国。”周东眼中的光彩又黯淡了下去，“我也未曾见过，只是听闻，即便幔陀所中之毒是曼陀罗，也是无药可解。”

“说了半天，尽是废话。”沈南摆了摆手，一脸轻松，“你二人也不必费心费神了，生死有命，富贵在天，幔陀的死活，只有老天说了算。”

王左眼睛一瞪：“若事事无为，则事事无所为。大丈夫为人处世，当迎难而上，尽心尽力，才是君子本色。”

周东也是一脸嫌弃：“只有尽力而为，才可问心无愧，如你一般只管舒适享受，车内一躺，莫非幔陀就能醒来不成？”

“公子，公子！”话音刚落，子良的声音在车外响起，急切而惊喜，“幔陀醒来了。”

沈南一脸促狭笑容：“怎样？着急也没用，该醒时，自然就醒了，哈哈。”

周东吃了一惊，顾不上和沈南争论，急匆匆返回车上。沈南和王左也紧随其后。

幔陀坐了起来，气色依然极差，脸上的黑气似乎又重了几分，她一双眼睛睁得很大，却空洞无神，双手摸来摸去：“怎么看不到了？我什么都看不到了！我的眼睛怎么了？”

子良眼泪流了下来：“幔陀姐姐，子良在，你莫要害怕，子良会陪在你的身边。”

“我不要子良，我要周东。”

周东也顾不了许多，抓住了幔陀的手：“幔陀姑娘，周东在此。”

“周东，我看不见了，眼睛瞎了，是上天对我的惩罚。上天责怪我有眼无珠，不识人心，被坏人蒙骗，差点杀了好人，是罪有应得。”

周东感觉到幔陀的手冰凉，见她额头上冷汗直冒，无比痛心：“幔陀姑娘不必如此，你也是一时受人蒙蔽。你本性善良，数次救我性命，若非你险些错杀我，也不会一直追随在我左右，暗中保护我的周全。”

幔陀微微皱眉，似有痛苦之色：“我回中山国后，暗中走访才得知王后和周西陷害你的真相，本来想杀了王后和周西为民除害，却被父亲制止。父亲以为我是被你所骗，就潜入魏国想要杀你。还好我及时赶到，才没有酿成大错。父亲大意之下，中了一箭，在安邑城养伤，又被太子下令全城搜捕，没有藏身之处，无奈之下，只好逃回了中山国……咳咳！”

“幔陀姑娘不要再说了，先养好身体要紧。”周东不忍她过多说话，话多伤气，不料幔陀却将他抓得更紧了。

¦第四十五章¦

救治

“不，我要说，再不说就没有机会了。”幔陀勉强笑了笑，嘴角渗出一丝鲜血，她犹然不觉，“送父亲回中山国后，我又返回了魏国，不料听说你启程去了齐国，就一路尾随。后来被一名死士发现了行踪，只得出手杀了他……”

沈南奇道：“为何张郡大战死士时，你不出手相助？趁机将死士杀个精光，可保周兄平安。”

“我只想保护周公子安全，因我险些误杀他的性命，过意不去，才不理会山匪和死士谁死谁活。”

“你……”沈南觉得幔陀像是傻子，“杀光了死士，周兄不就安全了？你怎么就不多想一些？”

“只要死士没有要取周公子性命，我就不会出手杀人。身为侠客，侠义第一，杀人第二。”

“好，好，你说什么都对。”沈南认输了，知道怎么也不会说服幔陀，幔陀就是认死理。

“原本我只是想一路安全护送周公子到齐国，也算了结了一桩心事，不想周公子在客栈房间中一番复国的慷慨之语，让我豁然开朗。所谓侠客，杀一恶人是为义，杀十恶人是为侠，却终究杀不尽天下恶人。而周公子心系天下苍生，只为百姓复国，才是真正的侠之大者，是仁义君子。我就决定留在公子左右，助公子成就大业。”

“咳咳……”一阵猛然的咳嗽让幔陀喘不过气来，她“哇”的一口吐出了一摊血水，血水红中带黑，隐有怪味扑鼻，“只可惜，我技不如人，身中剧毒，怕是不久于人世了。公子，我死之后，请公子把我埋于中山国，愿魂归故土。还请公子转告父亲，让他不要以我为念，也不要与公子为难，也请公子不要怪罪父亲……”

想中山国无数王公大臣，就连母后和周西在内，竟是不如一名女子的侠肝义胆，周东热泪长流：“幔陀姑娘，你且放心，中山国复国之后，我定会爱惜百姓励精图治，也会厚待幔越先生……”

“多谢公子。”幔陀的手渐渐松开，无力地垂了下去，“幔陀只怕再也不能保护公子了，请公子原谅幔陀未能守诺……”

“拿剑来！”周东的目光落在幔陀吐出的黑血上，见幔陀再次昏迷黑气却少了一分的脸色，猛然想起了什么。

“你要杀她？”沈南一愣，还是递上了宝剑，“她都已经快要死了，你还杀她，太残忍了。”

“你和王兄扶住幔陀。”周东瞪了沈南一眼，吓得沈南一缩脖子忙扶住了幔陀的胳膊，“子良，你拿木盆随时准备接着。”

“是。”子良忙拿起木盆，却一脸迷茫，“接什么？”

周东也不答话，抽出宝剑，一剑就斩在了幔陀的后背之上。

“啊！”众人皆大吃一惊，一剑斩下，幔陀即便不被斩为两截，至少也要血肉横飞。不过剑落下之后，却是砰的一声，原来是剑身拍在了幔陀后背之上，众人才知道是虚惊一场。

幔陀受了一击，身子软绵绵一挺，随即又垂了下来。周东不甘，接连出剑，连续用剑身敲打幔陀的后背，几下过后，连沈南都不忍心了，叫道：“你干什么？再拍下去，没病的人都被你拍死了。”

周东不管，又连拍三下，终于在他近乎绝望之时，幔陀身子猛然一挺，圆睁双眼，张口吐出了一口鲜血。

鲜血中有许多黑色的血块。

正吐在子良的木盆之中。

吐血之后，幔陀的神色更加萎靡了几分，脸上的黑气却是又减弱不少。周东大喜，他的推测没错，幔陀所中之毒可以通过吐血化解一部分，吐血之后虽然身体虚弱，总好过毒性郁积在体内早晚夺人性命。

“多喂她一些补血益气的补品。”周东还了沈南宝剑，见幔陀沉沉睡去，呼吸均匀，心中稍安，“但愿她吉人天相，能渡过此关。”

“若幔陀真能得以活命，周兄，她以后早晚会打还回来，哈哈。”沈南被周东刚才的凶猛着实吓得不轻。

三日后，幔陀悠悠醒来，气色好了许多，脸上的黑气虽然还有，已经弱不可见了，毒性解了大半。周东心下欢喜，想要故技重施，再敲击幔陀几剑，幔陀虽未反对，沈南、王左和子良却坚决不许。

就连吕唐和公主听了也是连连摇头，周东只好打消了念头。

子与及时赶回来了。

子与追上了慕容庄和姜远的车队，在见到他的第一眼时，慕容庄和姜远难以抑制喜悦之色，以为子与如此快马加鞭而来是为了报丧——元者出手，周东若再是不死，天理难容。

不料周东安然无恙，而元者身中数十箭而死，慕容庄和姜远闻之，面如死灰，感觉犹如天塌下来一般。二人最后一丝希望破灭，有了无生趣之感。

周东竟然没死？周东怎能没死？他怎么就如此命大，怎么都杀不死他？他是人还是鬼？

其时，慕容庄已然得知慕容家被姜家和沈家联合狙击，家产损失超过八成，他即将从一名富家子弟沦落为负债累累，从此永无宁日，他连死的心都有了。和他同样有想死心思的是姜远，姜远早在离开齐国之时，想在齐国的钱庄兑付金子时被告知，他已经不再是姜家的少东家，姜公已经传令各地，姜家没有姜远这个逆子，姜远无法再动用姜家的任何人脉资源和产业。

晴天霹雳！

姜远感觉如同一头栽下了悬崖，从天上直接坠入了无底的深渊。

姜远和慕容庄同病相怜，二人早早离开齐国，想提前一步回到魏国，并让元者无论如何也要杀死周东，也是心存了最后一丝希望，周东一死，或许一切还有转机。虽说周东不在魏国，但魏国发生的一切，都和周东密不可分。

都是周东暗中所为！二人对周东恨得咬牙切齿，周东如此歹毒，表面不再计较他们杀他之事，暗中却断了他们的后路，真是小人！二人只盼元者可以手刃周东，为天下人除害。

周东没死的消息如一记重锤，击中了二人本来已经十分脆弱的心，二人几乎绝望到了想要一死了之的地步，对子与所问元者解药之事，哪里还有心思应付，推说没有打发了子与。

子与走后，二人争论半天。姜远想要逃往燕国，从此隐姓埋名，在凄惨中度过一生。慕容庄却不同意，他不甘心失败，觉得事情还没有到不可挽回的地步，应该再回魏国，暗中行事，或许还有转机。

更何况，还有太子可以倚仗，太子也不会见死不救，只要太子肯出手相助，即便是东山再起，也不过是数年之功。

最终慕容庄说服了姜远，二人决定再回魏国，要和周东周旋到底。不过二人改了策略，让车队回去，告知家人二人在半路不知所终，然后二人弃车骑马而行，要不为人所知地潜回魏国。

与狼狈不堪的慕容庄和姜远相比，司马运的左右为难不是因为没有选择，而是选择太多。

司马运接到了由王松送来的书信，知道王松本是中山国大将的他，让王松留在身边为他所用。他很清楚王松的才能，远比王之、公孙由强了百倍。

就连乐城也是远不能与之相比。

周东信中的三件事情，让他既大为震惊又无比惊喜。

第一件事情，齐国发兵二十万，号称三十万，十万暗中陈兵齐韩、齐魏边境，剩余十万以二十万名义直扑阳翟。韩王派使者前往齐国求救，齐王决定施加援手。

第二件事情，太子魏作已经和他撕破脸皮，密令慕容庄和姜远杀他。二人杀他不成，回魏国后，魏作必会头疼此事，魏作深陷琐事不能自拔，无暇顾及军国大事，正是时机。

第三件事情，劝司马运即刻向魏王请求增援，再派十五万大军，否则齐军和韩军里应外合，魏军必然大败。到时齐韩联军反扑，非但司马大军有全军覆没之忧，魏国也有灭国之患。

最后，周东莫名其妙多了一句："若欲平外，必先安内。"

司马运看完周东的信，扔到了火炉之中，看着慢慢化成灰烬的信，心领神会地笑了。

接下来如何应对形势的大变，司马运和父亲商议。司马史的想法是一面向魏王请求支援，一面南下进攻阳翟，万一乐城兵败，也可以接应乐城，不至于让人觉得他们父子有意置乐城的生死于不顾。

司马运并无异议，只是对魏王增援的大军到来之后如何应对，他和司马史意见并不一致。司马史老成持重，想等齐军到来之后，静观其变，以推测齐军是真心要助韩国解围，还是只是前来趁火打劫，也想分一杯羹。若是前者，当集中全部力量和齐韩联军决一死战；若是后者，可和齐军谈判，等韩国覆灭之后，划几座城池给齐国，以换取齐军袖手旁观。

司马运却不赞同父亲的消极之策，在他看来，不管齐军的真正用意是什么，都无关紧要，要紧的是，魏王增援的十五万大军一到，和他们手中的十五万大军合并成为三十万大军，挥师北上，取代魏氏易如反掌。

第四十六章

风起云涌

司马史沉思良久："若是大军北上伐魏，万一齐韩联军尾随而上，等魏王的大军一到，我军就会被前后夹击，必败无疑。"

"齐军绝不会尾随而上，周东的信中说得清楚，齐国发兵二十万，只派十万前来救援，另外十万按兵不动。若齐军真心助韩国解围或是吞并韩国，二十万大军会全部出动。齐军只是虚张声势罢了。"

"兵家大事，不可有丝毫闪失。一着不慎，输掉的可是身家性命。"司马史还是不敢掉以轻心，"周东之言，未必可信，或是他消息不准，或是他用心不良。"

"若是连周东都信不过，还能信谁？"司马运很是气愤父亲对周东的怀疑，"太子密令慕容庄和姜远杀掉周东，周东和魏氏已然没有和解的可能，唯有助司马氏取代魏氏，才可安身。"

"……"司马史沉吟良久，"且信周东一次，不过到时是否起兵，要看魏王派来的将领是谁。"

"报！"

军营外有人报来乐城大军的消息，乐城大败！

乐城在围困阳翟城三日之后，韩军大将陈帮和出战，一战大败乐城，斩杀乐城骑兵千余人。

乐城大军士气大落。

乐城骑兵因奔袭之故，并未携带太多粮草，已然用尽，若不能三日内攻克阳翟，必会因粮绝而死。乐城求胜心切，不顾手下劝告，在首战失利之后，发动骑兵攻城。

陈帮和站在城墙之上，大笑乐城不会领兵打仗。乐城气得暴跳如雷，却被乱箭射退。乐城非但再次损失了一千余人马，他还中了一箭。

陈帮和看出了乐城即将粮尽，闭城不出，三日后，他率五千骑兵一万步兵出战，将乐城大军杀得七零八落，待乐城退到山坡之上清点人数，只剩下了五千骑兵。

乐城悲从中来，意欲自杀谢罪，被手下劝住。

痛定思痛，乐城决定收兵回营。之前派出向司马父子求救的传令官一个也没有回来，想必是被司马父子故意押下不理了。

乐城带领五千残兵败将连夜撤退，陈帮和穷追不舍，一路上大小战争数次，乐城又折损了一千余人。虽损失惨重，但乐城也在磨炼中迅速成长起来，渐渐摸索出了对战之策。毕竟在爷爷身边久了，常听爷爷讲兵法之道，他也受益匪浅。

到了后来，只剩下三千骑兵时，乐城掠夺了一处的粮仓，得以补充了战力，又设计埋伏，诱敌深入，居然以三千骑兵重创了陈帮和五千骑兵，杀得陈帮和五千骑兵只剩下一千人马狼狈而逃。

陈帮和不甘失败，又率步兵来战。乐城奔袭如飞，左右袭击，又将步兵打得大败。陈帮和不敢再追，仰天长叹乐城不愧为乐羊之后。

自此，乐城在韩军之中声名大噪！

一日后，乐城返回军营。只剩下三千兵马的骑兵，虽无比狼狈，死伤惨重，但经历了血与火的考验，活着回来的都是精英。

乐城虽痛恨司马父子见死不救，有意让他自生自灭，他却不再像以前一样和司马父子据理力争，而是先向二人请罪，愿自罚没薪俸以抚恤战死的将士，并让人将他全身捆绑，暴晒在烈日之下，以告慰死去将士的在天之灵。

乐城此举俘获了人心，从此三千骑兵唯乐城之命是从！

乐城向司马史提出再挑选七千步卒训练，以便再组成一万骑兵，司马史欣然应允。司马父子虽惊讶于乐城的改变，却并未放在心上，乐城才经历一战，比起身经百战的他们，还相去甚远，现在他们的心思全在魏王的增兵之上。

数日，魏王派来使者宣告，不日十五万增援大军便会启程前来和司马大军会合，领兵之人，正是太子魏作！

“魏作亲自出征？”司马父子大吃一惊，魏王此举，是为了让太子牵制他们父子。

司马运一惊过后，却又得意一笑：“魏王慌乱之下，竟是如此草率决定，他就不怕魏作出征，一不小心战死沙场不成？”

司马史微微一惊，随即又会心地笑了：“魏作即便没有战死沙场，他指使慕容庄和姜远想要杀害周东之事，传了出去，说不定会让他丢了太子之位。”

魏作亲自出征，要么战死沙场，要么被司马父子所害，魏王自然想到了其中的利害关系，只是魏作坚持要亲自上阵，并且理由还十分充分，他也只能听之任之。

魏作说只有他亲自率军出征，才能镇压司马父子蠢蠢欲动的叛逆之心，换了别人，必会成为司马父子的替罪羊不说，还会让十五万大军尽数落入司马父子之手。

魏作并没有说出他一心想出征的另一个真实想法，是为了避开周东。

周东屡杀不死，让魏作终于有了惊恐之心，他原以为他的计划天衣无缝，周东必死无疑，不料接到慕容庄的飞鸽传书，以及他的眼线消息，都说周东命大造化大，不管怎样都杀不死，他联想到了周东从兵败到潜逃到魏国，遇野狼困而不死，被乐羊刺而不死，被死士杀而不死，莫非周东就是天生命硬？

传说有一种人九次遇难而不死，就会脱胎换骨，成为永远也无法杀死的异人。传说虽然只是传说，魏作却是信了大半。也不由他不信，周东每次逢凶化吉犹如神助。

当然，最主要的是魏作心虚了，不知道该如何面对周东和魏任、吕唐。他一向自诩为正人君子，却暗中指使慕容庄和姜远除掉周东，如果这件事传了出去，他将名声扫地，以后还怎么服众、怎么继位？

怕是到时有人会拿此事大做文章，上书父王废掉他的太子之位，让魏达继位也大有可能。带兵出征，既能避免和周东见面，又能立功。等他立了大功归来，就算有人拿此事质疑他的品行，只要功劳够高，就足以掩盖此事。

说心里话，魏作真的不敢想象和周东再次见面，该怎么回答周东的当面质疑。他得到了父王对他率军出征的允许后，出了王宫，回到太子府，坐了片刻，叫来了刺客翟往。

各诸侯国连年争战，刺杀成风，因此豢养刺客也是常事。魏作对翟往很是礼敬，亲自为翟往敬茶。

翟往原本是秦国人，后归到魏作门下，魏作待他甚厚，他感念魏作情义，誓死追随。

“世间是先有伯乐再有千里马，还是先有千里马才有伯乐？”魏作长叹一声，“古人之风，到今日消失殆尽。孔子说，君子三年不为礼，礼必坏；三年不为乐，乐必崩。礼崩乐坏，今日再无豫让也。”

翟往四旬上下，重眉，大耳，双眼低垂：“太子以众人遇我，我故众人报之。太子以国士遇我，我故国士报之。”

二人一对一答，正是当年豫让刺杀赵襄子之事。

豫让最初是范氏家臣，后又给中行氏做家臣，都并不出众。直到他做了晋智伯的家臣以后，才受到重用，智伯对他很尊重。后赵、魏、韩三家分晋时，赵襄子和韩、魏合谋将智伯消灭。豫让先是逃到了山里，后怨恨赵襄子把智伯的头颅做成酒具，于是出山行刺赵襄子。

豫让数次行刺失手，最后一次，他被赵襄子活捉，恳请赵襄子让他刺杀他的衣服以报智伯之恩。赵襄子感念他的忠义，应允。问他为何只待智伯如此，豫让答，臣事范、中行氏，范、中行氏众人遇我，我故众人报之。智伯，国士遇我，我故国士报之。遂留下“士为知己者死”而自尽。

魏作长揖一礼：“请先生为我刺杀两人。”

翟往起身还礼：“何人？”

“慕容庄和姜远！”

“好！”翟往转身就走，走了几步又站住，“二人现在何处？”

“正从齐国回魏国的官道之上，三日之内到魏国。乘坐马车。”

“臣若不提二人之头，就提自己之头来见。”翟往袖手而走。

望着翟往远去的背影，魏作总算松了一口气，忽然外面传来下人的声音：“太子殿下，有齐国太子吕唐来信。”

吕唐来信？魏作心中一惊，莫非周东事发，吕唐来信将他痛骂一顿？心情忐忑地打开吕唐之信，顿时长舒了一口气，不由得摇头一笑，吕唐铸造了一口大铜钟运往中山国，刻铭文以记录他的丰功伟绩。

信中还说，他和周东一起前来魏国，周东甚是想念他，期待早日和他重逢。吕唐还特意以玩笑的口吻说道，他和乐旦的大婚可以与周东和姜姝的大婚同日举行，必会成为佳话。

信中全是期待之情和喜悦之意，并无丝毫不满和指责，仿佛周东之事从未发生一样。魏作既庆幸又感慨，庆幸的是，周东是聪明人，不会将此事闹大；感慨的是，若周东真能与他一心，他将会如虎添翼。

忽听门外又有人来报："慕容庄和姜远来信。"

他二人来信所为何事？魏作忙打开书信一看，顿时愣在了当场。愣了半晌，才想起什么，忙让手下去找翟往，却被告之，翟往已经远行，不知所终。

第四十七章

一路走来

怎会如此？

魏作呆坐半天，心中无比懊悔让翟往去刺杀慕容庄和姜远。信是慕容庄亲笔所写，慕容庄言辞恳切地告诉魏作，虽数次杀周东而不得，并非周东命大命硬，而是周东为人狡猾，身边有能人异士相助。他和姜远不会大张旗鼓地回魏国，而是会悄然潜入，假装从此消失不见，躲在暗处伺机再向周东下手。

不除掉周东，他们无颜再见太子。除掉周东之日，就是他们面见太子之时。

魏作是何等聪明，一眼就看出了慕容庄话里话外的隐含之意，是告诫魏作不要对他们不利，他们会躲在暗处留意魏作的一举一动，直到周东被杀或是他们确认没有危险之时，才会露面。

魏作狠狠地扔掉慕容庄的信，暗骂慕容庄胆大包天，敢威胁他，心里却是清楚，若是翟往刺杀慕容庄不成，慕容庄必会到处宣扬他欲除掉周东之事，到那时就真的很难收场了。

怎么办？索性一不做二不休。魏作又有几分后悔刚才想要收回成命了，身为太子，怎能如此出尔反尔？当断不断，反受其乱，他当即叫来了另一个刺客唐希，让唐希也去刺杀慕容庄和姜远。

唐希武功不亚于翟往，且比翟往更灵活。不管怎样，有翟往和唐希同时出手，慕容庄和姜远就算跑到天涯海角，也难逃一死。

魏作安排好一切之后，总算可以睡一个安稳觉了。他很快进入了梦乡，梦到了周东。梦中的周东依然是一脸淡然从容的笑容，谦恭而温和，谦谦君子，温润如玉，对他依旧如故。他正庆幸时，忽然他背后一人杀出，一剑刺入了他的胸膛。

“啊！”魏作从梦中惊醒，吓得满头大汗，回想起梦中刺杀他之人，竟是王孙酒坊的东家孙西敢。

天一亮，魏作就亲自来到王孙酒坊，却被告之孙西敢不在，去中山国采购酒糟和酒具了。魏作心中闪过一个大大的疑问，孙西敢此去中山国，莫非另有用意？

还真让魏作猜对了，孙西敢前去中山国，是周东授意。

周东从齐国动身之前，就派人快马加鞭送了一封书信给孙西敢。孙西敢接信之后，当即将酒坊交由掌柜李春经营，立刻动身前往中山国。

周东信中说得很是清楚，大事将至，让他先回中山国联络昔日手下。等齐国赠予的大钟抵达之后，守候在大钟左右，不得离开。

孙西敢兴奋莫名，连夜策马出城，天亮的时候，已然在数十里之外了。

三日后，十五万魏军整装待发，魏王率群臣亲自为魏作送行。王黄在人群之中，见魏作意气风发，不由得暗暗摇头。

十五万大军出发之后，朝堂之上多有议论反对之声，此战事关魏国国运，若是战败，魏国或许从此一蹶不振。而太子事关魏国国体，太子万一战死沙场，又将如何应对？

面对众多的质疑和反对之声，魏王一概不理，王黄被众人围住，无奈之下只好回应魏王自有分寸，太子勇猛，计谋过人，必会大功而返。

退朝之后，王黄回家途中，又路过了姜府，正想拜会一下姜望，却见姜望和姜姝大开府门，乘车出来，忙问要去何处，才知是周东等人回来了，姜望要出城相迎。

王黄呵呵一笑，一扫心中郁积之气：“既然遇上了，就一同前去迎接周东凯旋。”

姜望一愣：“王兄贵为相国，又是周东恩师，亲自迎接，于礼不合。何况周东只是寻常归来，未曾凯旋。”

王黄笑道：“平安无事回来，就是凯旋。”

姜望一想也是，哈哈一笑：“倒是我拘泥了，回来就是凯旋，相国请。”

“姜兄请！”

一行人来到城东，才等候片刻，就见浩浩荡荡的车队远远在望了，又听身后传来车辇声，原来是魏王派来迎接公主的人也到了。

“公子，姜公和相国都来迎接了。”子良眼尖，最先看到姜望、王黄等人，高兴地赶紧通知了周东，“还有姜小姐。”

周东正在车内陪幔陀说话，幔陀已然气色大好，虽未痊愈，却也并无大碍了。周东的打击疗法虽被沈南耻笑，却误打误撞之下，竟收到奇效，也算是不幸中的万幸了。

倒也不是周东真的盲目下手，而是他在战场之上亲眼见过有人如此为体内瘀血的将士治疗。

一路上，周东倒是和幔陀聊了许多，幔陀也愈加相信周东并非坏人，周东是被坏人陷害，而他身处逆境，忍辱负重，眼下正是复国的紧要关头，她立誓伤好之后，追随周东左右，助周东复国。

她还暗下决心，一定要劝说父亲追随周东，做一个真正为国为民的侠客。

周东只顾和幔陀说话，很少和任公主交流。其实，周东是想从幔陀那里了解中山国的现状，毕竟他离开日久，不知情形如何。另外，他也是为了避嫌，不说任公主已经和吕唐成亲，只说魏作之事，就颇让任公主为难。

周东不想任公主在他面前觉得有愧于他。

任公主感觉到周东对她有意疏远，有几次和吕唐提起，吕唐却不以为然：“若是周东和魏作真起了冲突，你会帮谁？与其左右为难，不如眼不见为净，两不相帮。莫要忘了，周东和我情同手足。你帮周东，也是帮我。”

任公主默然无语，吕唐的话在理，于亲情，她帮夫君不帮哥哥，也是亏欠。反之，也是一样。

吕唐最为自在，路上除了吃睡之外，就是欣赏日渐浓厚的春色。虽说风起云涌，眼见一场大战就要到来，他却如同置身事外一般，从不担心。

也是因为他知道，就算他担心也没用，不如让周东去操劳这些事情。他和沈南下棋、畅谈古今，又或是纵论老子，又因马车加固改造之后，无比舒适，一路走来，他胜似闲庭信步，沉迷其中。

王左却是近乡情更怯，想起即将和父亲相认，也不知父亲会不会原谅他的不孝，不由得惴惴不安。周东软言宽慰，王左心中稍安。

比起几人的心思各异，周东反倒轻松随意，一切都布置停当，只等最后时刻的到来，虽说成败在此一举，但他并没有大战来临之前的紧张和不安。

或许是藏器待时太久了，真正决定的时刻来临，却又坦然了。也是周东期待了太久，也筹划了太久。

只是周东并不知道魏作已经带兵出征韩国，他还在想若是和魏作再次相见，会如何面对。他会假装什么都没有发生和魏作谈笑风生，只是魏作可以坦然面对他的安然无恙吗？

平心而论，周东理解魏作对他所做的一切，若换了他是魏作，他也会如此。无关个人恩怨，附加在他们每个人身上的光环、职责和枷锁太多，多得没有一个人可以无视，可以卸掉一切而坦荡面对。

就像他自己也是一样，他不可能忘记自己中山国太子的身份，娶了姜姝安心地在魏国当一名百姓。不是他对中山国的覆灭有多不甘，也不是他对王位有多眷恋，而是有太多人期待和期盼，他不能视而不见。

生而为人，当敬畏天地、孝敬父母、兄友弟恭；生而为太子，当继承大业，身勤社稷、忧劳邦家、自强自立、富国强兵。他不是周东，他是肩负无数百姓期望，肩负王松和孙西敢不惜一切代价也要复国之志的唯一人选。

他无路可退。

周东也想得清楚，他回魏国，魏作要么和他一样假装什么都没有发生，依然视他为座上宾，他就配合魏作，维护魏作太子的高大形象。若是魏作和他形同陌路，他也不会揭穿魏作的伪装，对慕容庄和姜远之事，只字不提，为了大计，如此小事都可以先放到一边。

只是，周东很是担心慕容庄和姜远的安危，其实二人在接受了魏作密令的那一刻起，不管他是否被二人除掉，二人在魏作心目中已经是死人了。魏作不会允许知道他最深秘密、可以破坏他伟岸形象的人活在世上，更何况现在魏作根基不稳，一旦出事就有可能被魏达替代。

虽说慕容庄和姜远所做之事死有余辜，只是姜远毕竟是姜望独子、姜姝兄长，也不知他二人知道了姜远的所作所为又会如何？周东心中闪过一丝无奈，抬头一看，姜望和姜姝已经快步迎了过来。

周东忙紧趋几步，朝姜望深施一礼：“姜公、姝妹。”又见王黄落在后面，忙跑过去搀扶王黄，“怎敢有劳恩师前来相迎？”

王黄见周东安然无恙，心中一块石头落地，呵呵一笑：“能早些见到你，也会早些开心。”

姜姝见周东黑了些又瘦了些，想起他一路上险些被姜远所害，鼻子一酸，扑簌掉下眼泪："周兄，你一路受累了。"

周东也有千言万语想对姜姝说，只是此刻不是儿女情长之时，他朝姜姝微一点头，扶起王黄就朝王左的马车走去："上次弟子答应恩师之事，原以为不知何时才能遂了恩师之愿，不料天公作美，恩师福泽绵长，来，看看他是何人……"

¦第四十八章¦

春秋大梦

王黄一时没有明白过来，乐呵呵地说道：“你说的是何事？为师怎么没想起来？谁是何人？你莫非又结交了新的友人不成……”

话说一半王黄顿时愣在当场，王左从车上下来，双眼含泪，双手颤抖，只看了王黄一眼，就扑通一声跪倒在地，泣不成声：“父亲，不孝子回来了。”

“左……儿？”王黄揉了揉眼睛，以为自己眼睛花了，又掐了掐自己的虎口，以为自己是在做梦，“真的是你？为父没有看错？”

“父亲，正是不孝子王左！”王左磕头咚咚作响，额头瞬间渗出鲜血，“儿子愧对列祖列宗，愧对父亲的养育之恩！”

王黄一把推开周东，快步来到王左面前，高高举起右手，嗫嚅道：“你这个逆子……”随后右手又无力地落下，抱住了王左，“儿啊，你让为父想得好苦呀。”

父子二人抱在一起，放声大哭。

众人无不唏嘘，都湿了眼眶。姜姝更是忍不住，大洒同情之泪。

沈南和吕唐肩并肩走了过来，二人对视一眼，沈南摇头叹息：“本是好事，被他们一哭，让我也觉得心里不好受了。你看，如此大好春光，若不痛哭一场，岂不辜负？”

吕唐笑骂：“什么屁话？大好春光怎能用哭来感怀？只是，只是，人生自古伤别离，何况又是一别十几年。若我如此，父王想必比相国还要伤心几分，哇……”

吕唐说哭就哭，毫无征兆，声若雷震。

"怎么说哭就哭，也不先打个招呼？什么事情都要抢在我的前面不成？"沈南很是不满，嘟囔道，"莫非只有你有父亲疼爱，我便没有不成？父亲对我无比疼爱，我走丢一日，他便会茶不思饭不想……呜呜！"

沈南也被感染，想挺过去却没挺住，他哭起来虽没吕唐声音洪亮，却胜在声调够长嗓门够尖，在哭声中最为突出。

姜姝以为就周东没哭，回身一看，周东站得笔直，背负双手，似乎是在仰望天空，双眼却是热泪滚滚。他是无声地哭泣，既不抽搐，又不出声，他是压抑了多久的情感，从被亲人陷害，到父王被毒杀，再到颠沛流离数次生死难关，有谁比他更该放声悲歌？！

有多少个孤枕难眠的夜晚，多少次周东忍不住眼含热泪，又最终收回了眼泪。泪水不应该是痛苦的诉说，也不应该是委屈的流淌，而应该是梅花在经过严寒之后的悄然绽放，是春天来临时的第一缕芳香。

又或者是，无边暗夜中一丝微弱的光亮。

姜姝来到周东身边，不说话，悄声递上了手帕。周东却不接，任泪水在脸上肆意滑落。他不是为自己流泪，而是为了人间的相聚而纵情一哭，为了父子情深而感动。他贵为太子，自小深受父王宠爱，父王既有国君之威，又有慈父之严，父子情深，犹如昨日。

周东怎能不触景生情？

本是一次欢聚，却哭成了一场悲欢，世间之情，最是牵绊。

众人只顾悲伤和欣喜，却无人察觉在远处的人群之中，有两个人正冷笑连连。

正是慕容庄和姜远。

二人比车队更早回到安邑，暗中潜藏在了一家客栈之中，姜远是无家可归，慕容庄是不敢回家，唯恐被人发现行踪。他猜测必定有人守候在门前，只等他一现身就会被太子得知。

不过听说太子率军出征韩国之后，二人心思稍安。慕容庄让人暗中送信到家中，约父亲出来一见。父子相见，抱头痛哭。

慕容成此时才得知慕容庄是在太子的指使之下，对周东暗下毒手未遂，才引发了姜家和沈家的联手狙击，再经过一番打听才又知道除了姜家和沈家联手之外，还有相国在背后推动。相国不是太子的恩师吗？为何会助姜家和沈家？慕容成百思不解。

慕容庄推测要么是太子想借机吞并慕容家，要么是相国既帮姜望又为周东打抱不平。不管如何，慕容家元气大伤，已经逃脱不了一败涂地的下场了。

慕容家从此衰败，姜家和沈家实力大增，尤其是姜家，趁机吞并了不少慕容家的产业，弥补了许多不足。人算不如天算，慕容庄和姜远交友，原本想借机侵占姜家生意，结果却把整个慕容家都赔了进去。当然，这事也不怪姜远。

慕容庄从一个挥金如土的富家子弟，转身变成一个穷光蛋，如此天上地下的巨变，让他一时难以接受。姜远也是被断绝了所有财路，二人只能靠慕容成变卖家产的一些钱财得以安身。

慕容庄本想托人送信给太子，太子却去了韩国，无奈之下，只能坐等太子回来。二人寄居在客栈之中，百无聊赖之余，要么埋怨太子几句，要么大骂周东。

这一日听说周东回来了，同行者还有远嫁齐国的任公主以及齐国太子，就连相国也亲自前去迎接，无数百姓闻风而动去看热闹，慕容庄和姜远混在人群之中，也想亲眼看看周东是不是真的没死。

看到周东的第一眼时，慕容庄和姜远对视一眼，二人不知心中泛起的是嫉妒、失望还是愤恨。为什么周东毫发无伤，而他们却落得如此田地？

当姜远看到父亲和妹妹之时，心中忽然涌起强烈的想要相认的冲动，他想向父亲和妹妹认错，他想回家，不想再在外面担惊受怕，不想再过居无定所的日子，也是王左和王黄相认的情形打动了他，他一拉慕容庄的衣袖："慕容兄，我想和父亲相认，父亲对我恩重如山，他必会原谅我的不孝。相国都能原谅离家出走十几年的王左，父亲也会饶恕我一时的糊涂。"

"不可。"慕容庄拉住姜远，想告诉他就算姜望念及父子之情谅解他，他一旦从暗处走到明处，就会成为太子的目标。不料姜远十分坚决，甩袖而去。

正要追上姜远，劝他不要一时冲动做出傻事，忽然眼睛的余光发现有人在盯着他和姜远不放，慕容庄心中一跳，转身一看，人群中有一个寻常打扮、面貌普通的男子，布衣布鞋，双手入袖，似乎是看了他一眼又迅速收回了目光，他心中大生警惕，莫非是有人盯上了他们？

慕容庄眼见姜远分开人群朝姜望走去，正好路过袖手男子前面。袖手男子后退一步，似乎是为姜远让路，右手却迅速一伸一缩。

姜远如遭雷击，身形一滞，随后一脸愕然看向了袖手男子，随后愕然变成惊恐和不甘，然后身子一歪，就要摔倒。

袖手男子双臂一伸，接住了姜远，他搀扶姜远离开：“借过，借过。他突然病倒，请让让。”

众人不疑有他，纷纷让路。

慕容庄惊得汗毛直竖，立刻想到了什么，哪里还顾上许多，转身就跑。

姜望和姜姝被围在人群之中，人群之外发生的事情一概不知，虽近在咫尺，却丝毫不知姜远被袖手男子掠走，上了远处的一辆马车。

马车一路向东，到了一个偏僻的荒郊之中，姜远口吐白沫，不断抽搐，眼见是不行了。

袖手男子将姜远扔到沟里，他拍了拍手掌：“谁也别怪，要怪就怪自己不安分。你就安心地上路吧，这里十年八年也不会有人路过，等你被人发现时，就是一堆白骨了。你也别恨谁，人早晚是一堆白骨，不差这几十年。我杀你，也是受人之托忠人之事，你肯定知道我是受谁所托，还是那句老话，安心上路，下辈子托生个好人家。不管托生谁家，一定别有弑父之心，父母恩重如山，对父母不敬，天理难容。”

姜远挣扎着想要说什么，却只是发出了呜呜的声音，说不出一句完整的话。袖手男子拿出了铁锹，开始埋土：“别说了，说了也没人听，你就安心地上路吧，到了那边，是非曲直，功过评判，都由阎王老子说了算，你要是不服，可以向阎王老子告状。”

不多时，姜远就被掩埋了。开始时他还动弹几分，后来就一动不动了。袖手男子埋了一会儿，见土完全掩盖了姜远的身体，扔了铁锹：“差不多了，你也算是入土为安了。行了，就这样吧，冤有头债有主，记住了，杀你的人是太子魏作，我只是受他之托，千万别记在我唐希的头上。”

可惜魏国三公子之一的姜远，就此惨死荒野之中。许多年后，当秦军铁蹄踏进魏国的都城之时，他的尸骨和无数魏国阵亡的将士一样，不知姓名来历，成了无名尸骨，富贵荣华、春秋大梦，就此荡然无存。

姜远落了一个活不见人死不见尸的下场，慕容庄侥幸逃过一劫，再也不敢出门。

周东一行人先回了善信阁，吕唐携公主前去王宫拜见魏王，约定他不住客栈要住在善信阁，周东自然应允。

幔陀也被安置在了善信阁，由子良和小薇照顾。听说幔陀一路上救了公子性命数次，小薇对幔陀无比敬佩之余，又悉心照顾，让一直漂泊不定的幔陀第一次感受到了家的温暖。

第四十九章

若欲平外，必先安内

是夜，姜望在姜府大摆宴席，款待周东，兼为吕唐接风。吕唐见过魏王之后，携公主来到姜府，又约上了沈南，沈南还带上了父亲沈然。

王黄和王左也在贵宾之列。

姜府高朋满座，热闹非凡，只是谁也不知道的是，此时姜远已经奔赴黄泉了。

姜望让王黄坐在首位，王黄气色大好，人逢喜事精神爽，他主动向众人敬酒。王左敬陪在了末位，不时为王黄倒酒夹菜，尽显人子本分。

沈然和姜望陪在王黄左右，二人虽同为魏国三大豪富之一，却是第一次同坐一席。和姜望的豪放相比，沈然的儒雅之气毕露，让周东连连称奇，也不知道沈南为何和沈然全然不像，毫无其父风范。

席间，众人谈天说地，无人提及背后的种种事端，就连姜远和慕容庄去了哪里，也都有意避开不谈。姜望和沈然聊到了修仙之事，二人谈兴大起，似乎都是方外之人，对于二人联手吞并慕容家之举，竟是未曾提到一句。

周东暗道，都是明白人，从此魏国只剩姜家和沈家了。

月色西沉，王黄和王左告辞而去，沈然和沈南也起身回家，周东和吕唐要去善信阁，虽然天色已晚，姜姝却还有话想和周东说。吕唐顺势说道：“姝妹今晚不妨住在善信阁，陪一陪幔陀姑娘。幔陀为周兄险些葬送了性命，你也要尽一份心。”

姜望喝醉了，大手一挥：“去吧去吧，随你。”

姜姝喜出望外。

三人回到善信阁，已是三更时分，却都无睡意。幔陀已然睡下，有子良照看，一切无忧。

三人来到后院，浮华和喧嚣过后，寂静和深思才是最真切的感受。

“姜兄……太让人失望了。”周东知道姜姝很是担心姜远，毕竟兄妹情深，只是他也确实不知道姜远人在何处，“等过上一段时间，姜公气消了一些，再让姜远回来，或许还可以让他重回姜家。”

“怕是不能了。”姜姝摇了摇头，“父亲为人，表面随和，内心坚硬，他既然决定和哥哥断绝父子关系，就绝对不会再收回。只是哥哥没有了姜家的庇护，他以何为生？”

吕唐对姜远极度不满，对于弑父之人，他一向认为猪狗不如，哼了一声：“以何为生？他哪里还有活命的机会？现在说不定已经抛尸荒野了。”

“啊，不要吓我……”姜姝吓得花容失色，“哥哥虽然罪该万死，可是总要给他一个改过的机会才好。”

周东瞪了吕唐一眼，虽说他也知道吕唐所说很有可能会成真，却还是安慰姜姝：“但愿他知错能改，更愿他吉人天相。”

“周兄，你就不必欺骗姝妹了。”吕唐才不理会周东的暗示，直截了当地说出了心中所想，“孝敬父母是人子本分，如姜远一样弑父求财，和畜生有何不同？死有余辜！再者受魏作之托想要暗中杀害周兄，不管周兄是死是活，他们都是魏作必须除掉的隐患。姜远和慕容庄没有回魏国还好，只要回来，必死无疑。”

“他还是不要回来为好，哪怕再也见不到哥哥了，至少他还可以活着。”姜姝到底心软。

周东暗叹一声，转移了话题：“魏作亲率大军前去增援司马父子，乐城大败，却赢得了军心。韩王向齐王求救，齐军兵发韩国，吕兄，形势正朝有利的方向进展，若是魏作大军和司马大军合并一处，乘势拿下了阳翟，到时齐军该如何应对？”

齐军如何应对，吕唐必然心中有数，周东有此一问，是想知道吕唐和齐王的真实想法。

“齐军前去增援韩国，韩国若被灭国，齐军自然原路撤回。”吕唐知道周东心思，微微一笑，“周兄是想知道齐军增援韩国，是真心增援还是想借机吞并韩国？”

周东点头：“你我之间就不必隐瞒了，事关重大。”

“齐国并无吞并韩国之心，欲先平外，必先安内。齐国之患在田氏。”吕唐自然不会向周东隐瞒齐国的真实意图，“不过齐国出兵，也不会空手而归。若能助韩国解围，韩国会割让三座城池为答谢。若是魏军吞并了韩国，齐国一样会向魏国提出要三座韩国城池才会撤兵。”

“若魏国不同意呢？”

“就打上一场再说。刚和韩军浴血奋战之后的魏军，多半不是以逸待劳的齐军的对手。”吕唐嘿嘿一笑，“不瞒周兄，齐国也不会做赔本生意。”

“我也不会让齐国做赔本生意，哈哈。”周东也笑了，“想不想听听我对下一步形势的判断？”

“洗耳恭听。”吕唐不忘安慰姜姝，“姝妹若是觉得我二人无聊，可以早些休息。”

姜姝摇头：“难得你二人纵论天下大势，小女子正好受教。”

“快讲，快讲，别铺垫了。”吕唐见周东望月不语，急得推了他一下。

周东如梦方醒，歉意一笑：“不好意思，方才走神了，想到了若是魏国真的吞并了韩国，怕是最为不安的是赵国。”

三家分晋之后，魏国独大，赵国次之，韩国最弱。本来已是强国的魏国先灭中山后吞韩国，必然会引起周围各诸侯国的警惕。

“近来赵国新君继位，根基不稳，无暇顾及周边诸侯国之事。不过，若是魏国真的吞并了韩国，齐国和赵国就得多亲近亲近了……”吕唐咧嘴一笑，“可惜成亲太早了，听说赵国多出美女，也不知赵王的女儿是否貌美如花。”

“赵国公主的主意就不要打了，和赵国结盟，倒是上策。一旦魏国吞并了韩国，齐国立刻派人前去赵国谈结盟之事。”周东笑道，“不过依我看，魏国吞并韩国的可能性不大，因为司马父子和魏作并非一心。司马父子要求增援是为了借机起兵，魏作亲率大军前去增援，是为了牵制司马父子，双方各有谋算，怎么可能灭了韩国？韩国比中山国不论兵力还是国力，都强了不少。”

“这么说，最终会是僵持之局？”

“不会。”周东十分坚定地摇头，“若我所料没错的话，魏作大军和司马大军合并一处之后，会接连吃败仗。司马父子不会让魏作立下战功，魏作也不想让司马父子再执掌军队，双方会陷入内耗之中无法自拔。”

“然后呢？”吕唐十分期待地问道。

“然后齐军就和韩军会聚一处了，韩军实力大增，此时魏王必会请求齐国撤军，齐国便可以狮子大开口，向魏王大提条件了。比如献给齐国粮草、布匹、皮革多少，权当公主的嫁妆了。”

吕唐拊掌叫好：“齐国再向韩国提出割让城池，到时齐国左右逢源，大赚一笔。可是东西到手了，就得撤军了？”

“当然要撤军了，齐军出兵，目的是打击田氏，同时在魏韩之争中渔翁得利。撤军之时，再让田氏出钱出力，田氏也只能从命。”周东知道吕唐担心的是什么，“不用担心，到时中山国起兵复国，魏军只能撤军回防，魏军撤离，齐军若再留在韩国，岂不是会被韩国误以为齐军另有所图？所以齐军撤军，正是顺应大势，又好处尽得。”

“哈哈哈哈……”吕唐开怀大笑，“事成之后，定不会亏待周兄。”

“如何回报我？”周东看了姜姝一眼，“不如我们先结成儿女亲家，等我复国之后，中山国和齐国永结同盟，互不侵犯。”

“好，好。”吕唐也看向了姜姝，“你必定生女儿要嫁与我儿子。”

姜姝才反应过来二人看她何意，顿时娇羞满面。

“为何不是你生女儿嫁我儿子？”周东不服，看了看姜姝，“姝妹必生儿子。”

“任公主体态匀称，才是必生儿子。姝妹纤细瘦弱，多半是女儿。”

“胡说，你怎会懂生养之道？”

“我怎么会不懂生养之道？难道只许你懂？”

二人争论不休，姜姝又羞又觉得好笑。

争论半天，谁也没有说服谁。周东话题一转，提及魏王必定会单独召见吕唐，有可能还会问到齐国为何相助韩国，吕唐也猜测魏王必有此举，希望周东帮他解答。

周东早有答案，如是这般说了一番，吕唐喜笑颜开。

次日，魏王果然召吕唐入宫，问到吕唐齐国为何出兵救援韩国，齐国和魏国是联姻，齐国不应帮韩国来对抗魏国。

吕唐就按周东交代，开始推说齐国国事，他一向不知，也不过问，后来见魏王不信，知道逃不去，才说齐国和韩国也是世交，韩王再三请求，父王心软，又和韩王交情不错，岂能见死不救？不过，齐国并无吞并韩国之心，派出三十万大军只因韩王答应割让三座城池。

若是吕唐一问便答，魏王还不信吕唐之话，吕唐被迫而答，魏王信了大半，又问吕唐若是魏军占领了阳翟，韩国覆灭，齐军又该如何。

吕唐哈哈一笑，三十万大军只要三座城池，可见齐王的仁厚，若是他，少说也要五座城池以上。就算打，也能打下七八座城池。魏王听出了言外之意，哈哈一笑，若是齐军按兵不动，等魏国灭了韩国，魏国愿拿韩国的五座城池与齐国交好。

第五十章

大梦醒来迟

吕唐笑道，公主和他成亲时，嫁妆虽然丰厚，却远不如五座城池的嫁妆，更显魏王爱女之心。若魏王真有如此爱女之心，他就替公主收下了。

魏王哈哈一笑，和吕唐举杯碰酒，心中却闪过一丝疑虑，传说吕唐为人随心所欲，常行荒唐之事，今日却对答如流，言谈毫无僭越和出格之处，难道传闻有假？还是他得了高人指点？

吕唐前来魏国，本是为参加魏作大婚，魏作率军出征韩国，婚事推后，他又不能返回齐国，只好滞留魏国。正好他左右无事，况且在魏国可以和周东饮酒下棋，他都乐不思蜀了。

周东倒也沉得下心来，每日除了陪他饮酒之外，就是处理姜家的一些事务。姜家吞并了慕容家一些产业以后，急速扩张，除人手不够之外，还急需调整和整合。好在周东头脑清晰，心中有大局，很快就厘清了脉络。

这也和周东与沈家关系密切有关。

沈家之前和慕容庄、姜家都很疏远，即便是和姜家配合默契拆分了慕容家之后，沈然和姜望的关系还是不远不近，二人也无法深入沟通，继续深度配合。幸好有周东和沈南。

沈南几乎天天来善信阁和周东、吕唐待在一起，他既欣赏周东的沉稳从容，又和吕唐脾气相投，又因他很喜欢子良，所以自从回到魏国之后，他在善信阁的时间比在家里时间还要多。

子良也看出了沈南对他的喜欢，有意避开他。沈南很苦闷，问周东是不是要收了子良，被周东笑骂一气。周东自然知道沈南是何意，说到以前乐城也曾喜欢子良却无疾而终，意在告诫沈南若是真喜欢子良，就拿出勇气和信心，子良并非寻常女子，假以时日，她必会成为和幔陀一样的绝世高手。

周东此话并非虚言，相处久了，幔陀和子良情同姐妹，已然答应等她伤好之后，将一身绝学全部传授给子良。

沈南尽心尽力讨好子良，却也没有忘了正事。他和周东联手厘清了慕容家的遗留问题。本来慕容家还有几处产业不管出多少价格，都不肯出手。不知为何，昨日忽然低价转让，价格之低，让周东和沈南咋舌。

更让人不解的是，今日一早，慕容家人去家空，慕容成连夜出走，只带了细软和几名贴身仆人，扔下偌大的慕容宅院和数百名下人而不知所终，一时间引起巨大轰动。

许多人一觉醒来发现没有了主人，顿时乱了分寸，好在管家慕容丹鹤沉着冷静，让大家不要慌乱，以他对家主的了解，家主就算不辞而别，也不会弃众人于不顾。果然，在慕容庄的书房之中，发现了一封信和地契房契。

慕容成指定由周东接手慕容家宅院，慕容家最后的两处产业全归周东所有，条件是周东要照应所有的下人，必须无一遗漏。

周东正和沈南、吕唐在家中赏花，春深花浓，夏日已近，百花争妍。

“算算日子，魏作大军应该快和司马大军会合了，齐军现在何处？”周东近来看似逍遥自在、无所事事，其实在等魏军、齐军和韩军三军交会之时。

“昨日刚刚收到消息，齐军再有三日就到阳翟了，一路上，畅通无阻。”吕唐悄然一笑，变戏法一般从袖中拿出一件东西，赫然是一个小小的铜钟，“大钟已经抵达了中山国！”

“当真？”周东一脸喜色，从吕唐手中抢过小钟，“此物从何而来？”

“我送的。”沈南坐在亭子南向，阳光晒在背上，无比舒适，他也一副懒洋洋、昏昏欲睡的样子，“他非要让我打制一个小铜钟送他，也不知是什么心思，还是有什么不为人知的恶趣味。”

“恶趣味的人是周兄。”吕唐抢回小钟，系在了腰间，“此物当作纪念，算是我和周兄的定亲礼物。”

“定亲？”沈南瞪大了眼睛，左看看周东，右看看吕唐，“你们有龙阳之好？”

“想哪里去了，是说我和周兄儿女的定亲礼物。”吕唐打了个哈欠，“春困秋乏夏打盹，睡不醒的冬三月。人生，不就是一场大梦吗？杀来杀去，争来争去，最终不过是大梦醒来迟。”

“人生一世，草木一秋，总算留下些什么才不枉来人世一场。”周东也打了哈欠，忽然想起了什么，神色凝重了几分，“也不知姜远和慕容庄去了哪里，听人说，他二人并未随车队回安邑，而是中途换了骑马。”

“多半已经遭遇了魏作的毒手。”吕唐对二人全无好感。

“公子，慕容家下人有急事求见。”木恩急急跑来。

“慕容家下人？”周东微微一怔，随即脸色一变，“快让他进来。”

来人正是慕容家管家慕容丹鹤。

慕容丹鹤年约三旬，瘦弱精干，一见周东，当即跪倒，呈上书信：“请周公子收留我等。”

周东接过书信，打开一看，脸色顿时大变：“慕容公连夜出走？”

“慕容成走了？”沈南跳了起来，和吕唐一起来到近前。

“起来说话。”周东简单问了几句，心中愈加沉重。慕容成信中语焉不详，只说他看破红尘，散尽家产前往深山求仙问道，恳请周东善待跟随他多年的下人。同时他还在信末附诗一首，正是《蓼莪》：蓼蓼者莪，匪莪伊蒿。哀哀父母，生我劬劳。蓼蓼者莪，匪莪伊蔚。哀哀父母，生我劳瘁……无父何怙，无母何恃。出则衔恤，入则靡至。父兮生我，母兮鞠我。抚我畜我，长我育我。顾我复我，出入腹我。欲报之德，昊天罔极！

全诗情绪起伏，是悼念父母恩德之诗。

周东将信递给沈南和吕唐，二人看后，久久无语。沈南叹息一声：“慕容公的父母，早已不在人世了。”

周东点头：“此诗应是慕容庄所附。”

“如何得知？”吕唐为之一惊，忙问慕容丹鹤，“近来可曾见过慕容庄？”

慕容丹鹤连连摇头：“未曾见过。”

周东相信慕容丹鹤并未见过慕容庄，他问的却是：“近来慕容公可曾有异常之举，比如半夜出门，经常一个人独处？”

“有，有。前日晚上家主半夜出去，我本想随同，他却不肯。回来后他满脸泪痕，一个人在书房中待了一夜。”

周东点了点头："是了，是了，多半是慕容庄和慕容公暗中见面，二人约定远离魏国。"他长叹一声，"好，我接下慕容公的重托。"

"多谢周公子。"慕容丹鹤喜出望外，他很怕周东撒手不管，到时慕容家无人接手，他们一群下人不知何去何从。周东一言，等于是保全了慕容家上下百余人的生计。

"走，这就去慕容府。"周东急于知道慕容庄还有没有留下什么痕迹，以便了解他父子二人去了哪里。

但是并没有。

慕容府不小，五进五出的院子，周东虽是接管，却也不住，就决意送与王左。他在魏国的时间不会太久了，王左也该有独立的院落了，正好有此机会，也是一举两得的好事。何况王左为人宽厚，必会厚待慕容家下人。

一切接收妥当，周东、吕唐和沈南三人花了半天时间走完了慕容府，想起显赫一时名震魏国的三家豪富之一，竟是落了一个不知所终的下场，不免让人唏嘘。周东站在院中亭子之内，手扶木柱，远眺不远处的相国府和遥遥在望的王宫，天下兴衰事，不过弹指间。

晚间，周东来到王黄府上，拜谢王黄之恩。王黄父子得以相聚，虽说因周东之故，但若没有王黄对沈南的嘱托和王左的神兵利器，周东也难逃一死。

王黄十分高兴周东来访，却坚决不受周东的馈赠。周东只好强调慕容府只有王左兄居住，才能让百余名下人得以活命，否则，无人可以保全慕容府一百多条人命。

王左只好收下。

王黄却是知道周东赠宅之意，是周东在魏国的日子屈指可数了，他有意指点王左："左儿，你可知慕容成为何连夜出走？"

王左虽醉心于奇技淫巧，但对时局和朝堂之事，也自有心得，远非王之可相比。他微一沉吟，道："慕容家的产业被姜家和沈家联手吞并，虽伤筋动骨，不过瘦死的骆驼比马大，安然度日还是不在话下。如此仓皇而走，分明是不想让人知道他去了何处。"

"也不想让人知道他和谁一起出走。"周东补充一句。

王左点头一笑："正是，不用猜，慕容成必定是和慕容庄一起出走，说不定还有姜远同行。只是去了哪里，就很难知道了。"

“周东，你觉得慕容成父子会去何方？”王黄有意考一考周东。虽说周东是他最后一个弟子，比起魏作来，周东中山国太子的身份并不显赫，何况还是亡国的太子，但他对周东最为偏爱，不仅因为周东最为沉稳从容，还在于周东对时局的眼光一向精准，深得他心。

第五十一章

权衡利弊

周东原本以为慕容庄会藏身安邑，等魏作回归之后再做打算，不承想突然和慕容成连夜出走，应该是哪里出现了变故。

变故不出意外的话，必定还是在魏作身上，也只有魏作有能力逼迫得慕容成和慕容庄弃家而逃。

只是他们父子会去哪里？周东想了想：“赵国太近，秦国太远，齐国太偏，韩国不安全，若是不再回来，客居他乡的话，楚国和燕国是最好的选择。若是随时准备回来，又想和魏作讨价还价的话，中山国是最佳藏身之地。”

“为何是中山国？”王左很是震惊周东的判断。

“因为中山国有魏达。”王黄抚须，一脸从容的微笑，“若要和魏作谈条件，以魏达为支点，可让魏作最为忌惮。不瞒各位，慕容成父子和老夫前日见过一面。”

两日前，王黄朝会过后，回家途中，路经王孙酒坊，忽然想起有些日子没有来过了，颇有几分怀念王孙酒坊的中山美酒，一问才知，王孙酒坊的两位店家都不在，已经交由他人经营。

他遗憾而去，才走几步，忽然一人悄然逼近，递上纸条，是慕容成约他城中肖家营相见。肖家营原本是一处军营，位于城北，后来荒废后一直闲置。

王黄和慕容成多年交情，也没多想，当即赴约。到了那儿，慕容成等候已久。慕容成并未责怪王黄暗中相助姜家和沈家吞并慕容家产业，事情已然过去，多说无益，他只是恳求王黄指点他和慕容庄一条生路。

慕容庄从断垣残壁中走了出来，跪倒在地，将他和姜远如何利欲熏心被魏作利用之事一说，上次姜远被人劫持，生死未卜，多半已经遭遇了不测，他就知道魏作不会放过他们，天下之大，总会有一个容身之处可以让他们父子安身立命。

王黄沉吟片刻，问他们父子是只想寻一处安身，还是想和魏作计较到底。对于魏作如此行径，他也在失望之余，大感痛心。魏作虽有太子之位，却无太子之德，心机过于深沉，而手段过于下作了。

慕容成不信王黄会真心帮他们对付魏作，毕竟王黄是魏作恩师。然而王黄一句话就打消了他们的疑虑："如今局势变幻莫测，若是将赌注全押在魏作一个人身上，容易全盘皆输。更何况魏韩大战，胜负未分，齐国又举数十万大军进军韩国，或许中山国借机复国也未可知。"

慕容成立刻听出了王黄的言外之意："相国是让我二人前去中山国？"

王黄并不说话，继续自顾自地说道："魏达虽喜怒无常，却是真性情，只要清楚他的喜好，反倒容易伴随左右。魏作就不同了，喜怒不形于色，且行事极为隐蔽，从不让人知道他的真实所想……"

"多谢相国指点。"慕容庄会意一笑，朝王黄深施一礼，"我父子二人这就去中山国投奔魏达。"

"慕容父子竟是去中山国投奔魏达？"周东听了背后之事，先是一愣，随即摇头一笑，"此二人倒是识时务，随机应变，也不失为枭雄。"

吕唐半天不语，突然就冒出一句："本是魏国之事，身为齐国太子，我本不该问，可是太好奇了，嘿嘿，还是要问上一问，相国莫非不看好魏作？难不成魏王还要立魏达为太子不成？"

王黄含蓄一笑："世事变幻莫测，谁敢说就一定能见到明天的太阳？就如慕容家，数十年之功，一夜雪崩，世事难料，人心叵测。来，喝茶，喝茶。"

众人却已经无心喝茶，都在深思王黄刚才之话。

沉默少顷，周东又问："姜远可曾暗中找过相国？"

王黄摇头："姜远被人劫持，是死是活，慕容庄也不得而知。但愿姜远只是被囚禁起来，有朝一日可以重见天日。周东，你何时回中山国？"

突如其来的一问，让周东心里一惊，心知恩师对他伺机复国之心了如指掌，不由得一笑："少则三日，多则十日。"

"是等齐军、魏军和韩军三军相会之日吧？"王黄微微点头，"左儿，周东回中山国之日，你随他一同前去。”

“是，父亲。”王左并不追问缘由，他知道父亲此举必有深意。

周东一愣：“恩师，不可……”

王黄摆了摆手：“我意已决，不必多说。”

“我也要去。”沈南不知周东回中山国复国之事十分凶险，他一心只想游山玩水。

“你就算了，小心丢了小命。”王黄呵呵一笑，他对沈南极为爱护，十几年来，王左幸得沈南照顾，生活无忧，“太子，在齐魏边境的齐军，最快多久可以抵达中山国？”

“快则三日，慢则五日，只因齐国和中山国并无交界之处，要借道赵国。”吕唐一脸自得，“好在齐国和赵国一往交好，借道之事，赵国多半不会不许。”

“赵国若是不借道，老夫亲自致信赵王，必会应允。”王黄神采飞扬，指挥若定，颇有大将之风，忽然又叹息一声，脸色黯淡下来，“魏作本是老夫弟子，老夫却在处处为难他，不想让他继位，左儿，你说父亲是否两面三刀？”

一句话问住了王左，王左不知该如何作答。

“并非如此。”周东起身，郑重其事地说道，“相国也是为了魏国大计，因为无人比相国更知魏作为人，魏作当上魏王并非魏国之福，更不是魏国百姓之幸。魏作精于算计，擅长阴谋，他若继位，不仅王公大臣人人自危，百姓也会受到殃及。以魏作之野心，必定会四处征战，到时国库空虚，除了加征赋税之外，就是对慕容家、姜家以及沈家横加掠夺了，到时民不聊生，怨声载道，魏国必亡。若是无法阻止魏作继位，就让魏国强敌环伺，让魏作不敢轻言开战，也是保存魏国实力，为百姓谋福的迂回之策。”

王黄一脸愕然地站了起来，愣了半晌，忽然朝周东深施一礼：“若魏作有周东的胸怀和眼界，魏国何愁不兴？老夫助中山国复国，是中山国孤悬在外，对魏国而言不但分心，且又夹在赵国和燕国之间，让燕国和赵国时刻提防，得不偿失。中山国复国，可以化解来自燕国的压力和赵国的敌意，现今虽魏齐联盟，却并不牢固，以周东和吕唐交情，二人若一个为中山王，一个为齐王，燕国和赵国必会大感压力，既不敢轻举妄动，更不敢对魏国心存野心。或许时机成熟之时，齐国和中山国联手，吞并燕国，成为北方霸主，也未可知。”

王黄一番话，既是说给众人，更是说给王左：“身为上位者，要有兼济天下之心，不可只限于一城一地的得失，也不可心胸狭窄，没有容人之量。天下大势，牵一发而动全身，只局限于个人恩怨，在乎一时的名声，怎能成就大事？大丈夫能伸能屈，忍辱负重，也要坦荡磊落，不可出尔反尔，更不能背后暗算。心量决定格局，格局决定成就。就像周东，从不计较个人得失，知恩图报，一诺千金，却又时刻不忘复国之志。被人误解，被人嘲笑又算得了什么？我心光明我自知，何管他人风与月！”

“父亲，孩儿直到今天才真正懂你，以前还是孩儿太浅薄太无知了。”王左先是朝王黄深鞠一躬，又朝周东施了一礼，“若非周兄当日醍醐灌顶，王左时至今日还在浑浑噩噩之中，多谢周兄指点。”

周东摆手说道：“我只是自说自话，王兄领悟多少，是你自己的悟性，与我无关。”

王黄微微一笑，周东的心胸和眼界，确实比魏作强太多。

等周东等人走后，王左和王黄来到书房，王左心中疑惑未去，问道：“父亲，孩儿有不明之处，为何要暗中助周东复国？若是让魏王和太子得知，怕是会迁怒于父亲，父亲非但相国之位不保，说不定还有性命之忧。”

“左儿，你有所不知，父亲虽是魏作恩师，魏作如今羽翼渐丰，且事事自作主张，非但不听父亲劝告，诸多事情还要瞒着魏王，其擅权专权之心，昭然若揭。才是太子就尚且如此，若是继位之后，更不会把父亲放在眼里了。此为其一。”王黄微微一笑，笑容中却有一丝苦涩，“其二，天下形势变幻莫测，身为臣子，当侍奉明主。若魏作并非明主，为何要忠心于他？良禽择木而栖，贤臣择主而事，况且魏国也是从晋国分离而出，今日为王，或许明日为寇，天下兴亡，不过旦夕之间。”

“可是父亲，为人臣子者，不是应该忠君吗？”

“忠君也要忠有德之君。”王黄淡然一笑，“何为有德之君？心系天下苍生且为百姓爱戴者为有德之君。忠有德之君，就是为天下百姓谋福祉。父亲年事已高，将不久于人世，不管是追随周东还是魏作，又有何区别？只是你和之儿还有岁月可以坚守，为王家子孙后代计，父亲只得权衡利弊，多处下注。”

第五十二章

争斗

“孩儿无能，让父亲操劳了。”王左才知道父亲在看似没有主见的背后，其实一心所系乃天下苍生以及王家的子孙后代，他的左右逢源以及逢迎魏王，并非为了私利，而是为了百姓。一个人若能事事无私，以天下为公，又何必在意世俗的眼光和说辞？

“孩儿追随周东前去中山国，该如何做，请父亲示下。”王左现在对王黄言听计从，和父亲的境界相比，他还相去甚远。

“一切听凭周东安排就是，你只管追随周东左右。”王黄认定周东可成就大事，别看中山国弱小，周东若能复国，未必不能成为霸主之一。

三日后，齐国大钟送达中山国。因大钟过于庞大，途经滹沱河时，原河面上的小桥不堪重负垮塌，魏达派出三千人马，连夜搭起一座大桥。

大钟通过之后，有将领提议将大桥拆除，因为大桥横亘滹沱河上，大军可以通行，万一赵国突然发兵，失去了滹沱河天堑之险，赵军会长驱直入。

魏达不以为然，由他镇守中山国，赵军怎敢轻举妄动？费时费力修造的大桥为何要拆掉？不拆！

非但不拆掉大桥，魏达还下令将大钟摆放在灵寿城头之上，以彰显魏国灭亡中山国的不世之功。将领劝魏达将大钟放在不显眼之处，以免激怒中山国百姓和将士，灵寿城内的魏军之中，有不少中山国归降的将士，若是引起将士叛变，怕是会引起事端。

魏达却不管不顾，声称中山国归降的将士若敢稍有异动，全部就地诛杀。

和魏作的怀柔之策相比，魏达粗暴的做法不但引起了中山百姓的怨声载道，也让归降之后成为魏军的中山国将士敢怒不敢言。

魏达不以为然，我行我素，丝毫不将中山百姓和将士放在眼里，在他看来，战败者就要被战胜者奴役，若要反抗，格杀勿论。

这一日，魏达正在王宫之中饮酒作乐，一名宫女失手打翻了酒杯，他勃然大怒，抽出宝剑将宫女的人头斩落，吓得宫女和宫正纷纷跪地求饶。

魏达意兴阑珊，再无半分兴致，正要出城外打猎时，忽听有人禀报慕容成和慕容庄求见。

魏达身边谋士秦艺是魏作的亲信，安插在魏达身边，时刻监视魏达的一举一动。猛然听到慕容成和慕容庄居然来到中山国要求见魏达，当即吓了一跳，想要力阻魏达和慕容父子相见。

魏达却不肯听秦艺之劝，他对慕容父子远道而来的用意颇感兴趣。秦艺见劝不住魏达，寸步不离地紧随魏达，想要知道慕容父子所为何事。

慕容父子风尘仆仆，一见魏达，二人当即跪倒，连呼“达殿下救命”。

魏达为人虽喜怒无常，却是顺毛驴，最见不得别人求他，忙上前扶起二人。

魏达住在原中山王所住王宫，虽比不上魏国的王宫高大巍峨，却也是中山国最好的宫殿。魏达令人为慕容父子安置了座位：“你二人有何冤屈，尽管说来。”

中山国不比魏国繁华，魏达上任以来，并无大事，每日就是饮酒作乐或是打猎游玩，时间一久，百无聊赖，不由得想起在魏国的时光。正好慕容父子到来，他很想从二人口中知道魏国的情形。

慕容成本来已经坐下，却又再次跪下：“达殿下，我本一介商人，安心经商，不依附权贵不求官职，却偏偏被作太子所累，还望达殿下为我父子主持公道。”

“放肆！你一介商人，也敢挑拨离间达殿下和作太子的兄弟之情，罪该万死。”秦艺忙向魏达拱手一礼，“臣恳请殿下诛杀二人。”

魏达眼睛一转：“有道理，来人，拖出去，斩了。”

慕容庄大惊失色，忙跪倒在地：“达殿下息怒，我二人前来投奔达殿下，是因司马公子和周东盛赞殿下为人仗义，乃是天纵之才。”

“秦艺，他二人是因司马运和周东推荐，还要杀吗？”魏达笑眯眯地问秦艺。

秦艺急于让魏达斩杀二人，他很清楚二人来中山国，必定不怀好意，一时情急："杀，非杀不可。"

"我倒觉得你是非杀不可。"魏达脸色猛然一变，一拍桌子，"秦艺，你到底是何居心？"

秦艺顿时吓得一哆嗦，却兀自嘴硬："殿下何出此言？莫非秦艺哪里对不起殿下不成？秦艺自追随殿下以来，未敢有丝毫懈怠，一心侍奉殿下，难道殿下到今日还疑心秦艺的忠心不成？"

慕容庄和秦艺虽素不相识，却依稀记得听太子提过此人，心知秦艺一心想要杀他的用意，对秦艺恨之入骨，当即说道："秦公子，你我二人是素昧平生，还是曾经见过？"

秦艺不知是计，哼了一声："在下从不与商人为友。"

"也是，秦公子一向依附权贵，只以地位论高低，不以人品定短长。秦公子想必是忘了，我二人其实见过一面。"慕容庄继续为秦艺挖坑。

秦艺看也不看慕容庄一眼："一派胡言！殿下，请即刻诛杀此二人，以免节外生枝。"

魏达不说话，饶有兴趣地看向了慕容庄。慕容庄心知魏达想听他继续说下去，就稳定了心神，微微一笑："上次在太子府中，我正听太子吩咐时，你从外面进来，见太子正忙，转身就走。"

魏达一听此话，顿时为之一愣，狐疑的眼神立刻看向了秦艺。秦艺心惊胆战，忙不迭说道："殿下不要听他信口开河，我从未去过太子府上。"

"当时你穿了一身灰色长衫，腰间还佩带了玉佩，对，就是此款。"慕容庄一指秦艺腰间玉佩，"上好的西域美玉，我一向爱玉，不会记错。"

"你……"秦艺气极，想要揪打慕容庄，却被魏达拦下。

慕容庄不无得意地想，如此涵养和气量，还想和他斗？差得还远。

魏达冷冷一笑："你为何会出现在太子府？秦艺，如实说来，我还会放你一马。"

"殿下，慕容庄意欲挑拨离间，胡说八道，搬弄是非，不要听信他一面之词。"秦艺有了几分慌乱，他错就错在过于急切想要魏达杀死二人，被二人反驳时，又不免露怯，就让魏达大起疑心。

魏达最为忌讳魏作在他身边安插亲信，他本来就疑心过重，又对秦艺多有怀疑，慕容庄如此一说，他立时疑心大起，不由得面露愠色。

秦艺自是知道魏达其人，不由得慌了几分："殿下，秦某自追随殿下以来，从未有过二心，上次去太子府，是为帮殿下打探太子口风。”

“哦……”魏达脸色稍缓了几分，“帮我打探太子的什么口风？”

“太子对上次围猎之事的真正想法。”秦艺急于摆脱他是太子亲信的嫌疑，眼神闪烁不定，想要编造个理由蒙混过关。

慕容庄哈哈一笑：“秦公子打探到了什么？”

秦艺瞪了慕容庄一眼：“殿下，太子对围猎之事，并未多想，只是觉得输给了殿下让他颇为沮丧。”

“一派胡言！”慕容庄原话奉还秦艺，“太子对围猎之事耿耿于怀，遗憾未能力压达殿下一头，他除了暗中清扫达殿下的势力之外，还不断策反、派遣亲信到达殿下身边……”

秦艺抓住了慕容庄的话柄：“你就是太子派来达殿下身边的亲信，是想伺机对达殿下不利。哈哈，不打自招，殿下，如此蠢人，还不赶紧杀了了事？”

“我父子二人不远千里前来中山国投奔达殿下，就不怕被达殿下杀头。”慕容庄深知稍有不慎就可能有灭顶之灾，此时正是你死我活之际，容不得半分退缩，“我二人若真是太子派到达殿下身边的亲信，岂不是太蠢笨了？而且还父子二人齐上阵，并且变卖了全部家产？秦公子，你可知慕容家的全部家产是你名下财产的几万倍吗？”

秦艺面色一哂，不屑地笑道：“无良商人，一身铜臭气息，赚的全是不义之财。”

“别人的钱是不义之财，秦公子的钱就是不仁不义之财。”慕容庄放声大笑，“一边为太子做事，暗中监视达殿下的一举一动，一边又骗达殿下的薪俸，你身为读书人，仁义何在？气节何在？”

魏达眼中的疑色越来越浓：“秦艺，你真是太子之人？”

“殿下，我父子二人是被太子逼迫，散尽家财还不算，太子还要杀我父子二人灭口。我父子二人走投无路，放眼天下，也只有达殿下可为我二人主持公道了。”慕容成声泪俱下，“太子欺人太甚，庄儿和姜远帮太子杀周东，事败之后，太子杀他们灭口，姜远被劫持，下落不明，庄儿侥幸逃过一劫，否则现在已经被抛尸荒野了。达殿下救命！”

“殿下……”秦艺情急之下忙说，“他二人胡言乱语，挑拨殿下和太子关系不说，还污蔑殿下一奶同胞的太子，实乃大恶之人。”

第五十三章

杀无赦

“哪里污蔑太子了？”慕容庄淡淡一笑，“莫非秦公子认为太子杀我灭口也是应该的？身为太子，如此气量和心胸，非魏国百姓之福，应立达殿下为太子！”

慕容成也说：“此事若是公布于天下，朝堂之上必然哗然，大臣们必会请求魏王罢免太子，请立达殿下为太子。”

魏达顿时面露喜色：“此事可行？”

秦艺心中冷笑，凭魏达之能还想当上太子，简直是痴人说梦：“达殿下莫要听他二人妖言惑众，太子为人正直，有古君子仁义之风，怎会让人暗杀周东还要杀慕容灭口？简直是无耻至极。”

魏达眯着眼睛微微一笑：“你的意思是，我远不如太子，没有古君子仁义之风，绝无可能当上太子了？”

秦艺一愣：“殿下，在下并无此意……在下只是不想让殿下误会太子，太子并非慕容庄所言滥杀无辜，即便太子真想杀了周东，也是周东有不轨之心……”

“还说你不是魏作的亲信，处处袒护他，秦艺，你是自己说实话，还是等动刑后再说？”魏达终于愤怒了，他最见不得别人当着他的面夸奖魏作，且秦艺话里话外的意思是他明显不如魏作。

秦艺当即吓得跪倒在地：“殿下，在下并非太子亲信……”

“一打就招了。”慕容庄冷冷说道。

“对，来人！”魏达疑心即起，非要问个明白。

秦艺见过魏达对人用刑的手段，当即吓得魂飞魄散："殿下，不要动刑，我招，我招……我确实是太子派来殿下身边的亲信。"

"来人！"魏达大怒，一脚踢飞秦艺，"五马分尸。"

"殿下饶命，殿下饶命！"秦艺磕头如啄米，"小人以后誓死追随殿下，愿成为殿下亲信，潜伏到太子身边，为殿下效犬马之劳。"

"如此两面三刀之人，杀了，赶紧杀了。"魏达不耐烦地挥了挥手，"吵得头疼。"

慕容庄想劝魏达先留秦艺一命，或许可以问出许多关于太子的事情，却被慕容成轻轻拉住。慕容成暗暗摇头，示意慕容庄不要多管闲事，魏达正在气头上，以免惹祸上身。

秦艺被拖了出去，声嘶力竭地叫喊，还夹杂着对慕容父子的诅咒。

慕容父子只一个回合，就让魏达杀了身边的谋士，魏达身边之人顿时对二人刮目相看。

重新落座之后，魏达问清了二人所经历之事，气得暴跳如雷，大骂魏作不仁不义，竟做出如此禽兽不如之事，他一定要奏明父王，让父王秉公处理。

他一剑斩掉一个桌角，还不解气，又想杀一个随从，被慕容庄劝住。慕容庄劝魏达要区别对待手下，既要严厉，又要善待，不能像太子一样能用则用，不能用则杀之。

若只是劝说，魏达必定不听。一提到要和太子区分开来，他当即表示要从善如流。

随后，魏达和慕容庄越聊越投机，大有相见恨晚之意，又特意宴请慕容父子，为二人接风压惊。魏达让二人尽管放心，只要在他身边，莫说魏作，即便是父王也休想取二人性命。

慕容父子大为安心，对魏达感激涕零，决心誓死追随魏达。酒过三巡之后，慕容庄一时话多，问道："原中山国太后和中山王周西何在？"

"在太行山深处，和中山国一帮老臣在一起耕种。"魏达不解慕容庄之意，"不过是一群风烛残年之人，行将就木，何患之有？"

"太后和周西不足为患，若是为周东，诛杀二人，可得周东之心。"慕容庄虽数次想要除掉周东，但眼下尽力修复和周东关系，才为上策，"殿下试想，太子意欲除掉周东，殿下却诛杀了周东最痛恨之人，孰好孰坏，周东必定心中有数，会对殿下无比感激。如今周东既得齐国太子吕唐之助，又深得王黄赏识，殿下若要被魏王立为太子，魏王必会听取王黄之言。更不用说周东和司马父子也是交情非同一般！”

“妙计！”魏达闻言大喜，“我以前怎未想到此事？慕容公子，你计谋多端，我有幸得你之助，大事必成。只是……”

魏达又微微摇头：“只是他们藏身深山之中，想要找到他们的藏身之处，怕是要费一些时日。”

“这有何难？”慕容庄自信地一笑，“殿下只管放风出去，说是周东已然回到中山国，被你扣押，择日斩首示众。听到消息后，太后季月和周西必会派人前来一探真假，到时抓住探子，季月和周西就无处可逃了。”

“甚妙，大妙。”魏达拊掌叫好，举杯说道，“来，敬你一杯。”

“不敢。”慕容庄忙起身回敬。

魏达当即派人放风出去，说是周东三日后会被当众斩首。果不其然，次日就有不明身份之人出现打探消息真假，当即被魏达的眼线抓住。一审之后果然是季月和周西派来打探消息的探子。从探子口中得知了季月和周西下落，魏达派出一支百十人的骑兵队伍前去太行山深处抓人。

不料，季月和周西惊慌失措逃走，慌乱之中，二人掉下悬崖。

见到二人摔得不成样子的尸身，魏达挥手让人随便埋了了事。可惜，季月和周西一直盼望复国，希望有朝一日可以重回王宫，不想最终却落了一个如此悲惨的下场。

周东并不知道母后和弟弟已然惨死，他正在善信阁和吕唐对弈。在决战到来之前，看似悠闲自得，其实是风暴来临之前的片刻宁静。

谁也不知道宁静会何时被突然打破，周东等人看似平静，却也都知道眼下的一刻或许就是最后一刻的惬意。

吕唐大局已失，取胜无望，他弃子认输，叹息道：“有时我都替你担心，回中山国后，见到太后和弟弟，如何面对？你是杀了他们，还是放了他们？”

周东也放下了手中棋子：“若以亲情而论，他们是母后和弟弟，若以家国而论，他们确实是叛国之徒。杀之，有悖人伦；不杀，难以告慰父王的在天之灵。吕兄，你说我该如何是好？”

“没想到事事有主见的周兄也有为难的时候。自古忠孝不能两全，为了中山国大计，为了含冤而死的先王，太后和周西该杀。不杀不足以平民愤，不杀不足以立国威，不杀不足以还中山国清风明月！”吕唐怕周东一时心软留二人性命，果真如此的话，必成大患。

周东还是难以下定决心："也可以囚禁起来，永不许踏出禁地一步。"

"不可，万万不可。"吕唐连连摇头加摆手，"若周西并无争夺王位之心还好，他不但有，且还当上了中山王，若他被囚禁，便是隐患，必会想方设法串通旧臣，试图重新上位。除非你的母后诚心知错，愿认你当正统太子，并向天下人认错，承认对你的陷害以及毒杀先王……"

"怕是母后不会如此。"周东摇了摇头，一脸无奈地站了起来，"算了，此事等到时再说。"

原来，周东也有难以面对的事情，吕唐知道周东是在逃避，却也不好再说什么，笑了笑："王松和孙西敢、幔陀可有消息？"

王松从齐国前往韩国送信给司马运，被司马运留在了身边，帮司马运出谋划策，司马运甚至让王松带领了他的亲兵。

王松确实能力出众，原本在中山国就是大将，不管是军功还是战绩，都比司马运强太多，当司马运副手，自然不在话下。

王松刚刚传来消息，魏作所率大军一日后就会和司马父子的大军会合，司马父子对魏作的到来既提防又期待，提防的是魏作本人，期待的是魏作大军。

父子二人曾起过乘机杀了魏作之心，不过后来又打消了念头，决定借刀杀人，让韩军或齐军在战场上将魏作杀死。二人为此还专门制订了一个计划，只是不清楚魏作是否能应对过关。

王松又提到了乐城，盛赞乐城经过战火洗礼，比以前进步太多，不但少了浮躁之气，还得到了士兵的拥护，在骑兵中威望极高。他觉得乐城成长的速度之快超乎想象，极有可能成为牵制司马父子的最佳人选。

王松等候周东的进一步指示。

周东回信让王松继续培植自己的亲信，不要介入司马运和魏作的争斗之中，对乐城要多加保护。除此之外，要见机行事。

至于孙西敢，回到中山国后，他暗中联络了忠于周东的以前的部下，并且告诉他们周东不但未死而且还有意复国的真相，无数人为之沸腾。他让部下暗中传递消息，一传十，十传百，不管是已经被收为降兵的原中山国将士，还是解甲归田的士兵，在听闻太子未死并且是被蒙冤且有意复国的消息后，无数人彻夜难眠，相聚在一起，要追随太子复国。

短短时间内，孙西敢身边至少聚集了上万人。

也有人不信太子未死，也不信太子是被太后和周西冤枉，幔陀和父亲幔越站了出来，向众人说到太后和周西派他们前去刺杀周东之事，还说到周东虽被幔陀刺杀，却尽心尽力救了幔陀。

幔越名气极大，他的话众人都深信不疑。

第五十四章
万事俱备

嫚越之所以为周东说话，也是因嫚陀被周东救治之故。嫚陀经精心调养后，又请来了名医金甲先生诊治，周东不惜重金为她买来补药，才得以痊愈。

嫚陀伤好之后，一心想要回中山国见父亲，周东也没有阻拦，想要派人护送她回中山国，嫚陀不让，以她的本事，若还要他人保护，岂非笑话？

嫚陀回到中山国后，找到了在山中隐居的父亲嫚越。嫚越在上次刺杀周东一战中受了轻伤，又被太子的护卫追捕，匆忙从太行山逃回了中山国，躲在山中不敢露面。他养伤之时，嫚陀不辞而别，他虽不满，却也知道嫚陀的性子，只好听之任之。

嫚陀回来后，告诉了他，她一路追随周东左右保护周东之事，又将周东的志向和抱负向他一说，他也隐约觉得周东并非传闻中一样是叛国逆子，而是中山国的救星。不过，他还是半信半疑，嫚陀为了说服父亲，亲自带父亲潜入军营，找到了当年曾经参加过浴血一战的周东手下，一问才知周东确实血战到底，最后因王后和周西拒不发兵支援而全军覆没。

再加上嫚陀说起周东在她受伤之后，一直无微不至地照顾，以及不惜代价医治，终于让嫚越相信了周东的为人，才让他和嫚陀找到孙西敢，愿为周东复国效力。

孙西敢自然求之不得，无比欢迎。

王松和孙西敢各有进展，吕唐即便不问，周东也正要向他说起，将三人之事简单一说：“诸事顺利，只待风起。”

“等得我也快不耐烦了，也该开始了。”吕唐伸了伸懒腰，忽然想起一事，

"你和姜姝何时成婚？莫非要等到你复国之后？"

"复国不成，何以家为？"周东摆了摆手，"此事不必再说，即便对姝妹不公，也只能如此。还是要先以天下事为重。"

"周兄，有时你就是太固执了，要对身边人好一些，姜姝对你情深义重，你怎忍心负她？"

"若是复国不成，还不知到时是否还有命在，又会流落到何处，她若嫁我，岂不是要受到连累？现在不和她成婚，才是不负她。"周东叹息一声，"生而为人，总有诸多难以两全之事……"

"公子，信！"

木恩匆匆进来，递上一封信。一看是司马运熟悉的笔迹，周东当即拆看，上面浓墨写了四个大字："阅后即焚！"

信很短，只有寥寥数语："周兄台鉴，魏、齐、韩三军即将交会一处，大战在即，吾欲说服太子率军首战，并已和韩军有约，若周兄让齐军配合，太子首战必败，或可丧命，如此，大事可期！"

周东将信转交吕唐，吕唐看后，点燃烧掉。沉默片刻，他看向了周东："此事可行否？"

周东也是沉默不语，若以司马运之计，司马运、韩军和齐军三方联手的话，魏作必败，战死沙场也多有可能。只是魏作一死，司马父子大权在握，挥军北上攻魏的话，天下必然大乱。

天下一乱，百姓必然遭殃，到时战火四起，民不聊生，非他所愿。只是他也清楚，不管他是否助司马运促成此事，司马运都会铤而走险。

吕唐看出了周东的犹豫之处："天下大乱又有何妨？大乱之后必有大治，大治久了，便会大乱。此时应该助力司马运……为何周兄事到临头，反倒踌躇不前了？犹豫不决不是你的性情。"

周东并非犹豫不决，而是担心一旦事败，魏作不死，查清真相之后，必然会引发魏齐两国不和。

"魏齐两国若是因此不和，也非周兄之过，而是齐国想借机削弱魏国和韩国，坐收渔利。换了魏国，也会不遗余力地削弱齐国和韩国。"吕唐近来一段时间天天和周东在一起，多考虑的是国家大事，眼界越来越宽广，毕竟他也是齐国太子，必会事事为齐国着想，"田氏迫于名声，出钱出力，又接连损失了几处产业，实力折损超过三成，齐国国内大局已定，乘机向外扩张，也是人之常情。”

周东点了点头：“好，既如此，就请吕兄传令给齐军。”

吕唐也不多说，提笔写了一封信，交由手下快马加鞭送往齐军大将吕不悔手中。

周东也修书一封让人送往司马运之手。

二人刚让人送走信，任公主就和姜姝结伴前来。

近来吕唐住在善信阁，公主住在王宫，并未和吕唐同住。也是吕唐唯恐公主常在身边，一不小心听到他和周东的计谋，说不定会引发意外事端，就以让公主和家人团聚为由，让她多在宫里住一些时日。

公主自然知道吕唐用意，也是乐得清静，住进了王宫。今日在宫中听到父王谈及魏作率军出征韩国，魏作多半会亲自带兵上阵，她心中莫名一惊，忽然很想和吕唐谈谈此事。

路过姜府时，正好姜姝出来，二人一起来寻周东和吕唐。

姜姝从魏任的忧色之中看出了她有心事，问道：“公主是在父王和夫君之间难以抉择不成？”

魏任被道破心事，也不隐瞒，点头：“人尽可夫也，父仅一人，孰远孰近，古来有之。”

春秋时，郑厉公因祭仲权势滔天，害怕威胁到他的君位，于是暗中派祭仲的女婿雍纠杀祭仲。雍纠却告诉了夫人雍姬，而雍姬正是祭仲的女儿。雍姬回家后问母亲：“父亲与夫君哪一个更亲近？”母亲答：“任何男子，都可能成为一个女人的丈夫，父亲却只有一个，怎么能够相比呢？”雍姬便将丈夫的谋划告诉了父亲祭仲。随后，雍纠被杀，郑厉公十分恼怒：“大事和妇女商量，活该被杀！”随后逃离郑国。

姜姝摇头：“话虽如此，太子也并非要杀魏王，齐国出兵救韩，也是齐王之意，和太子无关。”

魏任愣了愣，摇头苦笑：“不管是齐王之意还是吕唐之意，齐国无视魏国救韩，就是没有将魏国放在眼里，何况魏国还嫁了公主？我本以为嫁到齐国，可为魏国百姓谋福，现在却毫无用处，岂非白白嫁了？”

姜姝理解魏任心有不甘的情绪，不知道该如何劝她，一抬头，周东和吕唐已经迎了上来。

周东从姜姝的眼神中看出了她情绪上的波动，姜姝暗中指了指魏任，又摇了摇头，周东明白了她的意思：“公主可是担心万一魏齐发动战争，你将何去何从？”

魏任没想到周东一上来就点破了她的担心，也不隐瞒：“正是，身为魏王之女齐国太子妃，到时该如何是好？”

周东微微一笑：“公主不必担忧，一来魏齐之间不会有战争，顶多是小范围的冲突，肯定不会发生大规模大战。二来真到了战争之时，公主也可以居中调和，左劝魏王收兵，右劝吕兄休战，不可或缺之人，非你莫属。”

“只是父王只有一个，夫君却可以换……”魏任半是玩笑半是委屈地看向了吕唐。

“对我二人的孩子来说，父王和母后也是只有一个，你又怎么说？”吕唐轻轻一揽魏任之腰，“若是向着你的父王，儿子定会怪你不管他的父亲，你又如何向他解释？”

“我……”魏任一想也是，不由得愣了一愣，忽然又恼怒地打了吕唐一拳，“为何让我一个女子为难？你们真是气人。”

周东无奈一笑：“家国大事，有诸多无奈之处，岂能尽如人意？但求无愧于心。”

“好一句岂能尽如人意，但求无愧于心。”魏任被周东一句话点醒，豁然开朗，抿嘴一笑，“不管怎么做，总会有人不满意，与其苛求他人都顺意，不如只求我问心无愧。好了，随便你们去做什么，我不管就是了。”

吕唐悄然朝周东一竖大拇指，周东微微一笑：“也不可完全撒手不管，魏王究竟是想吞并韩国，还是想借吞韩之际，顺势东进攻打齐国？”

魏任摇头：“我哪里知道？父王从来不和我谈及军国大事。”

吕唐流露出不信之意，还想再追问下去，周东却冲他暗暗摇头，示意不要问个不停。吕唐明白周东是不想让他问得过多，容易引起魏任反感，他并不信魏王从不和魏任谈及军国大事，却也知道周东不让他追问下去，是不想他和魏任因此事而有了嫌隙。

魏任和姜姝落座，魏任依然忧心忡忡：“也不知战事何时会完结，真是担心大战一起，会有多少百姓流离失所……太子，齐国为天下苍生计，就不能就此撤兵，不再介入魏韩之争？”

“齐军若是撤退，韩国必亡。韩国若亡，魏国会得寸进尺，进攻齐国。为天下苍生计，齐国更应力阻魏国野心膨胀。”吕唐嘿嘿一笑，“更何况，齐军想撤军，怕是也来不及了。”

“何出此言？”魏任一愣。

“此时怕是齐军已经和魏军交手了。”周东接话说道，“魏作太子立功心切，会马不停蹄先打上一仗，不会给齐军喘息之机。”

周东猜对了，魏作并没有和司马运父子的大军会合，而是自作主张，突发奇兵，打了齐军一个措手不及！

第五十五章

第一战

魏作对司马父子毫无信任之意，越是逼近阳翟，越是放慢了行军速度。在和军师宋相商议之后，魏作决定先不和司马父子的大军会合，以免着了二人的算计。

魏作原本是想留一部分人马缓慢行军，让司马父子误以为他会在三天之后才会合，后来改变了主意，决心绕道东面，先和远道而来的齐军狭路相逢，拦住齐军的道路。若齐军知难而退，也就算了，如若不然，先和齐军打上一场，杀一杀齐军的锐气，也好长长他的威风。

毕竟攻打韩国之时，魏达兵贵神速首战告捷。

魏作主意既定，当即挥师向东，只留一万人马继续向司马父子的大军挺进。

司马父子得知魏作大军会比原定时间晚一两天到达时，并未多想。二人收到了周东的来信，欣喜之余，大为宽心，只等魏作到来之后，来一个里应外合，让魏作死无葬身之地。

“此事怕是不妥。”

大帐之中，王松微微皱眉，朝司马父子拱手说道：“末将以为，太子大军的主力，怕是已经不在了……”

“不在了？”司马史顿时一惊，随即又笑了，“王将军此言差矣，太子的主力不过是晚二日到达，为何说是不在了？”

“末将是说大军主力不在前来阳翟的途中了，多半已经绕道向东。”王松派人前去接应太子大军，时刻向他汇报动向。昨日得到消息说大军的行军速度一日慢过一日，又一日，他的人被太子遣返，不再让他随军。

好在他所派之人也算聪明，并非即刻离开，而是暗中潜伏观察大军，见大军主力连夜加快行军，只留下一万人马断后，似乎是想提前一日和司马父子的大军会合，他不放心，暗中跟在大军后面十几里后，却见大军向东绕行而去。

他回到军中，向王松说明了此事。

王松立刻猜到了太子的异动必有深意，深入一想，豁然开朗。

“绕道向东？”司马运为之一惊，却并不相信，“为何要绕道向东？太子就不怕和齐军相遇？”

王松微微一笑：“太子就是想和齐军相遇，好狙击齐军，一来是首立战功，二来可以让司马将军不敢轻举妄动。”

司马史本来安坐在座位之上，猛然站起，一抚胡须：“来人，速去查明太子大军动向。”

“是！”

“司马运、王松！”司马史厉声说道。

“末将在。”二人肃然正容。

“立刻攻城！”

“是！”

王松很是敬佩司马史的当机立断，马上和司马运一起，点兵点将，又令乐城为先锋官，朝阳翟发动了第一次正式进攻。

司马父子的大军在韩国驻扎多日，一直行军缓慢，若不是魏作大军出征，此时说不定还在阳翟百里之外。三日前推进到阳翟城下，却围而不攻。

司马运派人和韩国太子韩进约好，等魏作大军到来之后，由韩进出面约魏作决一死战，两军大战之后，司马运大军按兵不动，好让魏作大军孤立无援，同时齐军也会和韩军会合，前后夹击魏作，魏作必败。只要韩进杀了魏作，司马大军会撤军返回魏国。

韩进一口应允。

也是因此，司马大军才一直没有攻城，等候魏作的到来。

魏作大军绕道东进，司马史当即决定攻城，并非真要一鼓作气打下阳翟，平心而论，司马史此时也没有必胜信心，阳翟城中有十万守军，又城高沟深，少说也要三十万大军才有可能攻下。

“司马运，佯攻即可，切不可损兵折将。”

司马史又特意交代了一句。

司马大军攻城，阳翟城上守军立刻反击。一波攻击过后，双方互有伤亡，司马大军鸣金收兵。

随后，韩进派人密会司马运，司马运说了魏作之事，攻城是为迷惑魏作，不让魏作疑心有他。司马运还告知韩进，因魏作绕道东面，意图和齐军交锋，司马大军也会从北面绕道东面，也请韩军将主力调往城东，也好和齐国前后夹击魏作大军。

韩进当即应下，回去后却遭到了诸多大臣的反对。大臣们看法一致，司马父子不可信，此举多半是调虎离山之计，想引韩军主力去东城，司马父子却在北城大肆进攻，到时阳翟城破，韩国危矣。

韩进却坚信司马运所言属实，因为司马运的野心极大，魏国比韩国更有吸引力，何况司马运灭了韩国，坐收渔利的是太子魏作，韩国一灭，他父子二人必定被过河拆桥。

双方争执不下时，韩王支持韩进的决定。

不等韩军朝东城调集人马，司马大军主力已然向东进发。韩国众臣才信了韩进之话，不由得对韩进高看了一眼。韩进心有飘飘然，若是借机树立起他的威望，继位以后，也好迅速统领群臣。

司马运大军刚刚绕道到城东，前方战报传来，太子魏作的大军和齐军狭路相逢，大战一场，魏作大获全胜，斩杀齐军三千余人，齐军后退五十里，避而不战。

司马运大吃一惊，虽说战绩并非有多惊人，但经此一战，魏作抢占了先机，携首战告捷余威，必会气势大涨。若再战胜齐军，齐军节节败退，大局将会不可收拾。

不行，不能再让魏作掌控先机，他当即再约韩进，提出让韩进主动出兵进攻魏作，他会让齐军和韩军配合，前后夹击魏作，以免魏作再打胜仗。

韩进当即同意，派出大将韩朝主动进攻。司马大军后退数里，望韩军而不战。而和司马运已有约定的齐军在败退五十里后，又悄然派兵五万反扑。

魏作大军首战告捷之后，魏作微有几分得意忘形，不顾军师宋相劝告，决定乘胜追击齐军。才追出不久，齐军忽然杀了一个回马枪，魏军仓促应战，慢慢又占据了上风，眼见就要取胜之时，忽然后面战鼓喧天，却是韩军突然杀来。

前后夹击之下，魏作大军乱了阵脚，被杀得溃不成军。最后退守到一处山坡之上，魏作派人杀出一条血路，向司马父子求救。

如此良机岂能错过？司马父子非但没有发兵增援，反而以临阵脱逃为由斩了求援之人。虽说司马父子很想让魏作早些战死沙场，却还是不敢明目张胆出兵进攻魏作大军。

王松虽未得到周东指令，但战场形势瞬息万变，他知道冒险一试的时机来临了，当即向司马运请战，请司马运批准让他率领三万大军前去攻打魏作大军，若是魏作战死，司马大军替代了魏氏，自是不用向世人解释。若是他战败，可推说他是为中山国复国的叛逃之举。

倒是好计，司马父子商议一番之后，除掉魏作心切，当即答应了。

王松率军出征前，派人密信一封送与周东。

周东接信之后，当即派人快马加鞭前去中山国密令孙西敢动手，他随即启程前往中山国。

周东的动身，立刻牵动了许多人。先是王黄让王左随行，沈南也吵着非要前去，沈然无奈，只好由他。但姜姝也要同去，被周东劝住了。

姜望也不愿姜姝同行，倒不是怕姜姝身陷危险之中，而是不希望姜姝随同影响周东。姜望很清楚周东此去中山国是为复国，不管成功与否，必会一乱再乱，周东要应对诸多事情，姜姝难免让他分心。

姜姝最终还是听话，留在了魏国。周东与她依依惜别，约定复国之时，就是娶她之日。

吕唐无法和周东同行，他还是得留在魏国等魏作归来。他现在走也不是留也不是，疑心魏作故意以大婚骗他前来魏国，其实是有让他作为人质滞留在此的嫌疑。不过，他并不担心魏国敢对他如何，当初派齐军出征之时，父王就曾担心齐军发兵万一魏王恼怒之下，将他扣押又该如何。他认定魏国不敢，因为魏国不敢彻底得罪齐国。

齐王并不放心，暗中派人前往赵国密会赵王，若魏国真的扣押了吕唐，齐国会支持赵国吞并魏国。赵王因魏国借道灭了中山国之事对魏国耿耿于怀，有了齐国相助，赵国即便不能完全灭了魏国，拿下魏国几座城池不在话下。

王宫之中，魏王正要休息，忽然有人匆匆前来禀报，说是周东意欲离开魏国。魏王大惊，忙派出大将上官风带领数百卫士前去捉拿周东。魏作临行前再三交代，务必要将周东留在魏国，一旦周东离开，不管用什么方法，千万要将他拿下。

周东、沈南和王左由子与、子良父女和若干护卫陪同，在夜色的掩护下，悄然出城而去。走不多远，忽听后面人喊马鸣，他知道有人追来了，正要快马加鞭，王左却轻轻摇头一笑：“周兄不必慌张，父亲早有安排。”

眼见追兵将近，却又停了下来，一辆马车拦住了追兵去路。沈南拍了拍胸膛，大喘粗气：“吓死我了，还没有到中山国就被拿下，也太窝囊了。周兄，你为何不事先有所防范？难不成你以为魏王会任由你离开？”

第五十六章

第二战

周东摇头一笑："恩师早就说过要让王兄与我随行，以恩师事无巨细的考虑，他必然想到魏王会派人阻拦，则必会早有对策。"

"所以你就偷懒，什么都不去想了？"沈南无奈地摸了摸头，"万一相国忘了此事，我几人岂不是要被魏王诛杀了？"

王左哈哈一笑："怎会如此？沈兄不要太武断了，以父亲和周兄的为人，若是连被魏王阻拦之事都想不到，他们也不会有所成就。"

上官风在魏国并非名将，一向负责王宫的守卫，他领命前来阻拦周东等人，并不知道所为何事，只知奉命办事。眼见周东几人远远在望时，忽然被人拦住了去路，盛怒之下正要责骂，定睛一看却是相国王黄，吓得他顿时滚下马，向王黄施礼。

"末将险些惊吓了相国，因有王命在身，请相国勿怪。"上官风清楚王黄高高在上的地位，哪敢有半分怠慢。

王黄不慌不忙地打量上官风几眼："上官将军何事如此匆忙？"

"奉魏王之命，前来捉拿周东等人。"

"拿到周东等人，要如何处置？"王黄有意拖延时间。

"末将不知。"上官风眼见周东越走越远，不由得心里焦急，"相国，末将还有要事在身……"

"若是周东没有拿下，魏王会如何处置你？"王黄有意向前一步，死死地拦在了上官风的前面。

上官风无比焦虑："轻则责骂，重则鞭打。"

"若是王宫失火，是因你的失职，又会怎样？"王黄漫不经心地朝王宫方向看了一眼，见浓烟已经升起，微微点头。

"怕是会被杀头。"上官风负责守卫王宫，王宫失火，自然是首当其冲的重罪。

"还不快快回去救火？现在还来得及，再晚半分，性命难保。"王黄用手一指王宫方向。

上官风回身一看，顿时大惊失色，王宫方向浓烟滚滚，显然火势不小，他当即上马，不忘冲王黄拱手一礼："末将多谢相国。"

随即带人离去。

王黄抚须而笑，直到上官风等人走远了，才朝周东的方向看了一眼，感慨一声："一车杂草救了周东几人，也算是值了。待中山国复国之后，周东莫要忘了送老夫十车粮草。"

两日后，周东一行抵达了中山国。

滹沱河边，当年浴血奋战之地，此时已然不见当年的一丝残酷，只有遍地草木欣欣向荣。周东静静站立，一言不发。王左和沈南几人在他身后，都没有打扰他。也不知过了多久，周东清醒过来，长叹一声："想起数万将士埋骨于此，现今却没有了半分痕迹，恍若隔世。前面河水最狭窄之地，就是我当年越河而过活捉乐风之地。当时原本想将乐风交给父王，以便和乐羊将军谈判，不料乐风却被母后杀死，并将他的肉煮烂之后送给了乐羊将军……"

王左感慨说道："时过境迁，周兄该放下一些事情了。"

"说来容易做到难。"沈南反而一本正经地说道，"放下别人或许还容易，怎么能放下母后和兄弟？"

"周兄想好如何面对母后和周西了吗？"王左知道周东最担心的是什么。

周东摇了摇头，还是不知道该如何面对他在世上最亲近的二人，忽然马蹄声传来，抬头一看，河对面来了数人。

为首者正是孙西敢。

孙西敢身后二人，一是幔陀，另一人正是幔越。二人的身后还跟着数人，离得远，看不分明。

周东看到因为运送大钟而落成的大桥，微微一笑，迎了上去。

孙西敢几人快马来到周东面前，孙西敢滚鞍下马，拜倒在地：“太子，末将迎接来迟！”

周东忙扶起孙西敢，比起在魏国时，孙西敢气色好了许多，恢复了身为中山国第一军师的气势，不由得心中大定，再看幔陀，也是气色大好，而幔越更是冷峻过人。后面几人，皆有激动和期待之色，他知道孙西敢已经布置好了一切。

孙西敢为周东一一介绍后面几人，都是当年战败之后，流落民间愿意助周东复国的将士。

几人亲眼看见太子安在，不由得激动万分。

最后面有一人身着长衫，低头侧身，不敢上前。周东向前：“你是何人？”

“我……”他迟疑一下，猛然抬头，手中突现一把匕首刺向了周东，“周东贼人，吃我一刀！”

由于离得近，周东又没有防备，情急之下只来得及错身半步，躲过致命一击，却被匕首划破了胳膊。

刺客想要再次挺身刺向周东时，幔陀已然飞身赶到，众人之中，论武功当数幔越第一，只是幔越只顾和子与、子良说话，并未在意，只有幔陀目光始终不离周东左右。

幔陀身法极快，人未到，剑已至。幔陀出手一向狠准，来人又是想刺杀周东的，她更不留情面，一剑就斩断了刺客的右手。

刺客惨叫一声倒在地上，幔陀第二剑又至，要将刺客一剑穿心时，周东听到声音有几分熟悉，为之一愣：“幔陀住手！”

幔陀收剑站立一旁。

周东不敢相信自己的判断：“玉姬？”

刺客右手血流如注，缓缓抬起头来，双眼红肿，咬牙切齿道：“周东，你是世间最歹毒最心狠手辣之人，弑父还不算，还弑母杀弟，你不是人，是畜生！”

真是欧阳玉姬！

欧阳玉姬一身男子打扮，骨瘦如柴、面容憔悴，最主要的是她目光之中的恨意如熊熊火焰。

没想到他青梅竹马的女子，再次相见会是如此情景，周东想要向她说个清楚，还来不及开口，欧阳玉姬就纵身跃起，跳入了滹沱河中，片刻就被河水冲走。

幔陀不肯放过欧阳玉姬，就要跳进河里赶尽杀绝，却被周东拦下。不等他发问，孙西敢说出了魏达杀害了太后和周西一事。

周东听了久久无语，虽说他心中对母后和周西不无怨言，也想当面向他二人问个清楚，他到底做错了什么要如此对他。他既想听到二人的忏悔，又怕二人至死也不曾后悔自己的所作所为。

不承想，二人最终还是因他的死讯而死，可见二人亡他之心不死，周东心中不知是释然还是沉重，沉默片刻，忽然想通了什么，回身问道："守卫大钟之人，都是自己人吗？"

"回太子，已经全部换成了自己人。"孙西敢回身看向了幔越，"幔越先生是铸剑高人，他已经召集了数十人，可以在三日之内铸造数千把兵器。"

"好。"周东十分高兴地笑了，"大钟超过万斤之重，化钟为剑，复国中山！又因运送大钟之故，建造了可以迅速过河的大桥。孙将军，有多少热血男儿愿复兴中山？"

"一万三千人。"孙西敢豪气迸发，手指远方，"都藏在深山之中，只等兵器到手，太子一声令下，便可越河而过，杀进灵寿。"

"好。"周东翻身上马，"化钟铸剑！"

只用一天时间，大钟就全部被熔化为铜水。又两天后，在无数工匠和将士的帮助下，铸造了六千余把宝剑。

周东和孙西敢藏身在灵寿城外的一处民宅之中，只等时机一到，就和城中早已蓄势待发的将士里应外合，一举攻下灵寿。

灵寿城内共有万余魏军和两万余中山国降军，孙西敢至少已经策反了一万多降军，到时可以起事。

"时机何时才能成熟？再等下去，说不定魏达就会有所察觉，到时怕就晚了。"沈南不知道周东为何万事俱备不赶紧起事，还每日悠闲散步，练练剑写写字，浑如世外高人。

其实他并不知道，周东只是借此排遣胸中紧张之意罢了。

平心而论，周东并不怕魏达察觉，他有足够自信可以说服魏达。魏达即便知道他要起事，也不会对他如何。他是担心慕容父子。

慕容父子在中山国固然是出于躲避魏作追杀之目的，他二人和司马父子一样，颇有计谋，虽远不如司马父子位高权重，却也能说会道。在听说二人一见魏达，就让魏达斩杀了谋士秦艺之事后，他对慕容父子更是高看了一眼。

慕容父子若是知道他藏身中山国伺机复国，也不知会想借机生出什么事端。周东其实是在等王松的飞鸽传书，等确定了司马父子大军的动向之后，再起事不迟。

孙西敢看出了周东的担心之处，他接过周东递来的宝剑，还剑入鞘，悄然一笑：“太子不必担心慕容父子，他二人现今如丧家之犬，只求活命，哪里还敢多事？”

“慕容父子？”幔陀正好从外面进来，柳眉一挑，“杀了便是，永绝后患。”

“谁要杀我父子？”幔陀话音刚落，院外忽然传来慕容庄的声音。

幔陀当即身影一晃，长剑在手，就要出剑，却被周东喝住。

为了尽量不引人注意，周东所住之处并未有重兵把守。

子与和子良对视一眼，二人打开院门，门外站着慕容庄和慕容成二人。

第五十七章

第三战

慕容庄快走几步，跪倒在地：“以前在下利欲熏心，意欲对太子不轨，是杀是剐，任由太子处置。”

“那就杀了。”幔陀对慕容庄恨之入骨。

“不可。”周东见慕容父子亲自上门，知道二人必有话要说，“过去之事不必再提，你二人起来说话。”

慕容庄恭恭敬敬地站起，看了周围几人一眼，目光在幔陀身上微一停留，吓得一缩脖子：“你就是当时一剑穿心的女侠？厉害，女侠神功盖世，天下无双。”

幔陀没听出来慕容庄是恭维之言，一指父亲：“我的武功学自父亲，他才是天下无双。”

慕容庄吓得差点儿没有坐在地上，忙胆战心惊地说道：“多谢女侠不杀之恩。太子，我父子二人前来中山国投奔魏达，承蒙相国指点。”

慕容成朝王左深施一礼：“多谢相国救命之恩。”

“说正事，休得啰唆。”孙西敢有几分不耐烦，朝子与和子良使了一个眼色，二人会意，悄然出门，以防慕容父子带了人来。

“请太子放心，我父子二人只身前来，并未带人，也未告知魏达。”慕容庄是聪明人，知道众人对他深有敌意，反正伸头缩头都是一死，不如死得更坦然一些，“不瞒太子，我二人之所以知道太子的藏身之处，是收买了一个士兵。太子若再不起事，三日之内，魏达必会知道此事。”

“魏达知道了此事，又能如何？”周东故意有此一问。

“我父子二人前来，就是想将魏达的真实想法告知太子。”慕容庄暗中长舒一口气，他和父亲冒险前来，算是赌对了，周东大事将成，等周东复国之后，他再来投奔，便一文不值了。

“说。”周东此时也想知道魏达的真实所想。

“若是魏作大胜，立下赫赫战功，太子起事复国，魏达必会全力镇压，以便借此事立功，好和魏作争功。若是魏作战败，甚至战死，他便会不战而退，撤军回魏国，以争太子之位。”慕容庄的目光又看向了幔陀，“在下有一计，不知当讲不当讲？”

“讲。”

“不管魏作战胜还是战败，太子即刻就可起事。今晚可让两位大侠随我父子二人进宫，伺机杀了魏达，魏达一死，魏军必乱，到时起兵，大事可成。”慕容庄不敢和幔陀对视，忙收回目光，“只求太子复国之后，容我父子二人留在中山国，做一些小本生意，以度余生。”

慕容庄自是清楚，与其赌魏作战败身亡，以及魏达继位，还不如将赌注押在周东身上，比起魏作的阴险和魏达的残暴，还是周东更为可靠。至少周东不会卸磨杀驴，也不会因一时喜怒无常而杀了他们父子。

不管是跟随魏作还是追随魏达，都远不如侍奉周东更为可靠。

父子二人深思熟虑之后，买通了一名士兵打听到了周东住处，冒死前来。富贵险中求，如今乱世，只能孤注一掷了。

“请太子下令。”幔陀当即请命。

周东摆了摆手道：“不必如此，杀魏达反落了下乘，说不定还会激发魏军的士气。”

“太子仁心，在下佩服。”慕容庄早有预料，猜到周东不会对魏达暗下毒手，当即又说，“魏达不会用兵，为了保护自身安全，重兵都在王宫周围，城北守城士兵最多，城南最为薄弱，因城南有河，魏达以为滹沱河为天险，却忘了为运送大钟，河上修了一座可过战车的大桥。”

“你暂且留下。”周东并非看重慕容父子的本事，他二人见风使舵的水平一流，真本事并不知道有多少，不过念在二人一片诚心，也是为了防止二人回去之后向魏达告密，特意留下，“待攻城之日，你父子二人随军前去，可将功赎罪。”

“报！”一人匆匆进来，呈信一封，“太子，王将军来信！”

王松的信终于到了，周东打开一看，顿时一脸惊喜，大笑：“王松大军明日便到，明天迎王松大军，起事！”

所有人顿时惊喜，躬身说道：“是！”

王松信中所说，他将率三万大军前来和周东会合。

是夜，众人摩拳擦掌，准备一早起兵。四下一片寂静，周东无心睡眠，和孙西敢在月下对饮。幔越父女和子与父女在一旁作陪。

月上中天，周东举杯敬月三杯，一杯敬父王，一杯敬母后，一杯敬周西。随后，他又和孙西敢连干三杯，敬所有死去将士的忠魂。

幔陀被周东感动得流下了眼泪，她一向冰冷，但在冰冷的外表之下，却又最见不得人间冷暖。周东身世飘零，身为太子却如此悲惨，被母亲所弃，被弟弟所害。她向来以为自己从小没有母亲就是最可怜之人，周东却比她可怜百倍。

周东又敬了幔陀几人：“成败在此一举，周东铭记各位追随之情、相助之谊，大事若成，必会以国士相待。大事若败，各位切记保命为第一。”

“愿誓死追随太子！”

是夜，阳翟城外喊杀震天，魏作大军被团团包围，数次突围而不可得，死伤惨重。

魏作首战告捷、次战告负之后，退守山坡之上，等候司马父子的援军，一天后，远远望见魏军赶到，魏作心中欣慰，对曾经认为司马父子不会派来援军的军师宋相说道：“司马父子不会有不臣之心，怎会敢不派来救兵？”

眼见援军还有数里之时，齐军和韩军闻风而动，呈夹击之势朝援军冲去。魏作当即让将士振奋精神，下山迎敌，要和援军会合一处，也好联手御敌。

魏作留下万余人断后，防止被人从后面包抄，他率领六万余人马冲下山坡。不料让人目瞪口呆的一幕发生了，魏军援军和齐军、韩军会聚一处，三军分为中军、左军和右军，犹如一把三刃利器，朝魏作大军杀来。

魏作当即被打了一个措手不及。

何止是措手不及，简直是晴天霹雳！他仓促应战，却已经乱了阵脚，只一个回合就全军溃败。尤其是见到喊杀震天的魏军和齐军、韩军并肩作战，朝自己一方砍杀之时，心理上带来的反差和震撼足以让人难以接受，更不用说三军会聚之后的巨大战斗力。

魏作大败。

三国联军却穷追不舍，直杀得魏作大军七零八落。韩军将士齐声高喊：“魏作当死，魏军无事！”

声若雷震！

有部分魏作大军的将士迟疑之间，意欲放下武器投降。宋相见状大惊，忙厉声高喊：“临阵脱逃者，斩！叛国投敌者，株连三族！誓死保护太子！”

“誓死保护太子！”魏作大军士气得以重振。

王松并不想将魏作大军赶尽杀绝，若魏作大军被全歼，谁敢保证齐军和韩军不会乘机将他的三万大军灭掉？见魏作大军节节败退，损失惨重，他知道时机已到，不管魏作是死是活，他的目的达到即可，当即带领大军掉头就走。

齐军和韩军惊呆了。

不是说好要三军联合歼灭魏作大军，还要将魏作杀死，为何魏军临阵脱逃了？双方还没有来得及问个清楚，魏作大军迅速反击，勉强撑住了局面，不至于被杀得片甲不留。

饶是如此，魏作大军也损失过半，再也没有反击之力，只能硬撑。魏作大怒，司马父子如此歹毒，竟然和韩军、齐军联手要置他于死地，他一定要将司马父子当众处死。

王松带兵逃走，路上有几位将领提出质疑，被他斩杀了二人，随后他又向众将士陈述利害关系，方才和韩军、齐军联手围剿太子大军，若不跟他前去中山国，也必会被以叛国之罪处以极刑。

众将士面面相觑，军令如山，进攻魏作太子大军，已是迫不得已，如今更是无路可退，只好异口同声说要追随王松。王松又许诺中山国复国之后，必会善待众人，高官厚禄不在话下，众人才又振奋精神，追随王松朝中山国奔袭而去。

韩国和中山国并无交界，要么穿过魏国和赵国，要么绕道齐国。王松自然是绕道齐国，驻扎在齐魏边境的齐军将领早已得到吕唐密令，放行了王松军队。王松日夜兼程，只用了两天时间就来到了中山国和齐国交界之处。

再次回到故国，王松难掩激动之情，回望自己带领的近三万将士，他热血沸腾。无数个日夜期盼的一天终于来到，他手中长枪疾射而出，正中一棵大树，发下誓言：“王松在此立誓，中山复国之后，必会善待各位将士，必会辅佐太子安定天下。若有悖此誓言，天诛地灭！”

众将士欢呼。

魏军在边界之处并无多少驻军，王松略施小计，声称是魏王派来的增援，守城的魏军就打开了城门，被王松大军兵不血刃接连拿下十座城池，只一日之间，就到了滹沱河边。

周东和孙西敢已经等候在此。

王松忙翻身下马：“太子、军师，王松来迟了。”

第五十八章

战国八雄

周东扶起王松，哈哈一笑："不迟！正是当时！"

是夜，周东率军起事。王松带来的两万多人马和灵寿城外召集的一万多人，共计三万余人，夜攻灵寿城。

正抱着美人酣睡的魏达从睡梦中惊醒，听到外面战鼓声声，以为还在做梦，后得知是周东起兵复国，并且得到慕容父子的相助，他气得暴跳如雷，当即上马，誓要杀死周东，活剥慕容父子。他站在城头俯视周东大军，见周东大军虽气势高涨，却并无攻城器械，不由得哈哈大笑："周东，中山国城墙高达数十丈，护城河宽有数十丈，你只凭步卒如何攻城？莫要自取其辱了。若是现在投降，我还可以饶你不死。如若不然，哼哼，杀你一个片甲不留。"

周东也是哈哈一笑："达殿下，念在你我相识一场，若你现在弃城而降，我也可以保你不死，并送你回魏国。如今魏作危在旦夕，你此时回去率军驰援，或许还会立下大功。"

"我被父王封为中山君，职责就是守护中山国，怎能擅自离开？周东，枉费我平日对你无比信任，你竟如此欺我？今日必让你死无葬身之地。"魏达并非不想离开中山国前去救援魏作，而是知道他一旦弃城，不但会落一个无能的骂名，还有可能被周东赶尽杀绝，也是他认定周东无力攻进城中。

"达殿下，现在弃城还来得及！"周东一指城头，"大钟何在？"

魏达回身一看，原先放置大钟的地方空空如也，不由得一愣："谁偷走了大钟？"

“大钟已经化钟为剑了。”周东弯弓搭箭，一箭射向天空，发出了尖锐的呼啸声，“既然达殿下不肯弃城，只能一战了。”

“化钟为剑？”魏达看出了端倪，“发箭为号？莫非你城中有内应不成？”

话刚说完，只见城中火光四起，喊杀阵阵，数千名将士手持宝剑涌到城门，杀死了守卫，打开了城门，放下了吊桥。

周东宝剑一挥：“殊死抵抗者，杀无赦！弃剑投降者，不杀！”

众人一拥而上，冲进城门。

转眼城破，魏达也是震惊得不知所以，才知道周东早就做好了万全准备。慌乱中，他转身就跑，却发现人群之中骑在马上正耀武扬威的慕容庄，心中大气，当即一箭射中慕容庄，才骑马而逃。

可怜慕容庄一马当先冲在前面，想抢个首功，却被魏达一箭射中。魏达并未射中他的要害，只是落马之后，后面的人来不及躲闪，活生生将他乱马踏死。

也算是死得无奈了。

魏达弃城而逃，只带了数百名将士。跑到滹沱河的大桥之上，魏达手下有人再次提到大桥之事。若不是大桥建好，王松的军队怎么可能长驱直入灵寿城下？魏达却不以为意，反倒认为若不是此处有桥，被周东追到，岂不是在劫难逃？

过桥之后，魏达让人烧掉大桥，以阻止周东追兵。望着熊熊大火燃烧下的大桥，他哈哈大笑，似乎没有因为丢掉了中山国而感到愤恨：“因一个小小的中山国，魏国损兵折将，还要耗费人力物力镇守，得不偿失。如今丢掉也好，韩国、楚国才是魏国所要吞并的富饶之地。”

魏达却不知道，周东原本就没打算将他杀死在中山国，放他回魏国，才是上上之策。

站在城头之上，周东心中涌动的不是澎湃激情，也不是要向百姓大喊一声“我回来了”，从此要执掌中山国，而是望着城下无数百姓携儿带女欢喜踊跃的场面，他一时感慨万千。中山国复国，最开心的还是百姓。百姓从此不用再胆战心惊，不用在魏军的淫威之下朝不保夕。

“寡人即位以后，当身勤社稷、忧劳邦家，尔等宜自强自立，君民一心，富国强兵！”

周东一番话，引起无数人欢呼。

随后，周东又让人将由大钟化成的宝剑熔化了数十把剑，铸造了十几个小钟，安放在各处，钟上有铭文："唯朕皇祖文武，恒祖成考，寔有纯德遗训，以施及子孙，用唯朕所放。慈孝寰惠，举贤使能，天不敎其有忨，使得贤才良佐周，以辅相厥身！"

中山国复国的消息，只用了不到两日就传到了魏国。

魏国上下，无比震动！

魏王听后，大惊失色，盛怒之下，连杀二人。等魏达狼狈回来之后，他本想严惩魏达，一想魏作还在战场之上生死未卜，只好压下心思。

魏达请战，要去救援魏作。王松率军叛逃之事，魏王已然得知，对司马父子恨之入骨，恨不得杀之而后快。只是现在形势所迫，司马父子还得继续留用，派魏达前去，正好可以分司马父子之权。

魏王当即应允，待魏达走后，又召来王黄和吕唐，魏王对上次王黄故意阻挠上官风追捕周东一事既往不咎，但让王黄为解魏国之忧出谋划策，同时又让吕唐赶紧请求齐王撤军，如若不然，吕唐别想离开魏国半步。

王黄对此早有预料，不慌不忙地说出了他的计划，他和吕唐亲自前去阳翟，以魏军撤军为条件，换取齐军撤军，韩军对以前之事不再追究。

吕唐当即答应，只要他见到齐军将领必会撤军，并且保证在魏军撤军之时，齐军和韩军不会乘机进攻。

魏王还在犹豫，王黄却说如今魏军大败，再僵持下去，被齐韩联军吃下也只是时间问题。若不见好就收，怕到时不好收场。何况现在魏作危在旦夕，若是太子被杀，魏达再身陷敌军之中，魏国危矣。

魏王虽不情愿，却也无奈，只好应允，却让王黄务必带回司马父子，他一定要将司马父子斩首示众。

王黄和吕唐快马加鞭，只用了一日就追赶上了魏达。魏达率领三万人马，原本打算再大战一场，听到父王要求撤军的命令，十分不满，却也没有办法。

一行人赶到阳翟时，魏作大军已经被围困了三日三夜，不但死伤过半，且断水断粮，若再被围困下去，再有两天，不是饿死就是兵变。

魏作即便贵为太子，也难以控制局面，将士怨声载道，投降的声音此起彼伏，逃兵也是不断。平生第一次遭受如此重大打击，若非魏作强自支撑，想杀司马父子以泄心头之恨，他说不定已经倒下了。

难不成真的要葬身此地？魏作几近绝望，忽听外面喊杀声四起，忙起身一看，远处司马父子高举魏军大旗前来解围。

虽说魏作已然得知当时王松率军和齐韩两军联手围攻他，是王松叛变之故，他却认定背后必有司马父子暗中怂恿。如今见司马父子率兵来救，他既盼望司马父子可以救他出困，又怕被救之后，司马父子对他暗下毒手。

忽然又传来一阵喊杀声，又一支魏军赶来，正是魏达！魏作大喜，魏达若在，司马父子就不敢轻举妄动了。

见有两支魏军来援，齐军和韩军同时收兵回营。

司马父子和魏达几乎同时赶到，几人救下了魏作。魏作浑身鲜血，受了轻伤，并不严重，只是惊吓过度，一见到几人就再也支撑不住，一头栽倒在地，昏迷过去。

司马父子对视一眼，心中同时在想，若是没有魏达在场该有多好，魏作昏迷之后，怕是就不用醒来了。

只是当司马父子二人看到王黄和吕唐也随同前来，心中一跳，不由得暗自沮丧，心知大势已去。

一个时辰后，魏作醒来。先是得知周东复国成功，将魏达杀得大败，气急之下，吐出一口鲜血。终究还是让周东成了大事，怎会如此？

吕唐却对魏作没有丝毫好感，淡而无味地将他和魏王达成的共识一说，强调若是魏作接受，他会让齐军即刻撤军，也会由王黄出面和韩国谈妥；若不接受，他就甩手不管了。

魏作大军伤亡过半不说，也已经完全失去了战斗力，再硬撑下去，全无胜算。虽说司马父子的十万大军以逸待劳，尚可一战，但谁敢保证混战之中，司马父子不会趁机将他和魏达暗算？果真如此的话，魏国危矣。

更不用说齐韩联军现在士气正盛，即便司马大军再加上魏达大军，也未必是联军的对手。权衡利弊之下，魏作点头同意了吕唐的提议。

司马父子向魏作和魏达告罪，称治下不力，被王松钻了空子，并愿意交出兵权，任由二人处置。魏作想要将二人拿下，押回安邑，魏达却不同意，以临阵换将不吉为由，坚决反对，并说司马父子在军中威望极高，若他父子二人被免职，动摇了军心引发了哗变就难以收拾了，况且王松叛逃也并非全是司马父子之过，他二人派王松前来营救，也是好心。

在魏达的力阻下，再加上王黄有意无意地偏向司马父子，魏作值此用人之际，也只好压下心头恶气。

最终，在王黄和吕唐的周旋下，韩军和齐军同意魏国撤军的要求，保证不会趁机追击魏军，但魏军必须撤回魏国境内，三十年内不许再踏入韩国领土一步。

魏作和魏达都答应了。

一场战事就此收场。

吕唐特意前来向魏作告辞。

“本是前来参加你的大婚，不想却是目睹了一场大战。你和乐旦大婚，恕我不能参加了。出安邑之前，我已经派人护送任公主返回齐国，我也会随齐军回齐国。”吕唐朝魏作、魏达和王黄、司马父子几人拱手施礼，“齐国和中山国已经缔结同盟之好，从此，中山国有事，便是齐国有事。告辞！”

魏作和魏达岂能听不出来吕唐的言外之意，二人并未多说什么，恭送吕唐。

王黄也带来了韩王之话，韩王已经修书送往中山国，愿与中山国结为同盟之好，并愿意将公主嫁与周东，只要周东同意。魏作和魏达对视一眼，二人心意相通，中山国复国，各方闻风而动，为制衡魏国，都迫不及待要和中山国修好。

魏作浩浩荡荡撤军，来时气势汹汹，回时垂头丧气。魏作是吃了败仗，魏达是丢了中山国，乐城也是一败再败，虽有收获，却最终还是败多胜少。而未尝败过的司马父子最为忐忑不安，二人精心策划一番，最终为他人做了嫁衣裳，成就了周东复国大业，他二人落了一个被魏作猜疑意欲除掉而后快的下场，二人都无比痛恨周东，被周东利用的怨恨和愤怒，让二人恨不得亲手杀了周东。

只可惜，二人永远没有机会了。

因出师不利，司马父子被魏王治罪，革职下狱，最后虽未被杀，却被贬为平民。乐城接替司马运之位，而魏作因接连败仗，名声大损。另外，他暗中雇凶杀人，意欲侵吞慕容家家产一事在民间流传开来，魏王震怒。

魏达趁机进言，魏作不配为太子。魏王犹豫良久，最终还是没有废掉魏作立魏达为太子，却加封了魏达。

魏达逐渐势大，对魏作地位的威胁日益严重。

待魏作想起姜姝时，姜姝已经被接到了中山国王宫之中，择吉日与周东完婚。

周东复国之后，派人到太行山中搜寻旧臣，又安抚百姓，鼓励百姓开荒种田，鼓励经商，并重文推武，励精图治，百姓无不欢庆。

数月后，天下大定。周东定好了良辰吉日，自立为君，并向齐国、赵国、魏国、韩国、楚国、秦国和燕国广发请帖，邀请各国参加他和姜姝的大婚。

燕国派出燕太子流，齐国派出齐太子唐，韩国派出韩太子进，赵国派出赵太子文，楚国派出楚太子晋，秦国派出秦太子广，皆来参加大婚，凡是派出太子参加之国，等于是承认了中山国的地位。

魏国直到最后一刻才派出了魏太子作参加。

中山国都城灵寿，张灯结彩，一片喜庆祥和之气。各国太子陆续抵达之后，听街头巷尾到处传颂周东复国之事，不由得连连称奇。

大婚之时，姜姝盛装亮相，一时惊艳四座。

燕太子流和楚太子晋在席间对周东颇为不屑，质问周东：小小的中山国不过是千乘之国，怎敢和七个万乘大国平起平坐？莫非想再被灭国一次不成？

吕唐想替周东出头，被周东摇头拒绝，他淡淡一笑，道："中山国虽是千乘小国，却东和齐国交好，北与燕国为邻，南拒魏国，西邻秦国。虽曾被魏国所灭，却牵动齐魏韩三国大战，最终得以复国。如今中山国和齐国是同盟之好，和韩国是世交之好，和赵国是邻里之好，虽战车只有千乘，却可以一当十，不输万乘。若是谁觉得中山国不足以和各位平起平坐，尽管放马过来，中山国即便再被灭国一次，也会再次复国！"

燕太子流和楚太子晋默然无语，想起中山国复国搅动了魏齐韩三国风起云涌，谁还敢再惹中山国？何况现今魏国元气大伤，尚未恢复，少说也要数十年的休养生息才能重回鼎盛之时。

见二人被他说服，周东哈哈一笑："今日是寡人大喜之日，寡人特意为各位贵宾准备了中山美酒数坛，来，一醉方休！"

众人欢呼。

魏作郁郁寡欢，喝得大醉，最终被人抬下。

盛宴一连持续了三天，是为中山国史上一大盛事。

从此，中山国在周东的治理下，逐渐强大起来，尽管各大诸侯国对中山国仍有轻视之意，却在中山国日渐强大之下，接受了中山国以千乘之国和七个万乘之国并驾齐驱的事实，成为战国七雄之外的第八雄。

一百多年后，中山国与魏国、韩国、赵国、燕国，各国国君均称王，以对抗秦、齐、楚等大国，是为五国相王。中山国成为战国史上国土虽小，却可以和万乘之国平起平坐的唯一一个千乘之国。

周东开创了中山国数百年的基业和盛世。

后记

（一）难题

一年后。

阳光明媚，鸟语花香，山川秀丽，河水奔流。周东骑马缓缓而行，身后跟着子与和子良，还有沈南和幔陀，以及无数护卫。

河边的空地上，一群女子在追逐嬉闹，姜姝一脸沉静地微笑看着嬉笑的宫女，回身看了一眼襁褓中的周正，露出了慈爱的笑容。

沈南翻身下马，一脸不耐烦地道："大王，说是出来打猎，怎么成了秋游？早知是如此无聊之事，我在王宫的后园随处走走不也一样自得其乐？"

周东哈哈一笑，也下了马："既来之，则安之，你何时才能有随遇而安的心境？"

"怕是只能下辈子了。"沈南一边说一边偷偷回头看向子良，子良扭过头，他叹息一声，道，"我为了子良特意在中山国住了半年之久，父亲大怒，说我再不回去就要将我扫地出门。大王，你金口一开，将子良许配与我，子良还能抗命不成？"

周东岂能不知沈南对子良的一片真心，也曾动过将子良许配给沈南之心，沈南虽生性贪玩，却是可靠之人，值得子良托付。只是子良虽追随在他左右，他却并不当子良是下人，是以事事尊重子良的想法。

子良对沈南并非完全拒绝，只是不想离开中山国。她和幔陀日夜相处，情同姐妹，又跟幔陀学了不少本事，醉心于武功，对男女之情十分淡泊。

“此事还得从长计议。”周东淡然一笑，见子良和幔陀跃上了一块巨石，二人又开始了对打，“不如你也拜幔陀为师学习武功，等你在武功上和子良不相上下时，子良必会倾心于你。”

沈南大摇其头：“想我沈南好歹也是富甲一方的富家子弟，即便子良想要一座金山，我也能拿来，想要我学武？不如杀了我。”

周东收起了笑容，远处一人策马奔来，一脸急切，即使离得远，他也看清了马上之人正是慕容成。

慕容成年事已高，轻易不再骑马，如此飞马而来，必是有大事发生。

中山国复国一战时，慕容庄不幸被魏达射中后，落马身亡。后来发现慕容庄的尸身时，已经不成样子了。慕容成悲恸欲绝，几乎不忍偷生，但被周东劝下。

周东虽然清楚慕容庄为人多有不堪，慕容成却和慕容庄大不相同，他早年白手起家，能创立偌大的慕容家，也是非同一般的人物。之前，周东身为太子时，并不重视经商，经复国一事，他意识到中山国的国力不足，不仅仅在于国土不大人口不多，也在于商业不够发达。他就留下了慕容成，让慕容成在中山国继续经商，以图东山再起。

慕容成感念周东收留之恩，全力以赴，因有周东之助，半年时间就迅速成为中山国首富。周东又替他牵线齐国，在吕唐的帮助下，吞并了部分田氏的生意，又在姜望和沈然的暗中策应下，承接了姜家和沈家在中山国的部分生意。

合中山国之力，在短短半年时间内打造出了一个仅次于姜家和沈家的巨富，此事在魏国引起了极大的震动。震动来自魏王和魏作，姜望和沈然却心知肚明，既不震惊又没有感到危险，反倒乐见慕容成的再次崛起。

慕容成再是富可敌国，也是中山国巨富，且离不开周东，是在为周东办事。他二人受惠于周东颇多，都不约而同地暗中助力慕容成。慕容成越是坐大，越对他二人的生意有利。毕竟他二人立足魏国，生意多在齐国、韩国和楚国一带，再往北面的赵国和燕国以及西面的秦国，就力所不及了。

慕容成以中山国为支点，向北延伸到燕国，再往南深入赵国，再向西直入秦国，完全弥补了他二人的短板。慕容成也知恩图报，将当年二人联手扼杀他的往事抛到脑后——此一时彼一时，成大事者总是会应时而起，应运而变——借慕容家的渠道为二人所用，将二人的生意拓展到了赵国、燕国和秦国。

姜望和沈然自然也投桃报李，帮慕容成将触手伸到了魏国、齐国、韩国和楚国。谁也没有想到的是，曾经刀光剑影厮杀的三人，如今携手共进，大有一统八国生意之势。

只因周东一人之故。

八国各自为政，互为倚仗又互为制衡，同时还有吞并对方之心，却谁也没有想到，八国之间先在经商之上有了统一之势，皆因周东目光卓越，联合了姜望、沈然和慕容成之故。

慕容成虽老年丧子，悲痛无比，生意做大之后，一心用在经营之上，倒是减轻了不少痛苦。更让他欣慰的是，新纳的两个小妾接连为他生了两个儿子，后继有人的他，不顾年老体衰，每日奔波忙碌，想要在有生之年为周东打下一个大大的商业江山，同时也为自己的后代留一些遗产，也好让他们一生安然度过。

慕容成无比感激周东的收留之恩，若没有周东，他现在不知流落何处，抛尸荒野也极有可能。所以，他尽心尽力，不敢有丝毫懈怠。

慕容成近来多奔波在中山国和燕国之间，刚刚促成了一笔大生意的他本来心情不错，正要从燕国返回时，却听到了一个惊人的消息，他当即不再乘车，快马加鞭一路狂奔回到中山国。听说周东正在秋游，忙出了灵寿城，追到了滹沱河边。

周东素来知道慕容成一向沉稳，如此急切必是有了不得的事情发生，当即迎上前去："慕容公，何事如此惊慌？"

"大王，魏达逃往了燕国！"慕容成急切之中，又有几分惊喜，"如此大好时机，岂容错过？臣恳请大王速速派人前往燕国，请魏达前来中山国，再倾全国之力助魏达替代魏作。一旦魏达继位魏王，必会报答大王。"

慕容成对魏作恨之入骨，把慕容庄之死全怪在了魏作头上，只要可以阻止魏作继位魏王，他必会全力以赴。

魏军从韩国撤军之后，只留下一片狼藉，未得寸功，还损兵折将，被齐韩联军杀伤无数，损失了至少十万将士，元气大伤。回魏国之后，魏王震怒之下，将司马父子投入大狱，又象征性罚了魏作面壁思过，并禁足了魏达，才算勉强安抚了群臣。

群臣虽有怨言，却也不好再说什么，只好将全部不满发泄在司马父子身上，纷纷上书请斩司马父子以安抚民心。魏作力主斩杀二人，魏达却坚决反对，声称征伐韩国并非司马父子之过，魏王、魏作以及他和朝堂群臣，皆不是事外之人，都有不可推卸的责任，若将所有罪责推到司马父子身上，非君王胸襟。

一番话说得魏王勃然大怒，下令将魏达由禁足三个月改为半年。

魏达尽管被重罚，魏王却还是被魏达的话触动，思前想后，还是没有下定决心杀掉司马父子。乐城尚不足以担当重任，魏国兵发韩国，无功而返，不但让中山国得以复国，齐国也借机从韩国大得好处，同时又削弱了田氏的实力，可谓收获颇丰。最大的损失者除了魏国，就是韩国。

韩国还好，只是损兵折将，却赢得了各诸侯国的同情。魏国损失惨重不说，失去了中山国，多了韩国一个对手，还让各诸侯国对魏国心生警惕和不满，魏国经此一事，成为众矢之的！

也怪不得别人，毕竟是魏国挑起了战端。魏王心里自是清楚，表面上是司马父子请战，其实何尝不是他好大喜功想要吞并韩国？若是真要追究责任，他才是罪魁祸首。

当然，魏王不会承认他犯了错误，但他也不想将责任全部推到司马父子身上，也是如今各诸侯国对魏国虎视眈眈，若真杀了司马父子，魏国再无领兵的大将，若是韩军来犯，无人可担当重任，或者若是周东乘机起兵，魏国或许会有亡国之忧。

只是司马父子杀不得，又不能放出来，倒成了棘手之事，魏王左右为难之下，许多大臣纷纷上书请诛司马父子，就连魏作也是数次进言，陈述诛杀司马父子的利害关系，他都一一置之不理，甚至还对魏作有了几分失望。

魏作想杀司马父子的迫切之缘由，很大程度来源于他对司马父子的痛恨和惧怕。身为君主，痛恨臣子不足为奇，却惧怕臣子而不是想方设法将臣子掌控在手中，是无能的表现。魏王有足够的自信，只要放了司马父子，稍加惩戒再许以重用，必会让司马父子死心塌地为他所用。

如今天下不太平，正是用人之际，虽说魏王也对司马父子的叛逆之心甚为恼怒，但二人并未完全暴露出叛变之举，对韩一战中，也算尽心尽力，即便有算计乐城并且有对魏作的不轨之意，都可以圆得过去，推到王松叛逃身上。

魏王是何许人也，自然清楚司马父子确实有叛逆之心，也想杀之而后快。但如今形势又不允许他一刀砍下二人的项上人头，他痛恨二人是个人之恨，需要二人却是魏国之需。只是如何寻找一个台阶可下，好放出二人，才是最大的难题。

（二）事发

正当魏王一筹莫展不知该如何是好时，他想起了当初周东为了化解司马运屠杀粮商之罪，想出了韩军越境的对策，现在想来，当真是神来之笔。只是现今谁还有周东之能，可以猜中他的心思并且为他设计一条计策，好让他可以借机放出司马父子？

公孙由？不行，他虽为上卿，却目光短浅，并无远见，更是猜不透他的心思。乐城？更是不行，乐城既不如乐羊有格局，也不如司马运有谋略，更不如司马史有帅才，虽小有战功，却毕竟资历尚浅，经验不足，难以服众。更主要的是，乐城巴不得司马父子被杀，怎会想出计策让他好有借口放出司马父子二人？

王黄？也是不行。王黄过于老成持重，虽很会揣摩他的心思，却在重大决策之上，总是要等他点到才敢开口。此事只能迫于形势，他才能借机放人，而不只是简单的上书。

思来想去，魏王大为头疼，满朝大臣之中，竟无一人可和他心意相通并且为他解忧，要是周东在就好了……他被自己的念头吓了一跳，怎会想到周东？周东如今可是中山国君了。

正当魏王左右为难之际，一个意想不到的人在暗中帮他策应了一切，并且付诸实施，让他终于有了一个让群臣无法辩驳的理由，放了司马父子二人。

只不过放出司马父子二人的代价过于昂贵，让他一时难以承受！

代价就是魏达和魏作由暗中对抗转为正面对抗，二人不但公然为敌，还险些出了人命！

上次，魏作和魏达打猎还是春天，在禁足了半年多，魏达重获自由之后的第一件事情，就是邀请魏作再次打猎，魏作以没有时间为由拒绝。魏达不死心，每隔一月就邀请一次，后来魏作实在无法拒绝，只好推托说等秋天再去围猎。

魏作以为魏达会忘掉此事，不料又过了半年多，到了次年的秋天，魏达再次来邀，他只好披挂上阵，和魏达前去上次的树林打猎。

上次有周东，以及司马运、乐城、慕容庄、姜远等人，如今却是魏达、魏作、乐城和王左、王之、公孙如等人，虽说人数上一样，气势上却大不相同了。王之、公孙如二人文弱书生模样，虽曾带兵攻打过韩国，却还是没有大将之气，懒洋洋的样子不像是打猎，反倒像是秋游。只有乐城和王左还稍微有几分精神。

魏达不以为意，魏作却是心中十分不满，难不成魏国没有了周东和司马父子，就没有了人才不成？他微有不平之意，见前面跳出一只鹿，当仁不让地纵马去追，一箭射出。

却落了空。

魏达哈哈一笑，嘲笑魏作过于急躁了，不等鹿站稳就放箭，自然射不中。魏作不服，声称若是魏达能一箭射中一只鹿，才算胜他一筹。

不料话刚说完，魏达就一箭射出，正中一只野猪。魏达得意地大笑，射中一只鹿算得了什么，射中野猪才是本事。魏作既羞又怒，正好一只猛虎出没，他顾不上许多，跃马上前，一箭射向猛虎。

猛虎不比野猪，不但极通人性，且会躲闪，当即闪开魏作的箭，漫不经心地瞄了魏作一眼，仿佛是在嘲笑魏作箭法太差。

魏作本来心情不好，竟被一只畜生轻视，顿时火冒三丈，随即连发三箭，却箭箭落空。他更是怒不可遏，用力拍马去追猛虎。猛虎跑了几十丈后，被追得火起，猛然站住，长啸一声，声震山林。

虎啸马惊，马立而起，魏作猝不及防，摔落马下。魏作虽非武将，也从小习武，摔落马下不算什么，当即站起，正要上马时，忽然一箭射来，正中马的屁股。马吃疼，猛然飞起一脚，正踢中魏作的胸膛。

魏作当即被踢得横飞出去，撞在一棵树上，吐出了一大口鲜血，再也站立不住，背靠大树，软绵绵坐在了地上。

猛虎折身返回，一步步逼近了魏作，气势汹汹，张开了血盆大口，眼看就要一口咬断魏作的脖子。

“救我，魏达！”魏作有气无力地冲魏达喊了一声，他看到魏达信马由缰地走了过来，明明看到他危在旦夕，却毫无紧张之意，而方才射中马匹的一箭，肯定是魏达所为。

“你葬身虎口，也算是死得其所了。”魏达一拉缰绳，停了下来，离魏作二十余丈远，一副袖手旁观的样子，嘿嘿一笑，“兄长，别怪弟弟绝情，怪只怪你太阴险，害得魏国损兵折将，百姓怨声载道，你到现在还不知悔改。若你继位，魏国必亡。”

魏作内心一片冰凉：“魏达，你真如此想要我死？你若继位，才是魏国之难。”

“哈哈哈哈，我继位之后魏国如何，就不劳你操心了，你安心上路吧。”魏达一拉缰绳，又后退几步。

不过，让魏达失望的是，猛虎走近了魏作，嗅了几下之后，不知为何对魏作又失去了兴趣，转身懒洋洋地走了。魏达愣了一愣，忽然射出一箭，正中猛虎屁股。猛虎吃疼，大怒之下，回身一口朝魏作咬下。

魏达哈哈一笑，魏作休矣！

不料，猛虎尚在半空之中，突然一人及时赶到，手中长枪一挺，一枪就将猛虎挑落。

正是王左。

王左刺死猛虎，似乎没看到魏达一样，扶起魏作转身就走。魏达左右看看，见只有王左一人赶到，其他人还落在百丈开外，顿时杀心大起，当即拍马去追。

二十余丈的距离，片刻即到，魏达长剑在手，朝脚步踉跄的魏作后背一剑刺去。王左用力一推，魏作摔倒在地，魏达一剑落空，正想再出一剑时，猛然听到一声断喝：

“大胆逆子！”

声音如此熟悉，一时让魏达惊呆当场，回身一看，竟是父王满面怒容地站在身后。魏达吓得手中长剑失手落地，正要说些什么，魏王怒喝一声：“拿下！”

王左无比怜悯地看了魏达一眼，目光却又飘向了远处树林中的一条小道。魏达迟疑片刻，读懂了王左目光中的含义，当即用力拍马，狂奔而去。

“拿下，拿下！”魏王亲见魏达想要杀死魏作，既痛心又震怒，真正动了杀死魏达之心，为人父母者最不想见到的就是儿女骨肉相残，原以为魏达被禁足之后，痛定思痛，有改过之心，不想他狼子野心，今日敢杀魏作，明日就敢弑父了。

士兵纵马狂追。

魏达拼命拍马，事关生死，不能有丝毫大意，拿出吃奶的力气狂奔。也不知是他运气好，还是士兵有意放行，后面追兵追不上，前面又没有拦截，他得以顺利逃脱。只是逃脱了又能如何？他一个人信马由缰，放眼望去，四下无人，是一片荒凉的田野，此时暮色四合，他又累又饿，却不知该何去何从。

为何王左会突然出现救了魏作？为何父王会意外出现？魏达越想越觉得事有蹊跷。莫非有人故意设局，要让父王对他死心，从而除掉他？此人是谁？他脑中猛然闪过王左意味深长的笑容，没错，多半就是王左在背后害他。

王左自从经上卿公孙由推荐入朝为官以来，一直和太子魏作关系密切，来往频繁，成为太子的臂膀。尽管人人知道王左曾和周东私交甚好，但魏作并不在意此事，依然重用并信赖王左。

此次打猎，并未告知父王，为何父王会意外出现在此？必是有人暗中知会父王，有意让父王前来，就是为了让父王亲眼看到他意欲置魏作于死地。不管此人到底是不是王左，都不重要了，重要的是，天下之大，哪里才是他的安身之处？

夜色深了，魏达听不到身后追兵的声音，累得筋疲力尽，举目四望，空无一人，再想起他不但孤身一人，还身无分文，不由得悲从中来。

忽然，远处传来马蹄声，难道是追兵来了？魏达抽出宝剑，回身一看，来了数人，当前一人，鲜衣怒马，面如冠玉。

“殿下勿要惊慌，在下李易，乃是王公子属下，受王公子所托，特来为殿下送行！”李易一挥手，手下牵马过来。马上驼着包袱，里面装满了东西。

“王左？”魏达愣住，“他何必多此一举？若我死了，岂不是更遂他心意？”

李易微微一笑：“殿下误会王公子了，他对殿下并无恶意，只是殿下诛杀太子之事人人皆知，只有远走他乡避祸为上。王公子特让小人送马一匹，包袱里面有金子和干粮，殿下可往燕国避祸。”说话间，他拿出一封信，“请带此信见燕太子流，可在燕国安身。”

“何人所写？”魏达一怔，没想到王左还有如此好心。

“殿下不必管是何人所写，此信只要交到燕太子流手中，必会保殿下安然无事。在下告辞！”李易转身就走，“还望殿下速速离开魏国，魏王已经下令，要全城搜捕殿下。”

（三）大患

魏达望着李易远去的背影，愣了半晌，想了想，还是牵过了马儿，打开包袱一看，里面金子和干粮充裕，足够花销之用，不由得长叹一声，想他一个堂堂的殿下，怎会落到如此下场？

算了，不去想那么多了，逃命要紧。魏达趁着夜色，一路狂奔，两日后来到了赵国境内。魏赵之间因为中山国的复国，关系微妙而平衡。出于对魏国的牵制，赵国和中山国关系迅速密切起来，却加强了在魏赵边境的巡逻。

魏达就险些被巡逻的兵士发现，他躲了半天，才趁着夜色进入赵国。

三天后，魏达绕过中山来到了燕国。燕国地处偏僻，天气比魏国凉了许多，魏达不敢停留，直接来到燕都蓟，到了王宫，送上了书信。

信是王黄所写。

信上写的是什么，魏达没看。燕太子流看完信之后，默然片刻，便留下了魏达，让魏达住在王宫附近的一处宅院之中。

魏达逃往燕国的消息，很快就被魏王得知。魏王当即派出使者，请求燕国不要庇护魏达，希望燕国将魏达转交给魏国。燕国对使者十分客气，对魏王的要求也是一一同意，却只是嘴上说得好听，并不付诸行动。使者等了半天，也不见燕国送上魏达，只好悻悻而返。

魏王心知燕国有意包庇魏达，大怒，声称若燕国不放魏达，魏国将和燕国势不两立。燕国表面上诚惶诚恐，似乎是怕了魏国，却依然庇护魏达。

魏王无奈，他不可能兵发燕国，毕竟中间还隔了赵国，更主要的是，魏国现在不敢再有任何异动，真要兵发燕国，中山国和齐国必会闻风而动，到时燕国再还击的话，魏国必会大败。

甚至连赵国也有可能乘机生事。

都怪周东，若不是中山国复国，魏国和燕国就有直接交界之处，陈兵中山国和燕国边境，燕国敢不交出魏达？

魏达亲自前去太子府感谢燕国对他的力保，燕太子流却并不领情，只说希望魏达安心留在燕国，其他事情不必多虑。魏达很想知道王黄在信中许诺了什么，为什么王黄要保他？他很清楚他和燕太子流并无交情，燕国也没有保他的理由，全因王黄之故。

燕太子流架不住他的再三要求，说出了实情。王黄在信中很明确地告诉太子流，收留魏达虽然会引起魏国的不满，却可以得到中山国、齐国以及赵国的另眼看待，相比之下，失大于得。魏国和燕国没有交界，不会出兵攻打燕国，万一魏达以后继位成功，成为魏王之后的魏达肯定会厚报燕国。

燕国在不会有任何利益损失却有可能赌对的前提下，自然会收留魏达。当然，燕太子流也不是为了赌魏达会继位成为魏王，而是想因此和中山国、齐国交好，毕竟中山国和齐国是联盟，若是两国联合对燕国用兵，燕国必定难以抵抗。

虽说国与国的策略一向是远交近攻，但如今燕国面临两个强大邻国的联手，只能远攻近交了。

魏达听了无比感慨，说来他能安然在燕国安身，还得感激王黄和周东，只是为何王黄不推荐他去中山国？以周东的胸怀，难道不会容他？

肯定不会。

魏达出了太子府，边想边走，行至中途，忽然觉得后面有人一直尾随，猛然回头，发现了慕容成。

慕容成在燕国办完事情，准备返回中山国，无意中发现有一人很是眼熟，就跟了几步，不料被人察觉，仔细一看，果然是魏达。

魏达也认出了慕容成，当即大喜。之前慕容成在中山国的背叛和他一箭射死慕容庄的过往不再提及，二人忙找了一家客栈，坐下之后聊了起来。

慕容成才得知魏达为何身在燕国，他虽然痛恨魏达射杀了慕容庄，但慕容庄归根结底还是因魏作而死，魏作才是始作俑者，若是能乘机搅乱魏国局势，也可以向魏作讨还公道。

在知道慕容成如今已是周东的座上宾并且生意迅速崛起之后，魏达感叹还是周东为人周正，一切以大局为重，从不计较个人恩怨，当为明君。若他继位成为魏王，一定和周东结成同盟。

慕容成就心生一计，和魏达约定等他返回中山国，若是周东同意，就接魏达来中山国。魏达欣然应允。

听完慕容成之话，周东默然不语。沈南哈哈一笑，没大没小地抱住了慕容成的肩膀："慕容公，若是魏达可在中山国安身，当初王相国就直接修书一封，让魏达投奔大王，何必舍近求远呢？"

慕容成想不明白："为何王相国不让魏达前来中山国？是有何顾虑？"

沈南冲子良和幔陀招手："子良姑娘、幔陀姑娘，请过来说话。"

二人不明就里，来到沈南近前，沈南笑问："我且问你二人一个问题，魏达因谋杀太子未遂，逃出魏国，是逃来中山国好，还是前去燕国好？"

子良不假思索地答道："自然是逃往燕国好了。"

幔陀点头："确实是燕国好一些。"

"为何？"慕容成心中大为不解，子良和幔陀两个女子，也懂国之大事？

"很简单呀，魏达逃往燕国是逃亡，燕国和魏国并无过节。逃来中山国就是中山国有意挑起事端了，会让其他诸侯国误以为中山国是要插手魏国内政，必会对中山国心生提防或是不满。"子良跟周东久了，也有了站在各诸侯国立场之上分析事情的头脑。

幔陀也说："正是，正是。此时中山国应该置身事外，远离此事。并非中山国惧怕魏国，而是不想让各诸侯国对中山国有所偏见。中山国复国不久，正是励精图治之时，不宜多生事端。"

慕容成大感沮丧："大王，莫非就此错过魏达，不向他伸出援手？"

周东淡然一笑："如此良机岂容错过？再者魏达当年待寡人不薄，寡人不能薄情寡幸，只是如何帮他，就要费一番心思了。"

慕容成才长舒了一口气："大王，臣以为，可以暗中将魏达接来中山国，商议如何助魏达继位。"

周东没有正面回答，看向了沈南，沈南会意，知道周东并不是要征求他的意见，笑道："不急，不急，此事不必急在一时，可以等大王和王将军、孙相国商议之后，再做定夺。"

王松和孙西敢因复国有功，一个被封为护国大将军，一个被封为相国，二人位极人臣，一武一文，成为辅佐周东的左膀右臂。

周东招呼姜姝一起回宫，姜姝意犹未尽，还想再玩一会儿，周东担心儿子吹了凉风，姜姝只好收起心思，一起回宫了。

中山国复国一年多来，周东夙夜匪懈，不敢稍有懈怠，将朝中政事梳理得井井有条不说，中山国也恢复到了灭国之前的繁荣。

但周东并不满足于此，仅仅繁荣还不够，还要强盛，还要成为霸主，否则中山国夹在赵国、燕国之间，早晚还会被欺凌，还会被吞并。

只是想要强盛、想要富强谈何容易，并非一朝一夕之功。周东表面上有条不紊地推动各项事务，其实内心很是焦虑，他知道留给中山国的时间并不是很多。

秦国虎视眈眈，虽近年来并未有东侵之意，但秦国实力不容小觑，以周东推测，秦国早晚会东进侵犯各诸侯国。秦国背靠大山，有天堑之利，国中关中平原富饶，物产丰富，近年来养精蓄锐，早有吞赵攻魏之心，只是时机尚未成熟，按兵不动而已。

燕国地处北面偏远之地，虽国土面积广大，却地广人稀，并且多是荒凉之地，土地贫瘠，国力在七大诸侯国中最弱。虽有南下之心，却无南下之力。不过周东也是清楚，燕国一向对齐国垂涎三尺。若是燕国尽得齐国之地，以齐国富饶弥补燕国不足，燕国必然壮大。

燕国早晚攻齐。

赵国更不用说，三家分晋之后，魏国第一，赵国第二，韩国第三。赵国夹在燕魏之间，西有强秦，北有大燕，南有魏国，东有齐国，和魏国一样周围全被列强环伺，时刻厉兵秣马，不敢稍有松懈，以便随时迎战或是出征。

以赵国地势，攻秦为下策，攻燕攻齐为上策，攻魏为中策，攻韩国为下下策。攻中山国则为……上上策！

其实赵国吞并中山国之心，由来已久，早在魏国灭中山国之前，赵国十几次进攻中山国，却全部被中山国击退。无奈之下，赵国才心生一计，意欲祸水东引，假意借道给魏国，让魏国进攻中山国。

只是赵国没有料到，魏国竟然打下了中山国，此事在赵国引起了轩然大波，险些让赵国因此被魏国前后夹击，再难突围。若不是中山国复国成功，赵国早晚会成为魏国的囊中物。

现今中山国复国，并且日益强盛，赵国虽迫于形势和中山国交好，却始终视中山国为第一心腹大患。

（四）惊醒

赵国若是能拿下中山国，便可一改赵国没有天堑之险的现状，可将中山国内的滹沱河和太行山尽数纳入版图，从此北抗燕国南压魏国，成为中原第一强国指日可待。

赵国虽不像魏国四处出兵征战多年，却也是实力不亚于魏国的中原强国。近来是国内国君更迭，无暇顾及外面之事，现今赵王已然地位稳固，恐怕不出多久，就有意对外扩张了。

魏国虽战败不久，周东也自是明白以魏王的雄心和魏作的为人，只要恢复元气之后，魏国必然还会再次出兵，不管是进攻赵国还是韩国，又或者是燕国。中山国始终是魏国的伤痛，魏国接连失利，皆因中山国之故，魏国必会再从中山国身上找回丢掉的荣光。

韩国因中间隔了魏国，又和魏国刚刚大战一场，且战胜魏国得了周东和齐国之助，短时间内没有吞并他国之心，更不会对中山国有想法。

至于齐国，在吕唐任上，不会和中山国有战争，却不敢保证魏国或是燕国会对齐国用兵。若真是如此，到时中山国必定出兵相助。

周东回到王宫，来到后花园，有王松和孙西敢，他心情稍微轻松了几分。眼下天下太平，战事不起，却只是短暂的平静。且不说魏韩之间的仇怨已经难以解开，魏国和齐国也因魏韩之战以及中山国复国而心存芥蒂。

魏齐虽然联姻，却只能管一时管不了一世。齐国富饶之地，人人想要得之，若是中山国足够强大，周东也有吞齐之心。天下之事历来如此，你若不吞，自有别人出手，既然如此，为何不自己去拿？有德有才者得天下，也是古往今来之常理。

不过说来说去，中山国眼下最具威胁力的敌人还是魏国。

王松和孙西敢每日忙得不可开交，王松练兵，孙西敢辅佐周东治理朝政，遗留问题太多，二人一连忙了大半年才算厘清了头绪，一切都走上了正轨。

二人虽身居高位，却还和以前一样衣着朴素，然而二人毁容毁声无法复原，每当周东看到二人惨状，总是不免心中难过。

二人并不知道周东找他们何事，跟在周东后面，将近来之事一一说了一遍，周东听了连连点头："战车已然有了一千余乘？甚好，甚好。沈公子带来的能工巧匠确实非同小可，打造的战车不但坚固耐用，还节省马力。"

又说了一些朝中之事，周东蓦然话题一转："若是魏作继位之后，再次攻打中山国，中山国可有必胜之策？"

王松和孙西敢对视一眼，二人同时摇头，孙西敢十分笃定地答道："回大王，中山国立国时日尚短，根基不稳，国力不足以和魏国对抗。不过若是魏国再次征伐中山国，臣必会舍命一战，至少也要让魏国伤筋动骨，元气大伤。"

周东点了点头，才抛出了正题："是了，是了，中山国和魏国势不两立，若是再收留了魏达，更是会激怒魏国。不过若是不收留魏达，似乎又会错失良机。"

"魏达现在何处？"孙西敢立时听出了周东的言外之意，"莫非魏达逃出了魏国？"

"不错，魏达如今藏身燕国，被燕太子流收留。慕容成在燕国遇到了魏达，魏达想来中山国避难。"周东眉头微皱，"此事若是处置得当，可让魏国如芒在背。若是稍有不慎，或许会引发战争。"

周东将魏达如何前去燕国之事简略一说。

王松听完喜形于色，道："大王，依臣之见，王相国让魏达前去燕国，应有之意就是抛出一个难题让大王应对。只要大王应对得当，此事大有可为。臣以为，可将魏达暗中接来中山国，妥善安置，并密会魏国与魏作不和者，助魏达成就大事。"

孙西敢沉思片刻，连连摇头："不可，不可，魏达若想继位，非但要魏作让位，还要魏王首肯。如今魏达在魏王心中已然是不可饶恕的逆子，绝无再立魏达的可能，除非魏作意外身亡。"

“若是魏作和魏王同时身亡，魏达就是名正言顺的魏王了。”王松微微一笑，眼中闪过一丝厉色，“当年魏国攻打中山国，以致李月、周西毒死了先王，又险些害死大王，天道好还，让魏国也尝尝国破家亡的滋味，也算是报了当年之仇。”

周东心中也并非完全放下了当年之事，虽说其中也有赵国之过，但真正让中山国覆灭的终究还是魏国。只不过若是为了恩怨报复魏国，非君主所为。他沉思片刻：“不可为了逞一时之快而收留魏达，相国，你且去燕国一趟，和魏达见上一面。”

“是。”孙西敢知道周东如今今非昔比，凡事要顾全大局，要为中山国百姓考虑。

随后，周东传来沈南，命子良随他前去魏国，暗中和王黄会面，听听王黄的意见。让幔陀和子与前去齐国，面见吕唐，呈上他的亲笔书信。又派幔越和温漫前去韩国，面见韩王和韩太子进，递上他的亲笔书信。

一切安排妥当，周东回到后宫，孩子已然睡下，姜姝还在等他。

姜姝已然得知了魏达之事，见周东微有忧心的样子，心知周东在为此左右为难：“大王，中山国复国不过一年，根基不稳，此时若是收留魏达，等于是引火上身。魏国正愁没有理由攻打中山国，切不可因小失大，贻魏国口实。”

周东点头：“话虽如此，不过魏达近在咫尺，若是不加以利用，也是错失良机。”

姜姝微叹一声，她虽支持周东的强国之道，却不想周东太累太操劳，只是她清楚她劝不了周东，原以为复国之后，会有安稳岁月，现在才知道，复国并非结束，而只是开始。

“大王真想接来魏达？”姜姝猜到了周东的心思，小心地一问。

“还未想好。”周东确实还没有最终下定决心，他也确实有接来魏达之心，只是魏达一人牵一发而动全身，他要先想好万全之策。

“可否听我一言？”姜姝郑重其事朝周东一礼。

周东一脸肃然：“姝妹请讲。”

姜姝朝周东施了一礼：“为中山国百姓计，为大王千秋万代计，臣妾恳请大王不要收留魏达！”

自成亲以来，姜姝从未如此向周东正式谈及国事。周东也是一脸肃然，扶起了姜姝：“姝妹，你我夫妻一体，何出此言？若你有何想法，只管说出便是。”

“魏达此人，喜怒无常，反复无常，不可深交，更不可托付大事。即便扶他上位当上魏王，怕是也很快忘记以前帮他的恩情，反目成仇或是恩将仇报，都并非没有可能。”姜姝从来都恪守王后本分，不插手朝政，只是事关魏达，她实在是有话要说，“魏达是真小人，魏作是伪君子，二人都不可交不可帮。帮真小人，是与小人为伍；帮伪君子，是与伪君子为友，都有损品行。且中山国立国不稳，以臣妾拙见，置身事外一心振兴中山国，是为大计。”

“妹妹言之有理……”周东扶过姜姝，请她坐下。他任中山王以来，还从来没有和姜姝有过深入交流，他决定好好向姜姝说出他的真实想法，“中山国如今是立国不稳，且因被魏国灭国，受损严重，到今日才复国一年多，百废待举。按照常理，应当养精蓄锐，藏器于身，可是妹妹你有没有想过，以现在的天下纷争局势，中山国想置身事外，只想埋头富国强民，周围诸侯国会置之不理吗？”

姜姝想了一想：“秦国并无东进之意，魏国无暇顾及，赵国力有不及，燕国因中山国和齐国结盟，也不敢轻举妄动，中山国正值大好时机，更应一心富国，正所谓挫其锐，解其纷，和其光，同其尘，塞其兑，闭其门……夫唯不争，故天下莫能与之争！”

周东微微点头，姜姝的想法也正是中山国大部分臣子的想法，认为中山国如今可以高枕无忧，趁各诸侯国互相制衡之际，迅速壮大起来。

周东一开始也是这么想，一年多来，一心扑在内政之上，对周围诸侯国动向，关心不够。在他的内心深处也是认定，周围各诸侯国各有国内事务要顾及，无暇顾及中山国，中山国正好趁此千载难逢的良机，建立一支强大的军队，从而可以屹立于各诸侯国之林。

但魏达之事让他蓦然惊醒，如今哪里天下太平了？秦国正在变法，一心强国，一旦时机成熟，必会东进吞赵灭魏，秦国之野心，天下皆知。而中山国扼燕赵之咽喉，秦国若要统一天下，必要先灭中山国。

燕国虽偏安一隅，但始终有南下之心，只是时机并不成熟。此次之所以冒着得罪魏国的风险收留魏达，正是彰显了燕国意图插手魏国内政之心。

周东由魏达之事深入一想，怦然心惊，各诸侯国之间的平衡在魏国吞并中山国以及魏国攻打韩国未果，而中山国复国之后，其实是被打破了。原来各诸侯国之间的制衡和倚仗，随着魏国被齐韩联军打败以及中山国的复国而彻底崩溃。

（五）天有不测风云

其实仅中山国的复国并不足以改变局势的平衡，魏国的战败让中原各国的微妙平衡失去了支撑。原本中原强国中，魏国当之无愧为第一，赵国次之，韩国再次，齐国和燕国并无争霸之心。魏、赵、韩三家原本由晋国分裂而出，各有所长，正好呈平衡制约之势。如今魏国式微，韩国衰弱，齐国却因此得以增加了不少实力，俨然有替代魏国之势。

只不过齐国有天然缺陷——背靠大海。有天险可以借助，既是好事又是坏事。好事是无后顾之忧，坏事是忘战必危。齐国无争霸天下之心，看似好事，却是匹夫无罪怀璧其罪，如此富饶之地，人人想要得之。齐国除非争霸天下，主动出击，否则早晚和中山国一样，逃脱不了被人吞并的命运。

齐王无争霸之心，吕唐却有。周东以前觉得吕唐胸无大志，行事荒唐，但在经历了齐军增援韩国联手打败魏国之后，吕唐变了许多，由以前自认为齐国可以偏安一隅也能保千秋万代，变成齐国只有主动进攻才是最好的防守。

吕唐不比齐王，他从小性子不定，到处游玩，看似不务正业，却因为游历各地，见多识广，反倒比齐王更有眼界和胸怀。吕唐继位之后，必会一改如今齐国被动防守现状，主动出击。

更主要的是，赵国之前因新君旧君更迭，政局不稳，无暇对外。现今新君根基稳固，赵国近来又勤加练兵，周东就想，若他是赵王，趁魏国虚弱之际，如今又国内政局不稳，魏达和魏作争位，联合中山国推举魏达为魏国正统太子，从而兵发魏国，当为上计。

甚至会趁机吞并魏国大片国土也未尝不可。

如此一想，周东蓦然心惊，心中猛然闪过一个念头，若他将魏达接来中山国，暗中密会齐国和赵国，联合三国之力，将魏达推到台前攻打魏国，魏国必亡！

周东将心中的所思所想全盘告诉了姜姝，话锋一转："妹妹有所不知，越是和平之时，越不能忘战。何况中山国本来弱小，想要悄然强盛，你当周围各诸侯国都是傻子不成？其实我想接来魏达，并非想让魏达常住在中山国，而是借魏达之由，邀请赵国和齐国前来中山国密谋此事如何处置……"

"夫君是要联合齐赵二国向魏国出兵不成？"姜姝微微一想，才知道她确实想得过于简单了一些，各诸侯国只是达成了微妙的平衡，但平衡的基础并不牢靠，一有风吹草动，就会引发各诸侯国异动，魏达就是一个引子。

而异动一起，平衡必破，平衡一破，先下手者为强，周东想接来魏达，也是想抢占先机。中山国不能和齐国一样被动防范，齐国有天险且富饶，中山国弱小且贫瘠；齐国有以逸待劳的时间，中山国没有。

姜姝虽不懂用兵之道，却跟随父亲经商多年，知道主动出击和被动迎战有时会收到截然不同的结果。就如商人一样，小商人灵活而大商人稳妥，越是小国，越要居安思危，时刻有忧患意识。

她再次朝周东盈盈一礼："臣妾受教了。"

周东忙扶起姜姝，让他最感动的是姜姝通情达理，他微微一笑："如此说来，妹妹是认同我收留魏达之举了？"

姜姝悄然一笑："我认同不认同又有何用？"

周东一惊："莫非你还有什么疑虑不成？"

"不是。"姜姝被周东的紧张逗乐了，她要的就是他对她的在意和关心，"并非我有所顾虑，而是收留魏达与否，要看齐国和赵国是何看法。"

周东呵呵一笑，才知道姜姝已经有了纵观全局的大局观，不由得笑道："若你是男儿，可为朝中栋梁。"

姜姝也笑了："身为女子，虽不能为朝中栋梁，却可为栋梁之母。"

"哈哈……"周东抱住了姜姝的肩膀，"正儿日后一定会成为一个顶天立地的大丈夫，开创千秋伟业。"

一个月后。

北方冬来早，第一场雪悄然而至，王黄一觉醒来，忽觉窗外光亮大盛，推窗一看不由得一愣，漫天雪花飞舞，地上的积雪已经有了厚厚一层。

诗兴还没来得及大发，王黄蓦然一惊，暗道不好，忙叫来王左。

王左刚刚洗漱完毕，急匆匆来到父亲房间。

"父亲可是要出门赏雪？"王左话一出口，见王黄一脸凝重，知道他想错了，忙又问，"父亲是担心今年魏国收成？"

王黄摇了摇头，连衣服都忘了披，推门出去，雪依然在下，地上积雪没过了脚面，三寸有余。王左忙拿上衣服为父亲披上。

"才十月光景，刚刚入冬，就下了如此大的一场雪。魏国尚且如此，中山国和燕国，怕是会雪厚半尺以上了。"王黄忧心忡忡，"中山国还好，还有积蓄，燕国苦寒之地，一场大雪，不知该冻死多少牛羊，又要有多少百姓饥寒交迫。"

王左宽慰道："父亲是魏国相国，魏国无忧即可，怎能管得了中山国和燕国？"

"左儿，你要有天下为公的胸襟。"王黄叹息一声，"为父一为怜悯中山国和燕国百姓，二为魏国着想。若燕国雪大成灾，又有魏达在手，必会借机南下，要么攻打中山国，要么攻打赵国或魏国，到时战事一起，怕是又要生灵涂炭了。”

“父亲也是担心若中山国雪大成灾，周东如何安渡难关吧？”王左此时才算猜到王黄的所思所想，淡淡一笑，“父亲莫要忘了，中山国的王后可是姜望之女，中山国又有一个巨商慕容成。”

王黄微微摇头：“为父并不担心周东如何渡过难关，而是在想万一燕国起兵南下攻打赵国，中山国将何去何从？”

历史上不乏北方之地因遭受雪灾而南下入侵先例，被困被冻是死，南下入侵仅有可能向死求生，为何不冒险一试？换了任何人，都会起兵。王左微微一想：“以周东的为人，燕国起兵南下攻打赵国，中山国不会加入战端。不过以儿子拙见，燕国多半不会攻打赵国。上次沈南和子良送来周东书信，周东为收留魏达之事征求父亲意见，父亲当时回复是可先缓上一缓，如今怕是时机到了？”

一月前，沈南和子良受周东之托来见王黄，面呈了周东书信。王黄看后，回信一封，托由子良带回。王黄猜到周东想要收留魏达的布局，有意联合燕、赵、齐三国，以魏达为旗帜，向魏国发难。他劝周东先缓上一缓，时机尚未成熟，且魏国朝堂之上对魏达多有不满，众多大臣多半力挺魏作。魏作因此声势大涨。

还有一个主要原因是，王黄以为中山国如今还很弱小，即便和燕、赵、齐三国组成联军，也是处于附属地位，稍有不慎就有被三国吃掉的可能。虽说周东和吕唐交情莫逆，又和赵王结为同盟，但战场之上的形势瞬息万变，一旦中山国兵力折损过大，不管是燕国还是赵国，都可以随时吞并中山国。即便是吕唐想要力保周东，也不敢冒着和两国同时开战的危险。

况且周东在信中也说，他同时向齐国和韩国送去了书信，听取两国之意。齐韩两国的意见至关重要，若无两国的配合，周东大事难成。

王黄其实很不愿看到魏国再起战乱，也不愿由他引发魏国战端，虽说他并不希望魏作继位，但魏达继位也并非上策，对魏国百姓来说，不管是魏作还是魏达，都并非贤君。

只是眼下形势，也由不得他。他或许可以劝周东不要插手魏国内政，却无法阻止燕国、赵国或是齐国借机生事。其实以王黄的私心之见，魏达一直流亡在外，对魏国而言反倒是好事，可以时刻让魏作警醒，不至于为所欲为。

周东若能充分利用魏达之事，乘机壮大自身实力，再能吞并燕国部分国土，更是上策。

一个月来，王黄前思后想，一心想为周东想出一条万全之策，不料想法还未成形，大雪不期而至。

如此大雪，百年罕见，怕是会引发一场不可预料的战事。

“燕国若是也下了大雪，必会南下。不过赵国过于强大，燕国多半会首选攻打中山国。”王黄站在雪地之上，不顾落雪纷纷，抬头望天，头上和肩膀上已经落满了雪花，“周东成为中山王以来的第一次难关，就要来了。”

恰如王黄担心的一般，燕国不但下了大雪，还足足下了两尺多厚，冻死了许多牲畜不说，不少百姓的房子都被压塌了，还损毁了许多粮食。

若是没有外援，燕国铁定挨不过冬天。

燕国的大雪也下到了中山国，实际上，从燕国到中山国，到赵国，再到魏国，大雪连绵，除了齐国大部分地方未下之外，魏国及以北的地方，全部在茫茫大雪的覆盖之下。

（六）祸水东引

周东站在屋檐之下，微微皱眉，看着院中一尺余厚的大雪，背负双手，一脸忧色。雪下了三天三夜，还没有要停下来的迹象，才刚刚入冬，冬小麦会被冻死不少，明年减产是一定了，而据孙西敢说，马匹和牲畜也冻死不少。

还有百姓的房屋也有所倒塌，已经派人安置妥当。但若是大雪一直下个不停的话，怕是灾害会更大。

中山国百姓的安置好解决，即便有牲畜冻死，周东也有足够把握可以不让一个百姓冻饿而死，但他忧心的是燕国。

第二天就有消息传来，燕国的大雪比中山国还大，受灾比中山国严重很多，已经出现了流民。

“大王，燕军正在朝边境调动，明为防止流民，怕是有南下之意。”孙西敢恭恭敬敬地站在周东身后，语气中也多有不安之意，“王将军已经增兵边境了。”

“带了多少兵？”

“三万人马。”

“上次吕兄回复齐国愿意接手魏达，寡人觉得不妥，若是魏达前往齐国，魏王必然会派人前去齐国要人，势必会引发魏齐之间的芥蒂，且让任公主难堪。也是齐国眼下并无争霸之心，收留魏达并无大用。”周东迈步来到院中，任由雪花大片大片地落在身上，“韩国虽回复说若是有中山国和齐国、燕国联军攻魏，韩国必会响应，夹击魏国，寡人思忖再三，认为时机还是不够成熟，不想突降大雪，怕是要改变策略了。”

孙西敢猜到了周东的心思：“大王，臣这就派人去燕国迎回魏达。”

“不必。”周东摇头笑了一笑，胸有成竹地说道，“燕国怕是会主动送出魏达，毕竟和粮食相比，魏达的价值实在有限。”

“大王，燕国来使！”

有宫正来报。

周东哈哈一笑：“来得比预想的还要快，传！”

燕使竟是燕太子流。

燕太子流亲自前来，可见事关重大。周东虽贵为中山王，也出面亲自接见。燕太子流风尘仆仆，一身兽皮披风，身上的落雪也顾不上掸掉，一见周东就急急说道：“大王，我带来了魏达，请中山国收留。”燕太子流一脸傲然，回身挥了挥手，身后二人带着魏达上殿，“燕国一片诚心，大王何不资助燕国十万石粮食，以助燕国渡过眼下难关，燕王和燕国百姓，都会感念大王恩典。”

周东早有援助燕国之心，只是没想到燕太子流用魏达作为交换，更没想到开口就要十万石，中山国才复国一年，哪里有如此多的余粮？

不等周东开口，燕太子流哈哈一笑：“我也知道中山国地小而贫瘠，必然没有十万石余粮，不过大王有一个富可敌国的王后，不管是从魏国还是齐国，调运十万石粮草，不过是举手之劳的小事……”

孙西敢怒容满面，眼睛一瞪就要发作，却被周东眼神制止。周东轻轻一笑：“姬流，若是寡人无粮，你便又如何？”

燕太子流被直呼其名，不由得一愣，若是长辈或是父王直呼他的名字，倒也没有什么，周东虽为中山王，却和他年纪相仿，他感觉受到莫大污辱。中山国比起燕国，不但国力弱了不少，大小更是相差十数倍，他一向轻视中山国。

燕太子流微有愠色，冷冷一笑：“燕国雄兵百万，携威南下，必会荡平中山国，尽取中山国之物。”

“哈哈哈哈……”周东仰天大笑，“此话是你的信口雌黄，还是燕王所想？”

“又有何不同？”燕太子流被周东微有轻蔑的笑声激怒了，“燕国敬重大王复国之举，不想再看到中山国支离破碎民不聊生，故愿以魏达换取粮食，还望大王好自为之！”

孙西敢再也忍不住了，向前一步：“你敢再对大王不敬，就留在中山国为质子好了。”

魏达一脸沮丧，比以前瘦削了几分，懒洋洋地笑了一声：“姬流，我早就说过莫要威胁周东，你偏偏不听。若再敢乱说，小心性命难保。”

孙西敢一脚踢在魏达的屁股上，怒斥道：“大王的名讳也是你随意叫的？”

魏达猝不及防，被孙西敢一脚踢倒在地，索性坐在地上不再起来，道：“孙相国不要踢我，如今我落魄如狗，还要多倚仗孙相国才能活命。若是我继位成了魏王，愿意割让三十座城池作为回报。”

在燕国不过月余，魏达就充分体会到了落魄和寄人篱下的感觉，开始时，燕太子流对他还有三分客气，后来就真当他是质子一般对待了。向来飞扬跋扈的魏达敢怒不敢言，毕竟小命在别人手中，对方一句话就可以让他身首异处。

不过魏达并不后悔他的所作所为，他喜欢赌，赌对了，就天下在手；赌输了，大不了一死。对他来说，若是等魏作继位之后天天被魏作欺负，那才叫生不如死。

说来魏达还是有几分后悔，为何当初不直接逃来中山国？周东虽和他曾经互为对手，但周东为人坦荡，至少不会为难他。

“三十座城池太少了，若是割让一半的魏国城池，倒是可以商议。”孙西敢有意试探魏达。

“一半就一半，有何不可？”魏达才不会吝啬还未到手的东西，反正对他来说，一半的魏国也是魏国，只要能当上魏王，比质子和阶下囚强了何止百倍。

燕太子流被冷落，他不禁冷笑几声：“就凭尔等还想拿下魏国？痴心妄想！若无燕国相助，中山国区区千乘战车，远非魏国对手。”

周东要的就是燕太子流这一句话，当即笑道：“如此良机，燕国只要十万石粮食，目光也太短浅了。”

燕太子流顿时大怒：“大王的意思是要给燕国三十万石了？”

“三十万石粮食，也总有吃完之时。若是一千里的江山，代代受用，年年丰产，可保千秋万代。”周东心中主意既定，燕国若不南下必会哀鸿遍野，不如顺势而为，兵发魏国，进一步削弱魏国实力，以确保中山国江山稳固，“这一场大雪，怕是从北到南，绵延了千里，从燕国到中山国再到赵国、魏国，都遭受了雪灾。燕国产粮不多，雪灾之下，缺粮缺衣。赵国还好，安定多年，必有积蓄。魏国连年征战，国库空虚，如此雪灾之下，恐怕冻饿而死的百姓，不计其数，魏国要么向齐国借粮，要么向赵国借粮……”

燕太子流不明白周东在说什么，哼了一声：“大王有话直说，不必绕来绕去，只管告诉在下是否借粮便是。”

“粮……自然是要借的。”周东微微一笑，燕太子流和燕王一般性情，耿直而不会掩饰，反倒好打交道，他起身离座，来到燕太子流身边，“只是你可曾想过，十万石粮食，不足以燕国百姓过冬之用，粮食用完之后，又该如何？”

燕太子流一时语塞，想了半晌：“父王让我借十万石，我就只管借十万石，能用多久，用完之后又该如何，我不曾想过。”

周东一脸肃然道：“十万石粮草只够燕国百姓一个月之用，却是中山国百姓全部余粮，若是借与燕国，中山国百姓如何过冬？莫非要全部饿死不成？若真是如此的话，为何要借粮给燕国？不如大打一场，一决胜负，也好过拱手送上自己性命。”

燕太子流脸色蓦然大变：“好，既如此，我这就回去禀告父王，举兵征伐中山国。”

“哈哈……”周东放声大笑，“燕国要兵发中山国，你以为寡人还会放你回去？”

“你敢扣押我不成？”燕太子流一脸愤恨，眼中却有几分慌乱之意。

“中山国和燕国原本一体，何必兵戎相见？”周东又话锋一转，呵呵一笑，“寡人虽愿借粮给燕国，奈何中山国国小力弱，举全国之力也无法确保燕国百姓安然过冬，即便燕国举兵来犯，灭了中山国，也是无用……”

燕太子流彻底迷糊了：“燕国又该怎么办？”

孙西敢知道该他上场了，他轻轻踢了踢坐在地上的魏达，魏达会意，忙一跃而起道：“中山国太小，灭了中山国，也没有燕国过冬的粮食。魏国虽连年征战，国库空虚，但拿出一半粮草分给燕国，帮燕国渡过眼下危机，也还是不在话下。”

“魏国如何肯借粮给燕国？”燕太子流更加不解了，“燕国和魏国素无交情。”

“魏王和魏作自然不肯借粮了，若是我当了魏王，必会借粮。”魏达嘿嘿一笑，朝孙西敢投去心领神会的一瞥，“太子，若是燕国出兵中山国出粮，联合攻打魏国，魏国必败，不管是割让城池还是借粮，魏国都会不得已而为之。若是魏国兵败如山倒，燕国和中山国乘机吞并魏国，也并非没有可能。”

燕太子流眼睛一亮，说：“父王也曾说过攻打魏国之事，只是燕国和魏国并无交界，要借道赵国，赵国肯借道吗？”

（七）假道伐虢

孙西敢自得地一笑，道：“赵国借道之事，老夫出马，赵王必会应允。”

燕太子流此时思路也清晰了，他回身望了一眼外面依然下个不停的大雪，说道：“如此就说定了，我回去之后说服父王出兵，中山国出粮，并负责说服赵国借道，再由魏达带兵，以还政于魏达为由，兵发魏国！”

送走燕太子流，雪依然纷纷扬扬。周东负手站立在屋檐之下，依旧愁眉不展。

“大王，该用膳了。”木恩和小薇垂手立在周东身后。

周东当上中山王后，不忘善信阁的下人，悉数将他们从魏国接来，木恩和传先入宫为官，小薇和芥子也成了宫女。

“不用了。”周东摆了摆手，缓步而行，迈入了雪中，积雪咯吱作响，片刻之间，身上就落了一层。

小薇忙过去帮周东撑伞。

周东负手而行，不多时来到后花园。后花园有一座高约数十丈的平台，周东拾阶而上，来到了平台之上。

平台是他命人专门修建而成，登台之后，可以俯视整个都城，是为了察看民间疾苦之用，故名望民台。

天地之间苍茫一片，都城银装素裹，全部被大雪覆盖。近处，有亭台楼阁，隐约有哀怨的丝竹之声传来，远处，炊烟袅袅，鸡鸣狗吠之声不绝。

本是瑞雪兆丰年之景，周东却心情沉重，难有半分轻松。才刚刚休养生息一年，又要大战将起，不知又有多少百姓家破人亡。

虽说他有意引燕国之兵进犯魏国，却也并非他本意。只是他也清楚，燕兵要么攻打中山国，要么攻打赵国，要么攻打魏国，必会出兵南下，否则燕国会有灭顶之灾。权衡之下，既然必须要打，相对来说还是打魏国对中山国更有利一些。

燕国攻赵，赵国还击，中山国夹在燕赵之间，必然会被殃及池鱼。人都有私心，周东也不能免俗，何况魏国原本就是中山国的敌人。

若是能天下富饶，百姓富足，不管大雪还是大雨，百姓都能安然度过，平安无事多好，也不必发动战争了。只是民生维艰，丰年还好，一旦出现灾年，就会让无数百姓流离失所。战是死，不战也是死，战之下，或许还有一线生机。正是因此，才让燕国不惜铤而走险，发兵攻魏。

多希望有朝一日可以人人丰衣足食，家家存有余粮，不再有饥荒，不再有战乱。

周东心中喟叹一声，回身一看，不知何时身后多了一人，一身白衣胜雪，头戴斗笠，背后负剑，飘然若仙。

正是幔陀。

“大王，天冷，请回房中。”幔陀一身白衣和大雪融为一体。

“幔陀，身为侠客，武功再高，也杀不尽天下恶人。作为君主，胸怀再广，也装不下天下百姓。中山国的百姓和别国百姓，终究亲疏有别，远近有差。”周东缓步下了台阶，“幔陀，你前去齐国，亲见吕唐太子和任公主，送上我的书信。”

“是。”幔陀一脸坚决，“不出意外，幔陀十日返回。”

“一路小心，雪大路滑。”

幔陀前往齐国的同时，孙西敢亲自起身前去赵国，面见赵王，说了燕国借道之事。赵王开始有几分犹豫不决，担心魏国因此责怪赵国，待孙西敢说到若是赵国不肯借道，燕国就会兵发赵国。赵王一听之下，当即应允。

赵国也是被大雪覆盖，雪虽比燕国稍小，却也雪多成灾。魏国雪更小一些，也有半尺多厚。孙西敢听了更加忧心，如此大雪，百年罕见，燕国即便发兵，也会行军艰难。战事一起，怕是战死之人还不如冻死的多。

大雪足足下了七日才停。

燕国的积雪竟有三尺厚，中山国和赵国也有两尺厚，魏国和齐国，一尺余厚。韩国和楚国还好，积雪刚刚没脚。

这一日，幔陀从齐国返回了。

“太子和公主三日后到中山国。”幔陀在齐国见到吕唐之后，呈上了周东书信，吕唐看后当即决定和幔陀同时前来中山国。幔陀想早日回来，就独自骑马先行一步。

“如此大雪，为何非要过来一趟？”周东担心吕唐和任公主在路上万一有什么意外，他便是罪人了，只是现在想要劝吕唐回去为时已晚，只好赶紧派人前去迎接吕唐一行。

三日后，周东亲自出城迎接了吕唐和任公主。二人一路赶来，虽舟车劳顿，却也精神不错，几人一年多不见，甚是想念。

吕唐稍胖了几分，和周东见礼过后，他哈哈一笑："一路上踏雪而行，也是人生一大乐事，当真是有趣得很。从齐国到魏国再到赵国，积雪各有不同，不过相同的是，怕是会冻死许多庄稼，明年必会歉收。"

"这么说，你一路走来，倒是体察了民情？"周东打量吕唐和任公主几眼，见任公主体形已然恢复，"果然做了父亲就大不相同了，知道体恤百姓了。"

任公主眼中闪过慈爱之色："本想带温儿前来，又怕路途遥远，天寒地冻，就留她在齐国了。他还说无妨，不过是分别一个月而已，谁知才走了一天就想念温儿，说个不停，烦也烦死了。"

"哈哈……"周东大笑，任公主如今已经是一个母亲了，生了一个女儿，"吕兄，君子一言，驷马难追，当初你可是答应若生女儿就要嫁与我儿，你要反悔不成？"

"此事……以后再说，以后再说。"吕唐不舍得女儿远嫁中山国，有了反悔之意，"十几年之后的事情，谁能预料？还是先说眼前的事情要紧。"

"哈哈哈哈，不许反悔。"周东拉过吕唐的胳膊，一起并肩入城。

刚进入王宫，正要大摆宴席欢迎吕唐之际，忽听有人来报，燕太子流来到。

孙西敢前去迎接。

燕太子流一上殿就高声大喊："大王，燕国二十万大军整装待发，只等我一声令下。"

话一说完，顿时愣住，才注意到大殿之上除了周东之外，还有客人。他也认得吕唐，当即朝吕唐施礼："原来是齐太子唐，失礼，失礼。"

吕唐还礼，转身问周东："不是魏达也在中山国？何不请来一起？"

"来了，来了。"魏达迈着方步，大大咧咧地出现在众人面前，朝几人拱了拱手，坐在了下位，"难得今日欢聚一堂，来，赏雪饮酒，人生几何？干！"

魏达反客为主，自己一饮而尽，却无人响应。他也不觉尴尬，自顾自又倒满一杯。

周东坐在主位："今日相聚在此，商议燕军南下攻魏之事，燕军借道赵国之事，赵王已然应允。"

魏达将酒杯重重一放："赵王如此慷慨，可是忘了假道伐虢之事吗？不出所料的话，魏作若是得知了消息，必会前去说服赵王，不让赵王借道给燕军。"

燕太子流眼睛一瞪："赵王若是不肯借道，燕军就攻打赵国便是。"

又有人来报，魏国太子魏作来访。

众人皆惊，魏作事先并未照会，竟是直接前来，来势之快，出人意料，周东忙命孙西敢前去迎接。

魏作上殿，一眼就看到了魏达。魏达忽地站起，向魏作怒目而视。魏作眼中闪过一丝怒色，随即一闪而过，目光淡然脸色平静，朝周东和吕唐、姬流施礼。

重新落座之后，魏作坐在了魏达的对面、姬流的旁边。

周东心知魏作此来，恐怕来者不善，先是寒暄几句，又举杯喝了一杯酒，才说到了正题："不知作太子前来中山国，有何要事？"

魏作站起，昂然说道："我刚从赵国而来，听赵王说，孙相国前去赵国劝说赵王借道给燕国，让燕国发兵攻打魏国，可有此事？"

周东一脸浅笑，答道："不错。"

魏作一脸怒色："大王是要挑起燕国和魏国战端不成？如此险恶用心，人神共愤。"

"非也，非也。"姬流站了起来，摇头晃脑地说道，"燕国想要攻打魏国，并非大王挑起，而是燕国本意。"

魏作怒视姬流："魏国和燕国，并无国土之争，也无恩怨，燕国为何要攻打魏国？"

"中山国也和魏国无国土之争，魏国当年为何灭了中山国？"姬流轻蔑地笑了笑，"燕国遭遇雪灾，百姓冻死饿死无数，若要活命，只能借粮，魏国若肯借燕国三十万石粮食，燕国就不会发兵魏国。"

"三十万石粮食？你当魏国的粮食是从天上掉下来的？"魏作怒极反笑，"再者魏国也遭遇了雪灾，自顾不暇，哪里有余粮借你？"

"反正要么饿死，要么战死，燕国将士愿意拼死一试。"姬流朝周东拱了拱手，"还要谢过大王借粮之恩，若非大王借粮，燕军连攻打魏国的粮草都不够用，哈哈。"

周东摆了摆手，温和一笑，道："中山国和燕国唇齿相依，理应如此。"

魏作更是勃然大怒："大王既收留魏国叛逆魏达，又借粮给燕国攻打魏国，就不怕魏国进攻中山国不成？"

（八）宾主尽欢

“不怕。”周东笑得更轻松了，“一者魏国如今元气大伤，再无如司马父子一般大将。二者中山国和魏国交战多次，深知魏军弱点，若再敢侵犯中山国，必叫魏军有来无回。三者中山国今非昔比，魏国就算想要攻打，赵国也不敢再借道给魏军。试问魏国如何来犯？”

魏作涨红了脸，气急败坏：“我必会说服赵王借道给魏国。”

“何必如此大费周章？”周东哈哈一笑，“不用数日，中山国和燕国联军就会借道赵国南下攻打魏国，到时战争之下，一战定胜负即可，不用在此逞口舌之快。”

“你……”魏作一时哑然，几乎要拂袖而去，愣了半晌，却又坐了下来，漫不经心地看了魏达一眼，“大王，我倒是觉得不必非要兵戎相见，正好各方都在，可以商议一条不必发动战争的解决之道。”

“如何解决？”魏达终于说话，一开口就顶了魏作，“魏国既不肯出粮，又不肯出钱，燕国肯定不会答应。除非魏国出粮出钱帮燕国渡过难关，否则，哼哼，免谈。”

“魏国愿借燕国粮食十万石！”魏作掷地有声，看向了吕唐，“也请齐国和中山国各借粮十万石给燕国，帮燕国解决燃眉之急。待燕国休养生息之后，再慢慢归还。”

“可有条件？”姬流轻轻举起酒杯，意味深长地笑了。

“将魏达交我带回魏国！”魏作一咬牙，拼了，现今形势迫在眉睫，顾不上许多了。

“哈哈哈哈……”魏达放声大笑，一口喝干杯中酒，“用我一人性命，换取燕国和魏国无数将士性命，也是值了，好，我跟你回魏国。”

“且慢。”姬流站了起来，自得地一笑，“一个魏达只换十万石粮食，太便宜魏国了，魏达可抵百万大军，少说也要换三十万石粮食外加十座城池，才能换取燕国收兵。”

魏作脸色大变，姬流贪心不足蛇吞象，他忍不住冷笑道：“三十万石粮食外加十座城池？姬流，你真当魏国怕了你们不成？魏国拼死一战，说不定会再次吞并了中山国，连带燕国也会亡国。”

"好吧，且放马过来一战，谁胜谁负，打了才知道。"姬流丝毫不怕魏作的威胁，反倒轻描淡写地笑了笑，"魏殿下，你在魏国多少也有追随者，到时你登高一呼，或许魏国还有内应，里应外合，燕国灭掉魏国之后，封你为魏君，继续执掌魏国，可好？"

魏达朝姬流躬身一礼："在下谨遵太子之命。"

魏作不甘，看向了吕唐，道："只凭中山国和燕国联合，未必就是魏国的对手。吕太子，魏齐互为联姻之亲，齐国若相助魏国，吞并中山灭掉燕国之后，魏国愿将中山和燕国国土的七成分与齐国。燕国历来是齐国的心腹大患，此时齐国若是坐视不理，等燕国壮大之后，齐国必是下一个被燕国侵吞之国。"

吕唐半天没有说话，一副置身事外的态度看着众人唇枪舌剑，颇觉有趣，他也知道魏作必会求助于他，咳嗽一声，说道："齐国和中山国是结盟之谊，和魏国是联姻之亲，和燕国是相邻之国，只能两不相帮。若要齐国借粮十万石，齐国不会推辞。但若是出兵相助任何一方，就会损害另外一方的情谊。我还是不想让各位兵戎相见，相信总能找到和平的解决之道。"

吕唐的话，明显有和稀泥之意，不过齐国和魏国关系最为密切，不帮魏国其实等于疏远了魏国，魏作脸色就不大好看，冷冷说道："好一个两不相帮，若是妹妹在此，不知道做何感想？"

吕唐针锋相对："即便是任妹在此，她也不会同意齐国和魏国组成联军。"

"我不信，你叫她出来，我要当面听她说出此话。"魏作认定魏任不会对魏国见死不救。

"哥哥……"

一声清脆的"哥哥"在殿外响起，随即光线一亮，魏任款款走了进来。

魏达眼睛蓦然眯了起来，猛然站起，看向了魏任。

魏任来到中山国后，听说魏达在此，本来可以上殿和众人一起欢聚的她，没有现身，是不想和魏达见面。魏达和魏作骨肉相残，父亲和魏达反目成仇，都是亲人，她不知该痛恨谁同情谁。

吕唐让她置身事外，两不相帮，再者她毕竟已经嫁与齐国，和魏国已然没有了关系，不必为此事痛心。话虽如此，魏任却还是心中难受，恨自己身为女子，不能从中调和父子、兄弟间争端，只能眼睁睁看着魏国陷入内耗之中，日渐衰弱。

只是在她听说魏作也意外来到中山国后，再也压抑不住思念之情，前来和两位哥哥相见。

魏作回身一看，果然是许久不见的魏任，一时激动，冲过去拉住魏任的胳膊，激动地说："妹妹，没想到还能在中山国见到你，哥哥不虚此行了。"

"哥哥……"魏任欲语泪先流，"为何会如此？为何会兄弟反目，骨肉相残？为何魏国会成为众矢之的？"

魏作叹息一声，又坚定地摇了摇头："人生无常，命运不定，天作孽犹可违，自作孽不可活……"他转身看了魏达一眼。

魏达当即回应了魏作一个挑衅的眼神，他也来到了魏任身前，上下打量魏任几眼："妹妹气色不错，生活一切安好，哥哥就放心了。"

魏任左手抓住魏作，右手抓住魏达，说道："两位哥哥，你们和好，好不好？不要再自相残杀了！"

二人同时放开魏任的手，对视一眼，各自后退一步，魏作摇了摇头："魏达有谋逆之罪，罪不可赦。即便哥哥不与他计较，父王也不会饶他。妹妹，你就不要过问此事了，不信你问问魏达，他可曾有过悔改之心？"

"我本无错，为何悔改？"魏达圆睁双眼，"倒是你，魏作，一脸的道貌岸然，却是地道的伪君子。表面上和大王称兄道弟，表现出礼贤下士的胸襟，暗中却指使慕容庄和姜远诛杀大王！若不是大王命大，有善人护佑，早已不在人世了，哪里还有今日的中山国之大治？我虽喜怒无常，却好恶都流于表面，不像魏作深藏不露，如魏作一般之人，不配继位成为魏王！"

"你才不配！"魏作大怒，想起魏达当时见死不救的情景，不由得气血翻腾，一把抓住魏达的衣领，"魏达，你数次想要置我于死地，你禽兽不如！"

魏任心灰意冷，转身离开二人，来到吕唐身边坐下，黯然泪下："为何会这样？"

吕唐紧握魏任双手，安慰她："任妹不必如此，世间之事，原本就是爱恨情仇，又并非你之过错，你又能奈何？只能任凭他们风吹雨打了。"

魏达反手抓住了魏作的手，二人扭打在一起。吕唐默然不语，姬流轻蔑地笑个不停，周东暗暗摇头，开口阻止二人："好了好了，不要再闹了。再打下去，魏王的脸面都要被你二人丢尽了。"

此话一出，魏作当即住手，朝周东施了一礼："惭愧，惭愧，情急之下，多有失礼，还望大王见谅。"

重新落座之后，周东又有意无意地看了燕太子流一眼，却对吕唐说道："吕兄肯借粮给燕国，是为大善。十万石粮食稍有不够，可否借二十万石？”

吕唐不知周东何意，低头一想：“齐国虽然富饶，却也遭受了雪灾，怕是明年也会减产。二十万石粮食借出，或许会饿死不少齐国百姓……十五万石或许可以。”

“中山国愿借五万石粮食给燕国，魏国若是再借十五万石，燕国可度过今年寒冬，作太子，你意下如何？”周东笑眯眯地看向了魏作，一脸真诚。

魏作一愣，没想到周东竟是居中调解之意，不是说周东想要借机生事，要将战火烧到魏国，为何又要帮魏国？他想了一想：“若能避开战事，不让百姓流离失所，魏国借十五万石粮食给燕国，也可彰显魏国天下为公之心。”

“哼，果然时刻不忘自戴高帽。”魏达颇为不满地讥笑一声，“也罢，若是能避免无数将士战死沙场，我魏达愿回魏国受死！”

“好，好，如此就好。”魏作连连叫好，当即说道，“大王，魏达自愿回魏国受罚，请大王恩准。”

“准……了。”周东不顾吕唐的眼色，当即答应了。

能借来三十五万石粮食，可以安然过冬了，燕太子流自然无比开心，不再提出兵之事，连声道谢。于是宾主尽欢。

次日一早，周东和吕唐骑马到城外打猎。说是打猎，其实是散心和察看民情。

积雪还有两尺多厚，马行缓慢，放眼望去，天地间全是白茫茫一片。可谓千山鸟飞绝，万径人踪灭。

幔陀和子与、子良父女跟随在二人身后不远处。

周东呵了呵双手，蓦然发现雪地之中有一只野兔跑过，却没有射箭，吕唐笑问：“为什么放过？”

“一只兔子而已，且由它去。如此大雪，它能侥幸得以活命，已是天大的运气了。”周东又见一只小鹿出现，也没有射箭。

（九）兵发魏国

吕唐又问：“为何连鹿也要放过？”

“积雪过厚，野草难寻，食草的兔子和鹿多半会饿死。饿死在野外，还可以让虎狼饱餐一顿，得以活命，我等打了回去，也不过是多了一道野味而已。”

说话间，又有一只野猪出现，周东当即弯弓拉箭，连射三箭，将野猪射死。

“为何又射杀了野猪？”吕唐知道周东肯定又有说法。

“野猪生性残暴，动辄伤人，不管是草还是其他食物，只要是能吃的都会吃下，雪灾之下，野猪会伤害兔子、鹿，甚至是虎狼和人，所以杀之。”

吕唐恍然大悟：“性情温顺者，可放过。性情残暴者，必诛之。快看，有一只老虎，要不要射杀？”

周东弯弓瞄准老虎，片刻之后却又放下了弓箭，摇头说道：“老虎虽也伤人，却并不滥杀，有王者风范，可以放过。”

“狐狸！”一只雪白的狐狸一闪而过，吕唐顿时兴奋地一箭射出，正中狐狸后腿。狐狸吃疼，想要逃走，周东的第二箭及时赶到。

一箭毙命。

“狐狸和野猪，都应当诛杀之！”周东哈哈一笑，“狐狸狡诈，野猪残暴，都让人防不胜防。”

吕唐听出了周东的言外之意：“燕太子流不过一头鹿，看似凶猛实则无害，我是一只可爱的兔子，温顺也无害。魏达是野猪而魏作是狐狸，都不可信，应当诛杀之。”

周东笑而不语。

吕唐又说：“你是真愿意让三国都借粮给燕国？燕国贫穷，粮食肯定有借无还，此举不但壮大了燕国的实力，还让三国都虚弱不少。若是燕国出尔反尔，拿到粮食之后再兴兵南下，怕是中山国和齐国，都无力一战了。”

“说得也是。”周东信马由缰，风吹在脸上，无比冰冷，他浑然不觉，抬头望天，“吕兄，我且问你，你真会借粮十五万石给燕国吗？”

吕唐一惊：“周兄何意？莫非当时所说，只是戏言？”

“也并非全是戏言，而是缓兵之计。”周东微叹一声，“燕国举全国之兵南下，所到之处，必定生灵涂炭，我以借粮为由，让燕国暂缓发兵，也是想和你好好商议一番如何应对。中山国拿出五万石粮食倒是可以，不过是让百姓多挨饿一些时日罢了。十五万石粮食对齐国来说，也不算什么，但对魏国来说，却是一半以上的余粮，魏作虽一口答应，却并非真心。”

“你的意思是？”吕唐心中蓦然一惊，若论对人性的通透和把握，还是周东敏锐，他竟没看出魏作是敷衍了事，“魏作也是缓兵之计，只为了带走魏达，他不怕燕国报复不成？”

“魏作刚从赵国回来，想必他已经说动了赵王，不让赵国借道给燕国。他自以为只要赵国不肯借道，就万事无忧了，却不知道，他能说动赵王，燕国也可以说动。何况在事关自身切身利益之时，赵王必会借道。”周东对局势的分析比吕唐清晰许多，也透彻许多，“这场大战，多半还是会打起来。”

“若燕国真和魏国开战，中山国和齐国又该如何？”吕唐微微皱眉，他并不想看到再起战端。

“中山国和齐国都借粮给了燕国，自然不用出兵了，袖手旁观即可。”周东微微一笑，“以挨饿几次换取无数将士性命，想必百姓不会不答应。”

“若是袖手旁观，到时魏国战败或是燕国战败，又该如何？”

周东纵马上了一个小山坡，举目四望，方圆数十里尽收眼底。大雪覆盖下的村庄，宁静安详，弥漫着祥和之气。

“依你之见，会是哪国战败？”周东笑问。

“多半是燕国。”吕唐自然是希望燕国战败，相比之下，燕国对齐国的威胁更大，魏国毕竟是姻亲之国，“莫非你以为是魏国？”

周东摇头一笑，道：“且先不说谁胜谁负，司马父子得救了。”

周东所料不假，七天后魏作将魏达带回了魏国，引起了魏国上下的轰动，群臣都大拍魏作马屁，声称魏作英勇无敌，盖世无双。

然而，让群臣没有料到的是，魏作回来后的第二天，就请魏王放了司马父子，并且让司马父子重掌兵权。

朝堂上下一片哗然。

许多人质疑魏王的决定，魏王并不解释，心里却是明白，魏作带回了魏达，看似风光无比，其实却埋下了巨大祸根。只有司马父子重新出山，或许还可以吓阻燕国。

魏国并没有足够的存粮借与燕国十五万石。

魏作认为周东和吕唐也只是说说而已，肯定不会借粮给燕国。魏王却觉得周东为人诡计多端，借粮之事，怕是在为魏国设计陷阱。

果不其然，三天后传来消息，中山国的五万石粮食和齐国的十五万石粮食已经送达燕国，燕国派使者来魏国催问借粮事宜。

魏作借口没粮打发了燕国使者，同时派出司马父子率军到魏赵边境镇守，并让乐城和公孙如以监军身份牵制二人。

魏军十万人马，浩浩荡荡会聚在魏赵边境，安营扎寨。

中军帐中，司马史坐在上首，目光沉静地看着司马运。

“运儿，你说燕军会借道赵国南下进犯魏国吗？”司马史轻抚胡须，眼中满是考核之意。

司马运低头想了一想：“南下的可能不大。”

“是无力南下，还是赵国不肯借道？”

“都有。”

“若是燕国不借道南下进犯魏国，周东为何大费周章拉上齐国借粮给燕国？”司马史微微一笑，一脸自得之色，“周东此人，当真了得，先后借魏韩和魏燕之战，救了我父子两次。不管他之前有多对不起我父子二人，我父子二人都要铭记他的救命之恩。”

司马运朝中山国方向拱了拱手：“虽说当时周东有利用我父子二人之嫌，不过我始终相信没有看错周东，周东是我一生之中最值得敬佩的至交。”又愣了一愣，“父亲莫非真的以为燕国会南下攻魏？以燕国的实力，并非魏国的对手。”

“若是以前，燕国并非魏国的对手，只是现在……”司马史摇头叹息一声，“魏国连年征战，实力尚未恢复，又遭受如此重大雪灾，燕国却得了中山国和齐国相助，只凭粮食，就足以打败我们了。”

“我父子二人戴罪立功，若是战败，岂不是要被魏王斩首？”司马运愁眉不展，“不如率军直接投奔周东，想必周东也会善待我父子二人。”

“胡闹。”司马史厉声喝道，“中山国国小力弱，在周东手下为臣，不会有出头之日，即便要逃脱魏国，也要去大国才行，比如……”

“燕国？”司马运眼前一亮。

“报！”传令官来报，“燕军借道赵国，离魏国还有不到百里！”

司马父子对视一眼，心中同时骇然，好快！

“燕国真的兵发魏国了？”吕唐和周东对弈，输棋在即，扔了棋子，拍了拍手，“总是赢不了你，惭愧。是心浮气躁还是算计太少？”

“都不是。”周东也扔了棋子，呵呵一笑，“是你没有全身心投入。置身其中和置身事外，是截然不同的角度，得出的结论也不尽相同。燕国兵发魏国，原因有三。”

“洗耳恭听。”

“其一，燕国得了中山国和齐国的二十万石粮食，过冬已然无忧，即便发动战事，也能支撑半年有余，底气十足。其二，中山国和齐国信守承诺，借粮如期送上，魏国却再三推诿，燕国岂能咽下这口恶气？主要也是燕国已将魏达交给了魏国。其三，燕国若是不兵发魏国，会被中山国和齐国轻视，以后别说借粮了，怕是会被讨还，再者如今燕国得了粮食，实力大增，正是借机立威之时，魏国又理亏，不好好敲打魏国一番，岂不错失良机？”

“言之有理，受教了，哈哈。”吕唐的话发自内心，他翻身下马，用力踩了踩脚下的雪，“转眼来中山国快有一个月了，我也该返回齐国了。周兄，燕魏之战，谁胜谁负？会不会殃及齐国？”

“燕魏之战的胜负，不可预料，不过最大的赢家不是燕国也不是魏国，而是中山国和齐国。”周东哈哈一笑，一扫以前的愁绪，中山国不再遭受战争之苦，对他来说就是莫大的好事，不能再让中山百姓受苦了，“燕魏一战，燕国和魏国实力都会大降，对中山国和齐国来说，来自燕国和魏国的威胁将会大大减少。赵国也是受惠者之一，不过赵国借道燕军，和魏国结仇，以后会将主要军力用来防范魏国。”

“果真如此的话，就太好了。”吕唐开心一笑，笑过之后，又微有几分忧色，“就怕形势突变，出现不可预料的变故。”

“变故就在司马父子二人身上。”周东也皱起了眉头，他虽有推测分析局势的眼光，却也知道战局变化莫测。

周东猜对了，燕军和魏军的第一战，因司马父子指挥不力之故，魏军惨败！

（十）以牙还牙

善信阁人来人往，好不热闹。

自从周东走后，善信阁就被姜家接手，并且打通了隔墙，两家并为一家。姜家虽女儿远嫁中山国，儿子又下落不明，看似后继无人，却反倒门庭若市，客人往来不绝。

姜望重掌姜家，生意越做越好，并且经慕容成之手，将生意拓展到中山国和燕国，每日前来姜府的各地店家不计其数，姜望忙得不可开交。

好在周东帮姜望物色了不少帮手，姜望又得了王左和沈南之助，还算能够应付裕如。本来周东有意接姜望来中山国颐养天年，姜望却不肯离开魏国，如同焕发了第二春一般，全部身心投入经营之中，也不知是为了和沈家一争高低，还是想成为各诸侯国的首富。总之，他将善信阁接手之后和姜宅连成一片，也不够接待来往的店家和客商。

魏燕开战的消息传到姜宅，姜望听了只是摇头一笑，并未放在心上，此事的背后有周东推手，他一清二楚。既然是周东有意为之，一切则全在掌控之中。

虽说姜远生死未卜，活不见人死不见尸，女儿又远嫁中山国，姜望却有了众多亲朋好友的陪伴，也不觉得孤单，再者又有王黄和沈然经常往来，他大感夕阳无限好。

一场大雪让姜家的生意比以前更加繁忙了，各地缺粮的消息接连传来，姜望应接不暇，请来了沈然、沈南父子二人帮忙从各地调运粮食，以免百姓缺粮。这一日，姜望正和沈然父子商议从赵国、齐国和楚国买粮之时，忽听有人来报，王相国登门拜访。

姜望正要出门迎接，却见王黄和王左已然来到了书房门前。

寒暄几句过后，王黄脸色一沉，说出了来意："此次魏国和燕国交战，魏王震怒，怪罪周东从中挑拨燕国，又因中山国和齐国共借粮二十万石给燕国，燕国此次大军出动，是志在必得之势，魏王迁怒于姜兄，怕是要从姜家征粮了。"

姜望一愣："魏王莫非要强抢不成？"

王黄摇头："强抢自然不会，魏王还要顾及天下悠悠之口，不过却会征用。如今国库空虚，无钱支付，会先欠债借粮。"

周东借粮给燕国，魏王就要冲姜望借粮，好一手以牙还牙之计，姜望和沈然对视一眼，二人同时会心地笑了。

王黄愕然问道："姜公何意？"

"相国晚来了一步，一天前，姜家和沈家所有粮食已经下运到魏国各地，以一半价钱卖给了受灾的百姓，以做赈灾之用。魏王若是急需，要么等姜家和沈家再从秦国、楚国调动而来，少则一月，多则两月，要么再从百姓手中强行征用……"

王黄心中暗笑，嘴上却说："怎的如此不巧？调粮怕是等不了那么久，从百姓手中强征，也是不行，魏王爱民如子，怎会从百姓口中夺食？只是无粮可用，如何是好？"

姜望和王黄心意相通，明白王黄只是代魏王传话，并不想让魏王征到粮食，就问："如今魏军的粮食可以支撑多久？"

王黄欲言又止，看向了王左。王左会心，小声说道："此乃军事机密，不可透露。司马将军说，粮草也只能确保一个月，只有在一个月内打败燕军，才可大获全胜，否则，就会大有麻烦。”

魏军粮食只够一个月之用？这个仗怎么打？燕军来势汹汹，足有二十万大军，且燕军骑兵来去如风，奔袭如兽，魏军步卒对付韩军颇有办法，对付骑兵一向经验不足。姜望心中一惊，怕是魏军会输了这一仗。

若是魏军大败的话，割地赔偿自不能少，司马父子怕是也会罪加一等，再无被魏王高抬贵手的可能。

魏军大败，司马父子再被斩首的话，魏国更是没有了大将，至少在十年之内，再无争霸天下的实力。周东真是好计谋，招招直指魏国致命之处，偏偏又让魏国无力还击。

只是万一魏王恼羞成怒之下，要拿他开刀，怕是也会让周东忌惮。姜望一念及此，终于动了要离开魏国前往中山国的念头。

“如此，老夫和沈公再多想想办法。为国分忧，本是臣子百姓本分。”姜望和沈然送王黄父子到了门外，他将王黄拉到一边，小声说道，“我有意离开魏国前往中山国，王兄意下如何？”

“左儿会为你安排妥当。”王黄也不多说，重重地一按姜望胳膊，“正是时机，事不宜迟。”

“只是与王兄分别，实在放心不下。”姜望眼眶微微湿润，叹息一声，“你我这把年纪，生离或许就是死别。”

王黄反倒劝慰姜望：“姜兄不必如此，魏燕之战过后，我便向魏王辞官，到时前去中山国寻你，让周东找一处山清水秀之地，你我颐养天年，每日纵情山水，岂不妙哉？”

“好，一言为定！”姜望也重重地按了按王黄的胳膊，一对相交数十年的至交好友，深知此一别虽相约有期，却也极可能就是永别。

就在姜望和王黄分别的一刻，司马父子在战场之上，迎来了首败。

乐城担任先锋，率领一万骑兵冲在前面，向司马父子请求主动出战，不等燕军主力会聚完毕，先打对方一个措手不及。

司马父子却是不许，认为燕军既然有备而来，肯定也会对偷袭早有预料，乐城不过一万骑兵，无疑以卵击石，何况燕地向来养马，精于骑兵。

司马父子采取的措施是以逸待劳，就地扎营，准备以强大的魏武卒对抗燕军骑兵。却没想到，燕军远路奔袭而来，竟是一鼓作气，并未休整，直接派出了三万骑兵直冲过来。

司马父子让魏武卒准备好了长枪长矛，又让弓箭手准备齐射，待骑兵进入射程之后，先来一轮箭雨。但让司马父子大为震惊的是，燕军骑兵不但奇袭如风，马上骑射的本事更是让人叹为观止，人在马上，尚在魏军弓箭手的射程之外，就先来了一波齐射。

燕军不但擅长骑射，箭术也是相当高超，第一次和燕军交手的司马父子亲眼见识了燕军的厉害之处——箭雨如飞，来去如风。

一波射击之后，魏军弓箭手纷纷中箭，刚要还击时，燕军却迅速回退，退到了射程之外。魏军以为燕军撤退了，敲鼓去追，刚追几步，第二波骑兵冲了过来，又是一轮齐射。

如此三番之后，魏军的弓箭手伤亡十有八九。燕军骑兵重新调整队形，如一支长矛，直插魏军中军。

魏军一触即溃，被燕军斩杀万余人，惨败，后退五十里。

乐城也受伤多处，狼狈地回到帐中，质问司马父子为何不让他主动出击。司马史呵斥乐城指挥不力，命乐城率领一万骑兵绕道赵国境内，从后面夹击燕军。

乐城虽不情愿，却军令如山，只好应下，暗中派人送信给太子魏作，痛斥司马父子轻敌失利的原因以及司马父子处处想要置他于死地的险恶用心。

遭逢大败的司马父子颓然坐在帐中，半晌无语。良久，司马史才长叹一声：“莫非天要亡司马家不可？”

“父亲莫要气馁，首战失利，此后再调整战略，必可大败燕军。”司马运目睹了燕军的英勇，心中骇然，不过依然嘴硬，“魏武卒天下第一，无人可敌，只不过被燕军打了一个措手不及，并非战不力，而是轻敌。”

“为父并非认为燕军不可战胜，而是首战失利，必会朝堂震动，且粮草只够一个月之用，若不能速战速决，我父子二人性命难保，必会被魏王斩首以谢天下。”司马史长叹一声，“怕就怕魏王听信谗言，连让我父子再为魏国效力的机会都不会再给。运儿，我父子二人一生为魏国立下无数汗马功劳，为父从未想过要离开魏国，如今却是真的动了离开的心思。”

“父亲……”司马运一愣，他心知若是魏作在魏王面前借机生事，魏王将他父子二人重新下狱，甚至斩首也极有可能，只是他并不甘心就此离开魏国，大权在握的感觉让人无法放手，“此时并非离开魏国的良机，我父子二人受魏王恩惠，理应以身报国。现今魏国大敌当前，怎能临阵脱逃？再者即便周东收留我父子二人，我二人双手空空而去，也难以入得了周东之眼。”

“你的意思是？”一句话惊醒了司马史，司马史心中喟叹一声，他老了，雄心壮志不再，不复如司马运一样还有建功立业之心。

“依我之见，今夜再次偷袭燕军，不论胜负，都要以死相拼，以彰显魏王之威，彰显我父子二人的报国之心。”司马运望了望外面的积雪，“今夜天寒地冻，燕军又首战得胜，必定松懈。”

“这……”司马史一时犹豫。

“父亲！”司马运一咬牙，“孩儿请战！”

是夜，司马运带兵一万人，夜袭燕军大营。燕军果如司马运所说，首战告捷之后大意懈怠，被打了一个措手不及，损兵折将无数。

（十一）局势纷乱

司马父子扳回一局，当即向魏王报捷，附带为乐城记了一过。

消息传到朝堂，朝堂上下议论纷纷，有人盛赞魏王有识人之明，有人嘲讽司马父子一败一胜还有何值得炫耀，也有人指责乐城过于冒进，心浮气躁，还有人力主应当让乐城为上将军，替代司马史。

一时间朝堂上吵成一团。

魏王被吵得心烦，退朝之后，留下了魏作和王黄商议国事。

“此战有几成胜算？”魏王已然得知姜家和沈家无粮的消息，更加头疼了几分，“若是不能调来粮食，魏军支撑不了多久。”

魏作昂然说道：“商人重利，却拿百姓大义来敷衍父王，父王不必担心，且由儿臣出面，管教姜望和沈然乖乖奉上十万石粮食。”

王黄漫不经心地看了魏作一眼，心想此时王左应该已经安排好车辆送姜望离开魏国了，只是沈然却怎么也不肯离开，他也知道多说无益，便没有再说什么。

“不可强行征用，以免贻人口实，身为君王，当体恤百姓爱护民生，若是魏国治下百姓和富商财物可以随意征用，魏国岂不是成了天下人的笑柄？”魏王摇了摇头，“当想出一个万全之策，切莫让姜公和沈公吃亏，更不可让他二人寒心，你可记下了？”

魏作忙一脸恭敬：“儿臣记下了。”眼中闪过的一丝不以为然却被王黄尽收眼底。

王黄暗自摇头，自从魏达被带回魏国之后，魏作越发自以为是了，对魏王阳奉阴违不说，对群臣更是随意呵斥，俨然已是大王做派。群臣敢怒不敢言，又无人敢向魏王告状，魏王日见衰老，或许不用多久，魏作就可继位，无人愿意得罪储君。

王黄收回心思，他已经老了，也许等不到魏作继位的一天就会驾鹤而去，只是身为魏国相国，还是要多为魏国着想：“大王，臣以为，软禁魏达比处死魏达，更能彰显大王父子情谊。”

魏作眉毛一挑，正要发作，又咽了回去，换了一副口吻：“恩师此言差矣，魏达三番五次想要置我于死地，既有杀兄之心，必有弑父之意，如此逆子，若不处死，天理难容。魏达在对我下手之时，何曾有过兄弟之情？他性如禽兽，何谈父子情谊？父王，儿臣以为，当立诛魏达，以昭告天下，方显父王大公无私，也让天下万民心存敬畏，不可因公废私，凡是杀兄弑父之人，都罪不可赦！”

魏达被带回之后，魏王将他下狱，并未下令处死。王黄猜测魏王心思，知道魏王一时心软，难下狠心。

魏达虽然生性冲动，却并非一无是处，也有可取之处，王黄推测魏王多半也想留魏达一命，只是魏王也清楚，若他还在，魏达也有命在；若他离世，魏达必会被魏作杀死。

“魏达之事，暂且放到一边。”魏王摆了摆手，“魏作，你且派人前去中山国和齐国，说服周东和吕唐，许以重利向他们借粮。”

“父王，周东和吕唐必不会借粮给魏国……”

“寡人知道，此事是离间之计。”魏王计上心头，微微一笑，“不管谈得如何，到时放风出去，说是中山国和齐国不但供粮给魏国，还有意和魏国联合截断燕军退路，燕军必定军心不稳。”

“父王英明，不费一兵一卒就可让燕军军心不稳，又让燕国和中山国、齐国心生嫌隙，儿臣马上派人前去。”魏作喜形于色。

“相国，你年事已高，可寻一得力之人，为你分忧。”魏王意味深长地看向了王黄，王黄担任了二十余年相国，和他相识相知，心有默契，只是近来他明显感觉到王黄对朝堂之事的淡然，或许是力不从心，或许是有了二心。他既痛心又无奈，不过想到有聚必有散，也就释然许多。

王黄心中一惊，他原本想主动向魏王推举公孙由为相国，以便辞去相国之位，不想魏王先提出了此事，他也是心中微有黯然之意，君臣多年，还是难逃猜疑疏远，最终分道扬镳的结局。

“臣推举上卿公孙由。”王黄索性好人做到底，“臣近来颇感身体不适，常常夜不能寐，大夫告诫若不静养一些时日，怕是会有性命之忧，请大王恩准臣辞去相国之位，以颐养天年。”

王黄后退一步，跪拜在地。

魏王愣了一愣，眼中有泪光闪动，他嘴唇微微嚅动，过了半晌才说：“寡人……准了！”

轻飘飘的一句话，王黄如释重负，二十多年的君臣相伴，今日就此和平分手，也算是一段佳话了。

“多谢大王！”王黄的一声感谢发自真心。

魏作站立一旁，目光闪动，虽未说话，嘴角压抑不住的笑意还是透露了他内心的真实想法。

司马父子首战告负二战得胜的消息传到了中山国，周东刚刚送走了吕唐和魏任，正独自一人在房中读书。听到消息后，他摇头一笑，起身推开了窗户。

积雪还在，阳光晴好，冰冷依旧，雪并未融化，冻得更结实了。

孙西敢和幔越在木恩的引领下进来了。

“大王，幔陀和子与、子良已经带人前去接应姜公，请大王放心。”幔越一身飘逸的装扮，他是少数被特许进宫可以佩剑者之一，“幔陀传来消息说，王相国已经辞去相国之职，即日也会前来中山国和姜公相见，沈南也会一同前来。”

“好，好，如此甚好。”周东点头，恩师辞去相国一职，在意料之中，魏国如今纷争不断，恩师前来中山国，是为上策，“相国，司马父子二战得胜，燕军还会再次进攻，谁胜谁负？”

“燕军胜。”孙西敢不假思索地答道，“燕军战术奇特，骑兵向来冠绝天下，魏国从未和燕军交战，必会吃亏。不过燕军战术虽奇特，战力却是一般，远不如魏军身经百战。三五战之后，魏军了解了燕军的战术，必会有反制之法。”

“只不过怕是司马父子等不到适应燕军战术的一天了……”周东微眯着眼睛笑了，“魏王或许对司马父子有足够的耐心，魏作却是没有。魏作巴不得司马父子早日被魏王弃之不用，他好重用他的人。”

“大王，我等莫非只是袖手旁观不成？”孙西敢一副跃跃欲试的神情，“总要做些什么才不算坐失良机。”

“哈哈……”周东放声大笑，“寡人已经派王松前去燕军之中，助燕太子流一臂之力，相国，你再派人前去赵国，说服赵王屯兵赵魏边境，以防范流民为由，旨在为魏国带来威压。”

“中山国何不出兵？”幔越突然问了一句，一脸不解，“若中山国出兵攻魏，魏国必会大败。”

“不战而屈人之兵，才是上上之策。”周东淡然地挥了挥手，“此战，可让魏国再次遭受重创，待中山国一切准备充足之时，再兵发魏国不迟。”

三日后，姜望在王左派来的人的护送以及幔陀和子与父女的接应下，平安抵达中山国，父女团聚。同来的沈南见到子良之后，再次大献殷勤，子良终于被沈南坚持不懈的真情打动，对沈南动了感情。

沈南大喜，决定留在中山国，不再回魏国。魏国动荡不安，远不如中山国安定。

随后，王黄罢相公孙由接任的消息传来，中山国朝堂也一片哗然。王黄虽然年老，并没有因为力有不及被罢免，不少人为王黄鸣不平，纷纷请求周东派人接来王黄到中山国为相。

孙西敢也一再表示愿将相位让与王黄。

又数日后，王黄轻车简从，只带了数人来到中山国。周东亲自出城相迎。

王黄拒不为相，每日只和姜望、慕容成坐而论道，下棋为乐。周东也没有强求，为王黄修建了宅院，让几个多年相交的好友住在一起，也算是了了一桩心事。

赵国屯兵数万在赵魏边境，果然对魏国带来了莫大的压力。魏作派出使者试图说服赵王不再借道给燕国，同时希望赵王撤兵，以免引起误判。赵王不肯，声称赵军在赵国境内可以随意调动，魏国无权过问。

吃了一个软钉子，魏作仍不甘心，暗中向赵王施压，若是赵王再继续借道给燕军，魏国将会征伐赵国。

此举惹怒了赵王，赵王继续向边境增兵。

与此同时，魏作派去中山国和齐国的说客陆续返回，不出意料，遭到了两国的一口回绝，非但不借粮给魏国，还会继续对燕魏之战置身事外，两不相帮。

魏作虽早有预料，却还是气愤难平，大骂周东和吕唐无情无义，周东若非魏国收留，早已葬身狼腹；吕唐娶了魏国公主，却对魏国视若陌路，真小人也。

骂归骂，魏作还是依计继续放风，声称魏国和中山国、齐国暗中达成了共识，中山国和齐国不但供粮给魏国，还有意和魏国联合截断燕军退路，以换取魏国割让二十座城池。

消息放出之后，果然引起了燕军的军心动荡。

（十二）天下大势

燕军和魏军两军对垒已经半月有余，后来又交战数次，均以魏军的失败而告终。司马父子心急如焚，魏王的诏令一道紧似一道，从劝勉到斥责，大有再不取胜就要罢免之意。司马运一改以前的坚持，几次劝说父亲不如临阵脱逃，前往中山国投奔周东，司马史却是不肯，他反复推演两军交战，渐渐发现了燕军的弱点，终于出动主力和燕军对决，一战定胜负。

正好此时燕军出现了军心动荡，燕太子流虽不全信中山国和齐国要借粮给魏国的传言，却还有几分怀疑，派人前去中山国问个清楚。

燕军此时已经攻进魏国境内百余里，由于天寒地冻之故，行军缓慢，不利于骑兵突袭，否则燕太子流早就派出骑兵奔袭安邑了。

忽然有人来报，说是魏军全军出动，要和燕军决一死战。燕太子流虽然早想一决胜负，但此时因有中山国和齐国暗中相助魏国的传言之故，他一时犹豫不决，没有下令出兵。

司马父子急于一决胜负，心知若是再耽误下去，怕是会被魏王怀疑并就地免职，与其如此，不如拼死一搏，或许还有向死而生的机会。

燕军军心动荡的消息传来，司马父子猜到多半是魏作所为，心中大喜，二人商议，务必要逼燕军出兵决战，此战必能大败燕军，从此奠定司马父子战无不胜的威名。

不料，让二人万万没有料到的是，决战之际，魏作突然现身军营之中，接手了主帅之权，封司马史和司马运为左右将军，命乐城为先锋，并让乐城率骑兵先行突击。

司马史的战术是魏武卒重甲在身，持长矛盾牌，呈包围之势推进，而不是魏作的冒险出击。司马史劝魏作不可轻敌，魏作不听，固执己见。乐城奉命出击，只一个回合就被燕军的骑兵杀得大败，想要突围之时，却无路可走。

乐城拼死搏杀，最终还是不敌燕军骑兵。燕军重骑兵而轻步兵，魏军恰恰相反。乐城骑兵虽然精良，毕竟时日尚短，不能和燕军的骑兵相提并论，最终乐城身受重伤，还好司马运的大军赶到，及时接应，乐城才避免被燕军杀死的下场。

只是乐城的骑兵全军覆没，他望着身边堆积如山的战士和战马尸体，悲从中来，终于体会到身为将士的悲壮和悲愤，当即喷出一口鲜血，不省人事了。

魏作并不认为是他指挥不当，反倒觉得是乐城未尽全力，命令司马史和司马运兵分两路，呈包抄之势将燕军包围，要和燕军决一死战。司马史父子知道魏作此举是来抢功，在决定性的一战中引领全局，好居功其上。

身为臣子，不与太子争功也没什么，只是魏作只凭喜好胡乱指挥，就是犯了兵家大忌。司马史劝魏作不要盲目推进，此时时机不到，燕军刚打了胜仗，气势正盛，应该避其锐气。魏作不听，他认定此时燕军军心大乱，正是进攻的最佳时机，机不可失，失不再来，必须现在发动进攻。

魏作求胜心切，他率中军，命司马史和司马运各率左军和右军，三军齐动，倾巢而出，朝燕军扑去。

燕军确实因流言而军心动摇，但在刚刚打败乐城之后，又重新凝聚了不少士气，眼见魏军三军如潮水般涌来，燕太子流心中微有慌乱，此时想要后退已经晚了，只好硬着头皮上阵。

军心不稳的燕军，见魏军气势如虹，心里就缺了几分底气，甫一接触，就全军溃败。燕军且战且退，死伤无数，眼见就要一败涂地之时……

王松及时赶到了。

王松只带了千余人，但却带来了消息中山国和齐国并未借粮给魏国，还是坚定地和燕国站在一起，而魏军粮食只够半月之用了。

燕太子流顿时大喜，大声宣布了王松带来的消息，燕军军心大振，开始反扑。

虽说王松只带了千余人的将士，却告诉燕军中山国十万大军的援军马上就到，燕军大受鼓舞，奋勇杀敌，先是冲破了左翼司马史的左军，又击败了右翼司马运的右军，燕太子流更是一马当先，率军直冲中军而去，和魏作迎面战在了一起。

中山国援军虽是谎报军情，却起到了鼓舞军心的大用。

魏作不是燕太子流的对手，几个回合过后，被燕太子流一刀砍落马下。魏作虽未受伤，却摔得不轻，并且受到了惊吓。

燕太子流哈哈大笑，一刀砍下，想要结果了魏作性命，不料斜刺里杀出一人，一刀挡开了燕太子流的大刀，闷喝一声："休要伤我哥哥！"

竟是魏达及时赶到，救了魏作一命。

魏达和燕太子流战在一起，燕太子流不是魏达对手，几个回合过后，燕太子没有恋战，夺路而逃。

"为何是你？你怎么出狱了？"魏作并不念及魏达的救命之恩，心中狐疑，"是父王放你出来的？"

魏达哈哈一笑："哥哥，你就不要多问了，总之我此次出来，不会再回魏国了，从此天下之大，总有我的容身之处。就此别过，山高路长，后会无期！"

魏达纵马而去，只留下一个潇洒的背影给魏作。魏作呆立当场，半天才摇头说道："父王你又何必如此？莫非你真对儿臣不够放心，特意放魏达出来，就是为了让儿臣时刻心存警惕之心和敬畏之意？"

魏军大败。

魏军此次大败，死伤五万余人，后退百余里，被燕军杀得魂飞魄散，若不是雪地路滑，道路难行，燕军有可能一路南下，直抵安邑。

燕军一路追杀百余里后，又迅速撤军了，只留下一地狼藉和魏军尸体。不过撤军之时，燕太子流派出使者和魏作商谈，除非魏国赔偿燕国粮食二十万石，马一万匹，可以在三年之内还清，否则燕军不会撤军。

魏国面临亡国之危，只能答应，魏作被迫签署了城下之盟。

燕军撤军，将一部分战利品留在了赵国，还将一部分战利品分给了中山国。在路过中山国时，燕太子流特意前往王宫向周东道谢。燕国此次出兵，不但让燕国安然渡过了危机，还打了一个大大的胜仗，重创魏国不说，还让燕国扬名立威于各诸侯国。

燕国一战成名，魏国一战大大失利。经历过魏韩之战失败的魏国，在魏燕之战中再次惨败，魏国实力遭受重创，在各诸侯国心目中的地位一落千丈。

更让魏王震怒的是，司马父子趁魏军大败之际，在混乱之中不知所终。有人说看到司马父子向东潜逃，应该是逃往齐国；也有人说司马父子逃往秦国；还有人说司马父子其实是死在了乱军之中，被乱马踩踏，成了肉泥。

乐城受了重伤，在家中静养了半年有余，才得以痊愈。病好之后，乐城被封为大将军，只是他再也没有了往日的神采，整日无精打采，有时神思恍惚，不知道是惊吓过度，还是得了失心症。

魏作也大病了一场，养了三个月才好。病好之后，向魏王上书查封司马父子的府邸和财产，查没姜家的财产。

魏王准奏。

随后，魏作不但查封了司马父子和姜家的财产，还以沈然通敌卖国为由，将沈家的部分财产划归国库，沈然竭力辩解也是无用。沈然此时才佩服姜望和王黄的先见之明，但悔之晚矣，沈家大部分财产都在魏国境内，无法转移出去。

唯一让沈然庆幸的是，沈南人在中山国，自己没有被魏作以通敌叛国为由下狱，否则他一生心血就都付之东流了。

只是沈然现在想要离开魏国也是不行了，魏作虽然没有将他下狱，却派人将他软禁起来，不许他离开魏国一步。

半年后。

春暖花开，解冻后的滹沱河河水欢快地奔流，河水两岸，车如流水马如龙，一片欢声笑语。

周东坐在一处临时搭建的行宫之中，行宫虽简陋，只是一座木架，四周却架了轻纱，微风吹拂，轻纱飘动如梦。

周东居中，左右各坐了数人，王黄、姜望、慕容成、沈南自不用说，还有王松和孙西敢也坐在下首，另有二人坐在最末位，赫然正是司马父子。

司马史和司马运气色都不错，居然还胖了几分，二人一脸笑意，如沐春风。

此时春风吹拂，无比舒适。蝴蝶纷飞，花儿朵朵，鸟鸣阵阵，香气袭人。

王黄举杯："来，老夫提议共敬大王一杯。"

周东忙起身举杯："不敢，寡人敬恩师及各位一杯。中山国有今日之盛世，全因各位鼎力相助之故！"

众人忙纷纷起身，一饮而尽。

"如今四海升平，天下无战事，是为难得的太平盛世，若非各位一心为天下苍生着想，绝无今日之盛景。"周东再次举杯，环顾众人，"纵观天下，燕国击败魏国，声势大涨，奈何燕国积贫，想要成为霸主，尚需时日。魏国本是中原第一大国，先吞并中山，后攻打韩国，又与燕国交战，数战数败，前后折损将士十五万余人，实力大降，现今连赵国也有所不如了。现魏王病重，魏作继位在即，魏国怕是没有三五十年的休养生息，难以恢复实力。"

（十三）合纵连横

众人连连点头，赞同周东所说。

“赵国承平日久，兵强马壮，却因继位之事，内耗过多，不过新王继位以来，励精图治，效仿胡人骑射，大有振兴骑兵之意，赵国强大，也在三五十年之间。”周东是在为中山国谋后世伟业，他微微一笑，“齐国最为富饶，只是齐王并无争霸之心。齐太子唐胸有大志，见多识广，亲历了魏国数次战争，对各诸侯国之间的制衡和倚仗局势了如指掌，若他成为齐王，多半会有争霸之心。不过齐王正值当年，少说还能在位一二十年。”

“秦国有函谷关之天险，中原各诸侯国难以突破函谷关，不过一入函谷关，秦川在望，大军将会势如破竹。秦国必不会坐以待毙，一旦时机成熟，定会出关东进。秦国对中原之地垂涎已久，只因实力不足，且中原各诸侯国日益强盛，秦国不敢轻举妄动。魏国一败再败，还好几次战事，赵国和齐国并未介入，秦国不敢冒险东进。寡人担心，总有一天秦国东进之时，会各个击破。各位，燕国、中山国、赵国、齐国、魏国和韩国、楚国，呈南北方向排列，如同一线，若是几国联合在一起，如同铁板一块，秦国必无法攻破。”

王黄连连点头，比起周东，魏王和魏作无论眼界还是格局，都差了不少。只可惜周东只是中山王，若周东是魏王，执掌魏国，秦国哪里还敢有东进之心？怕是不出几年周东就会一统中原，西攻秦国了。

周东心中自有丘壑，他眼睛一扫，孙西敢会意，当即呈上了一幅地图，展开，周东双手一分：“纵观魏国几次对外用兵，各诸侯国都因自身利益，按兵不动。秦国若是东进，必会效仿魏国。若要阻止秦国东进，中原各国应当合纵，而秦国必会不遗余力瓦解各诸侯国的合纵，若寡人是秦王，定会拉拢齐国而攻打中山、赵国、魏国和楚国，是为连横！”

王黄怦然心惊，周东此番高谈阔论句句金玉良言，之前他也曾想过秦国若是东进，会是何种策略，却怎么也没有想到秦国会拉拢齐国，他一惊之下，微一思忖，更是深为叹服周东的远见卓识：“大王，秦国拉拢齐国，齐国莫非就愿意和秦国结盟不成？”

“若是以平常而论，吕唐似乎不会为了秦国而牺牲中原各诸侯国利益，不过若是设身处地地想一想，换了寡人是齐国国君，也会和秦国结盟。”周东如实回答，并不因为和吕唐关系密切而失之偏颇。

“为何？”司马史不由得讶然问道，“莫非大王以为秦王比魏王、赵王、楚王更可信更值得一交？”

“不是信任不信任的问题，而是对齐国来说，赵国、魏国和楚国相对秦国来说，威胁更大，若是秦国有吞并其他各国之心，齐国和秦国约定，互不相帮，齐国自然乐意。若秦国灭了各国，齐国并无损失。若秦国被各国所灭，齐国也是置身事外，何乐而不为？”

“齐国不怕秦国灭了各国之后再来灭它？或是各国灭了秦国之后，再与它算账不成？”司马运冷不防问了一句。

“呵呵，怎会想得那么长远？数百年来，各诸侯国各自为政，争战不止，可曾有哪一国一统天下？并没有。齐国必会认定秦国东进，能打败韩国魏国已是不错，再打赵国和燕国时，多半已是强弩之末。”周东合起地图，交与孙西敢，“但依寡人之见，秦国东进之势，志在必得，若要阻止秦国连横，各诸侯国应当齐心协力，一致对外，不要再自相残杀了。”

“老夫深以为然。”王黄连连点头，“强敌在外，各诸侯国犹自不知，等秦国东进之时，怕是为时已晚。不过若是真要阻止秦国东进，最好的办法就是七国联合西进，一举灭掉秦国，永绝后患。”

周东要的就是王黄这一句话，他环顾众人：“各位以为然否？”

众人纷纷点头。

司马史却摇头说道：“大王，中山国在七国之中，最为弱小，若能壮大实力，拓展疆土，方可登高一呼，众雄响应。臣以为，中山国应北取燕国。燕国地广人稀，又是养马之地，可多多训练骑兵。臣窃以为，未来将是骑兵的天下。赵国正有意效仿胡人骑射，秦国也在大肆养马，骑兵来去如风，纵横无敌，步兵远不能与之相比。”

周东对骑兵印象深刻，当即点头：“准了。寡人命你和姜公、慕容公采办马匹，以五年为限，训练一支五万人的骑兵出来。”

“是！”司马史和姜望、慕容成弯腰施礼。

“司马运。”

“臣在！”

“寡人命你和沈南前去燕国，面见燕太子流，呈上我的亲笔书信。你二人不必急于回来，在燕国盘桓一些时日，四处探访一些燕国养马的民间高人，以及燕国百姓的日常用度。”

“遵命！”司马运和沈南对视一眼，二人喜形于色。

转眼间又过了一年，魏王病逝，魏作即位，魏达依然下落不明。魏作即位之时，广下请帖，却只有赵王、楚王和齐王前去祝贺，中山王、燕王和韩王、秦王，都没有与会。

魏作即位，诏告天下：凡是有知道司马史、司马运下落者，赏金一百；凡是知道魏达下落者，赏金一千。

司马史和司马运人在中山国，并无几人知道，虽说魏作已经猜到司马父子多半在中山国，却也不敢明目张胆地向周东要人。他虽痛恨周东，恨不得再灭中山国一次，却力不从心，魏国今非昔比，已然没有了当年的实力。

诏告发出之后，并无几人领赏。魏作重用乐城、王左和王之，以及公孙由、公孙如等人，励精图治，希望有朝一日重振魏国大国雄风，令周围诸国臣服，不敢对魏国稍有轻视。

齐国倒是一直祥和安然，齐王依然在位，齐太子唐安坐太子之位，辅佐国政之余，不忘游玩。田氏日渐恢复元气，慢慢又壮大了不少。

韩国也在休养生息，数年之后，恢复到了当初的鼎盛之时。而中山国也在日渐强大起来，不但打造了一支强大的骑兵，还将燕国的地势和风土人情以及百姓可以承受多大的战争损失摸得一清二楚。

周东正在暗中谋算，有朝一日时机成熟时，他要取燕国土地拓展疆土，再以燕国为立足点，南取赵国西攻秦国。

秦国终究是中原各诸侯国的心腹大患。

然而，让周东没有想到的是，还没等来他吞并燕国的时机，秦国军队迈出了函谷关，兵发魏国！

当听到秦国兵发魏国的消息后，魏作几乎不敢相信自己的耳朵，为什么又是魏国？为什么不是赵国或者中山国？魏国为何如此倒霉？

不过，随即传来的消息更是让他火冒三丈，秦国的先锋官竟是魏达！

魏达投奔秦国不算，还带领秦军攻打自己的国家，如此行径，简直就是无耻败类。魏作勃然大怒，决定亲自出征。

却被乐城劝住，乐城率军迎敌，由王之和公孙如辅佐，和秦军在魏秦交界之处展开大战。

第一战，乐城大败。

第二战，乐城再败。

第三战，乐城败退百余里，死伤过半。

魏国上下震惊，急调人马驰援，又派人前去齐国求援。

果然和周东当初预料一般，早就得到秦王密信的齐王，拒不发兵，任凭魏国来使如何哀求，任凭吕唐如何晓之利害关系，齐王都坚定摇头。

等魏国来使走后，齐王才对吕唐说道，秦王答应不会进攻齐国，并且许诺，若是攻克了魏国，割让魏国二十座城池给齐国，只要齐国不发兵助魏，并且和秦国暗中结为同盟即可。

如今齐国作为实力最为雄厚的一国，若齐国见死不救，其他各诸侯国也会袖手旁观，何况齐国作为魏国唯一的联姻国，齐国的一举一动至关重要，是为各诸侯国表率。

齐国不发兵救援，魏军节节败退，眼见距离都城安邑只有两百里之遥时，魏作无奈，只好分别向赵国和韩国求助。韩国自然是一口回绝，毫无商量余地。赵国却回复说，愿出兵十万助魏国一臂之力。

魏作大喜，连连向赵国道谢。不料等了数日，赵国迟迟没有发兵，而魏军再也无力对抗愈战愈勇的秦军，损失惨重，眼见就要全军覆没了。

魏作万般无奈之下，只好向周东求助。他明知求助周东绝无可能得到回应，却还是抱了最后一丝希望。

果不其然，周东虽未一口回绝，却说中山国现在兵力不足国力不强，无法相助，等于是委婉回绝了魏作。

魏作绝望之下，亲自带兵出征，誓死保护魏国。

魏作大军和秦军第一场仗，迎面就遇到了魏达。魏达一脸狞笑，一刀就朝魏作砍来。

魏作质问魏达为何助秦国灭亡魏国，魏达大笑，秦王答应他，只要取下魏国，就由他当上魏王。魏作仰天长叹，若是父王当初狠心处死魏达，何来今日之患？他不是魏达的对手，几个回合过后，就被魏达砍了一刀。

魏作拼死抵抗，誓死不降。魏达劝他放下兵器，还可以饶他不死。魏作不肯，誓与魏国共存亡。

就在魏作即将被魏达逼得无路可退之时，猛然传来一阵山呼海啸般的声音，从斜刺里杀出一队人马，足有数万人之多，竟然全是骑兵。骑兵奔走如风，只一个冲击就截断了秦军的退路。

秦军顿时大乱。

随即骑兵后面，又来了足有十万步兵。十几万人马会聚一处，声势浩大，将秦军冲击得七零八落。

秦军大败。

骑兵和步兵穷追不舍，直杀得秦军丢盔弃甲，哭爹喊娘，大败一百余里。

魏作顾不上许多，乘胜追击，斩杀敌军无数。直到追得精疲力竭，才停了下来，回身一看，蓦然大惊，援军竟是中山国将军王松和赵国将军赵包。

王松率领中山国三万骑兵，赵包带领赵国十万步兵，两军会聚一处，杀了秦军一个措手不及。

魏作远望狼狈逃窜的秦军，见魏达一骑绝尘，他怒从心头起，一箭射出，正中魏达后背。魏达摇晃一下，险些掉落马下，转眼就消失在了远处。

从此，魏达再也没有出现过，也不知是被魏作一箭射死，还是被秦国弃如敝屣。

魏作向王松和赵包拜谢，一问才知，中山国和赵国的援军，是因周东力劝赵王之故才得以成军。他不由得心中感慨，各诸侯国中，只有周东才是真正的君王心胸，心系天下，不以个人恩怨为成见，顾全大局。

稍做休整后，王松和赵包大军继续追击秦军，一直将秦军赶回函谷关之内，才善罢甘休。秦军经此一役，损失惨重，至少十几年之内，无力东进。

当然，损失更为惨重的是魏国，魏国原本就没有恢复实力，再次遭受重创，怕是没有三十年的休养生息，是恢复不到当年的鼎盛之时的。

经此一事后，魏作对周东心存感激，深感当年对周东过于苛刻。一个月后，他亲自前往中山国，以为周东举办寿辰为由，拜会周东，除了感谢周东的相助之外，还郑重其事地向周东承诺，在他有生之年，魏国永不犯中山国。

三个月后，周东以有要事相商为由，邀请燕王、齐王、赵王、魏王、韩王和楚王共聚中山国都城灵寿，除了楚王之外，其他诸侯国全部与会。中山国以千乘之国，号令天下，竟然召开了一次连魏国和赵国都无法召开的诸侯大会。

周东以千乘小国的君王之身，高坐首位之上。一众万乘之国的国君，皆一脸仰望之色，向周东瞩目。

周东峨冠博带，拱手而立，朝东方跪拜：“寡人即位以来，日夜勤劳，未敢有丝毫懈怠。今承天命以降，幸得各君王与会，是为中山国幸事。寡人何德何能，恰逢其时。拜谢列祖列宗，天佑中山。”

周东转身面向众人：“秦国虎狼之师，东出函谷关侵犯魏国，势如破竹，险些灭掉魏国。中原之地，历来为兵家必争之地，各诸侯国应当合纵为一国，共抗强秦。寡人以为，自今以后，北起燕国，东到齐国，南至魏国，皆当一心，结下同盟，若秦国再来侵犯，携手一心，共同御敌在函谷关外。”

“寡人附议中山王之言。”魏作第一个响应，高举右手，“中山王仁义薄天，为天下大计，寡人以为，若中原各诸侯国不结为同盟，必会被秦国各个击破。”

赵王默然不语，齐王点头一笑：“强秦如虎，对中原各国早已虎视眈眈，寡人附议中山王结盟之计。”

“寡人也赞同中山王提议。”韩王也点头了。

只剩下燕王和赵王，二人你看看我，我看看你，过了半晌，燕王叹息一声：“寡人也没有异议。”

“既如此，寡人也愿和各位同进共退。”赵王其实是想借魏国虚弱之际，一举吞并魏国，若是结成同盟，便不好对魏国下手。只是见众人皆赞同周东提议，他也不好置身事外，只好点头应下。

周东见众人都应下了，当即拿出文书，请各人看过之后，皆无异议，歃血为盟。

随后，周东大宴宾朋，宾主尽欢。

此事称为六国会盟。六国会盟让秦国颇为忌惮，在此后百余年间，秦国未敢再迈出函谷关一步。六国会盟不但保证了六国百余年的和平，也让六国之间维持了数十年的平衡，为中山国争取了数十年的发展空间。

尽管五十多年后，六国之中赵国率先撕毁会盟，攻打魏国，此时的魏国已然恢复了实力，双方僵持不下。后中山国又联合赵国攻打燕国，取得了燕国数百里的国土，一时风头无两，成为足以和七大诸侯国抗衡的第八雄。

周东作为中山国灭国之后复国的君主，在中山国历代君主之中，成为最耀眼夺目的一位。不仅仅在于他复兴了中山国，而且在他的带领下，中山国第一次屹立在了各大诸侯国之林，成为仅有的一个千乘之国和万乘之国平起平坐的诸侯国。更主要的是，在中山国的斡旋下，几大诸侯国难得结成同盟，争取到了数十年的休养生息以及百余年的和平，让无数百姓避免了战火之苦。

无数年后，周东的名字连同中山国一起湮没在历史的长河之中，许多人甚至不知道曾经有过一个名叫中山国的国家存在过数百年之久，更不知道有一个中山王名叫周东，曾经以一己之力成就了不世伟业。历史是否记住了他的名字并不重要，重要的是，他心系苍生，胸怀天下，成就了无数百姓的安居乐业！

图书在版编目（CIP）数据

朝堂 : 大结局 / 何常在著. -- 北京 : 中国友谊出版公司, 2020.6

ISBN 978-7-5057-4633-6

Ⅰ. ①朝… Ⅱ. ①何… Ⅲ. ①长篇小说－中国－当代 Ⅳ. ①I247.5

中国版本图书馆CIP数据核字(2019)第039337号

书名 **朝堂：大结局**

作者 何常在

出版 中国友谊出版公司

发行 中国友谊出版公司

经销 新华书店

印刷 三河市冀华印务有限公司

规格 700×980毫米 16开

20印张 360千字

版次 2020年6月第1版

印次 2020年6月第1次印刷

书号 ISBN 978-7-5057-4633-6

定价 49.80元

地址 北京市朝阳区西坝河南里17号楼

邮编 100028

电话 （010）64678009